欧美文学简史（第二版）

匡 兴 陈 惇 主编

国家开放大学出版社 · 北京

图书在版编目（CIP）数据

欧美文学简史／匡兴，陈惇主编．—2 版．—北京：
中央广播电视大学出版社，2016.5（2024.1重印）

ISBN 978 - 7 - 304 - 07765 - 5

I. ①欧…　Ⅱ. ①匡…②陈…　Ⅲ. ①文学史—欧洲—
电视大学—教材②文学史—美洲—电视大学—教材

Ⅳ. ①I109

中国版本图书馆 CIP 数据核字（2016）第 078727 号

欧美文学简史　（第二版）

OUMEI WENXUE JIANSHI

匡兴　陈惇　主编

出版·发行：国家开放大学出版社（原中央广播电视大学出版社）

电话：营销中心 010 - 68180820　　　　总编室 010 - 68182524

网址：http://www.crtvup.com.cn

地址：北京市海淀区西四环中路 45 号　邮编：100039

经销：新华书店北京发行所

策划编辑：宋　莹　　　　　　　　版式设计：赵　洋
责任编辑：宋　莹　　　　　　　　责任校对：赵　洋
责任印制：武　鹏　马　严

印刷：北京银祥印刷有限公司　　　印数：45001~47500
版本：2016 年 5 月第 2 版　　　　2024 年 1 月第 15 次印刷
开本：787 mm×1092 mm　1/16　　印张：15　字数：333 千字

书号：ISBN 978 - 7 - 304 - 07765 - 5
定价：32.00 元

（如有缺页或倒装，本社负责退换）
意见及建议：OUCP_KFJY@ouchn.edu.cn

目 录 ‖ Contents

第一章　古代希腊罗马文学

学习要求

1. 了解：古代希腊罗马文学概况；古代希腊罗马文学的发展过程、基本特点和主要成就。

2. 重点掌握：荷马史诗和希腊悲剧。

第一节　概　述

欧洲文学史上最古老的文学是古代希腊罗马文学。它们在奴隶制和接受东方文学影响的条件下产生和发展，是欧洲文学史的源头。

一、古代希腊文学

古代希腊位于欧洲南部，它的疆域包括巴尔干半岛的南端（希腊半岛）、爱琴海中无数的岛屿和小亚细亚西部沿海一带。公元前 12 世纪以前，地中海中的克里特岛和希腊半岛上的迈锡尼地区已经有了相当发达的奴隶制文化，但遭到破坏。公元前 8 世纪后，奴隶制关系逐渐形成，到公元前 5 世纪，发展到繁荣阶段。公元前 4 世纪，希腊的奴隶制开始衰落，直到公元前 146 年，希腊被罗马人灭亡，古代希腊的历史宣告结束。

古代希腊文学的历史从远古时代即已开始，一直发展到公元前 2 世纪，大致可以分为四个时期。

古代希腊文学发轫于公元前 12 世纪到公元前 8 世纪。这是古代希腊氏族公社瓦解、向奴隶制过渡的时期。在文学上，这是神话、史诗繁荣的时期。

古代希腊神话是原始社会人民群众集体创作的口头文学，后来在古代希腊的文学、哲学、历史著作中记录下来才得以保存至今。希腊神话是古代希腊人最初的意识活动的成果，表现了他们对于自然和社会的认识。

古代希腊神话包括神的故事和英雄传说两大部分。此外，还有一些解释自然现象、某些习俗与名称来源的故事。

神的故事包括天地的开辟、神的产生、神的宗谱、神的活动、人类的起源等。从最古老的神话中，我们可以看到原始社会杂婚时期和母权制时期人类生活的痕迹。后来，在希腊形成了以宙斯为中心的一组神话。雷电之神宙斯成了众神之主，以他为首的诸神按父权制氏族的方式组成了一个大家族，分别掌管宇宙与人间的万事万物。主要的神除宙斯外，有他的妻子赫拉，有他的兄弟波塞冬和哈得斯，分别掌管海洋和冥土，还有他的子女与亲属，如太阳神阿波罗、智慧女神雅典娜、月亮神阿尔忒弥斯、战神阿瑞斯、美神阿佛罗狄忒、火神赫菲斯托斯、神使赫尔墨斯等。他们都住在希腊北部的奥林波斯山上，因此人们把这一组神称为"奥林波斯神统"。这组神话显然是氏族社会晚期即父权制时期的产物。

希腊神话的基本特点是人神同形同性。神话中的神都人格化了。他们不仅和人有着同样的形体，而且和人一样有着七情六欲。神除了永生不死和具有无比的法术与智慧之外，与凡人几乎没有多大差别。在品德上，神往往不如人。他们平日在奥林波斯山上宴乐欢娱，也经常来到人间，参与人间的战事，与人间的青年男女偷情，等等。希腊的神话没有恐怖感和神秘感，想象丰富，情节生动，形象优美。希腊神话也表现了希腊人的命运观念。神话中不乏人类抗拒命运的故事，表现了人对自己力量的信念和对高尚情操的追求，但又无法摆脱命运的定数和神的力量。这类神话具有悲剧精神。

英雄传说起源于祖先崇拜。英雄是神人结合而生的后代，他们半人半神，智勇超群，体力过人，在自然斗争和社会生活中，为集体创立了丰功伟绩。每个部落都有自己崇拜的英雄，其中最著名的英雄是赫拉克勒斯。他是宙斯与人间女子阿尔克墨涅所生的儿子，体魄魁伟，力大无比，一生历尽艰险，功威赫赫。除了赫拉克勒斯之外，著名的英雄还有取金羊毛的伊阿宋、杀死牛妖为民除害的忒修斯等。英雄传说中包含丰富的历史因素，反映了远古时代的社会生活和人与自然的斗争。英雄实际上都是部落集体的智慧和力量的化身。

希腊神话思想健康，内容丰富，形象生动，故事优美，体系完整，具有较高的认识价值和艺术价值。

诗歌也是这一时期文学的重要成就。最初产生的是歌咏劳动的、有关四季自然现象的和宗教性的短歌。从宗教颂歌中，演变出歌颂英雄人物的史诗。"英雄时代"正是史诗兴盛的时期。相传为**荷马**所著的两部史诗——《伊利昂纪》和《奥德修纪》，就是其中仅存的两部完整的作品。荷马之后，希腊的重要诗人是**赫西奥德**（前 8 世纪末 7 世纪初），他的长诗《工作与时日》是希腊文学中第一部以现实生活为题材的作品。他的另一部长诗《神谱》，依照时序系统地整理了希腊神话。

公元前 8 世纪后，希腊的氏族社会解体，奴隶制逐渐形成。随着奴隶制的形成，氏族贵族统治也告结束，奴隶制国家开始建立。但这时的希腊并没形成统一的国家，而是在部落的基础上，建立起两百多个独立的城邦，其中以雅典和斯巴达最为重要。

这时，古希腊文学进入一个新的时期。随着氏族社会的解体，集体的感情也日益消失，代之而起的是一种在社会大变动和个人独立地位的追求之中所产生的个人的体验和感受。反映在文学上，表现集体意识的史诗逐渐衰落，而适合抒发个人感情的抒情诗随之兴起。

古希腊的抒情诗是用来伴着音乐歌唱的，由于伴奏乐器的不同而分为双管歌和琴歌两大类。公元前6世纪初的**萨福**（前612？—？）是古希腊最著名的女诗人。她写了九卷诗，但只有两首完整的作品和一些断片流传至今。她的诗感情真挚而热烈，语言朴素而自然，具有感人的力量。比她稍晚的**阿那克里翁**（前550？—前465？）也是一位对后世颇有影响的诗人。希腊最重要的合唱歌诗人是**品达罗斯**（约前518—前442或前438），他的作品主要是赞美神、歌颂运动会的优胜者和政治领袖的。古希腊抒情诗表现的是贵族的思想感情，但意境清新，形式完美，对后来欧洲诗歌的发展具有很大影响。

在抒情诗兴起的同时，希腊的民间则流传着动物故事。其中一部分后来被人以《伊索寓言》的名义记录下来，流传至今。相传**伊索**是一个被释放的奴隶。现在归在《伊索寓言》名下的作品实际上包括各个时期及各种不同来源的作品，其中的思想倾向也不尽相同，但主要反映奴隶和下层平民的思想感情，总结他们的生活经验。《伊索寓言》主要是借动物故事来讽喻现实、总结经验。如《狼和小羊》、《狮子与野驴》等揭露压迫者暴虐专横、欺压弱小的罪行；《农夫和蛇》告诫人们对敌人不能讲仁慈；《龟兔赛跑》教育人们要谦虚谨慎、戒骄戒躁。其中也有一些作品表现出忍让、屈从等思想。《伊索寓言》以短小精悍的形式、生动的艺术形象和深刻的哲理而著称于世，对后来的欧洲寓言作家具有深远的影响。

公元前6世纪末到公元前4世纪初社会发展到希腊奴隶制的繁荣时期，史称"古典时期"。雅典是这一时期全希腊政治、经济、文化的中心。雅典建立了当时比较进步的奴隶主民主制。在公元前5世纪初的希波战争中，雅典起了重要作用。战后雅典的政治、经济势力日益发展，到伯里克利执政时期（前443—前429）达到极盛。公元前431年，希腊内部各城邦间发生了持续27年的内战——伯洛奔尼撒战争。战争以雅典的失败而告终。这标志着雅典的衰落。

奴隶制经济的发展、雅典进步的政治制度，以及当时相当活跃的政治生活，促进了文学艺术的全面繁荣。文学上的主要成就在戏剧（详见本章第三节）。与此同时，散文与文艺理论方面的成就也不可忽视。在古代希腊，还没有单独作为一种文学形式的散文，不过，那时的历史著作、哲学著作，还有民主制条件下特别流行的演说（雄辩术），都具有文学色彩，其中一些杰出的作品本身就是优美的散文。著名的历史学家**希罗多德**（前484？—前425？）被称为"历史之父"。他的历史著作叙述生动，文字流畅，主要作品是《希波战争史》。著名的演说家有**伊索克拉底**（前436—前338）和**狄摩西尼**（前384　前322），他们对后来欧洲的演说术影响很大。

由于文艺创作的繁荣和哲学思想的发达，古典时期的文艺理论也取得了较高的成就。当时雅典最重要的两位哲学家柏拉图和亚里士多德，也是当时最主要的文艺理论家。

柏拉图（前427—前345）是奴隶主贵族派思想家，欧洲客观唯心主义哲学的鼻祖。他对雅典民主制条件下繁荣发展的文艺抱敌视态度。他说，现实世界是理念世界的影子，艺术则是对现实的模仿，即影子的影子；现实世界是不真实的，艺术就更不真实。他又认为艺术对社会起着伤风败俗的作用，因此，他将诗人逐出了他的理想国。柏拉图还认为艺术创作的源泉在于灵感。柏拉图的文艺观点开西方唯心主义文艺思想之先河，对后世影响很大。

亚里士多德（前384—前322）是柏拉图的学生，但并不属于贵族派哲学家。亚里士多德继承了希腊传统的模仿说，认为艺术的本质是模仿自然，而且进一步要求诗人写出"按照可然律或必然律可能发生的事"。在这个基础上，他强调文艺的社会功能，指出：人们可以通过文艺来认识事物的本质，陶冶自己的思想感情。他的文艺思想与柏拉图针锋相对，奠定了西方唯物主义美学思想的基础。他的主要理论著作《诗学》是一部影响深远的文学理论著作。

公元前4世纪中叶，希腊北方的马其顿兴起，于公元前4世纪下半叶征服了希腊，并进一步向东征战，建立了地跨欧亚非的马其顿王国。希腊成了马其顿王国的一部分。这一时期，希腊的文化影响了东方国家，因此，史称"希腊化时期"，但文化中心已从雅典转移到埃及的亚历山大城。在希腊化时期，马其顿王国的其他地方处在文化发展的阶段，而就希腊本土而言，却由于政治上动乱不安，又失去了古典时期的民主制这一重要条件，文化处于衰落阶段，文学创作局限在宫廷和奴隶主上层，脱离现实，玩弄辞藻，因而成就不大，比较重要的是新喜剧和田园诗。

新喜剧的"新"，是与古典时期的以阿里斯托芬为代表的"旧喜剧"相对而言的，它不以社会讽刺性为特色，主要写爱情故事和家庭生活，取材于现实生活，是一种世态剧。新喜剧取消合唱队，着重写世态人情，肯定男女青年的爱情自由，赞美奴仆的智慧，讲究情节的曲折、语言的生动，为欧洲戏剧的发展带来了新的因素。最主要的新喜剧作家是**米南德**（前342?—前292?）。据说，他写过105个剧本，但只有两部完整的作品流传至今，即《恨世者》和《萨摩斯女子》。他的作品宣扬宽容仁慈，调和社会矛盾，人物性格鲜明，语言优美。他的作品通过罗马作家的仿作，对后来欧洲喜剧的发展产生了深刻的影响。

希腊化时期的田园诗是由**忒俄克里托斯**（前310?—前250?）创造的。忒俄克里托斯是亚历山大城最重要的诗人之一，他的田园诗抒写优美的农村风光和年轻牧人的爱情，对欧洲诗歌的这一体裁影响较大。

二、古代罗马文学

古代罗马是稍晚于希腊兴起的另一个奴隶制国家。古代罗马文学在学习希腊文学的基础上发展起来，又有它自己的成就和贡献，因而也是欧洲古代文学史的一个重要组成部分。

在公元前1000年左右，拉丁人部落已定居在亚平宁半岛的第伯河畔，建立了罗马城。公元前8—前6世纪，即所谓王政时期，罗马的氏族公社开始瓦解，向奴隶制过渡。公元前6世纪末，罗马的奴隶制已初步形成，王政被推翻，罗马建立了奴隶制贵族共和国。在此期间，罗马征服了半岛全境。后来又向外扩张，征服了地中海沿岸和巴尔干半岛的大部分，到公元前 2 世纪，建立了一个地跨欧亚非的强大的奴隶制国家。

古代罗马文学就是在这样的奴隶制社会条件下发展起来的，从公元前 3 世纪中叶起，到公元 5 世纪结束，主要可分三个时期。

公元前 3 世纪中叶至公元前 2 世纪是罗马文学的初创期。

罗马原有自己的文学萌芽，如诗歌、神话和民间的戏剧表演。罗马在向外扩张的过程中，接受了比较发达的希腊文化的影响。罗马的文学也在希腊文学的影响下发展起来。

罗马原有的神话带有拜物教的特点，在希腊神话的影响下，罗马的神也开始人格化了。许多希腊神话中换上了罗马神的名字，而有关的神话故事却依然如故，如宙斯改称朱庇特，赫拉改称朱诺，雅典娜改称弥米诺娃，阿尔忒弥斯改称狄安娜，阿佛罗狄忒改称维纳斯等。有的甚至连名字也没改，如阿波罗。

第一个罗马作家**李维乌斯·安德罗尼库斯**（约前 280—前 204）是获释的希腊奴隶。他的作品实际是对希腊文学的翻译和改编。最早出现的一批罗马作家也是在接受希腊传统的基础上进行写作的。

共和时期罗马文学的主要成就在戏剧。悲剧作品仅存片段，喜剧的成就较高，著名作家是普劳图斯和泰伦斯。他们的作品从题材到创作方法都效法希腊的新喜剧，剧中人甚至穿着希腊披衫登台。当然，他们也有自己的贡献。

普劳图斯（前 254—前 184）是第一个有完整作品流传至今的罗马作家。他的作品大部分写人情世态，借希腊题材反映罗马的现实，对当时罗马贫富不均、社会风气败坏、金钱对传统观念的破坏等社会现象有所揭露，同情争取爱情自由的男女青年，赞美奴隶的智慧，表现了罗马下层人民的思想感情。普劳图斯的剧本风格粗犷，但具有罗马民间戏剧生动活泼的特点。他的著名作品有《一罐黄金》、《孪生兄弟》、《俘虏》、《吹牛军人》等。他的作品的创作时间大多已很难考查。

泰伦斯（前 190？—前 159）是一个获释奴隶，但与贵族集团接近。他流传下来的 6 部剧本都是根据希腊新喜剧改编的，主要以爱情婚姻与家庭问题为题材，写老少两代人的思想矛盾，主张以宽容、互谅的原则来解决这些矛盾。泰伦斯的喜剧比较严肃，不如普劳图斯的生动活泼，但是结构严谨，语言优雅，剧情发展合乎逻辑。著名作品有《阉奴》、《婆母》、《两兄弟》等。

公元前 2 世纪下半叶到公元 1 世纪初，罗马历史进入共和国晚期和所谓的"奥古斯都"时期。这是罗马文学的极盛时期，被称为古罗马文学史上的"黄金时代"。

共和国晚期，罗马的奴隶制已经发展到繁荣时期。社会矛盾的激化促使意识形态领域变得极其活跃，也促进了文学的发展。这时，希腊文学的影响减弱，罗马文学开始有了自己的民族风格，尤其是散文和诗歌取得了较大的成就。

散文方面，代表作家是**西塞罗**（前 106—前 43）。他的演说词文句优美，词汇丰富，结构严谨，音调铿锵，特别讲究运用各种修辞手法来打动读者的感情，加强说服力，后世的许多散文作家都把它们看作学习的楷模。

与西塞罗同时的恺撒（前100—前44），比西塞罗稍晚的李维乌斯（公元前59—前17）也是重要的散文作家。

诗歌方面，共和国晚期的哲理诗人**卢克莱修**（前99—前55）是当时一位重要诗人。他的哲理诗《物性赋》站在民主派立场，宣传了唯物主义和无神论。与此同时，罗马的抒情诗也开始发展，一般采用希腊的诗歌格律，写个人爱情和田园生活的乐趣。主要的抒情诗人是**卡图卢斯**（前84？—前54？）。

屋大维执政时期，罗马奴隶制社会处于相对稳定的时期。屋大维被元老院尊称为"奥古斯都"（"神圣"的意思）。屋大维力图控制文化艺术，注意舆论的作用。他的朋友墨克那斯为他笼络文人，组成所谓"墨克那斯文学集团"，为屋大维政权服务。奥古斯都时期，罗马诗歌取得高度的成就，主要诗人是维吉尔、贺拉斯和奥维德。

维吉尔（前70—前19）是罗马最重要的诗人。他的主要成就是三部诗作：《牧歌》（约于前42—前37年写成），《农事诗》（约于前37—前30年写成）和史诗《埃涅阿斯纪》（前29—前19）。

《埃涅阿斯纪》是维吉尔最重要的作品，共12卷，约一万行，是维吉尔按照屋大维的旨意，花了11年心血写成的，以特洛亚王子埃涅阿斯（按照罗马神话的说法，他是罗马人的祖先）为主人公，描写他建立罗马国家的艰苦历史。特洛亚城陷落后，埃涅阿斯率领家人和部分队伍离开家乡，在海上漂流七年，来到北非迦太基，与当地女王狄多结为夫妇。但是，天神提醒他所担负的重建家国的使命，埃涅阿斯不得不离开狄多而去意大利，女王送别回来便含恨自尽。埃涅阿斯先到了西西里岛，由女巫带领游历地府，向父亲的亡魂询问了罗马未来的命运。他沿河而上，到了拉丁姆地区。国王拉丁努斯很器重他，愿将女儿许配给他。但是鲁图利亚国王图尔努斯对拉丁努斯的决定不满，以致引起一场大战。火神武尔坎为埃涅阿斯打了一副新盔甲。最后，埃涅阿斯与图尔努斯决战，并将他杀死。

史诗通过传说题材，歌颂了罗马祖先建国创业的丰功伟绩。诗中把罗马王族归为神的后裔，直接歌颂从罗马祖先罗慕洛到奥古斯都的历代统治者，把他们写得神圣不凡，还预言了罗马的光辉未来。这些都表现了诗人的奴隶主爱国意识。诗中塑造的埃涅阿斯形象具有敬神、忠诚、勇敢、仁慈、克制等特点，是罗马理想统治者的体现。

在艺术手法上，维吉尔有意学习荷马史诗，前六卷模仿《奥德修纪》，后六卷模仿《伊利昂纪》，在情节安排和形象比喻上也模仿荷马史诗。但是，荷马史诗基本上是一部人民的集体创作，维吉尔的史诗却是作家的个人创作，不可能具有民间创作特有的那种活力。作为一部文人史诗，它风格严肃而哀婉，音律谨严，语言简练，而且注意描写的真实性和人物的心理刻画，因此，也有自己的独特成就。

贺拉斯（前65—前8）是奥古斯都时期的抒情诗人、讽刺诗人和文艺理论家。他的《讽刺诗集》和《长短句集》中有大部分作品的内容是嘲笑罗马社会吝啬、贪婪、淫靡的作风，宣扬中庸的生活哲学。他的《歌集》（前23—前12）是一部抒情诗集，用希腊抒情诗的格律写罗马题材，有的歌颂奥古斯都和罗马的复兴，有的抨击道德堕落的社会现象，有的写醇酒和爱情，宣扬及时而适度享乐的思想。

贺拉斯另有诗体《书札》两卷，其中致皮索父子的信被冠以《诗艺》之名而成为一部独立的文艺理论著作，流传于后世。贺拉斯继承了亚里士多德的模仿说，更强调文艺的教育作用，提出了"寓教于乐"的原则。他还提出创作要学习古典、讲究形式完美的主张。

奥古斯都时期最末一个大诗人是**奥维德**（前43—18）。他的代表作是《变形记》，全诗15卷，是古代希腊罗马神话的大汇集，其中包括两百五十多个故事，按时间顺序从宇宙创立、人类形成一直写到奥古斯都时代。全诗以变形为线索，把许多故事串联在一起。诗中荒淫、暴虐的神的形象也是对当时贵族生活的曲折反映。也有一些作品是对帝国历史的歌颂和劳动人民生活的描写。

公元14年，奥古斯都去世后，罗马帝国成为君主制国家，古代罗马的历史已步入它的衰落时期，罗马文学也走上了下坡路。帝国初期，即1—2世纪，被称为罗马文学的"白银时代"。如果说这一时期罗马文学还有所成就的话，那么，3世纪后，即帝国后期的罗马文学已完全衰落。

帝国时期上层统治者的文学已经宫廷化，主要是为帝王歌功颂德，没有多大价值。值得重视的是代表奴隶主下层思想感情的讽刺文学和反映在野派（共和派旧贵族）思想的作品。在外省，也出现了一些有成就的作家。

塞内加（前4—65）是罗马最重要的悲剧作家。他的作品反映了旧贵族对帝制的不满和对共和制的留恋。他的作品长于心理刻画和紧张的对白，充满凶杀、复仇等恐怖因素。这些对日后的欧洲剧作家有较大影响。

在帝国时期取得较大成就的是讽刺文学，马尔提·阿利斯和尤维纳利斯是罗马最重要的讽刺诗人。**尤维纳利斯**（60？—127？）认为当时朝政腐败，道德堕落，自己不吐不快，即所谓"愤怒促使我写诗"。他留有讽刺诗5卷16首，常采用托古喻今的手法，遣责皇帝的暴政，讽刺大臣的阿谀逢迎，指责贵族的荒淫和道德败坏，具有强烈的讽刺性，但有的诗也宣传忍耐、顺从、宁静，以及中庸之道。

帝国时期最重要的历史作家**塔西陀**（55？—118？），是旧贵族的最后一个代表。他的历史著作《历史》（69—96）、《编年史》（14—68）都具有较强的文学性，形象鲜明，叙述生动，语言简洁。

在外省作家中，以普鲁塔克、阿普列尤斯和琉善最为重要。**普鲁塔克**（46？—120？）是用希腊文写作的传记作家，他的《希腊、罗马名人传》共50篇，是后世许多文学家和史学家经常引用的作品。**普齐乌斯·阿普列尤斯**（124？—175？）是北非作家，他的《变形记》（又名《金驴记》）是罗马文学中最完整的一部小说，写青年普齐乌斯误服魔药变成驴子后的经历和见闻，通过它的眼睛真实地描写了罗马帝国外省的种种社会现象。**琉善**（125？—200？）是出生于叙利亚贫苦家庭的散文作家。他的作品讽刺了奴隶制崩溃时期的各种宗教、哲学与文学。

帝国后期的罗马，基督教成为国教，早期基督教文学迅速发展起来。希伯来文化开始影响欧洲文学并成为它的又一渊源。

第二节　荷马史诗

古代希腊流传至今的最早的文学作品是两部史诗——《伊利昂纪》和《奥德修纪》。相传这两部作品是盲诗人荷马所作，所以合称"荷马史诗"。

一、荷马史诗的作者与内容

在古代，人们都认为这两部史诗是荷马所作，没有提出过怀疑。18世纪后期，学者们对荷马是否确有其人以及其他有关问题提出了疑问，引起了长期的争论，形成了欧洲文学史上所谓的"荷马问题"。但是一般学者都认为，荷马确有其人，是古代希腊的一个职业的民间歌人。他大约生活在公元前9世纪至公元前8世纪之间，《奥德修纪》第八卷描写的谛摩多科就是这种民间歌人的形象[①]。

对于史诗的形成，学者们也进行了长期的研究。考古学的成果证明：史诗中所写的特洛亚战争确有其事，发生在公元前12世纪初期。战争结束后，在小亚细亚和希腊各地，流传着许多关于这次战争的歌谣传说，歌颂了战争中的英雄人物，这就是史诗的基础。这些歌谣由民间歌人口口相传。大约在公元前9世纪前后，荷马对这些歌谣进行加工整理，编成了两部完整的长诗。那时的史诗仍然是一种口头的民间创作。到公元前6世纪，雅典的统治者庇士特拉图下令把史诗记录下来。这时，它们第一次成为文字作品，并基本定型。以后，又经过长期的流传和演变，到了公元前3世纪至公元前2世纪，即希腊化时期，才由亚历山大城的学者们把它们最后编定。由此可见，史诗是从人民口头创作演变而来，由集体与个人才能相结合而形成，最后又由文人来编定的作品。

两部史诗的内容都与特洛亚战争有关。特洛亚是小亚细亚西北部的一个城市，物产丰富，地势险要。公元前12世纪初期，希腊半岛上的一些部落，曾经组成联军，渡过爱琴海，向特洛亚发动进攻，引起了一场持续十年的大战。最后，希腊人得胜，毁灭了这座城市，掠走了大批的财产和俘虏。

特洛亚战争是一次部落之间的掠夺战争。这种战争在古代经常发生，但是，在希腊传说中，战争的起因是为争夺一个女子海伦。英雄阿基琉斯的父母在举行婚礼时，没有邀请不和女神，这位女神便在宴席桌上扔下一个金苹果，上面写着"给最美的女神"，引起了三位女

---

① 《奥德修纪》第八卷称，谛摩多科为"神妙的乐师"、"忠诚的乐师"、"缪剌女神最宠爱的人"。女神给了他不幸，也给了他幸福；她剥夺了他的视觉，但给了他甜蜜的歌喉，"他可以随意歌唱，使得人心情愉快"。（见《奥德修纪》，杨宪益译，90页，上海，上海译文出版社，1979。）

神（赫拉、雅典娜、阿佛罗狄忒）的争执。宙斯让她们去找特洛亚王子帕里斯评判，帕里斯把苹果判给了阿佛罗狄忒。事后，阿佛罗狄忒女神把他引到斯巴达，拐走了王后海伦，带走了大批财产。希腊各部落为了夺回海伦而联合起来，集结了十万大军，一千多条战船，由阿伽门农担任统帅，渡海向特洛亚进攻。十年征战，未能得胜。最后，伊大卡王奥德修斯设木马计，攻破了特洛亚。战争结束后，各部落的领袖夺取了大批的财物和俘虏，但他们的遭遇各不相同，有的顺利回国，有的长期漂流在海上，有的回国后死于非命。

《伊利昂纪》是直接描写这次战争的史诗。希腊人称特洛亚城为伊利昂，故史诗名"伊利昂纪"。全诗 24 卷，15 693 行。史诗的主要英雄人物是希腊军方面的阿基琉斯，他的两次发怒构成了全诗的情节基础。史诗开始，希腊军方面的主帅阿伽门农无理夺走了阿基琉斯的一名女俘，阿基琉斯一怒之下退出战场。特洛亚军乘机进攻，一直打到了希腊军的战船边。阿伽门农派人来向阿基琉斯求和也没有成功。这时，阿基琉斯的朋友帕特洛克洛斯借了他的盔甲杀上战场，打退了特洛亚军，但被对方的主将赫克托耳所杀。阿基琉斯因朋友牺牲而大怒，他悔恨自己的过失，请求母亲找火匠神为他赶制了新盔甲，重新参战。他一上战场，马上就扭转战局，经过激战，杀死了赫克托耳。全诗在特洛亚老王普里阿姆斯为赫克托耳举行的葬仪中结束。

《奥德修纪》也分 24 卷，共 12 110 行。这是一部描写人与自然斗争，以及人们争夺财富、地位的斗争的史诗。诗中的主人公就是木马计的策划者奥德修斯。他从特洛亚回国途中，在海上受到种种磨难，不能回家，而国中流传他已经死亡，有一批贵族来纠缠他的妻子珀涅罗珀，妄想夺得他的财产和地位。后来，奥德修斯来到斯赫里岛，当地国王热情接待了他，在得知他的来历后又派人送他回国。奥德修斯回到伊大卡后，化装成乞丐试探了他的家仆、儿子和妻子的忠诚，然后向求婚者报仇，最后夫妻团圆。

荷马史诗是古代希腊从原始公社制向奴隶制过渡时期的产物，它们也极其广泛而生动地反映了这一时期希腊社会的政治、经济、军事、风尚习俗等各方面的情况。

荷马时代的希腊，居民中已有贵族、平民和奴隶的区别。史诗中所写的"王"就是军事首长和各部落的显贵。贵族们过着奢华的生活，但并不完全脱离劳动（如奥德修斯做床，珀涅罗珀织布，瑙西卡公主洗衣等）。奴隶已经出现，但主要是为主人从事家务劳动和豢养牲畜的家奴。尽管如此，荷马时代的希腊还不是奴隶社会，古代的氏族组织还保持着相当的活力。部落中最高权力属于民众大会，一切重大问题都要在民众大会上讨论决定。当然，民众大会的作用已经很小，贵族起着决定作用。

荷马史诗以一个历史事件为基础，通过广阔的社会画面，全面地反映了一个时代的社会生活，同时，历史和现实都与神话紧紧地结合在一起。这是古代史诗的两个特点。那时候，社会生活比较简单，人们的意识形态受到神话观念的支配，艺术创作又是以人民口头集体创作的方式进行的，这正是产生荷马史诗一类作品的历史条件。当人类社会进一步发展，这些未成熟的社会条件不再存在的时候，像荷马史诗这样的艺术作品就不可能再产生，史诗也就成为一种不可重复的艺术珍品而永远保留着它的价值。

二、荷马史诗的思想和艺术

荷马史诗也被称为"英雄史诗"，它们在塑造英雄形象上具有高度的成就。史诗中的英雄各具个性，体现了古希腊人的英雄主义、集体主义的崇高理想。同时，作为向奴隶制过渡时期的英雄人物，他们又有氏族贵族和早期奴隶主的那种个人意识。

《伊利昂纪》的主要英雄人物是阿基琉斯，他的基本品质是为部落而忘我奋战。面对阿伽门农的无礼行为，他顾全大局，把女俘交出。后来战事危急、朋友牺牲之时，他顿释私恨，毅然出战，一举扭转了战局。阿基琉斯从发怒到息怒，其间的转变并没有什么严重的思想障碍，即使面临命定的末日，也决不犹豫退却。这就说明部落集体的利益占据了他心目中的主要地位。他的重友情和同情心，与他在战场上那种煞星般的残忍，都自然结合在一起，使这个形象显得比较丰满。不过，阿基琉斯身上那种氏族贵族的个人意识也极其明显。他生性暴躁，又过于任性，为了个人荣誉和个人利益所受的损失，为了证明自己对希腊军的重要性，他长时间不上战场，不肯和解，造成了希腊军方面的严重伤亡。史诗对他这种行为给予责备。

特洛亚方面的主将赫克托耳也是受到史诗颂扬的一个重要的英雄人物。他代替年迈的父亲指挥全军，在战斗中身先士卒，从不怯懦。他预感到城邦将被毁灭，自己将要阵亡，妻子将沦为奴隶，但是他深深地明白自己的职责，毅然出征，义无反顾。

奥德修斯也是史诗中的一个重要英雄，智慧和刚毅是这一形象的重要特征。他在十年漂流的过程中面对一次又一次的危险和一次又一次的诱惑，都能随机应变，以智取胜。他的英雄行为的动力来自他与部落集体血肉不可分离的感情。然而，奥德修斯的个人意识比《伊利昂纪》中的英雄更为严重。他私心重，个性狡黠，头脑里时时不忘自己的财富，对任何人甚至对神都抱有戒心，不说实话。史诗的后半部分描写他对求婚者进行复仇，对于那些帮助过仇人的奴隶进行了极其残酷的杀戮，表现出一个早期奴隶主的狰狞面目。

荷马史诗还表现出一种热爱生活、肯定人的力量的积极乐观的思想。在史诗时代，古希腊人的思想受到命运观念和神话观念的支配，相信人间的一切都受到神的操纵，为命运所决定。但是，在史诗中，人并不是一种消极的因素，也不是命运的玩物，而是一种积极的、主动的力量，战争中，即使面对天神，也敢于较量，战而胜之，好几个神就这样被英雄杀得鲜血直流。在自然斗争中，奥德修斯碰到了无数难以想象的艰难险阻，但从不气馁，总能依靠自己的智慧和毅力去战胜重重困难。

古希腊人也具有冥府乐土的观念。但在史诗中，人们重视现世的幸福和荣誉，并不把希望寄托在来世，不论是战争、劳动、比武、斗智，英雄们都抱有莫大的兴趣。《奥德修纪》第11卷中写阿基琉斯的幽魂在地府中备受尊敬，但是他说："我宁愿活在世上做人家的奴隶，侍候一个没有多少财产的主人，那样也比统帅所有死人的灵魂要好。"① 正因为史诗对现实生活、对人的力量抱着这样积极的态度，所以它的基调是乐观的、健康的，显示了尚处童年期的人类对世界、对自己的充沛信心。

不过，我们也要看到，史诗的思想并不单纯。由于他们是在奴隶制形成时期定型，由奴隶主阶级的宫廷文人编定的，就必然带有奴隶主观点的烙印。如诗中对正在形成的奴隶制采取肯定的态度，对贵族赞扬而贬抑平民。

荷马时代还是人类社会的童年时期，但是，它们在艺术上达到了惊人的水平。

剪裁巧妙，结构完整，是史诗的一大艺术特色。荷马史诗并没有从头到尾、平铺直叙地记述一个历时十年的事件，而是采取高度集中的手法，把材料集中在一个人物、一个事件和一小段时间内，从而把众多的人物、丰富的情节和场面，组织成一个严谨的整体。

《伊利昂纪》以阿基琉斯的愤怒开头，交代了全诗的情节中心。全诗只写战事最后 51 天内发生的事，而具体描写的也只是 9 天里发生的故事。这样的结构有利于突出史诗所要表现的英雄主义思想，有利于英雄形象的塑造。当主要英雄退出战场时，史诗就有可能让其他英雄一一显出其神威。最后主将上阵，更突出了他的决定性作用。

《奥德修纪》的主要情节是奥德修斯的历险。但十年历险和回国复仇的故事压缩在最后的 40 天，具体描写的只有 5 天。它的结构也比《伊利昂纪》复杂：一是岛上、海上两条线索交错进行，以突出情势的危急。二是奥德修斯十年漂流的遭遇用倒叙手法来表现，听来亲切动人。全诗从帖雷马科寻父开始，以合家团圆结束，前后呼应，结构完整。

史诗艺术结构的另一个特点是采用主干与插曲相结合的手法。在主要情节的大支架中，插入了许多小段，或为交代主要情节的来龙去脉，或为补充主要情节的内容，或为丰富生活画面。这些插曲使史诗显得宏伟、丰满，删去这些插曲，史诗就会改观。

史诗在人物形象的塑造上也取得了极高的艺术成就。两部史诗塑造了众多的英雄人物，但不显雷同，不显重复。阿伽门农的傲慢，阿基琉斯的英勇和任性，埃阿斯的直率，狄俄墨得斯的急躁，涅斯托耳的老成持重，都给读者留下了鲜明的印象。在妇女形象方面，贤惠的安德罗马克、忠贞的珀涅罗珀、天真的瑙西卡公主、痴情的卡吕普索，都写得栩栩如生。史诗塑造人物的主要手法是把人物放在特定的情势中，以夸张的手法和色彩浓重的诗句，具体地描绘人物的语言和行动，表现他的性格。有时用虚写的手法也很成功，如描写海伦第一次出场，并不直接描写她的姿色，只从特洛亚长老对她的赞叹来加以烘托。史诗人物的另一特点是性格的静止性，这也是古代艺术的特点。

在叙事手法上，诗人仿佛是一个旁观者，客观地描写他所亲眼目睹的事情，从来不提自己的事情，更没有主观的抒情和直接的评论。

史诗的诗句优美动听，这得力于丰富瑰丽的想象、出色的比喻，以及它的韵律。史诗采用长短短格六音步诗行，不押尾韵，吟诵时，中间可以稍有停顿。这样的诗行灵活多变，适

---

① ［古希腊］荷马：《奥德修纪》，杨宪益译，144 页，上海，上海译文出版社，1979。

合吟诵，与史诗所要表现的内容很协调。

另外，史诗的有些手法与它作为一种口头艺术有着密切的关系。比如诗中常用重复的手法，有重复的词语、重复的句子，甚至重复的段落，有的则是固定的套语。这种重复一方面是为了便于演唱者记忆和短时间的休息，另一方面也是为了引起听者的注意，加深听者的印象。

荷马史诗在古代被人们看作智慧的宝库和教科书。两千多年来，它一直受到尊重，对欧美文学的发展有着极大的影响。

第三节 古希腊戏剧

一、古希腊戏剧的起源

史诗、抒情诗的发展，为戏剧诗的出现，在文学基础上作好了准备。但是，在古希腊，戏剧这种艺术形式起源于酒神祭典仪式。希腊酒神狄奥尼索斯是酿酒和葡萄种植等的保护神，后来成为一切植物之神，在平民中受到崇拜。每年春秋两季都有酒神祭典、祈祷或庆祝丰收。酒神祭典是一种盛大的群众性活动。人们排成行列，举行游行。队伍中有合唱队，当游行队伍来到祭坛，举行歌舞，颂扬酒神时，合唱队队长讲述有关酒神的神话故事，合唱队报之以赞美酒神的歌唱。悲剧就起源于这种酒神颂歌。起初，酒神祭典只是宗教仪式的一个组成部分。当雅典平民的力量强盛的时候，他们便大力提倡酒神崇拜。雅典的执政者为了讨好平民，把酒神祭典引入城市，演出酒神颂。公元前534年，雅典人忒斯庇斯首先采用第一个演员，悲剧便初具规模，后来埃斯库罗斯加入第二个演员，索福克勒斯加入第三个演员，他们还在演出形式上进行改善，于是希腊悲剧逐渐从酒神祭典中分离出来，成为一种独立的艺术形式。

古希腊的喜剧也起源于酒神祭典，其根源是祭典中的狂欢歌舞。大约在公元前6世纪末，雅典已经有了这种狂欢歌舞表演，但直到公元前487年，雅典才在酒神大节上首次上演喜剧。

古希腊戏剧的发展与雅典的奴隶主民主政治有着密切的关系。在民主制的条件下，群众性的活动占有重要地位，民主性与群众性也就成为这一时期文化艺术的一大特点。氏族贵族提倡的史诗和表现贵族个人思想感情的抒情诗，都不能适合时代的要求，而戏剧这种最具群众性的艺术形式，因能适应民主政治的要求而大大兴盛起来。雅典政府也扶植戏剧活动，利用这种群众性的活动来进行宣传教育。在民主制的极盛时期，即伯里克利执政时期，希腊的戏剧活动也发展到它的繁荣阶段。政府修建了可容纳万人以上的半圆形露天剧场，每年春季举行盛大的戏剧竞赛。为了鼓励公民看戏，还发放戏剧津贴。戏剧节成了全体自由民的盛大节日，剧场成了自由民的政治论坛和文化生活中心。

二、古希腊悲剧

在雅典，首先兴起的是悲剧。公元前 560 年，僭主庇士特拉图把酒神祭典搬到雅典城。公元前 534 年第一次正式上演悲剧，它在雅典奴隶主民主制形成时期产生，又随着这一政治制度的发展而发展，随着它的衰落而衰落。

希腊悲剧绝大多数取材于神话，作家通过对神话题材的解释和处理来反映当代的现实，提出自己对现实问题的看法。

悲剧演出过程中，始终保持合唱队的表演。剧中的戏剧成分和合唱队的抒情成分，是悲剧的两个不可缺少的组成部分。整个剧本的结构也和合唱队的活动有着密切的关系。每演完一场戏，便由合唱队表演歌舞，演唱一支合唱歌，或交代剧情，或发表议论，或烘托气氛，场与场之间的时间和地点，便可由此有了转换，所以合唱队在这里既扮演剧中的角色，又是作者的代言人，还起着分幕分场的作用。初期的悲剧还运用"三联剧"的结构形式，即三个剧本的题材相关，既相对独立又连续发展。希腊悲剧的台词用诗体，有较高的文学价值。

希腊悲剧产生于民主制形成时期，剧本充满反侵略、反专制、为民主和正义事业而奋斗的英雄主义精神和崇高理想，基本上是一种英雄悲剧，它旨在严肃而不在悲。

悲剧演出在古代希腊盛极一时，但至今只留下三个作家的 32 部作品。这三个作家是埃斯库罗斯、索福克勒斯和欧里庇得斯，史称"古希腊三大悲剧诗人"，他们标志着雅典奴隶主民主制发展的三个阶段和希腊悲剧发展的不同阶段。

埃斯库罗斯（约前 525—前 456）被文学史家称为"悲剧之父"，是雅典奴隶主民主制形成时期的悲剧诗人，他的作品反映了这一时期雅典的社会生活，歌颂民主制的胜利。

埃斯库罗斯出身贵族，但是他亲眼看到雅典平民反对贵族统治、建立民主制的斗争，亲身参加了反侵略的希波战争，这就使他能接受民主制。但是，他未能完全摆脱旧观念，形成了他世界观中的矛盾。据说，埃斯库罗斯写过 90 部（一说 70 部）剧本，有 7 部流传至今，他的作品中贯穿着爱国思想和民主精神，人物像神一样崇高而伟大，语言优美，比喻奇特，风格庄严、雄浑。埃斯库罗斯首先运用第二个演员，使对白成为剧中的主要成分，他开始运用服装、高底靴和布景，希腊悲剧的结构程式和艺术特点也在他的剧作中基本形成。

他的代表作《被缚的普罗米修斯》（公元前 465 年左右上演）是"普罗米修斯三部曲"之一，其他两部已经失传。在神话中，普罗米修斯是人类的创造者，并盗得天火给人类，使人类从此变得文明进步。宙斯仇恨人类，也就仇恨普罗米修斯。他命火匠神将普罗米修斯绑在高加索的山崖上，每天让兀鹰啄食他的肝脏，晚上长好，第二天再啄。后来，伟大的英雄赫拉克勒斯解救了他。这则神话故事反映了人类发明火的艰苦过程，歌颂了人类的进步。埃斯库罗斯的剧本用这个神话来反映雅典民主派反对寡头派的斗争。剧中的普罗米修斯虽然被绑在山崖上，但是他掌握了宙斯的一个秘密，宙斯派使者来逼迫他说出秘密，普罗米修斯不肯屈服，最后被打入地牢。在剧中，宙斯并未出场，但是通过他的爪牙的活动及其他人物的介绍可以知道，他是一个暴君，为了逼迫普罗米修斯说出秘密，他用尽了残暴的手段。从他对伊娥的欺凌又可看出他的荒淫无道。

普罗米修斯的形象写得高大雄伟，他对被压迫者充满同情，对专制统治者万分痛恨。为了保护人类的进步，他与宙斯进行了不屈不挠的斗争。剧本通过这一斗争概括了雅典的奴隶主民主派反专制、争民主的斗争。作家把这一斗争提高到关系人类命运的高度，歌颂了普罗米修斯为人类正义事业不惜牺牲自己一切的崇高精神。

剧中普罗米修斯被绑在山崖上不能行动，但是作家让各种人物上场与他对话，这些人物都从不同的角度与普罗米修斯形象形成对比，从这些对比中揭示出普罗米修斯的精神境界。他怒斥宙斯的爪牙，嘲笑怯懦的河神，鄙弃奴性十足的神使，深切同情受欺凌的伊娥。通过层层对比、层层烘托，把这一形象塑造得极其高大。

普罗米修斯的形象也表现出作家的思想矛盾。他始终服从命运的支配而缺乏主动进攻的精神，在反抗宙斯的同时又对敌方的回心转意寄予幻想，这些都是早期民主派的不彻底性的思想特点。

索福克勒斯（前496？—前406）是雅典奴隶主民主制繁荣时期的悲剧诗人，他的作品反映了这一时期雅典的时代风尚，也标志着希腊悲剧已发展到成熟阶段。

索福克勒斯出身于雅典的一个富商家庭，是民主制的拥护者。据传，他写过120余部剧本，留存7部。他的作品拥护民主，鼓吹英雄主义精神，既尊重神和命运，又重视个人的意志和力量。索福克勒斯对希腊悲剧的发展做出了重要贡献。他打破了"三联剧"的形式，首先使用第三个演员，而且使合唱队成为剧中的有机组成部分。希腊悲剧的艺术形式在他的创作中发展到完善的程度，尤其是结构布局的严密、完整，堪称古典戏剧的典范。他的作品风格质朴、简洁、自然。

索福克勒斯的代表作是《俄狄浦斯王》（公元前430年上演）。剧本取材于希腊神话中一个古老的故事。忒拜老王拉伊俄斯从神示中得知他的儿子将要杀父娶母，因此命仆人将其子扔到山里。那孩子被科任托斯的国王收养，取名俄狄浦斯。长大后，他也从神示中得知自己将犯杀父娶母之罪。为了避免这一罪恶，俄狄浦斯离开了科任托斯。在三岔路口，他与一老人发生争执，不慎将老人打死，不料那老人正是他的生父拉伊俄斯，他无意中犯了杀父之罪。此时，忒拜国内出现狮身人面女妖斯芬克司。俄狄浦斯来到这里为民除害，因而被拥为国王，娶了王后，无意中又犯了娶母之罪。这些都是悲剧开始之前的故事。

悲剧开始时，已是俄狄浦斯登上王位16年之时，忒拜发生大瘟疫，无数灾难降临到人民头上。俄狄浦斯从神示中得知，天神降灾是由于杀死老王的凶手至今未受惩罚。俄狄浦斯为拯救国家和人民而追查凶手。几经周折，查明是他自己杀死了老王。俄狄浦斯便刺瞎自己的眼睛，离开了忒拜。

悲剧中，俄狄浦斯的坚强意志与不可抗拒的命运之间发生了激烈的冲突。俄狄浦斯出于高尚的愿望而抗拒命运，结果还是摆脱不了命运的束缚。他出于对国家、对人民的高度责任心而追查凶手，却不料让自己陷进了命运的罗网中。在作家的观念中，俄狄浦斯抗拒命运的行为是值得肯定的，命运也是无法摆脱的，但是，命运使这样一个品德高尚、忧国忧民的理想英雄人物成为罪人，那么命运的正义性就值得怀疑。这种对于个人的独立自主精神的肯定，以及对于神和命运的合理性的怀疑，正是雅典奴隶主民主制兴盛时期民主派思想意识的特点。

命运观念是希腊人思想意识的一个特点，他们把自己不能解释的种种遭遇和客观上存在的必然性都归之于命运。雅典的奴隶主民主制从发展到衰落本来有其历史的必然性，索福克勒斯看到了自己所理想的民主制竟然会发生种种矛盾而面临危机，陷入了困惑之中。剧中人与命运抗争而不可战胜的主题，可以看作作家面对正在萌发的社会危机，一方面相信自己的理想，一方面又感到惶惑不解的矛盾心理的表现。

《俄狄浦斯王》历来被文学家们认为是希腊悲剧的典范。全剧在矛盾即将发展到高潮之时开始，情节完整统一，只写俄狄浦斯追查凶手一事，剧中通过五个人物依次上场，把全剧错综复杂的矛盾一一揭开。情节是有机发展的，前一个动作成为下一个动作的起因，一环紧接一环，逐步推向高潮。剧情复杂而紧张，发展合情合理，从开场形成的悬念，到后来一步步的"发现"，揭开矛盾，形成高潮，最后引出惊心动魄的结局。

索福克勒斯在古代希腊受到了高度的评价，而且对后世有很大影响。

欧里庇得斯（前485？—前406）在古希腊三大悲剧作家中，是最富民主倾向的一个。他与索福克勒斯生活在同一时期的雅典，但在思想上很不一样。他怀疑宗教，不信命运。他看到雅典民主制国家中存在的种种矛盾，不满当政者对内压迫人民、对外侵略别国的政策，因而也为当局所不容，晚年流落马其顿，客死异乡。相传欧里庇得斯写过92部剧本，流传下来的作品有18部之多。他的作品能大胆揭露不合理现象，敏锐地反映社会问题，特别是通过战争问题与家庭问题来反映雅典民主制危机时期的社会矛盾。

欧里庇得斯在继承前人的基础上，对希腊悲剧的发展做出了自己的贡献，主要是在写实手法和心理刻画这两点上提供了新的艺术经验。他的作品虽然也取材于神话传说，但剧中的内容和人物都接近现实生活。

欧里庇得斯的代表作是《美狄亚》（公元前431年上演）。剧本取材于古希腊神话中著名的关于阿耳戈船的英雄传说。英雄伊阿宋奉命乘阿耳戈船到科尔喀斯取金羊毛，当地的公主美狄亚钟情于他，并帮助他获得成功，回国后又帮助他报了父仇。后来，他们来到科任托斯定居。悲剧开始时，伊阿宋已经对美狄亚变心而爱上了科任托斯的公主，国王克瑞翁又下令将美狄亚逐出国境。美狄亚利用巫术将公主与国王烧死，又杀了两个儿子，然后跳上龙车，离开科任托斯。

神话中的英雄伊阿宋在这一剧本中变成了背信弃义、卑鄙自私的小人。他贪图权势和金钱，抛弃了旧日有恩于他的妻子和自己的儿子。伊阿宋的形象反映了当时社会道德的堕落，婚姻已经成为一种谋取财富和地位的手段。美狄亚的悲剧反映了雅典奴隶主民主制面临危机时期，随着私有制的发展和贫富的分化，社会上道德堕落、家庭崩溃的现实。

在雅典，妇女的地位几乎与奴隶相近，她们在社会上没有权利，不得参加公共活动；在家庭里没有地位，可以被丈夫随意处置。美狄亚的遭遇表现了雅典妇女这种被欺凌的地位。她不能依靠社会力量来争取自己的权利和地位，便决定采取仇杀的手段进行报复。欧里庇得斯虽不同意她的残忍手段，但以动人的手笔描写她杀子之前复仇心和母爱之间所展开的激烈的心理矛盾，充分表现了作家对她的同情。

三、古希腊喜剧

古代希腊虽很早就有滑稽剧表演，真正的喜剧却晚于悲剧而兴起，它是雅典奴隶主民主制危机时期的产物。公元前487年，雅典正式上演喜剧，比悲剧要晚将近半个世纪。当民主制陷于危机而破绽百出的时候，英雄悲剧的时代已告终结，而喜剧这种以揭露社会矛盾、讽刺现实为主要特征的艺术形式应运而生。民主制条件下的言论自由，也为喜剧的发展提供了条件。

古希腊喜剧同样起源于酒神祭典，因此它也和悲剧一样保留着对白和歌队合唱两个部分。古希腊喜剧主要是政治讽刺剧和社会讽刺剧。剧本直接取材于现实生活，情节和人物都是虚构的，甚至是荒唐的。政治讽刺剧可以直接批评当时的权势人物和著名人物。希腊喜剧保留着民间滑稽剧的特点，采用日常语言，可以与观众开玩笑，但是它的内容是现实的，主题是严肃的。

古典时期的希腊喜剧称为"旧喜剧"，有别于希腊化时期的"新喜剧"。古典时期雅典有三大喜剧作家：克剌提诺斯、欧彼利斯和阿里斯托芬。其中以阿里斯托芬最为重要。

阿里斯托芬（前446？—前385？）被称为"喜剧之父"。他写过44部作品，现留下11部。阿里斯托芬站在自耕农和城市中等阶层的立场，希望雅典能恢复繁荣时期的民主政治，维护传统的道德，对当时当权者所执行的各种政策表示不满。他的作品广泛地涉及当时的政治、哲学、文艺等各方面的问题，战争与和平的问题占有更重要的地位。他反对希腊各城邦之间同室操戈，主张议和，尤其痛恨那些政治煽动家。

《阿卡奈人》（前425）是一部反内战的作品，具有强烈的政治讽刺性。剧本于公元前425年上演。那时，伯洛奔尼撒战争已经打了6年，人民渴望结束这场内战，实现和平。阿里斯托芬的剧本反映了人民的愿望。剧中的歌队由阿卡奈人组成（阿卡奈是战争时期屡次遭受灾难的地方），他们不知战争的起因，在公民大会上反对与斯巴达议和。阿提卡农民狄开俄波利斯（意即"正直的公民"）便与斯巴达人单独订立了30年和约。阿卡奈人用石头打他，惩罚他。狄开俄波利斯为自己辩护，阿卡奈人即分成两派。一部分人仍然不同意他的观点，请来主战派将领——大言不惭的拉马科斯，与他扭打起来，辩论中狄开俄波利斯取胜。后来，狄开俄波利斯开放私人市场，带来贸易兴旺。酒神节来临，拉马科斯奉命戍边，受伤而归，狄开俄波利斯赴宴归来，喝得酩酊大醉。

剧中以荒诞不经的情节和场景，证明和平胜于战争，后者只能使人民受苦，希腊各邦应该团结一致，联合起来对付正在形成的外来威胁。

阿里斯托芬的喜剧用夸张的、闹剧式的甚至是荒诞的手法来反映现实，这是一种独具特色的古典喜剧。公元前 4 世纪末，雅典的民主政治已经消失，阿里斯托芬式的政治讽刺剧也随之衰落。

第二章　中世纪的欧洲文学

学习要求

1. 了解：宗教统治对中世纪欧洲文学的深刻影响。

2. 掌握：中世纪欧洲文学四种基本类型即教会文学、英雄史诗、骑士文学、市民文学和市民戏剧的特征和主要内容。

3. 重点掌握：但丁的《神曲》。

第一节　概　　述

476 年，西罗马帝国灭亡，标志着古代社会结束，欧洲开始进入"中世纪"，即封建社会时期。这一时期的欧洲历史一般分为三个阶段：中世纪初期，即封建制度的形成时期；中世纪中期，即封建制度的繁荣时期；中世纪晚期，也就是封建制度的衰亡时期。本章所说的中世纪文学，仅指上述前两个时期的文学。中世纪晚期，已是近代文学的开端。

一、中世纪初期的欧洲文学（5—11 世纪）

西罗马帝国灭亡后，日耳曼人在帝国的废墟上建立起许多国家，与此同时，斯拉夫人活动在欧洲的东部。这些新建的国家先后进入封建化的过程，欧洲历史进入封建制时代。

在欧洲封建社会中，基督教逐渐在思想文化领域占有统治地位。基督教产生于 1 世纪初的罗马帝国，原始基督教运动本是帝国内部被压迫阶级和被压迫民族对帝国统治者的一种反抗情绪的表现，后来成了奴隶主阶级麻痹人民斗志的统治工具。在欧洲封建制度的形成过程中，基督教曾经起过一定的进步作用，而同时，它又成了封建主阶级的统治工具。教会建立起一套严密的统一的等级制度，并成为欧洲封建社会的精神支柱。

教会竭力树立神的绝对权威，鼓吹禁欲主义和出世思想，以麻痹人民的反抗意识。这种思想统治的结果是神权主义禁锢着人们的头脑，科学文化也被当作神学的奴婢。教会神权统治的另一恶果是它对古代文化的严重摧残。在民族大迁徙时期，欧洲的古代文化已经遭到破坏。教会更把古代希腊罗马的文化视为异端而加以排斥，古代文化之中只有一小部分对基督教有利的东西被教会吸收，大量的文物和典籍被破坏、被焚烧，致使文化发展出现断层，一切仿佛又从头开始。[①]因此，有的史学家把欧洲的中世纪称为"黑暗时期"。

教会进行神权统治的主要武器是《圣经》。僧侣们随意解释《圣经》，制造出种种适合封建统治需要的"理论"。《圣经》成了信仰、生活和一切言行的依据，知识、真理的渊源，区分是非善恶的标准，甚至在法庭上具有法律的效力。

教会神权统治对中世纪文化产生极大的影响，使一切文化艺术都染上宗教色彩，教会文学空前兴盛。教会文学的主要题材取自《圣经》，其体裁有圣经故事、圣徒传、祈祷文、赞美诗等，其内容主要是宣扬神的权威和禁欲主义、出世思想。教会文学借圣经故事宣传所谓"原罪"说：人类的祖先亚当、夏娃偷吃乐园的禁果而犯了大罪，人在世上就为赎免这"原罪"而终身受苦，禁绝一切欲望，以求上帝的拯救和死后能进入天堂。教会文学还制造所谓圣母的奇迹、上帝的全能，颂扬那些弃绝尘世而进行苦修的圣徒，把世俗生活和人的一切合理要求都说成是一种罪恶，把得救的希望寄托于上帝的恩赐和渺茫的来世。教会文学常采用梦幻故事的形式和象征、寓意的表现手法，这种手法影响了整个中世纪的欧洲文学。

在中世纪初期，民间文学占有极其重要的地位。各族人民原来就有自己的神话、传说和诗歌，民间艺人的创作也相当活跃。民间的艺术创作表现出异教精神，因而受到教会的敌视和摧毁，大量的作品没能保存下来。尽管这样，民间文学创作始终没有间断，有些作品还通过各种途径流传到今天，其中以英雄传说和英雄史诗最为重要。凯尔特人关于库胡林和菲恩的英雄故事，以及他们关于亚瑟王的传说，流传于欧洲各国。英雄史诗是中世纪人民文学的瑰宝。日耳曼人的英雄史诗《希尔德布兰特之歌》、盎格鲁·撒克逊人的史诗《贝奥武甫》、冰岛人民的"埃达"（意即"歌谣"）和"萨迦"（意即"英雄传说"）、芬兰人民的史诗《卡勒瓦拉》，都是各族人民进入封建社会之前产生的民间创作。它们反映的是氏族制度瓦解时期的部落生活，歌颂了部落英雄，并带有神话色彩。

《贝奥武甫》是这类英雄史诗中出现较早、保留得比较完整的一部，大概在 7 世纪末 8 世纪初形成，共 3 000 行，分上下两部。史诗描写的是部落战争、家族复仇等氏族社会晚期常见的社会现象。史诗的主人公贝奥武甫是 6 世纪时住在瑞典的盎格鲁·撒克逊人的一个部落首领，一个传奇性的英雄人物。他英勇无畏，大公无私。史诗写他青年时期消灭海妖，晚年与火龙搏斗并因而牺牲的故事。这一形象体现了氏族制度瓦解时期人民的理想。史诗在艺术上具有形象鲜明、结构严谨、语言生动等特点。

冰岛接受基督教的影响较晚，因此在"埃达"和"萨迦"中保留了许多北欧异教的神话传说和历史故事，具有特殊的价值。

---

① 恩格斯说："中世纪是从粗野的原始状态发展而来的，它把古代文明、古代哲学、政治和法律一扫而光，以便一切都从头做起。"（恩格斯《德国农民战争》，见中共中央马克思恩格斯列宁斯大林著作编译局编：《马克思恩格斯全集》，第 7 卷，400 页，北京，人民出版社，1959。）

芬兰史诗《卡勒瓦拉》虽到 19 世纪才被整理成文学作品，其内容却是 7 世纪末以来的神话和传说。诗中以争夺"三宝"（一架能研制出粮食、盐和金钱的魔磨）的故事为核心，描写芬兰的英雄与北方波约拉部族之间的斗争，歌颂了维亚摩能、伊尔马利能等理想的人民英雄。诗中也保留了芬兰人民原有的多神教信仰和浓厚的民族特色。

二、中世纪中期的欧洲文学（11—13 世纪）

11 世纪后，欧洲的封建制度发展到全盛时期，随着封建经济的繁荣，许多国家内部出现了作为手工业和商业中心的城市。同时，在英、法、俄等欧洲重要国家，出现了从分裂走向集中统一的局面；农民起义的爆发，说明欧洲国家内部阶级矛盾的严重性。从 11 世纪末到 13 世纪后期，先后发生了八次掠夺性的宗教战争——"十字军"战争，对欧洲政治、经济和文化的发展产生了深刻的影响。

封建社会繁荣时期的欧洲文学已改变了初期那种萧条冷落的局面。

中世纪中期，欧洲各国出现了一批歌颂封建时代理想英雄人物的长篇史诗，它们先是由民间歌人传唱，后来由封建文人（主要是僧侣）整理加工成文学作品。这类英雄史诗与中世纪早期的史诗不同，它们往往以某一历史事件为基础，以歌颂英雄的武功为主要内容；虽有传奇色彩而不具神话性质；诗中的英雄人物英勇善战，而且具有忠君爱国的思想。诗中又常常把歌颂英雄的武功与歌颂体现国家统一强盛的君主、谴责叛徒和封建纷争的思想结合在一起，反映了历史进步趋势，代表了人民的愿望。但在流传与记录过程中，也掺杂了贵族的、宗教的思想，因而具有一定的复杂性。最著名的英雄史诗有法国的《罗兰之歌》、西班牙的《熙德之歌》、德意志的《尼伯龙根之歌》、俄罗斯的《伊戈尔远征记》。

《罗兰之歌》 是这类史诗中最优秀的、最有代表性的作品。它大概在 11 世纪末 12 世纪初编定，全诗 4 002 行。诗篇以 777—778 年查理大帝远征西班牙的史实为基础，但是在史诗中，史实已失去了原来的面貌。按照史诗的描写，查理大帝征服西班牙历时七年，只有信奉伊斯兰教的萨拉戈萨一地尚未臣服。那里的国王马尔西勒派人来向查理大帝求和，大臣迦奈隆接受收买并与马尔西勒定下诈降的奸计。查理班师回国时，大将罗兰率两万人马殿后，行至隆斯福山谷，中了敌人的埋伏，虽经英勇抵抗，终因寡不敌众而全军覆没，罗兰也牺牲在沙场。临终前，他吹响了号角，查理大帝闻声即刻回师，经过激战征服了萨拉戈萨。回国后处死了迦奈隆和为他辩护的贵族。

在史诗中，查理大帝是一个理想化君主的形象。他的贤明统治，他内平叛臣、外御强敌的赫赫武功，都体现了国家的统一和强盛，符合人民的愿望。为了歌颂这一形象，史诗几乎把他神化了。当时只有三十几岁的查理，被写成 200 岁高龄的白发老人；为了及时消灭敌军，他竟能呼吁夕阳暂停西落。罗兰的形象集中体现了诗篇的爱国思想。他英勇刚毅，忠于祖国，把保卫"可爱的法兰西"当作自己的天职。他面对强敌，英勇抗击，直到流尽最后一滴血。临死时也要面对敌方，不忘杀敌。罗兰的爱国思想是和忠君思想结合在一起的，在弥留之际，他怀念祖国，同时也怀念查理大帝。迦奈隆的形象，纯属史诗的虚构，为的是从对比中突出罗兰的形象，谴责封建藩臣叛逆卖国的行为。

在艺术上，《罗兰之歌》保留了民间创作粗犷自然的特色，同时又具有情节集中、形象鲜明、语言简朴等特点，是欧洲英雄史诗的珍品。

《熙德之歌》大约在 1140 年写成。主人公罗德利歌·地亚士是在西班牙人民反摩尔人侵略的斗争中出现的民族英雄，人称"神勇的熙德"（古阿拉伯语"熙德"是对男子的尊称），同时又是忠于君主的封臣。《熙德之歌》以其描写的真实性和不尚虚构而显示出自己的特色。

德意志的《尼伯龙根之歌》产生于 12 世纪末 13 世纪初，以民族大迁徙时代的史实为基础，主要写封建主之间为争夺宝物和维护个人荣誉而发生的血腥复仇故事。

俄罗斯英雄史诗《伊戈尔远征记》产生于 12 世纪末，18 世纪末被发现。12 世纪的基辅罗斯处于诸侯割据状态，外患严重。《伊戈尔远征记》以 1185 年俄罗斯王公伊戈尔率军出征草原民族波洛夫人遭到惨败的史实为基础，号召俄罗斯的王公们团结起来，共同对敌。史诗的叙事与抒情相结合的写法显示了它的独特性。

除了长篇的英雄史诗，中世纪欧洲许多国家的民间还流传着短篇的歌谣。有些歌谣不写理想的封建骑士和君主，而着力塑造来自下层的人民喜爱的英雄人物的形象，因而更直接地表现了人民的思想愿望，其中最有代表性的作品是俄罗斯的英雄歌谣和英国的"罗宾汉谣曲"。15 世纪产生的长篇叙事诗《罗宾汉事迹》，歌颂了罗宾汉反对官府、劫富济贫的事迹。罗宾汉勇敢、机智、幽默，经常让他的敌人吃亏上当。但是，他也虔信宗教，尊重国王。

中世纪欧洲有一种特殊的文学现象：**骑士文学**。它是骑士制度的产物，是世俗封建主文学的主要成就。

在欧洲封建社会中，大小封建主之间形成了一种阶梯形的等级制度。骑士本是封建主豢养的武装，"十字军"战争后，骑士的社会地位大大提高，他们在接触到比较先进的东方文化之后，逐渐形成了一套制度和所谓的骑士精神，封建主也以取得骑士的身份为荣。骑士的信条是忠君、护教、行侠，要效忠于自己"心爱的贵夫人"，为争取和维护自己的荣誉而去冒大险、建奇功。

法国是骑士制度最发达的国家，也是骑士文学最兴盛的地方。骑士文学的主要内容是写骑士的冒险故事和他们与贵夫人之间的爱情故事，主要体裁有抒情诗和叙事诗。

大约在 12 世纪初期，法国南部普罗旺斯的宫廷中，出现了一个骑士诗歌的繁荣时期。著名的种类有"破晓歌"、"牧歌"、"情歌"、"夜歌"、"怨歌"等。其中以"破晓歌"最为著名。骑士抒情诗的中心主题是写骑士的所谓"典雅爱情"，描写骑士对贵妇的爱慕，写他们如何接受贵妇的考验，历尽艰险，以实践理想的骑士道德，体现了一种特殊的爱情观。不过，它肯定以性爱为基础的现世的个人的爱情生活，强调妇女的优越地位，因此不符合教会的禁欲主义和封建的婚姻制度。

13 世纪初，普罗旺斯的抒情诗已趋衰落。许多诗人流落他乡，一部分人把抒情诗传统带到了意大利，推动了后来文艺复兴时期意大利诗歌的发展。

骑士叙事诗的中心在法国北方，大约在 12 世纪中叶出现，在 13 世纪形成高潮。这类作品的主要内容是写骑士为了荣誉、为了宗教、为了执行贵夫人的命令而到处游侠冒险，与各种妖魔鬼怪、奇禽猛兽进行搏斗的故事。按照它们的题材来源，可以分为三大系统，即古代系、不列颠系和拜占庭系，其中以不列颠系最为重要。

不列颠系叙事诗以亚瑟王与他的圆桌骑士的故事为主要内容。亚瑟王本是住在不列颠的古代凯尔特人的部落首领，生活于 6 世纪。在叙事诗中，他被写成一个封建大国的君主。他的宫廷里有一张大圆桌，周围设有许多座位，凡建有奇功的骑士都可占有一席，于是引出许多骑士叙事诗，流行于英法等国。

不列颠系叙事诗的著名作家是法国诗人克雷田·德·特罗亚（1135？—1191？），他最有名的作品是《刑车骑士郎斯洛》（约 1165），写骑士郎斯洛为拯救他衷心爱慕的王后贵涅弗，历尽艰难，忍受屈辱的故事，把骑士精神表现得淋漓尽致。

不列颠系叙事诗中另一篇相当重要的作品是《特里斯丹与依瑟》。这是一个在欧洲广泛流传的故事。特里斯丹本是为国王马克去爱尔兰迎亲，但是他与新娘依瑟一见钟情，回国途中，二人误饮了魔药而互相爱恋，最后双双殉情而死。这个作品写的是世俗之爱，魔药是一种象征，说明爱情的力量不可抗拒，胜过上帝与王权的威力。这样大胆歌颂性爱的作品，背离了禁欲主义和封建礼法。

13 世纪后，出现了散文体的骑士传奇，其内容多半是对骑士叙事诗的改写。

骑士叙事诗把封建贵族的生活和道德加以理想化，掩盖了他们寄生与残暴的本性。但其中也有一些积极的因素，有些作品在欧洲广为流传，为人们所熟悉。骑士叙事诗在艺术上也有自己的特色，它以一两个主人公的经历为线索来组织长篇故事的结构方式，注意人物外形与心理描写等艺术方法，奠定了欧洲长篇小说发展的基础。

10 世纪后，西欧各国在工商业发展的基础上，产生了城市，这是欧洲中世纪历史上的一个重要现象。市民文学是随着城市的发展而出现的，它反映了城市内部复杂的矛盾斗争，也表现了市民中不同阶层的思想愿望。

法国是市民文学最兴盛的地方。市民文学与民间文学有着密切的联系，它直接取材于现实生活，以揭露封建主和僧侣的恶行败德为主要内容，也有的作品表扬人民的智慧，主要手法是讽刺。市民文学的主要形式是韵文故事、讽刺叙事诗和抒情诗。

韵文故事是一种诗体的小故事，有的国家叫"笑话"，是从民间歌谣发展而来的一种新的文学形式。它们从现实生活中取材，以滑稽逗笑的手法嘲讽僧侣与贵族，暴露上层市民的劣行恶迹。僧侣是讽刺的主要对象，他们的欺诈行为和贪婪本性被揭露得淋漓尽致。法国的《驴的遗嘱》写某主教为得到死驴"遗嘱"中的钱而随意改变"上帝旨意"的故事。德国的《神父阿米斯》写某神父用驴子读《圣经》的骗局发财致富的故事。法国的《农民医生》写一个农民以智慧摆脱窘境的故事，荒唐而有趣。《农民舌战天堂》写一个农民死后，与天使辩论，证明农民的美德胜过圣徒的故事。《阿麦尔的贡斯》写农民为维护自己权利向三个迫害者——官吏、牧师、领主管家报仇的故事。这些故事具有强烈的反封建精神。当然，也有一些格调较低、观念庸俗的作品。

讽刺叙事诗的代表作是法国的**《列那狐传奇》**，它是中世纪市民文学最重要的作品。《列那狐传奇》是在动物故事的基础上发展起来的，大约产生于 12 世纪 70 年代至 13 世纪中叶，也就是法国城市发达的时期。13—14 世纪时，形成一部完整的作品，后来流传到德、英、意等国，成为一部具有广泛影响的作品。作品包括 27 组诗，每组又包括若干个小故事，全诗长达 30 000 余行。它们既可以独立成篇，又有共同的主人公狐狸列那。

《列那狐传奇》写狐狸列那与各种动物之间的斗争，其中以列那狐与伊桑格兰狼之间的斗争为主要情节。伊桑格兰虽然力大而凶狠，但是他既贪又蠢。列那多次利用他的弱点，骗他吃亏上当，同时，列那又经常欺侮鸡、兔、鸟、蜗牛一类的弱小动物。于是，百兽们都向狮王控告列那，狮王不得不开庭审判列那。《列那狐的审判》是全诗最精彩的部分，列那利用巧计惩罚了对手，逃脱了罪责，还得到狮王的恩宠。

这部叙事诗采取以兽寓人、以动物故事讽喻现实的手法。诗中的动物都具有人的行动、语言和思想感情，每一种动物都影射着当时社会的某个阶层。狮子诺勃勒专横昏庸，是国王的化身；伊桑格兰狼和伦勃熊残暴凶狠，掠夺成性，是骑士和廷臣的化身；笨驴贝拿尔是主教；鸡、兔等小动物则代表了下层百姓。诗中所写的动物世界构成了从朝廷到下层的社会全貌，也就是当时现实社会的写照。诗中又通过各种动物之间的冲突，真实地展示了中世纪封建社会中各种社会力量之间的复杂的矛盾斗争，抨击了统治阶级的暴行，揭露了封建朝廷内部的黑暗与腐败，肯定了市民阶级对于统治阶级斗争的胜利。

列那狐的形象比较复杂。论身份，他是贵族廷臣之一，但他的所作所为是与朝廷和贵族作对。他与猛兽斗争，往往能以智取胜，然而，在残暴欺压弱小时，又经常失利。总的看来，列那狐更接近于上层市民的形象。长诗一方面赞扬他的智谋才干，另一方面对他的恶行又有所谴责。

在中世纪市民文学中，有一部风格独特的作品——长篇故事诗《玫瑰传奇》。长诗的第一部分是一部贵族文学作品，于 13 世纪 20 年代写成，用象征手法写一个"情人"追求"玫瑰"的梦幻故事，表现了所谓"典雅爱情"。到了 13 世纪 60 年代，巴黎的一个市民让·德·墨恩续成第二部分，计 17 000 余行，写"情人"经过种种努力，排除了各种阻挠，终于获得了"玫瑰"。第二部分虽然采取了前一部分的情节和手法，却在原有的故事框架中加入了许多现实内容，表现了完全不同的思想倾向，远远超出了爱情主题。长诗抨击教会的伪善和贪欲，抨击贵族的特权和暴力，表现出鲜明的反封建倾向。长诗还成功地运用了象征、隐喻和梦幻等手法。

在市民抒情诗方面，意大利的"温柔的新体诗派"继承并发展了普罗旺斯抒情诗的传统，以爱情为主题，描写诗人的内心体验，风格清新，为中世纪文学向文艺复兴过渡开辟了道路。法国的**吕特博夫**（1230？—1285）和**维庸**（1431—1480？），是欧洲中世纪两个重要的市民诗人，他们的诗篇写出了下层市民的遭遇与感受，同时也表现出某些消极的、颓废的情绪。

中世纪市民文学中，散文作品并不多。意大利的《马可·波罗游记》是一部具有世界意义的作品，它大大激发起欧洲人对东方的兴趣，成为后来地理大发现的巨大精神动力。

在中世纪初期，戏剧受到教会的排斥，古代希腊罗马的剧场和作品都遭毁坏，民间的戏剧活动也受到摧残。随着城市的兴起，城市的文艺活动也活跃起来，首先兴起的是宗教剧。

宗教戏剧是从教会仪式中的唱诗演变出来的，最初在教堂内演出，由僧侣用拉丁文扮演耶稣的诞生和复活的故事，后来演变成用地方语言扮演宗教故事，目的是宣传教义。12世纪后，宗教剧搬出教堂，有所谓奇迹剧、神秘剧。奇迹剧主要扮演圣徒的传奇故事。神秘剧主要扮演《圣经》故事，演出规模宏大，甚至长达几十天。宗教剧的演出后来被市民掌握，情况也发生了变化。起初，戏剧的内容未曾脱离宗教宣传，但其中已夹杂有世俗的内容，反映市民的意识，对现实进行揭露批判。随着市民力量的发展，市民开始组织自己的剧团，创造自己的剧种。15世纪后出现了非宗教性的世俗戏剧，主要有道德剧、愚人剧、笑剧等。道德剧中的角色是抽象道德观念的拟人化，如战争、和平、诚实、谦虚、虚荣、贪婪等，人物的名字就标志着他们的特性。剧中经常写善与恶之间、灵魂与肉体之间的斗争，以表现劝善惩恶的内容，宣扬市民阶级的伦理道德观念。不过，道德剧在它的演变过程中，从内容到手法都发生了变化，寓意性的表现手法和道德说教性的内容逐渐减少，而现实的因素逐渐增多。

笑剧从民间职业演员的滑稽表演发展而来，最初穿插在宗教剧演出过程中，后来独立出来，成为中下层市民喜爱的戏剧形式。笑剧直接取材于现实生活，运用诙谐有趣、生动活泼的表现形式进行社会讽刺，有鲜明的人物形象、引人入胜的情节、丰富多彩的语言，因而深受群众欢迎。法国是笑剧比较发达的国家，最有名的作品是《巴特兰律师》。主人公巴特兰律师，用诡计骗取布商的布料，帮助牧童打官司，但当他向牧童索取酬金时，牧童以其人之道还治其人之身，只作羊叫，弄得律师无可奈何。作品赞扬这种以计谋战胜对手的人物，肯定智慧的力量，甚至肯定诡计，这是典型的市民意识。

中世纪文学是欧洲文学发展史上一个不可缺少的环节。古代希腊罗马的文化、希伯来基督教文化和日耳曼文化三方面的结合，形成了中世纪欧洲文化的根基，为近代欧洲文化走向繁荣准备了条件。

第二节　但　丁

一、生平和创作

但丁·阿里盖利（1265—1321）是13世纪末14世纪初的意大利诗人，他是中世纪欧洲最重要的作家，同时又是中世纪文学向近代文学过渡的标志，因此被称为"中世纪的最后一位诗人，同时又是新时代的最初一位诗人"[1]。

欧洲近代文化的曙光首先在意大利出现，并不是偶然的，因为欧洲的资本主义萌芽最早在这里产生。意大利是欧洲与东方国家之间的交通要道，"十字军"战争之后，意大利的地位更加重要，工商业、银行业都很快地发达起来，北部的许多城市，像威尼斯、佛罗伦萨、热那亚、米兰等地，都成了重要的经济中心，出现了规模较大的手工工场。这些城市通过与封建主的斗争而取得自治权，建立了一个个城邦，由新兴资产阶级掌握实权。意大利名义上属于神圣罗马帝国，但长期处于分裂状态，各城邦之间由于经济利害冲突而互不团结，甚至发生战争。这种分裂状况严重阻碍着意大利的发展。意大利的两个统治者——教皇和神圣罗马帝国的皇帝，都力图加强自己的统治，他们之间的互相争夺，更加剧了意大利的分崩离析。与此同时，城邦内部的贵族与资产阶级之间，资产阶级各派之间，也存在矛盾斗争。

但丁出身于没落贵族家庭，从小就喜欢读诗，曾拜著名学者拉丁尼为师，学习拉丁文和古代文学，因而崇拜维吉尔。他还通过刻苦自学，掌握了渊博的知识。但丁在青年时期开始写诗，属于"温柔的新体诗"派[2]。爱情生活对他的创作发生了重要影响。他曾倾心于邻居家的一位姑娘贝阿德丽采，为她写了一系列抒情诗。后来但丁把这些诗收集在一起，用散文加以串联，说明每首诗的写作动因，取名《新生》（1292—1295），这是但丁青年时期最重要的文学创作。诗中表现了但丁摆脱禁欲主义、追求纯洁爱情的思想，但这只是一种精神之爱，贝阿德丽采被看作上帝派来拯救他灵魂的天使、一个神化的女性。从此以后，贝阿德丽采成了但丁作品中一个象征性的理想人物。

青年时期的但丁还积极参加了城邦的政治活动。当时的佛罗伦萨有两大党派：贵尔夫党和基伯林党。贵尔夫党代表新兴资产阶级的利益，以教皇为后台；基伯林党代表封建贵族的利益，以皇帝作后台。随着资产阶级力量的增强，贵尔夫党夺得政权。但丁起初属贵尔夫党，参加过1289年反对基伯林党的战争，城邦资产阶级政权建立后，他担任过各种职务，1300年，他以医药公会代表的身份当选为城邦的六个行政官之一。但贵尔夫党又分裂成黑白两派，展开激烈的斗争，但丁属白派，反对教皇干涉城邦内政。1302年，黑派在教皇的支持下得胜，对白派进行迫害，但丁也被加上莫须有的罪名逐出城邦，从此开始了近20年的流亡生活。流亡期间，他走遍了意大利北部各地，广泛地接触了社会各个阶层，目睹了城邦之间的分裂与纠纷对意大利发展的危害，懂得了意大利必须走统一与和平的道路。但丁曾把统一的希望寄托在神圣罗马帝国皇帝亨利七世身上，1311年曾上书亨利七世，敦促他率军南下，但是，亨利七世南征失败，1313年病死，但丁的幻想也化为泡影。

---

[1] 恩格斯语，见中共中央马克思恩格斯列宁斯大林著作编译局编：《马克思恩格斯选集》，2版，第1卷，269页，北京，人民出版社，1995。

[2] "温柔的新体诗"派，13世纪末流行于意大利的一个诗歌派别，诗人们接过普罗旺斯诗歌和歌颂圣女的宗教抒情诗的传统，歌颂纯洁的女性，歌颂爱情使人变得道德高尚。

但丁在流亡期间写过三部著作。《飨宴》（1304—1307）是一篇学术性论著，借注释自己的诗歌介绍了各种科学文化知识。《论俗语》（1304—1305）表现作家对建立意大利民族语言的渴望。《帝制论》（1310—1312）虽有美化王权、寄幻想于皇帝的错误思想，但其核心是热切渴望意大利统一，而且第一次从理论上论证了政教平等、政教分离、反对教皇干涉政治的观点。

大约在1307年，在流亡生活最痛苦的时候，但丁开始了《神曲》的写作，这是他经过长期酝酿和构思的一部巨著。1313年后，他接受斯加拉大亲王和波伦塔伯爵的邀请，先后在维洛那和拉文那居住，生活稍有安定。这时，他便专心写作《神曲》，一直到他病逝前不久，作品才告完成。这部长诗的创作过程历时十余年之久。

二、《神曲》

《神曲》的意大利文名称原意是"神圣的喜剧"。但丁原来只给自己的作品取名为《喜剧》，后人为了表示对它的崇敬而加上"神圣"一词。

《神曲》全长14 233行，分为《地狱》、《炼狱》和《天堂》三部，主要情节是写诗人梦游三界的故事。当他在人生中途（35岁）时，在一座森林中迷了路，正要向一个光明的小山头走去，突然在他面前出现了三头猛兽——豹、狮和狼（象征淫欲、强暴和贪婪），诗人惊慌呼救。这时，古代罗马的大诗人维吉尔出现，奉天上圣女贝阿德丽采的命令，搭救但丁从另一条路走出绝境。

但丁在维吉尔的带领下游历了地狱和炼狱。地狱共九层，上宽下窄，像一个大漏斗，凡生前有罪的亡魂，都被罚在地狱中受刑，根据罪孽的大小安排在不同的层次。但丁在这阴森恐怖、凄惨万分的地狱中逐层下降，见到了各种忍受苦刑的灵魂。地狱的出口在北半球，维吉尔带着但丁走出地狱，来到炼狱。这是一座浮在海上的山，山外有山脚，顶上是地上乐园，炼狱本身分为七级，分别安排犯有骄、妒、怒、惰、贪、食、色七种罪孽的亡魂。这些灵魂生前罪孽较轻，可以得到宽恕，他们在这里忏悔，一旦断除孽根，便可升入天堂。但丁到了地上乐园，贝阿德丽采接替维吉尔，带领诗人游历天堂，经九重天，这里住着生前为善的灵魂。最后到了天府，这是上帝和天使们的居所。圣贝拉引导但丁去见神的本体，只见电光一闪，全诗到此结束。

《神曲》的构思和内容都受到基督教观点的支配，诗中包含不少神学的烦琐知识、难解的象征和隐喻，神秘色彩很浓，这也是中世纪文学作品的特点。诗中还涉及了中世纪各个文化领域的各种问题，可以说是中世纪文化的艺术总结。但是《神曲》并不是一部宗教文学作品，它在许多方面存在新旧两种思想的矛盾，值得我们重视的是作品中所表现的新思想、新文艺的萌芽。

但丁在他给斯加拉大亲王的书信中，谈到自己创作《神曲》的动机是"要使得生活在这一世界的人们摆脱悲惨的遭遇，把他们引到幸福的境地"①。可见他创作《神曲》并不是为了宣传宗教，而是为了从政治上、道德上探索意大利民族的出路。整个诗篇仿佛是一篇寓言，其中充满寓意性的形象和故事。序诗中的黑暗的森林象征着意大利的现实，三头猛兽象征着阻碍人们达到光明世界的邪恶势力。但丁在森林中迷路，意味着人类的迷惘。诗中的维吉尔象征着理性，贝阿德丽采象征着信仰，但丁从地狱到天堂的经历，说明人类应该在理性的指引下，经过各种苦难的考验，在道德上得以净化，再经过信仰的引导，走出迷惘，到达理想的境界。

但丁在设想民族出路时，认为信仰和神学高于一切，强调了节欲、苦修和道德净化，这些都是基督教的思想。不过，我们应该注意，他所追求的理想的内容是现世的、进步的，并不是来世的、虚幻的。

但丁是一个积极关心现实的诗人，他在一篇梦幻故事和宗教性的艺术构架中，写的是中世纪晚期意大利的现实生活。诗中描写他游历三界的所见所闻，相当一部分材料取自意大利的现实生活，涉及当时佛罗伦萨乃至意大利复杂的党派斗争，涉及教皇和僧侣们的罪恶，也涉及贪官污吏、新兴资产阶级对人民的剥削压迫等，极其广泛地反映了当时意大利的社会情况，尤其是《地狱》篇，现实内容十分丰富。

但丁是一个爱国主义者，他渴望意大利的和平和统一，不赞成分裂和纷争。到了另一个世界，他和鬼魂们谈论的中心仍然是意大利的政治形势和国家兴亡问题，有时禁不住为祖国的分裂和动乱而哀痛。

正是出于这样一种爱国主义的感情，他一碰到那些生前维护意大利的和平与统一的亡魂就大加赞扬，对于那些生前危害国家、制造纷争的鬼魂，则加以痛斥。

揭露批判教会和僧侣的罪行，是《神曲》的又一重要内容。但丁主张政教分离，拥护在王权的统治下统一国家，因此，他极其痛恨干涉世俗政治的教皇。当时活着的包尼法西八世在《神曲》中被打入地狱的第八层，将要被倒插在火穴里受刑。但丁还谴责教会买卖圣职，敲诈勒索，用基督的名义进行剥削的罪恶活动。

但丁在诗中所表现的对人对事的态度也是矛盾的，他虽然按照中世纪的宗教观点来安排亡魂的归属，但并不完全按宗教的观点来决定自己对待亡魂的态度。但丁虽然把现世看作来世的准备，但他歌颂现世生活的意义，肯定现世生活的价值。他认为，人类有才能和智慧，有自己的自由意志和理性，这是上帝"最伟大的杰作"，因此人应该在现实生活中积极活动，追求知识，追求爱情，追求美德，让人生变得有意义。诗人赞扬了尤里西斯（荷马史诗《奥德修纪》中的奥德修斯）带领伙伴在海洋上进行冒险，大胆地越过世界的极限，发现了新的天地。诗人在一定程度上也肯定世俗爱情的思想。当诗人听到弗兰采斯加和保罗热恋的故事，竟然"因怜悯而昏晕"，像死尸一样倒在地上。这与教会宣扬的禁欲主义是背道而驰的。

① ［意］但丁：《致斯加拉大亲王书》，见伍蠡甫、胡经之主编：《西方文艺理论名著选编》，155 页，北京，北京大学出版社，1985。

另外，他的人生引路人不是教皇和僧侣，而是罗马诗人维吉尔。凡此种种，都可以说明《神曲》思想上的矛盾性，其中表现了新时代即将来临时期的资产阶级的新思想，即人文主义思想的萌芽。

《神曲》在艺术方法上，既具备中世纪文学的一般特色，又表现出近代文学的新的艺术方法的一些特点。

全诗的结构经过精心安排，显得极其严密而完整。诗中的诗句和材料，往往按照 3、9、10 的数字概念组织起来，形成一座宏伟的建筑物。在中世纪，这些数字在人们心目中可以引起特殊的联想，具有神秘意义和象征性。

《神曲》的构思与描写，也采用中世纪文学流行的梦幻故事的形式和象征寓意的手法。整篇作品就是一个象征，寓指人类从苦难而迷惘的现实走向理想境界的道路。全诗三个部分的每一部分，最后都以"星辰"一词作结，象征着光明必然照耀人世。即使像维吉尔、贝阿德丽采一类的人物形象，也都有象征性。这些象征本身带有神秘色彩，有些象征和隐喻也不易理解。

但是，在这部中世纪文学特色很浓的作品中，又表现了新的文学因素，即文艺复兴时期现实主义方法的萌芽。诗人描写的地狱、炼狱、天堂这些未来世界，并不是虚无缥缈、不可捉摸的幻想世界，而是一个清晰可见、具有立体感的境界，原因就在于其中的材料多半来自现实生活。如统治者的暴政，党派之间的残酷斗争，教皇与僧侣的罪恶，意大利的混乱和灾难等，无不以生动具体的形象显现在读者面前。就是地狱里的种种酷刑，其构思也来自现实生活中教会与封建主常用的统治手段。

诗篇的真实感还得力于诗人善于刻画有血有肉的现实感很强的艺术形象。他描写人物，注意刻画人物的个性特征，往往用简洁的诗句便勾勒出人物的精神面貌和外形特征，人物形象栩栩如生。但丁也很注意环境的渲染、气氛的烘托，把虚构的未来世界写得真实而具体，使读者有身临其境之感。

还有一点应该特别重视的，是《神曲》率先用意大利民族语言写作，并采用意大利民歌中的一种格律为基础，构成三韵句，即每三行诗句为一节，采用连锁韵，尾韵连续采用了 ABA、BCB、CDC……的规则。《神曲》的民族特色，也是它作为近代文学先声的重要特征。

第三章 文艺复兴时期的欧洲文学

📖 学习要求

1. 了解：文艺复兴运动；文艺复兴时期欧洲文学的发展概况和主要成就。

2. 掌握：文艺复兴、人文主义、人文主义文学等概念；莎士比亚生平和创作中的主要内容；塞万提斯的《堂吉诃德》。

3. 重点掌握：莎士比亚的《哈姆莱特》。

第一节 概　　述

一、文艺复兴

14 世纪，特别是 15—16 世纪，被埋没了一千多年的古代文化又重新被欧洲人重视，出现了一个发掘、研究古代文化，复兴古代文化的热潮。在这基础上，欧洲的文化科学发展到一个空前繁荣的时期。这就是欧洲历史上有名的"文艺复兴"。

文艺复兴并不是一种偶然的现象，而是在欧洲封建社会开始解体、资本主义萌芽的历史条件下出现的，打着复古的旗帜进行的资产阶级反封建反教会的思想文化运动。

欧洲最早的资本主义萌芽，出现在 14 世纪意大利的某些城市中。15 世纪以后，欧洲的资本主义迅速地发展起来。同时，资产阶级作为新的生产方式的代表，以其蓬勃的生气开始了反封建斗争。当时资产阶级的反封建斗争，首先把矛头指向教会，其主要形式是宗教改革和文艺复兴。宗教改革是资产阶级在宗教外衣下进行的反对教会统治的革命斗争，文艺复兴则是资产阶级以世俗的形式，借用古代文化中的积极因素来反对教会神权统治的反封建思想斗争。

资产阶级的代表在古代文化中发现许多可以鼓舞人心的、与封建神学抗衡的积极因素。因此，14 世纪意大利的一些资产阶级思想代表，开始研究希腊、罗马的古典文化。1453 年，东罗马帝国灭亡，大批学者流入西欧，带来许多古典文化的珍品，同时，从罗马的废墟上也发掘出许多古代的文物，更推动了这股搜集、学习古代作品的热潮。当然，文艺复兴运动并不是简单地复活古代的奴隶制旧文化，而是为了抗拒中世纪封建神学的束缚，建立资产阶级的新文化。

文艺复兴运动沉重地打击了教会的思想统治，推动了科学与文艺的发展，在人类文化史上划出一个崭新的时期。恩格斯曾经高度评价文艺复兴运动："这是一次人类从来没有经历过的最伟大的、进步的变革，是一个需要巨人而且产生了巨人——在思维能力、热情和性格方面，在多才多艺和学识渊博方面的巨人的时代。"①

二、人文主义

文艺复兴时期，资产阶级在反封建斗争中形成了自己的世界观，即"人文主义"，这一名称是从"人文学科"一词发展而来的。文艺复兴运动兴起后，一些新型学校开设以希腊文、拉丁文为基础，以人与自然为研究对象的课程，因而被称为"人文学科"，那些倡导和研究希腊文、拉丁文和各种人文学科的学者，被称为"人文主义者"。后来，"人文主义"一词被人们用来概括这一时期出现的新兴世界观。

人文主义思想以人为中心，反对中世纪教会宣扬的宗教世界观。人文主义思想的特征主要有：第一，它反对教会把神看作宇宙的主宰，赞扬人性的美好，肯定人的力量、人的价值和人的尊严，认为"人是一切事物的权衡"，是"宇宙的精华，万物的灵长"。第二，人文主义思想认为幸福就在人间，宣称人有享受现世幸福的权利，反对教会的禁欲主义和来世思想。第三，人文主义崇尚理性，反对教会的蒙昧主义和神秘主义，主张全面地、和谐地发展个人的才智。第四，人文主义反对封建等级观念和封建压迫，提倡个性解放，认为人的贵贱不应取决于出身门第而应由个人的品德和功德来决定，提倡仁爱、平等的观念，以反对封建关系。第五，在政治主张上，许多人文主义者反对封建割据，希望由强大的王权来实现国内的统一与安定。

人文主义具有反封建反教会的积极意义，但是，人文主义追求的目标主要是个性解放。人文主义者所标榜的"人"并不是全人类，只是资产阶级自身和资产者个人。

人文主义也是文艺复兴时期兴起的欧洲资产阶级新文学的指导思想，因此人们也把这种新型文学称为人文主义文学。

人文主义文学具有鲜明的反封建反教会的进步倾向，在许多方面取得了巨大的成就。人文主义作家一般都相信艺术模仿自然的观点。在创作上，他们抛弃了中世纪文学的象征、梦幻手法，注重写实；在他们的作品中，社会生活以其鲜明的色彩、广阔的面貌出现，作品的结构灵活自由；人文主义作家善于塑造栩栩如生的艺术形象，人物性格复杂而完整。他们的

---

① ［德］恩格斯：《〈自然辩证法〉导言》，见中共中央马克思恩格斯列宁斯大林著作编译局编：《马克思恩格斯选集》，第 3 卷，445 页，北京，人民出版社，1995。

创作是欧洲现实主义文学发展的重要阶段。不过，文艺复兴时期的现实主义保留着许多传统的因素，而且与浪漫主义紧密结合在一起；作品对于生活与人物，着重从道德心理上进行刻画，而不注重对客观物质关系的分析。

人文主义文学还具有民族特色。当时民族国家开始形成，民族意识也随之产生，人文主义作家开始用民族语言进行写作，创作也表现出民族风格。西欧一些国家的民族文学正是在这时开始形成的。

另外，欧洲文学中的许多重要体裁，也在这一时期奠定了基础。彼特拉克的十四行诗，薄迦丘的短篇小说，塞万提斯、拉伯雷的长篇小说，莎士比亚的戏剧，蒙田、培根的散文，都取得了重要成就，为后来欧洲的各种文学体裁开辟了道路。

三、意大利文学

意大利是文艺复兴的发源地。意大利的人文主义思想在但丁的作品中已露端倪。到 14 世纪下半期，但丁的故乡佛罗伦萨又出现了两位人文主义运动的先驱者——彼特拉克和薄迦丘。

弗兰齐斯科·彼特拉克（1304—1374）被史家认为是第一个人文主义者。他很早就开始搜集希腊罗马古籍的手抄本，研究维吉尔和西塞罗的作品。他博学多才，在文学、历史、哲学方面都有著述。他在文学上的主要成就是诗歌。他的抒情诗集《歌集》开一代诗风，其中大部分作品是描写诗人对心目中的情人劳拉的爱情，表现出一种冲破禁欲主义、渴望现世幸福的新型爱情观。《歌集》还包括一部分政治抒情诗，表现诗人对祖国统一的渴求和对教会与暴君的谴责。彼特拉克成功地运用了十四行诗体[①]，而且用意大利文写作，使他的作品具有崭新的面貌。从此以后，抒情诗成为一种抒发个人情感体验的重要的文学形式，十四行诗也流行于欧洲诗坛。

乔万尼·薄迦丘（1313—1375）是彼特拉克的好朋友，也是一个热心研究古籍的人文主义者，而且是第一个通晓希腊文的学者。他是一个多产作家，写过十四行诗、长篇小说、叙事诗、史诗等。薄迦丘最重要的、对后世影响最大的作品是短篇小说集《十日谈》（1348—1353），作品以尖锐泼辣的风格对教会和封建思想进行了讽刺和攻击。

《十日谈》学习阿拉伯名著《一千零一夜》，用故事套故事的框式结构，把 100 个短篇小说组织在一起。作品开头说，1348 年佛罗伦萨闹瘟疫，有十个青年男女到郊外一所别墅里避难，他们除了玩乐消遣之外，每天每人轮流讲一个故事，这样讲了十天故事，他们才回城，一共讲了 100 个故事。这 100 个故事来源各不相同，但经过薄迦丘的加工改编，成了反映意大利现实生活、表现人文主义思想的作品。

---

① 十四行诗，起源于 13 世纪意大利的一种诗歌形式，全诗由十四行诗句组成，一般分为四组，两组四行，两组三行。韵脚的格式有多种变化。文艺复兴时期流行于欧洲各国，直至现代，但形式与内容多有变化。

《十日谈》故事的重要主题是揭露教会和僧侣的腐败、虚伪。在薄迦丘笔下，教会成了"一个容纳罪恶的大洪炉"，从教皇到下面的一个个僧侣都是无恶不作、荒淫无耻的恶棍，利欲熏心的伪君子。《十日谈》中还有相当一部分故事，通过爱情题材来反对禁欲主义，反对封建偏见，肯定人有享受现世幸福的权利。作家认为爱情不但不是教会所宣传的什么罪恶，而且是一种自然的高尚的感情，它可以启发人的智慧，鼓舞人去争取幸福。另外，《十日谈》中还有一些赞扬商人和手工业者的才干、智慧和进取精神的作品。

《十日谈》在艺术上也具有独创性，书中所写的有趣故事，并不单纯以情节取胜，它们以其对现实的生动描摹和概括，显示了自己的特色，而且注意塑造人物形象，注意心理描写和景物描写。这部小说用意大利文写成，文笔精练、生动。

《十日谈》是欧洲近代文学史上第一部现实主义作品，它不仅奠定了近代短篇小说的基础，而且以全新的面貌对欧洲的现实主义文学产生了巨大影响。

彼特拉克和薄迦丘也表现了人文主义思想的狭隘性，把个人幸福、个人利益看成至高无上的东西。他们反封建也是不彻底的。薄迦丘在《十日谈》受到教会的攻击之后曾有过动摇，向教会作了忏悔，甚至打算把《十日谈》付之一炬。

15 世纪后的意大利人文主义运动，在古籍研究和诗歌创作上成绩显著，但是，由于意大利政治、经济的衰落，教会反动势力的加强，人文主义运动不久就衰落了。

四、法国文学

文艺复兴时期的法国是一个典型的中央集权的君主国家，与此同时，城市起义和农民暴动却达到了空前高涨的程度。法国的人文主义运动明显地分成两种倾向。以龙沙（1524—1585）为首的贵族派人文主义集团——"七星诗社"推崇古典文学，提倡建立民族诗歌，统一民族语言，但是轻视民间语言和民间文学。

法国民主倾向的人文主义者的代表是**弗朗索瓦·拉伯雷**（1494—1553）。他学识渊博、多才多艺，是当时那种"巨人"式的人物。拉伯雷文学创作的成就是著名的长篇小说《巨人传》（1532—1564）。小说写巨人国王卡冈都亚和他的巨人儿子庞大固埃的出生、教育、游学和他们的文治武功，写庞大固埃和他的朋友巴汝奇为寻找"神瓶"而游历各地的见闻。作品中充满漫画式的形象和荒诞离奇的故事，然而内容是严肃而深刻的。

小说广泛涉及封建社会的各种罪恶现象，揭露了封建统治者的罪恶。庞大固埃和巴汝奇寻找"神瓶"过程中的所见所闻，实际上就是现实中各种罪恶的奇特的反映，从中可以看到统治者如何运用各种残暴的或者欺骗的手段压榨老百姓。小说的战斗精神更突出地表现在对教会的勇敢批判上。在拉伯雷的心目中，教会的神圣地位是不存在的。巴黎圣母院钟楼上的大钟被卡冈都亚摘来挂在自己的马脖子上当作铃铛。小说中所写的"钟鸣岛"，实际指的是罗马，岛上的僧侣极其腐化堕落。第四部中写到教皇的教令集是一部害人的毒书。小说还有力地批判了教会的教育制度，卡冈都亚受经院教育的毒害而成白痴的情节，突出地说明经院教育如何窒息了人的美好天性。

《巨人传》也写到了理想的境界和理想的人物。理想境界集中体现在第一部卡冈都亚为约翰修士修建的"德廉美修道院"。这个地方名义上是修道院，实际上并不奉行禁欲主义，男男女女都自由生活，修道院的信条是"随心所欲，各行其是"。小说中的理想人物主要是两个巨人和约翰修士。卡冈都亚和庞大固埃是具有人文主义理想的统治者，他们"全智全能"，是国家和人民的保护人。约翰修士是英明国王的得力助手，曾为抵抗敌国的入侵而建立功勋。小说中的人文主义思想还表现在对知识的歌颂上。卡冈都亚一出生就开口要喝，后来庞大固埃等找到"神瓶"，最后的答案是一个"饮"字。这一贯穿始终的思想，象征着人文主义者渴求知识、追求真理的进取精神。

五、西班牙文学

15 世纪末 16 世纪初，西班牙完成了光复失地的事业，实现了国内统一。同时，由于对美洲的发现和掠夺活动，大量黄金流入国内，刺激了资本主义的发展。西班牙一度成为一个富强的国家，称霸于欧美两洲。西班牙文学到 16 世纪进入了"黄金时代"，其中以戏剧与小说的成就最为突出。

西班牙的民族戏剧在这时形成，成就最大的戏剧家是**洛卜·德·维伽**（1562—1635）。他最优秀的作品《羊泉村》（1619 年发表），描写了西班牙农村人民的抗暴斗争。骑士队长费尔南·高迈斯在羊泉村实行暴政，全村人民举行起义，杀死了队长。在国王派人审理此案时，全村人民众口一词：杀死队长的是羊泉村。维伽的作品情节曲折，场面生动，但是人物性格刻画得并不深刻。他的作品对 17—18 世纪的欧洲戏剧有不小的影响。

16 世纪中叶，西班牙出现一种新的文学形式——**流浪汉小说**，它虽不是人文主义文学，但在现实主义精神方面与人文主义文学有相通之处。西班牙最早的也是最优秀的一部流浪汉小说是《托梅斯河上的小拉撒路》（中译本名为《小癞子》，1554），作者已不可考。小说的主人公拉撒路是一个出身贫苦的孩子，为了糊口，他相继为盲丐、教士、绅士、卖赦罪符者、大祭司等人服务。全书七篇故事由拉撒路自述他与各种主人的关系。作品中最有意义的地方是它通过拉撒路的经历极其广泛地描写了社会上的各个阶层，而且以深刻的洞察力揭示人物的本质，诸如教士的欺诈、贵族的没落，都写得入木三分。另外，作品的写实性，以及它通过主人公的丰富经历串联各种社会画面的结构方法，都显示了它的独特性。后来，西班牙出现了许多仿作。这部小说的影响延伸到 17—18 世纪，乃至 19 世纪以后的欧洲小说，被认为是欧洲小说结构的模型之一。

文艺复兴时期西班牙文学的最高成就，是**塞万提斯**的长篇小说《堂吉诃德》。

六、英国文学

16 世纪初，随着英国经济实力的加强，民族主义文学发展起来。都铎王朝利用资产阶级和新贵族来消灭旧贵族的残余势力，建立了统一的君主制的民族国家。1558 年伊丽莎白女王继位后，王权达到了全盛时期，国内统一，经济发达。1588 年，英国打败了西班牙"无敌舰队"而取得海上霸权，充分体现出它强盛的威势。伊丽莎白时代的英国是繁荣的，同时也是残酷的。圈地运动使大批的农民失掉土地，成为流民。政府以残酷的法律来对待这些流民，每年都有几百个流浪汉被送上绞架。

英国的人文主义思想在 14 世纪时已经露出了曙光。**杰弗利·乔叟**（约 1343—1400）在诗歌创作中已经表现出反封建反教会、追求个性自由的倾向，他的《坎特伯雷故事集》（1387—1400）是一部现实主义的杰作。15 世纪末，出现一批人文主义学者，开始了传播新思想新文化的活动。**托马斯·莫尔**（1478—1535）是其中最重要的人物。他的主要作品《乌托邦》（1516）一方面批判英国社会，指责圈地运动造成了"羊吃人"的惨剧，另一方面，提出了没有私有制，没有剥削，没有专制暴政，人人劳动，和睦相处的理想社会。《乌托邦》是近代空想社会主义作品的开端，在欧洲文学史上占有特殊地位。

16 世纪中叶以后，英国人文主义文学发展到兴盛时期，以诗歌和戏剧方面的成就最为显著。诗歌方面除莎士比亚外，主要诗人是**埃德曼·斯宾塞**（1552—1599）。他的长诗《仙后》被认为是当时英国诗歌的代表作，但是，诗中的贵族倾向比较明显。

人文主义戏剧是文艺复兴时期英国文学的主要成就。1588 年海战前后，人民的爱国热情普遍高涨，戏剧成为鼓舞斗志的重要形式，英国戏剧开始进入繁荣时期。伦敦建立了众多的公共剧场，这是一种圆形或多角形的木结构露天剧场。伦敦还出现了一些职业剧团和一批剧作家。这些作家一般都受过大学教育，接受了人文主义思想的熏陶，而且精通古代的和文艺复兴时期意大利的文学，他们的创作能继承前人的成就而又有所创新，因此他们被称作"大学才子"派。他们的思想倾向并不相同，但都对英国文学尤其是英国戏剧的发展做出了自己的贡献，从不同的方面为出现莎士比亚这样的伟大作家做好了准备。

"大学才子"派剧作家有**约翰·李利**（1554—1606）、**罗伯特·格林**（1558—1592）、**托马斯·基德**（1558—1594）和**克里斯托弗·马洛**（1564—1593）等。其中以马洛最为重要，他的著名作品是三部悲剧：《帖木尔》（1587）、《马耳他岛的犹太人》（1590）和《浮士德博士的悲剧》（1592）。这些作品塑造了悲剧性的巨人形象，他们追求权势、财富或知识，最后遭到毁灭。马洛的剧作结构宏伟，风格壮美，戏剧冲突尖锐复杂，主人公处在内外两重的矛盾冲突之中，而且成功地运用无韵诗写剧。这些都直接为莎士比亚的创作开辟了道路。莎士比亚的创作可以说是英国与欧洲人文主义文学运动的最高成就。

第二节　塞万提斯

一、生平和创作

米盖尔·德·塞万提斯·萨阿维德拉（1547—1616），是文艺复兴时期西班牙的一位重要作家。

青年时期的塞万提斯接受人文主义的熏陶，是一个充满英雄主义、理想主义精神的热血青年。在军队服役时，他曾多次建立战功。在雷邦多海战中，带病上阵，身负重伤仍坚持战斗，因此落下残疾。回国途中，他被土耳其海盗俘至阿尔及尔服苦役。他多次组织难友逃跑，失败后主动承担责任。1580 年，他被亲友赎身回国后，做了几年的军队征粮员和税收员工作，因秉公办事，得罪教会和权贵，被教会宣布驱逐出教，被官府以莫须有的罪名投进监狱。严酷的现实和不幸的遭遇，使他看到现实的黑暗，感受到理想与现实间的巨大矛盾。在这种恶劣的生活条件下，塞万提斯坚持写作，进入了一生创作的旺盛时期。

塞万提斯的创作极为丰富，他写过诗歌、剧本、小说等各种体裁的作品。在他的早期创作中，重要的作品是写古代西班牙人民抗击罗马侵略者的悲剧《努曼西亚》（1584）和写青年男女纯洁爱情的田园小说《伽拉苔亚》（1584）。1602 年完成了长篇小说《堂吉诃德》第一部，1613 年完成了长诗《帕尔纳索斯游记》和《训诫小说》，1615 年出版了《堂吉诃德》第二部和《八出喜剧和八出幕间短剧》。1616 年完成长篇小说《贝雪莱斯和西吉斯蒙达历险记》。《训诫小说》为西班牙短篇小说的发展做出了重要贡献，人们因此把塞万提斯称为"西班牙的薄迦丘"。

二、《堂吉诃德》

塞万提斯的长篇小说《堂吉诃德》全名为《奇情异想的绅士堂吉诃德·德·拉·曼却》，共两部。据说，作者在 1602 年身居塞维尔狱中时，开始酝酿这部作品。1605 年，小说的第一部出版，受到普遍欢迎，一年之内再版六次之多。1614 年，塞万提斯正在续写第二部时，有人化名出版了伪造的续篇，歪曲原著的本意，丑化原著的主人公。塞万提斯便加快了他的写作速度，于 1615 年出版了小说的第二部。

小说模拟骑士小说的写法，描写堂吉诃德主仆三次游侠的故事。小说的主人公是拉·曼却地方的一个乡绅，原名阿伦索·吉哈达，他读骑士小说入了迷，自己也想仿效骑士出外游侠，后来说服农民桑丘·潘沙做他的侍从，一同出行。堂吉诃德按他脑子里的古怪念头行事，不分青红皂白，乱砍乱杀，闹出许多荒唐的事情，临终时才明白过来，立下遗嘱：他的唯一继承人（他的侄女）如嫁给骑士，就取消其继承权。

塞万提斯最初的创作动机是要打击骑士文学。小说通过堂吉诃德的荒唐行为和悲惨遭遇，嘲笑了骑士制度，指责骑士小说对人的毒害。因此，它的出版给骑士小说以致命的打击。当然，小说的意义远超于此。

小说中所写的堂吉诃德主仆二人的游侠活动虽然是荒诞不经的，但是他们活动的环境并不是骑士小说中所写的那种离奇古怪、妖魔出没的环境，而是西班牙的现实。随着他们的足迹所到，小说展示了一幅包罗万象的社会画卷，写到包括社会各个阶层的七百多个人物，真实而全面地反映了 16 世纪末 17 世纪初西班牙的社会，让我们看到了西班牙由盛而衰、面临危机的现实。

小说主人公堂吉诃德已经成为世界文学史上不朽的艺术典型之一。堂吉诃德形象的最显著的特征是脱离现实，耽于幻想。他满脑子都是骑士小说中所写的那套古怪的东西，现实世界在他的头脑中都被幻想所扭曲而失去了真面目。在他眼里，到处是魔法、妖怪、巨人。为了降魔除妖，他仿效骑士的那套做法，结果闹出无数的笑话。在失败面前，他从不接受教训。堂吉诃德如此荒唐固执，当然是由于骑士小说的毒害。然而，堂吉诃德与那些效忠封建主的骑士不同，他的所作所为不是为了维护封建统治，而是为了除暴安良，主持正义。堂吉诃德的理想社会，是一个不分你我、财产公有、人人自由、和睦相处的大同世界，而现实世界在他看来充满妖魔和邪恶，因此他诅咒"这个可恶的年代"。他所理解的骑士道，除了为心上人服务等荒唐的东西之外，就是要扫除一切罪恶，使人间重归公正与和谐。由此看来，他的思想在骑士道精神的外衣下，包含着许多人文主义思想的内容，因而，使这一形象带有理想主义的色彩。

行动盲目，鲁莽蛮干，是堂吉诃德的另一个重要特点。不管面对什么样的敌人，他从不估计敌我双方的力量对比，敢打敢拼，奋不顾身，体现出一种为理想献身的精神，但他采取的是错误的方法，妄想在 16 世纪封建制度已趋衰亡的时候，恢复过时的骑士制度，以游侠骑士单枪匹马打天下的办法去解救人民，这就使得他的行动虽然出于善良的动机而结果却往往荒唐可笑，有害无益。

在堂吉诃德身上，既有作者加以嘲笑的、落后的东西，又有他加以美化的、代表了他的希望的东西。堂吉诃德既是作者讽刺的对象，同时又是作者理想的化身。因此，堂吉诃德是可笑的，又是可敬的，可悲的。他的理想与现实脱节，他的高尚的动机和错误的方法、无益的行动之间存在矛盾，因而这一形象既有喜剧性，又有悲剧性。

小说中另一个重要人物是桑丘·潘沙。他的外形和性格，处处与堂吉诃德形成对比。他是一个农民，身上具有劳动者的优点和弱点，他勤劳、善良、机智，同时目光短浅，贪图小利。在海岛当"总督"的时候，他的正直、智慧和才干都得到了充分的发挥。堂吉诃德以骑士打抱不平的方法不能实现的公道与正义，在桑丘的实践中却得以实现。

《堂吉诃德》在欧洲小说发展史上具有划时代的意义，它总结了中世纪以来长篇叙事作品的成就，又为近代现实主义长篇小说开辟了道路。《堂吉诃德》在戏拟骑士小说的写法时，吸收了这种体裁的长处，以主人公的游侠史为中心线索，无拘无束地描写现实生活的各个方面，描画出了一幅社会总图。塞万提斯把刻画主人公的性格放在中心地位，而且安排了两个人物，让他们互相联系又互相对比，更突出了人物性格。

小说塑造人物的主要方法是用夸张和反复的手法来突出人物的性格特征，情节是为表现人物性格而设计的，情节的进展与人物性格之间并没有必然的联系，更不是一个有机的过程，只不过是为了反复证明人物的性格特征。这是早期长篇小说刻画人物的方法。

第三节　莎士比亚

一、生平和创作

威廉·莎士比亚（1564—1616），是文艺复兴时期英国伟大的诗人和戏剧家，也是欧洲文学史上少数几个声望最高、影响最大的作家之一。

莎士比亚于 1564 年 4 月 23 日出生在英国中部艾汶河畔斯特拉福镇。父亲做皮革生意，是一个比较富有的市民，做过当地的镇长。莎士比亚大约 7 岁时进入当地"文法学校"。由于家道中落，中途辍学，20 岁左右离开家乡，来到伦敦。最初几年，在剧院当杂役，为观众看马。后来，参加剧团，从打杂、演配角、当提词人到编写剧本。莎士比亚在伦敦找到骚桑普顿伯爵作为自己的保护人，他的两篇长诗《维纳斯和阿童妮》（1592—1593）和《鲁克丽丝受辱记》（1593—1594），都是献给这位伯爵的，他还在这位贵族的帮助下，为家庭申请了一个可以世袭的家徽。莎士比亚的剧本写得很成功，收入也逐渐丰裕起来，成了剧院的股东，还在家乡置办了一些产业。大约在 1610 年，莎士比亚离开伦敦，回到斯特拉福镇，但继续为剧团写剧本。1612 年后不再写作。他的作品包括 37 部剧本、2 篇长诗和 1 部十四行诗集。他的戏剧创作活动一般可分为三个时期。

第一时期，从 1590 年到 1600 年，这是莎士比亚从思想到艺术逐渐成熟，并且取得初步成就的时期。当时，正是伊丽莎白女王统治的极盛时期。莎士比亚接受了人文主义思想的影响，而且被社会表面的繁荣景象所鼓舞，对现实抱乐观的态度。他相信社会矛盾可以在开明王权的统治下得到解决，人文主义的理想能够在现实中实现，因而这一时期他创作的基调是明朗的、乐观的。

莎士比亚在这一时期写了 9 部英国历史题材的剧本，希望通过历史剧的创作来总结民族国家形成的历史经验。这些剧作主要从 16 世纪英国历史学家荷林西德的《英格兰、苏格兰、爱尔兰编年史》和爱德华·霍尔的《兰开斯特与约克两大显贵家族的联合》中选材，包括 13 世纪到 15 世纪的史实，主要是在百年战争和玫瑰战争时期发生的历史事件。莎士比亚的历史剧表现了作家的人文主义社会政治思想，也就是拥护中央集权，反对封建割据的思想。莎士比亚认为，封建贵族之间的纠纷，特别是王室内部为争夺王位而发生的混战，是造成国家民族长期战乱的祸根，他主张在英明强大的君主统治下，建立严格的等级制，社会上的各个阶级各守本分，建立起一个秩序井然的王国，这样就能消除封建混战，实现国家的统一和富强。主要作品有《理查三世》（1592）、《亨利四世》（上下篇，1597—1598）等。

莎士比亚在这一时期还写过10部喜剧。这些喜剧的基本主题是爱情和友谊，描写青年男女为追求爱情自由与各种封建偏见、封建意识与自私欺骗行为之间所发生的多种冲突。男女主人公的身份虽是贵族，但他们的思想与言行，都体现出人文主义精神，是一群理想化的人物。尤其是许多女性人物，不仅性格开朗，富于才情，而且勇敢热情，富有时代特色。莎士比亚喜剧中的矛盾冲突并不尖锐，常以一种轻松愉快的方式得到解决。结局是皆大欢喜，有情人终成眷属。所以，莎士比亚的喜剧主要是歌颂人文主义理想的胜利，是一种抒情性的浪漫喜剧。主要作品有《威尼斯商人》（1597）、《无事生非》（1599）、《皆大欢喜》（1600）、《第十二夜》（1600）等。

莎士比亚在这一时期很少写悲剧。《罗密欧与朱丽叶》（1595）是他早期剧作中比较出名的一部反封建的爱情悲剧。人文主义的爱情理想和封建观念、封建势力之间形成悲剧性的冲突，但全剧充满浓郁的抒情诗的色彩，包含大量的喜剧因素。

1601年到1607年是莎士比亚创作的第二时期。

17世纪初期是英国从伊丽莎白时代的表面繁荣进入社会动乱的转折时期，原先潜伏着的社会矛盾激化了，表面化了，整个社会日益动荡不安。面对现实的变化，莎士比亚看到现实与他的人文主义理想之间存在不可调和的矛盾，产生了悲观的思想，同时也被迫抛弃幻想，勇敢地面对现实，对人文主义思想进行反思。在创作上，他从大量写历史剧、喜剧，转为主要写悲剧；早期创作中的那种明朗、乐观的基调被悲愤、阴郁的情调所代替；早先对人文主义思想的歌颂转变为对现实的严峻批判。

莎士比亚悲剧的主要内容是写人文主义的美好理想与丑恶现实之间的矛盾，写理想的幻灭，也表现了作家精神反思的过程。这些悲剧以其深刻的思想内容、鲜明的典型形象和精湛的戏剧技巧，登上了世界剧坛的顶峰，也被认为是莎士比亚创作的精华。其中最为脍炙人口的作品是《哈姆雷特》、《奥赛罗》、《李尔王》和《麦克白》，合称"莎士比亚四大悲剧"。

1601年所写的《哈姆莱特》是莎士比亚的代表作。

《奥赛罗》是莎士比亚于1604年所写的一部悲剧，取材于意大利小说。奥赛罗和苔丝德梦娜是两个符合人文主义理想的形象，他们突破种种偏见而自由结合，表现出反封建的勇敢精神，但是在伊阿古这种新型冒险家、阴谋家的手中失去了自己的识别力和战斗力，以致遭到毁灭。他们善良、忠诚的品质，以及他们对于人的信念，在以伊阿古为代表的利己主义势力面前，成为被人利用而导致悲剧的根源。这一出悲剧说明莎士比亚已经深刻地看到了资产阶级利己主义势力的罪恶，也看到在这样一种势力面前人文主义思想脆弱的一面。

《李尔王》写于1606年，是莎士比亚的一部比较重要的作品。李尔王和他三个女儿的故事是一则古老的不列颠传说。莎士比亚用这一传说写出一部包含着深刻内容的社会悲剧，以独特的方式反映了一个动荡激变的时代，揭示了它残酷阴暗的一面。

李尔王的两个女儿（高纳里尔和里根）是人面兽心的利己主义者，是剧中最突出的反面人物，这样一批人形成了一个利己主义者的集团，他们比《奥赛罗》里的伊阿古更显出那个时代大量出现的冒险家奸诈残暴的本性。他们横行于世，造成了一个道德沦丧、灾祸不绝的残酷时代。剧中的葛罗斯特形容当时国家的情况时说："亲爱的人互相疏远，朋友变为陌路，兄弟化成仇雠；城市里有暴动，国家发生内乱，宫廷之内潜藏着逆谋；父不父，子不子，纲常伦纪完全破灭。"这段话说出了这个时代的特色。

李尔王是全剧的中心人物，他从最高统治者变成一个卑贱的流浪者，地位在变，性格也在变。第三幕暴风雨一场，描写他头脑中进行了一场比大自然中的狂风骤雨更加激烈的思想斗争。他终于领悟到了世间存在种种罪恶，而封建等级制形成的权势就是罪恶的根源，并为自己过去身为国君而对穷苦百姓不加照顾进行自我谴责。李尔王也由此而成为一个可以同情的悲剧人物。

在创作《李尔王》的同年，莎士比亚还写了另外一部重要作品《麦克白》。剧本写苏格兰大将麦克白篡夺王位的故事。悲剧的主题是谴责统治者个人野心的罪恶。悲剧开始时，麦克白是一个武艺高强、忠于君主的将领，当他的夺取最高权位的野心勃发之后，便开始走上堕落的道路。个人野心终于使一个具有英雄品格的人物变成了丧失天良、精神空虚的杀人魔王，造成了国家民族的灾难，最后他众叛亲离，受到应有的惩罚。

除了"四大悲剧"以外，莎士比亚在第二时期还写了其他一些悲剧作品，像《安东尼与克莉奥佩特拉》（1607）、《科利奥兰纳斯》（1607）、《雅典的泰门》（1605）等，它们的基本思想与"四大悲剧"一脉相承，写理想与现实的矛盾。但是，越到后来，剧中的悲观厌世的思想越严重。这种悲观情绪也影响到莎士比亚这一时期的喜剧创作。

1608年后，莎士比亚的创作进入第三个时期。这时，他又恢复了人文主义理想的信念，重新探索实现这一理想的道路，幻想以调和的乌托邦的方式来解决矛盾，实现理想，写了一系列传奇剧。在这些剧本中主人公先遭难后获得幸福，解决矛盾的办法往往是一些偶然的因素，甚至是魔法的力量，使敌对的双方互相宽恕，互相和解，最后达到了圆满的结局。《暴风雨》（1611）是这一时期的代表作品。

二、《哈姆莱特》

《哈姆莱特》是莎士比亚于1601年写成的一部悲剧。剧本的题材是一个古老的丹麦故事，最早记载在12世纪初期丹麦历史学家撒克索·格拉马提库斯所写的《丹麦史》中，那完全是一个典型的中世纪宫廷复仇故事。到了文艺复兴时期，法国作家贝尔福累曾把这故事编进他的《悲剧故事集》（1570）中。1594年英国还上演过关于哈姆莱特的戏剧，据推测，那是莎士比亚的先驱者托马斯·基德的作品。莎士比亚用这个剧本作为自己创作的蓝本。

悲剧写的是丹麦王子哈姆莱特为父亲复仇的故事。正当他在德国威登堡大学上学的时候，父亲暴死，叔叔篡位，母亲改嫁，后来，他见到了先王的鬼魂，才知叔叔克劳狄斯是罪魁祸首，决心为父复仇。他先装成疯疯癫癫的样子来试探敌人，又利用演戏的机会使克劳狄斯暴露了他的罪人身份。但是，克劳狄斯以哈姆莱特错杀大臣波洛涅斯为借口把他送往英国，意欲借英王之手把他杀死。哈姆莱特在途中发现了奸计，返回丹麦。克劳狄斯又挑唆不明真相的雷欧提斯与哈姆莱特比武，用真剑、毒剑和毒酒三重陷阱，必欲害死哈姆莱特。比武时，哈姆莱特和雷欧提斯都中了毒剑，王后喝了毒酒。雷欧提斯临死前说出克劳狄斯的奸计，哈姆莱特用毒剑和毒酒处死了敌人，自己也同归于尽。

剧情虽然发生在中世纪的丹麦，然而，剧中描写的一切却处处使人联想起16世纪末17世纪初英国的现实。

悲剧开场时，莎士比亚就描写了一个动乱不安的局面，人人都感到这是一个乱世，一个"多事之国"。在这个乱世中，当权的国王克劳狄斯是一个弑君篡位的奸贼，在人们面前，他却装出一副仁慈贤明的样子。为了探得哈姆莱特的内心秘密，他玩弄特务手段，两次派人刺探。当他下决心杀害哈姆莱特时，两次安排借刀杀人的诡计。可以看出，他不仅专制暴虐，而且狡猾奸诈。

在克劳狄斯的统治下，丹麦的宫廷里荒淫无度，阴谋成风，国王酗酒作乐，朝臣们都以阿谀奉承为能事。御前大臣波洛涅斯就是一个典型的官僚，他圆滑世故，他的拿手好戏是告密、偷听、献计，玩弄见不得人的卑鄙勾当，为此他不惜出卖自己的女儿，最后连自己的老命也赔了进去。波洛涅斯死后，剧中出现一个年轻的朝臣奥斯立克，是"靠着一些繁文缛礼撑撑场面的家伙"。哈姆莱特的两个老朋友罗森克兰兹和吉尔登斯吞，为了求得主子的恩宠，背信弃义，甘当密探，甚至做凶手。正是这样的一批统治者形成了一股强大的社会恶势力。

莎士比亚还写到宫墙以外的社会环境。暴动的人群冲进宫廷，高呼要推翻国王，另立新主。哈姆莱特已经感到"庄稼汉的脚趾头已经挨近朝廷贵人的脚后跟"。他的许多台词也包含着对当时黑暗社会现实的深刻揭露。他对现实的总看法是：一个万恶的时世，颠倒混乱的时代；"世界是一所很大的牢狱"，丹麦就是其中最坏的一间囚室。这就是伊丽莎白女王统治末年英国社会的特征。

悲剧主人公哈姆莱特是一个具有先进思想和美好品德的青年，是文艺复兴时期人文主义者的形象。论身份，他是一个王子，但是，他接受了新思想新文化的熏陶，对世界和人生都有一套与传统的教会观念不同的新的看法。教会认为人生是罪孽，他却对"人"抱有美好的看法。他曾认为：

> 人类是一件多么了不得的杰作！多么高贵的理性！多么伟大的力量！多么优美的仪表！多么文雅的举动！在行为上多么像一个天使！在智慧上多么像一个天神！宇宙的精华！万物的灵长！[①]

他希望以真诚相待的平等关系来代替尊卑贵贱、等级森严的封建关系，而且不以地位等级来决定人的贵贱高低。然而，父死母嫁，叔叔篡位，以及鬼魂所揭露的阴谋诡计，又使哈姆莱特震惊不已。他越正视现实，就越能发现更多的罪恶。坚贞的爱情、忠诚的友谊、和谐的社

---

① ［英］莎士比亚：《莎士比亚全集》，朱生豪等译，第5集，317页，南京，译林出版社，1999。

会关系，这些被人文主义者视为珍宝的生活理想，都已化为泡影，这就使他对理想本身都发生了怀疑，陷入了精神危机。

忧郁与精神危机是哈姆莱特面临现实与理想不一致时的一种表现。值得注意的是，当理想破灭之后，他的意志并没有消沉，事实把他从幻想中唤回现实，他面对社会罪恶，敢于正视现实，深入思考，竭力去认识社会，探索答案，寻找出路。这就开始了哈姆莱特性格发展的新阶段，这是思想危机的阶段，也是思考与探索的阶段。他所思考的，包括人的价值、实现理想的道路以至宿命的力量等问题。这样，哈姆莱特的形象就具有了思想家的特色，其中最有名的一段独白是当他面对世间的罪恶而自感无力去加以消灭的时候，对生命意义的思索：

> 生存还是毁灭，这是一个值得考虑的问题；默然忍受命运的暴虐的毒箭，或是挺身反抗人世的无涯的苦难，通过斗争把它们扫清，这两种行为，哪一种更高贵？[①]

哈姆莱特的思考是深刻而有力的，但是，父亲交给他的责任是复仇，现实要求他的是行动。在这个问题上，哈姆莱特却时时迟疑，一再拖延。

哈姆莱特并不是一个醉生梦死、没有志气的青年，他在接受复仇使命时，曾说过这样一段话：

> 这是一个颠倒混乱的时代，唉，倒霉的我却要负起重整乾坤的责任。[②]

这是理解哈姆莱特全部行动的关键。在哈姆莱特看来，克劳狄斯的罪行只是世界上存在的全部罪恶中的一桩，问题在于整个时代颠倒混乱，他的责任不是单纯地报父仇，杀死一个克劳狄斯，而是要重整乾坤，消灭一切罪恶，按照人文主义的理想来改造现实。因此，对于哈姆莱特来讲，为父复仇和重整乾坤这两个方面是结合在一起的。如果单纯是报父仇，那就比较简单；如果要完成重整乾坤、改造现实的任务，那却是他力不胜任的了。哈姆莱特最终与敌人同归于尽，并没有完成自己的使命。他看到了一个伟大的目标，但是在这个伟大目标的面前，想要行动而不知如何行动，这就是哈姆莱特行动犹豫的原因所在，正如黑格尔所说："他所犹疑的不是应该做什么，而是应该怎样去做。"[③]

哈姆莱特是封建社会内部出现的少数先进人物的代表，他与克劳狄斯为首的宫廷集团的斗争，反映了文艺复兴时期先进人物为实现美好理想与社会恶势力所进行的斗争。然而，在这样的时代中，恶势力当道，美丑颠倒，人文主义的理想是不可能实现的，先进人物必然遭到厄运。这种处于萌芽状态的先进力量与强大的恶势力之间的矛盾，构成了悲剧性的冲突，

---

① ［英］莎士比亚：《莎士比亚全集》，朱生豪等译，第5集，330页，南京，译林出版社，1999。
② ［英］莎士比亚：《莎士比亚全集》，朱生豪等译，第5集，303页，南京，译林出版社，1999。
③ ［德］黑格尔：《美学》，朱光潜译，第1卷，311页，北京，商务印书馆，1982。

也就是恩格斯所说的"历史的必然要求和这个要求的实际上不可能实现之间的悲剧性的冲突"①。所以，哈姆莱特的悲剧是一个时代的悲剧。

另外，哈姆莱特所代表的人文主义思想本身所具有的局限性，他善于思考而不善于行动的性格弱点，以及不少旧思想的重担，也是导致他的悲剧的重要原因。

哈姆莱特的思想局限突出地表现在他脱离群众，孤军奋战，只想依靠个人的力量来完成改造社会的巨大任务。像哈姆莱特这样面对强大的社会恶势力，脱离人民群众而孤军奋战，没有不失败的。

哈姆莱特是西欧早期资产阶级文学中一个比较完整的理想人物的形象。整个剧本通过哈姆莱特与以克劳狄斯为首的宫廷集团的斗争，反映了人文主义理想与英国现实之间的矛盾，反映了时代的先进力量与强大的社会恶势力之间的斗争，既深刻地揭示了社会矛盾，又歌颂了人文主义的理想人物。

莎士比亚的创作基本遵循现实主义原则。《哈姆莱特》第三幕第二场中，哈姆莱特关于演剧问题的一番谈话，可以代表莎士比亚本人的艺术见解。他说："自有戏剧以来，它的目的始终是反映自然，显示善恶的本来面目，给它的时代看一看它自己演变发展的模型"；演员"是这一个时代的缩影"。他还强调艺术表现"不能越过自然的常道"，既不能过分，也不能懈怠。但是，他的现实主义又带有时代的个人的独特性。他不从现实生活中取材，而从现成的材料或现成的剧本中取材，在旧故事的框架中填补现实生活的血肉，注入时代精神的灵魂；他的现实主义与浪漫主义紧密地融合在一起，早期喜剧和晚期传奇剧中，浪漫主义的成分显然十分重要，即使在中期的悲剧中，浪漫主义因素仍然起着相当大的作用。

莎士比亚不是孤立地描写一个事件，不是单纯地描写主人公的个人命运，而是描写整个时代和社会的变化。《哈姆莱特》的题材本是一个宫廷复仇故事，但是莎士比亚的剧本中所写的生活内容远远突破了宫墙的限制，处处都在烘托一个动荡不安、危机四伏的社会。这些描写就为刻画主要人物形象提供了一个很好的背景。

《哈姆莱特》的情节波澜起伏，曲折动人，不过其间的起伏变化不是外加的，而是由哈姆莱特与克劳狄斯的性格冲突所决定的。哈姆莱特决心为父复仇，但是哈姆莱特的责任心和他的思考多于行动的性格特点，与克劳狄斯的阴险狡诈，决定了冲突双方先是互相试探，而后再是直接交锋，决定了剧本的一系列曲折的情节。剧本把悲剧因素和喜剧因素结合在一起，也加强了情节的生动性。

性格的多面性和复杂性，是莎士比亚人物个性化的特色之一。他的悲剧中，正面主人公的性格以肯定的品质占主导方面，同时也有其弱点，而这个弱点甚至是导致他们毁灭的重要原因。哈姆莱特有崇高的理想，有斗争的决心，但是他的理想脱离实际，行动脱离群众，以及本身个性上的弱点使他无力承担自己的责任，最后在强大的恶势力面前倒下。

---

① ［德］恩格斯：《致斐·拉萨尔》（1859 年 5 月 18 日），见中共中央马克思恩格斯列宁斯大林著作编译局编：《马克思恩格斯选集》，第 4 卷，346 页，北京，人民出版社，1995。

　　莎士比亚刻画悲剧人物的另一个特点是把人物放在内外两重的矛盾冲突之中，一方面是主人公与客观环境的冲突，另一方面是主人公的内心冲突。主人公的悲剧命运不仅决定于客观情势，也决定于性格本身的内在矛盾。随着客观斗争的发展，主人公的内心矛盾也在发展，人物的性格也就在这个过程中成长、变化。《哈姆莱特》也是如此。剧中矛盾开始之前，哈姆莱特热情幻想，天真乐观。一系列的意外事故使他的心情蒙上了忧郁的阴云，父王鬼魂的揭发更使他在精神上受到沉重的打击，从此他开始了与克劳狄斯的斗争，同时也开始了他自己内心的矛盾冲突。在这一过程中，他经历了一场激烈而复杂的内外两重的矛盾斗争，渐渐变得成熟，直到最后他重新恢复了内心的平静，沉着应战，才显出一个成熟的思想家的特色。

　　莎士比亚善于在人物对比中突出主人公的性格。在《哈姆莱特》一剧中，哈姆莱特、雷欧提斯、福丁布拉斯三人对待复仇问题的态度形成对比。从对比中更显得哈姆莱特志向远大、意志坚定。另外，霍拉旭的理智与冷静反衬出哈姆莱特的热情与深沉。哈姆莱特与奥菲莉娅，一为假疯，一为真疯，一个在精神危机中成长，一个在精神失常后灭亡，是又一重对比关系。

　　在哈姆莱特形象塑造中，莎士比亚充分发挥独白的作用。他为哈姆莱特安排了六次重要独白。通过这些独白，可以看到哈姆莱特的内心活动，了解他的思想性格发展的脉络。

　　莎士比亚戏剧的语言独具特色，《哈姆莱特》的语言更以其丰富和多变为特色。

　　莎士比亚的戏剧遗产非常丰富，对世界戏剧艺术的发展做出了重要的贡献。他被同时代人称为"时代的灵魂"[①]，被历代的文学家看作学习的榜样。正如本·琼生所说："他不属于一个时代而属于所有的世纪。"

---

　　① ［英］本·琼生：《题威廉·莎士比亚先生的遗著——纪念吾爱的读者》（1623），见杨国翰编选：《莎士比亚评论汇编》（上），11页，北京，中国社会科学出版社，1979。

第四章　17 世纪的欧洲文学

学习要求

1. 了解：17 世纪欧洲文学的发展概况和主要成就。
2. 掌握：古典主义文学的特征；弥尔顿的创作；莫里哀生平和创作中的主要内容。
3. 重点掌握：莫里哀的代表作《达尔杜弗》。

第一节　概　　述

　　17 世纪欧洲的多数国家，仍处在封建制度崩溃、资本主义继续发展的状态，但是，各国的发展是不平衡的；教会发动反宗教改革运动，对欧洲思想界产生了重大影响。在这种情况下，欧洲各国文学的发展也是不平衡的。就主要国家来看，大致有三种情况：第一，英国于 1642 年爆发了资产阶级革命，走在历史的前列。17 世纪的英国文学反映了革命前后复杂的社会矛盾，清教徒革命家弥尔顿是当时欧洲最重要的诗人。第二，法国处在资产阶级与贵族阶级势均力敌的情况下，专制君主制发展到极盛时期。这一时期法国产生的古典主义文学达到当时欧洲文学的最高水平。第三，意大利、西班牙和德国，由于政治上、经济上的衰败而失去了前一时期的先进地位。意大利和西班牙的文学也失去了它们在文艺复兴时期的光彩，与此同时，形式主义文学却在这两国一度兴起。在意大利有所谓马里诺诗派①，在西班牙有所谓贡戈拉主义②。德国在经历了一场毁灭性的战争——"三十年战争"后，整个国家四分五裂，破败不堪，在文学上也没有出现什么高水平的作品。

---

　　①　17 世纪意大利作家马里诺（1569—1625）和西班牙作家贡戈拉（1561—1627）的作品表现出共同的创作倾向。作品的内容晦涩难懂，大量运用怪僻的或生造的词语，对当时的欧洲作家产生了广泛的影响。

　　②　［英］本·琼生：《题威廉·莎士比亚先生的遗著，纪念吾爱的读者》（1623），见杨国翰选编：《莎士比亚评论汇编》（上），11 页，北京，中国社会科学出版社，1979。

一、英国文学

英国的资产阶级革命是在宗教外衣下进行的。基督教的一个派别——清教，代表了资产阶级和新贵族的利益。最后，革命以大资产阶级与土地贵族妥协、建立君主立宪制的政权而告终。

革命前夕，英国文坛的情况比较复杂，有反映贵族阶级没落情绪的骑士派诗歌，有晦涩难解的"玄学派"诗歌，有围绕政治宗教问题展开激烈争论的散文作品。革命时期，出现了大批言词犀利的传单和小册子，成为革命的喉舌。复辟时期，宫廷古典主义文学盛行一时，代表人物是**约翰·德莱顿**（1631—1700）。但仍有坚持民主倾向的清教徒作家，**约翰·班扬**（1628—1688）的讽喻小说《天路历程》（1678）写一个基督教徒为向"天国的城市"前进，途经种种艰难历程，最后到达目的地的故事。在宗教外衣下，小说相当真实地写出了当时英国城乡的生活画面，揭露了复辟时期的种种社会罪恶。

17 世纪英国文学的主要成就是革命诗人弥尔顿的创作。**约翰·弥尔顿**（1608—1674）少年时期受到了人文主义思想的影响和古典文学的熏陶，1632 年毕业于剑桥大学基督学院。1639 年，他正在欧洲大陆旅行时，听到国内酝酿革命，便返回祖国，随即站在革命立场撰写政论文章。他长期为革命操劳，以致双目失明。复辟时期，受到迫害，但是他仍然坚持革命立场，克服了失明、疾病等困难，用口授的方式从事文学创作，先后完成了三部诗作，形成了他晚年文学创作的高潮。

长诗《失乐园》（1667）是弥尔顿最重要的作品。长诗取材于《旧约·创世纪》，共 12 卷，约 10 000 行。亚当夫妇失去乐园的故事与撒旦反叛上帝的故事，形成了长诗的两个情节线索，表现了诗人对英国革命的反思，流露出诗人对于革命失败的悲愤情绪以及他对革命再起的祈望。诗中的撒旦体格魁伟，意志刚强，是一个敢于反抗最高权威、英勇不屈的革命战士的形象。长诗也反映了诗人清教徒思想的矛盾。他同情亚当与夏娃对自由与知识的追求，又批评他们理性不强，经不起引诱；他肯定撒旦的反叛精神，又认为他有野心，太骄傲。

《复乐园》（1671）也是一部宗教题材的长诗，取材于《新约·马太福音》，写耶稣不怕挫折，不受诱惑，始终坚持拯救人类的理想，体现了复辟时期革命者崇高的革命气节和精神风貌。剧本《力士参孙》（1671）取材于《旧约·士师记》。主人公参孙在敌人的监牢中伺机报仇，最后与敌人同归于尽。诗中悲壮激越的基调反映了诗人从不妥协、渴望复仇的革命情怀。

弥尔顿的创作反映了英国清教徒革命家的思想面貌。他的诗作继承了古代史诗和悲剧的风格，构思宏伟，语言典雅，风格雄浑富丽，在 17 世纪的欧洲文学史中占有重要的地位。

二、法国文学

在 17 世纪的欧洲，法国古典主义文学成为各国学习的楷模。古典主义文学产生的社会基础是法国的专制君主制。1594 年，亨利四世继位。他采取比较开明的宗教政策，结束了持续 30 年的宗教战争，开始了波旁王朝的统治，王权采取拉拢资产阶级、打击反动贵族、镇压农民起义的策略而日益强大。1643 年，路易十四继位，首相马扎然摄政，推行重商主义政策，镇压了两次反王权的"投石党"运动，更加强了王权的统治。1661 年后路易十四亲政，法国专制君主制达到了极盛时期，全国一切大权都集中到宫廷，国王被称为"太阳王"，成了至高无上的权威。

在 17 世纪的法国，王权是一种进步的因素。在贵族阶级与资产阶级势均力敌的状况下，它是两个阶级之间表面上的调停人。它统一了国家，制止了割据和纷争，保护过资本主义的工商业。因此在当时，君主专制是作为文明中心、社会统一的基础出现的。

政治上的集中统一，反映到文艺上，出现了王权控制文艺、古典主义文艺逐渐统治文坛的历史现象。

17 世纪上半期的法国文坛上盛行一时的贵族文学以贵夫人的沙龙（"客厅"）为中心，所以也称为"贵族沙龙文学"。他们的作品以意大利的马里诺和西班牙的贡戈拉为榜样，雕琢字句，堆砌典故，专事美化封建主的生活，缅怀中古社会。与此同时，有些作家主张消除文坛的混乱状况，提倡文艺创作应该遵循统一的原则，以古典为榜样。王权本欲控制文艺，当然竭力支持这种主张。于是在王权的扶植下，这种文学流派迅速兴起，因为它把希腊罗马文学奉为典范而被后人称为"古典主义"。亨利四世时代的一些诗人最早表现出这种倾向。1635 年，朝廷建立法兰西学士院，作为推动这种统一化趋势的官方机构。学士院制订语言文学方面的规范，它的决议，形同法律。政府还设立书刊检查制度，颁发年金制度，用种种办法控制文坛。古典主义的文学流派就这样在专制制度的支持下取得了文坛的统治地位。

古典主义产生的思想基础是唯理主义。17 世纪法国思想界是一个讲究理性的时代，代表人物是哲学家笛卡尔（1596—1650）。他认为人的理性至高无上，人可以凭着理性思维而认识真理，因而主张以理性来代替盲目信仰。他还认为人类的各种情欲会使人抛弃真理，主张以理性来克制感情。笛卡尔的学说反映了从混乱到统一的时代需要。

法国古典主义文学就是在这种历史条件下发展起来的。17 世纪三四十年代是它的成长时期，六七十年代即达到隆盛时期。法国古典主义在诗歌、散文等各种体裁上都有成就，然而，戏剧方面的成就最为突出，出现了以高乃依、拉辛为代表的悲剧作家和以莫里哀为代表的喜剧作家。

彼埃尔·高乃依（1606—1684）是法国古典主义悲剧的创始人。他生活在法国专制君主制国家上升时期，他的作品中塑造了一些理想化的英雄形象，充满崇高的爱国主义精神。1636 年，悲剧《熙德》上演，获得了极大反响，被认为是法国古典主义悲剧的奠基之作。

剧本取材于西班牙传说，写主人公罗狄克为父报仇的故事。在剧中，封建义务与个人感情形成尖锐的冲突。罗狄克为了保护家族荣誉不得不杀死爱人的父亲，他的内心充满着矛盾，最终以理智战胜感情，为了尽义务而牺牲个人幸福。这样的矛盾也同样折磨着施曼娜。这些矛盾最后都在国家利益高于一切的原则下得到解决。

《熙德》的演出轰动了巴黎。但是剧中的民主倾向使首相黎世留不满，他便利用法兰西学士院来压制这种自由精神。1638年，学士院发表了沙普兰起草的《法兰西学士院对〈熙德〉的批评》，无理责难高乃依抄袭别人，不遵守"三一律"①，迫使高乃依就范。高乃依停止创作三年，以示反抗，但最终不得不屈服，接受专制政府的监督，遵守古典主义的法规。后来，他取材罗马历史，按照"三一律"写过一系列悲剧作品，著名的有《贺拉斯》（1640）、《西娜》（1642）、《波利厄克特》（1643）等。

让·拉辛（1639—1699）是法国古典主义隆盛时期的悲剧作家，他的剧作取材于古代作品，结构严谨，心理描写细腻动人，写作方法符合"三一律"而不受其拘束，艺术技巧相当成熟。

拉辛的代表作是《安德罗马克》和《费德尔》。《安德罗马克》（1667）被称为第一部标准的古典主义悲剧。剧本取材于希腊悲剧，主人公安德罗马克是特洛亚英雄赫克托耳之妻，城邦陷落后，她成了希腊方面爱庇尔王庇吕斯的俘虏。剧本写她为了保全孩子——城邦的最后一棵根苗而与敌人周旋的故事。她忠于爱情，忠于祖国，孤身陷于敌国却敢于反抗暴虐统治，是一个既有高尚情感又有高度理性的妇女形象。这部悲剧情节紧凑，悬念强烈，人物的命运互相纠结，人物的行动互相牵制，具有动人心魄的戏剧效果。

17世纪法国古典主义喜剧方面的代表作家是莫里哀，他是法国古典主义文学中最富有民主倾向的作家。

让·德·拉封丹（1621—1695）是以寓言诗出名的诗人。

在文艺理论方面，**布阿洛**（1636—1711）的《诗的艺术》（1674）提出了一整套古典主义的理论主张。布阿洛把模仿"自然"作为文艺的基本任务，要求作家把表现宫廷和城市，即贵族与资产阶级的生活，作为文艺的基本内容。他竭力提倡作家要效法古代希腊罗马文学作品。这些理论虽有某些合理的成分，但是它们的基本倾向是为适合专制君主制的需要而提出来的。布阿洛的《诗的艺术》成为古典主义的法规，对法国和17—18世纪的欧洲文学和文学理论产生过不小的影响。

古典主义作家运用的体裁各有差别，思想倾向和艺术成就也不尽相同，但作为一种文艺思潮，仍有其共同特征。

古典主义文学在政治上拥护王权，维护国家统一。古典主义要求作家把歌颂国王，维护国家利益，宣扬公民的义务和责任，作为自己创作的职责。许多作品的中心主题是写

---

① "三一律"是欧洲古典主义戏剧创作的基本规则，要求一个剧本的情节、时间、地点三者完整统一。详见本书论古典主义文学第三个特点所述。

感情与义务的矛盾，主张私欲服从义务，个人利益服从国家利益。不过，优秀的古典主义作家并不是一味地颂扬君主，有的要求国王以仁政治理国家（如高乃依），有的对暴政提出谴责（如拉辛），有的则要求国王主持正义，支持反对封建偏见和宗教欺骗的斗争（如莫里哀）。

古典主义文学的另一个明显的特点是它的唯理主义。古典主义文学是崇尚理性的文学，布阿洛把理性看作创作与评论的最高标准。高乃依写理智对感情的胜利；拉辛谴责那些丧失理性、情欲横流的贵族人物；莫里哀则对那些不合理的封建思想、风俗礼教给以辛辣的嘲笑。古典主义也从理性出发制定了创作的规则，形成其作品文字简洁、结构明晰、逻辑性强等特点。

古典主义文学的第三个特点是它在艺术创作上提倡模仿古典，遵循规则。古典主义把古代文艺看作一种永恒的模范，借用古人的服装来提高自己理想人物的崇高性。古典主义者研究古代文学而制定出来的许多创作规则中，影响最大的一项，是戏剧创作中的"三一律"（时间、地点、动作的三个整一），即一个剧本的情节只能限制在同一事件，事件只能发生在同一地点，剧情包含的时间只能在一天（24小时）之内。

法国古典主义文学在维护国家统一、促进法兰西民族语言和民族文化的形成、促进法国人民的民族观念方面起过进步作用。随着欧洲社会的发展，古典主义的保守倾向和封建色彩越来越显出它的局限，到了19世纪初期，浪漫主义文学运动兴起，古典主义便作为一种过时的文艺思潮而被否定。

第二节　莫里哀

一、生平和创作

莫里哀（1622—1673），是17世纪法国古典主义文学中最重要的作家，也是当时欧洲最重要的戏剧家。

莫里哀原名让－巴蒂斯特·波克兰，出生在巴黎一个富商的家庭。父亲经营室内陈设，并用钱买得"王室侍从"小贵人的身份。莫里哀从小喜爱戏剧，在克莱蒙中学上学时又接受了古代文学和唯物主义思想的影响。1639年中学毕业后，莫里哀不顾社会偏见，于1643年离开家庭，与几个志同道合的朋友组成"光耀剧团"，在巴黎演戏。就在这时，他开始用"莫里哀"作为自己的艺名。但是，剧团不善经营，负债累累，作为剧团经济上的负责人的莫里哀，为此而被债主控告，受到监禁。父亲把他从狱中赎出，希望他改弦易辙，但莫里哀并未因失败而灰心。1645年剧团解散，他又与几个朋友一起参加老演员杜佛朗的剧团，到外省去作巡回演出。

从1645年秋到1658年10月，莫里哀在外省流浪了13年，广泛地接触了社会，学习民间戏剧艺术，1650 年后，担任剧团负责人，并开始创作剧本。他学习民间笑剧和意大利即兴喜剧的手法，写了一些作品，渐渐在外省出了名。1658 年，他应召在卢浮宫为路易十四演戏，演出的成功使剧团得以留在巴黎，莫里哀也开始了新的创作时期。

莫里哀回到巴黎时，正值法国专制王权的极盛时期，也是古典主义思潮兴盛之时，莫里哀与王权的关系一度相当密切，在艺术上也接受了古典主义的创作规则。1659 年，莫里哀演出他进京后的第一个作品——《可笑的女才子》，就把矛头指向贵族。这部剧本采用的还是笑剧的手法，而后来上演的《丈夫学堂》（1661 年）和《太太学堂》（1662 年），则接受了古典主义的规则。这两部剧本取材于现实生活，保留着浓厚的生活气息和生动活泼的风格，它们以家庭生活为主要题材，从民主主义、人道主义的立场出发，讨论了爱情、婚姻、教育、宗教等问题，维护个性自由，反对封建道德。

莫里哀创作的民主倾向使他受到了贵族集团的攻击。莫里哀勇敢反击，写了剧本《〈太太学堂〉的批评》（1663）和《凡尔赛宫即兴》（1663），与对方展开论战，而且大胆地提出了许多精辟见解来维护喜剧创作的民主倾向。

1664 年开始创作的《达尔杜弗，或者骗子》标志着莫里哀创作全盛时期的到来。这部作品以其深刻的思想性、强烈的揭露性和高度的艺术成就而被誉为欧洲古典喜剧的杰作。

1665 年所写的《堂璜》和 1666 年所写的《愤世嫉俗》揭露讽刺了贵族阶级。他看出这个盘踞在国家统治地位的上层阶级正日趋没落，不配有更好的命运。

莫里哀的讽刺锋芒也指向那时正在上升的资产阶级。《吝啬鬼》（1668）以深刻揭露资产阶级拜金主义本性而闻名于世。《乔治·当丹》（1668）揭露了当时资产阶级的另一个特征——虚荣心。这些剧本打击的主要目标是贵族，同时，通过这些受害者的形象，警告资产阶级，对于教会与贵族，切不可盲从。

这一时期的莫里哀也应宫廷娱乐所需，写过充满宫廷趣味的剧本和带有牧歌、神话意味的芭蕾舞喜剧。

1669 年后，莫里哀的剧作进入了最后一个时期。这一时期的创作在思想内容上继续发挥前期创作的主题，坚持了反封建的方向。《贵人迷》（1670）讽刺资产阶级的虚荣心，《女学者》（1672）嘲笑了贵族沙龙。然而，在艺术上他更多地运用民间笑剧的手法，甚至于写笑剧性的剧本。

后期创作的重要作品《司卡班的诡计》（1671）继承法国和意大利笑剧的传统，赞赏了下层人民的机智，是莫里哀剧作中具有独特意义的佳作。

莫里哀长期操劳，早已是疾病缠身。1673 年 2 月，他抱病登台，主演《没病找病》，回家后，咯血不止，与世长辞。

莫里哀的作品取材于现实生活，并注意从民间创作中吸取营养，因而富有民族特色。对于古典主义法则，他基本遵守却又不受限制。他在喜剧艺术上的卓越成就把欧洲的喜剧提高到真正近代戏剧的水平。

二、《达尔杜弗》

《达尔杜弗，或者骗子》（又译《伪君子》，以下简称《达尔杜弗》）是一部五幕诗体喜剧，矛头直指教会，揭露了它的虚伪性和欺骗性。

剧本在 1664 年 5 月凡尔赛"仙岛狂欢"盛大游园会上初次演出，立即遭到教会和封建顽固势力的反对而未能公演。从此，莫里哀为争取剧本的公演而开始了与保守势力的一场持续五年的斗争。他三次上书国王，同时争取社会的同情。1669 年，教皇颁布"教会和平"诏书，宗教迫害暂时缓和，莫里哀终于争得了《达尔杜弗》上演的机会。演出获得了极大的成功。

在 17 世纪的法国，基督教是专制政体的支柱，势力很大。教会打着上帝的旗号进行思想统治，它的活动向来是以伪善为特点的。教士们假仁假义，口是心非，更是一种普遍的现象。17 世纪法国的封建顽固势力还成立了所谓"圣体会"，表面上搞慈善事业，实际上是一个秘密的谍报机构，通过告密手段进行宗教迫害，突出地表现了这种宗教伪善的特点。剧本的中心人物达尔杜弗集中体现了这种伪善的恶习。莫里哀在剧中首先揭露了达尔杜弗的表里不一。他劝奥尔贡割断对尘世的关联，自己却好吃贪睡，不肯放过一点享受的机会。接着，莫里哀进一步揭露达尔杜弗伪装虔诚的险恶用心。莫里哀从他好色这一点开刀，让他显露原形。达尔杜弗一上场，道貌岸然，见到道丽娜穿着袒胸的裙子，便转着淫乱的念头。剧本就从这里入手，剥开了达尔杜弗内心的丑恶和卑鄙。他见到奥尔贡的太太艾尔密耳，立刻色相毕露，向她求爱，但他善于诡辩，竟然把自己的丑行说成敬爱上帝的一种表现。恶行的暴露使他面临危险，他却有本事逃脱罪责。奥尔贡受了他的骗，把儿子赶走，把财产继承权赠送给他，这个家伙居然也厚着脸皮接受下来，还说这是"上天的旨意"。我们看到，达尔杜弗既好色又贪财，他披着宗教的外衣，伪装成虔诚的教徒，其目的就是掠夺别人的财产，破坏别人的家庭，以满足他无耻的私欲。同时，我们也看到，这个家伙手段极其"高明"，他能熟练地玩弄教义，对付各种情况。宗教在他手里就像胶泥一样，可以随意解释。到了第四幕，达尔杜弗再次向艾尔密耳求欢。此时，上帝在他嘴里变成了"算不了一回事"的东西，他还厚颜无耻地说什么"只有张扬出去的坏事才叫坏事"，"私下里犯罪不叫犯罪"[①]。原来这位道貌岸然的伪君子的道德观不过如此。当伪善已经骗不了人的时候，达尔杜弗图穷匕首见，露出恶棍的真相，几乎把奥尔贡搞得家破人亡。通过第五幕中达尔杜弗的行动，莫里哀进一步揭露了伪善可能造成的严重危害。

莫里哀层层深入，剥下了宗教伪善者的外衣，不仅使之暴露出恶棍的本相，而且揭发其罪恶用心和严重危害，这就使剧本对伪善恶习的揭露达到了相当的深度。在欧洲，达尔杜弗成了伪善者的同义语。

---

① ［法］莫里哀：《莫里哀喜剧全集》，李健吾译，第 2 卷，240～242 页，长沙，湖南文艺出版社，1982。

　　资产者奥尔贡在剧中是一个受骗者的形象。他仿效上流社会的习尚，以宗教虔诚为时髦，更喜欢受人谄媚。达尔杜弗正是投其所好，用表面虔诚实质奉承的言行讨好他，博取了他的信任。奥尔贡还有专制家长的作风，惧怕自由思想。他的轻信和专断，几乎造成了全家的不幸。莫里哀把他放在受害者的地位，旨在对资产阶级进行劝导。

　　剧中反对达尔杜弗最坚决、最有办法的人物是女仆道丽娜。她从一开始就识破了达尔杜弗的真相，帮助全家与这骗子进行斗争。这个人物比起盲从的奥尔贡、软弱的玛丽雅娜、莽撞的大密斯和光说不做的克莱昂特来，都要高出一筹。

　　剧本的结尾出人意料，由于国王的英明决断，一场灾祸顿时消弭。这样的结局并不是剧情发展的自然结果，而是莫里哀的无可奈何之作。古典主义的喜剧要求结局完满，而莫里哀从现实生活中找不到铲除达尔杜弗这类社会危险势力的实际依据，不得不抬出国王，以最高权威来解决问题。

　　《达尔杜弗》的创作方法，符合古典主义的"三一律"。不过，莫里哀能熟练地运用古典主义的创作规则，使它们有利于推动剧情，刻画人物，表现主题。

　　《达尔杜弗》也是一出典型的性格喜剧。全剧的艺术构思都是为了塑造一个伪善的性格。全剧的结构严整紧凑、层次分明，根据戏剧冲突的发展过程大致分为三个部分。第一、第二两幕，达尔杜弗不出场，通过其他人物的活动侧面介绍他的性格，为他的上场做好准备；第三、第四两幕，正面揭发达尔杜弗伪善的罪恶用心；第五幕，进一步揭露他凶恶的面目和危害性。全剧顺着达尔杜弗勾引艾尔密耳这一线索，让他自己一层一层地脱下伪装，露出本性。在这里，莫里哀为他安排两次不利的情势，更突出地表现他手段之毒，用心之狠，强调了这类人物的危险与可怕，而这正是全剧的主题思想所要强调的地方。

　　这部作品的独特之处，还在于它的戏剧冲突本身带有许多悲剧性的因素。达尔杜弗的伪善所造成的后果是：年轻人的婚姻被破坏，奥尔贡几乎身败名裂、家破人亡。这些悲剧性的因素足以显示伪善者的掠夺本性，加强了作品的揭露力量。莫里哀在剧中也向民间笑剧学习，吸收了许多生动活泼、富有生活气息的情节和技巧，如打耳光、家庭吵架、父亲逼婚、父子反目、桌下藏人、隔墙偷听等，增强了作品的艺术效果。

　　当然，莫里哀的作品也有缺陷，如剧本所反映的社会生活面比较狭窄，人物性格单一而缺乏丰富性，结尾勉强生硬，等等，这是古典主义对莫里哀的限制。

第五章　18世纪的欧洲文学

学习要求

1. 了解：18世纪欧洲文学的发展概况和主要成就。

2. 掌握：启蒙运动、"狂飙突进"运动、启蒙文学的概念；伏尔泰、卢梭、菲尔丁、席勒的创作；歌德生平与创作中的主要内容。

3. 重点掌握：歌德的《浮士德》。

第一节　概　　述

一、启蒙运动和启蒙文学

18世纪的欧洲是广大人民推翻封建制度的革命斗争达到白热化的时期。

革命后的英国资本主义迅速发展，原始积累基本完成，又通过掠夺战争，称霸于世界各地。18世纪中期英国开始了产业革命，大规模的机器生产代替了工场手工业，英国成为世界上最大的工业强国。法国是一个封建的农业国，专制统治极其严酷。18世纪中期以后，法国资本主义有了较大的发展，尖锐的阶级矛盾使法国成为欧洲资产阶级和人民大众反封建斗争的主要阵地和资产阶级革命的中心。德国还是一个分裂的落后的封建国家，但它已经从"三十年战争"中逐渐恢复，资产阶级在英、法两国先进思想的影响下，对封建秩序的不满情绪与日俱增。长期处于外国侵略、封建割据状态的意大利，在18世纪中期，资本主义经济也有所发展，反封建的、为独立统一而斗争的人民运动也随之兴起。

总之，在18世纪的欧洲，广大人民的反封建斗争发展到极为紧张激烈的程度。1789年的法国大革命以及它在欧洲各国引起的强烈反响，说明革命已是历史的必然、时代的要求。与之相适应的是，发生了第二次全欧性的资产阶级反封建反教会的思想革命运动——启蒙运动。

18世纪英国思想界和自然科学的成就可以说是这一运动的准备阶段；英国革命后建立

的政体，英国经济发展的现实，以及它在各方面的进展，也使欧洲各国的资产阶级思想家受到鼓舞和启迪，找到建立理论体系的依据。

法国是启蒙运动的故乡，从 18 世纪初期，运动即已开始，并直接为 1789 年的大革命做了必要的思想准备。法国阶级矛盾的尖锐性和广大人民强烈的革命要求，决定了法国的启蒙学说成为欧洲启蒙运动中最激进、最典型的一派。法国启蒙运动的影响遍及全欧，德国、俄国、意大利都在其影响之下产生了反封建的思想运动。

启蒙运动是文艺复兴反封建反教会斗争的继续和发展。不过，在资产阶级革命迫在眉睫的形势下，它比文艺复兴运动带有更强烈的政治革命的性质。启蒙主义者提出自然神论和无神论来否定教会的神权统治。他们还以"自然法则"为依据，提出自由、平等的口号来反对封建专制统治和贵族特权，于是，自由、平等也就成了启蒙运动中最鲜明、最有号召力的两面大旗。

启蒙主义者崇尚理性，把思维的理性当作一切现存事物的唯一评判者和批判旧制度的思想武器。启蒙主义者也以理性的光辉来描绘未来的理想社会，他们认为，消灭了封建制度之后就可以建立一个理性的王国，到那时，就可能实现自由、平等、人人幸福的理想。当然，"这个理性王国不过是资产阶级的理想化的王国"[①]。但是，启蒙主义者把资产阶级的要求和理想加以抽象化，并不是一种欺骗，他们真诚地以为自己是全体被压迫人民的代表，相信封建制度一旦消灭，便可以带来普遍幸福，并且衷心愿意促进这一事业的发展。

启蒙主义者认为：提倡科学和文化教育便可以破除迷信和偏见，使人们接受启蒙学者的思想，实现理想社会。这也就是"启蒙"运动名称的来由。他们的启蒙活动，包括两方面的内容：教育群众和启迪封建统治者。许多启蒙主义者都寄希望于由开明君主来实行自上而下的改革。

启蒙运动是一个全欧性的运动，但各国历史条件的差异又决定了各国的启蒙运动具有各自的民族特征。

启蒙运动也影响着 18 世纪欧洲文学的发展。18 世纪初期，欧洲各国的文坛上，古典主义仍然占有重要地位。但是，古典主义终究因其宫廷趣味和刻板的规则而显得不合时宜，激进的启蒙主义者在自己的理论和创作中都抛弃了古典主义，探求新的创作方法。

18 世纪英国的现实主义小说就其思想倾向来看，具有启蒙的性质。法国的启蒙文学更鲜明地体现了时代精神，启蒙文学作为启蒙运动的一个部分，起到了反封建的革命作用，很快占据了文坛的主导地位。

启蒙文学具有强烈而鲜明的政治倾向。启蒙文学作家往往就是启蒙运动的思想家和活动家，文学创作就是他们进行反封建斗争和宣传启蒙思想的利器。启蒙运动的理论家在他们的美学理论著作中也毫不隐讳地强调文艺的社会功用和教育意义。这在文学创作与理论的领域

---

①　[德]恩格斯：《社会主义从空想到科学的发展》，见中共中央马克思恩格斯列宁斯大林著作编译局编：《马克思恩格斯选集》，第 3 卷，405 页，北京，人民出版社，1995。

里引起了一场深刻的变化。

启蒙主义者强调文学的民主倾向，在启蒙文学作品中，主人公不再是帝王将相，而是普通平民。作家们力图刻画第三等级人物的形象，歌颂他们的优良品质，于是，平民百姓以正面形象的身份登上文坛，以自己在思想上、道德上的优势压倒了统治阶级。

狄德罗提出的文艺创作"要真实，要自然"的主张，就是近代现实主义新文艺的纲领，为文艺的发展指出了新方向。启蒙主义作家主张写一般市民的日常生活，特别是家庭生活；他们要求采取真实自然的表现方式，反对贵族文学那种矫揉造作的风格。

启蒙主义的创作和理论，促进了欧洲文学从古典主义向近代现实主义的转变，市民剧、现实主义小说的产生，以及哲理小说、书信体小说、教育小说等新的文学形式的出现，都是这一根本变化的产物。

在18世纪的欧洲，感伤主义也是一个具有一定影响的文学思潮。感伤主义产生于18世纪后期的英国。产业革命的加紧进行，资本主义的发展，使英国的社会矛盾日益显露。一部分资产阶级民主主义者开始对"理性"社会产生怀疑，感到刚刚形成的社会方式不符合人类向善的本性，企图在不改变现存制度的情况下寻求解决社会矛盾的办法。他们的思想仍然属于启蒙主义范畴，他们相信，向善之心，人皆有之，通过艺术打动人的感情，就可以使人弃恶从善。他们在艺术创作中，表现了对于不合理现象的否定，但是以一种温和的态度进行讥讽。他们把艺术的力量诉诸感情，力图通过创作打动读者，引起读者对受难者的怜悯和同情。感伤主义表现了对资本主义现实的不满和对被压迫者的同情，在当时有一定的进步意义，它也给文学带来了新的东西，为后来的浪漫主义文学思潮开辟了道路，但感伤主义往往流于悲观消极。英国感伤主义曾经传到德、法、俄等国，在歌德、卢梭、卡拉姆辛等人的创作中都可以看到它的影响。

二、英国文学

18世纪初期的英国，社会比较稳定，正处在资本主义生活方式的形成期。文学上的主要特点是古典主义诗歌的流行和现实主义散文的兴起。散文作品中有生动的世态人情的描写，也有社会各阶层人物形象的生动刻画，这就为现实主义小说的兴起开辟了道路。

现实主义小说是18世纪英国文学的主要成就。它在继承文艺复兴时期市民小说的基础上，吸收了西班牙流浪汉小说和《堂吉诃德》等作品的影响而发展起来。这类小说以社会中下层的普通人物为主人公，以日常生活和社会风习为主要题材，以日常的语言、写实的手法为主要表现手段。

丹尼尔·笛福（1660—1731）是英国现实主义小说的奠基人，他的创作标志着现实主义小说的开端。1719年，他在将近60岁时发表了第一本小说《鲁滨逊漂流记》，一举成功。此后，他写了《辛格顿船长》（1720）、《摩尔·佛兰德斯》（1722）、《杰克上校》（1722）、《罗克珊娜》（1724）等作品。笛福的小说继承了流浪汉小说的传统，写一些出身低微的人靠个人奋斗在逆境中不择手段而获取成功的事迹，反映资本主义生活方式形成时期的英国社会。他的最著名的也是影响最大的作品是《鲁滨逊漂流记》。

小说的主要内容写主人公鲁滨逊遭遇海难，孤身一人漂到一个荒无人烟的小岛上，在岛上生活、艰苦奋斗 28 年的故事。鲁滨逊形象是资产阶级创业时代的产物，它反映了那个时期资产阶级的进取精神，是欧洲小说史上的一个创举。

笛福的小说采用一种不夸张的、逼真而详尽的写实手法来描写一个虚构的故事，讲究细节的真实，而且在行动中刻画人物的性格，因而具有强烈的真实感。这种创作方法容易被广大的平民百姓接受，开拓了西方小说发展的新时期。

与笛福差不多同时进行小说创作的**约拿旦·斯威夫特**（1667—1745），却是另一种倾向的作家，他的最著名的作品寓言小说《格列佛游记》（1726），以幻想游记的形式，对现实进行深刻的批判和讽刺，锋芒直接指向英国的政治、军事、文化、科学乃至社会风尚，涉及面极广。小说也表现了作家的正面理想。《格列佛游记》把幻想、夸张与真实奇妙地结合在一起，而且运用了高超的讽刺手法，因而受到广泛的欢迎。

亨利·菲尔丁（1707—1754）的创作是 18 世纪英国小说的最高成就。他的代表作是《弃儿汤姆·琼斯的历史》（1749）。小说的主人公弃儿汤姆·琼斯是乡绅奥尔沃西所抚养的义子，全书讲述了他与乡绅之女苏菲亚历尽曲折终成眷属的故事。

随着汤姆和苏菲亚的足迹所到，小说描写了从外省到首府，从农村、旅店、集市到贵族沙龙的极其广泛的社会画面，对上层社会的腐败、贪婪、丑恶进行了深刻的揭露和讽刺。小说又通过人物性格的对比，肯定了汤姆的淳朴和正直，批判了贵族资产阶级的假文明。

小说中的十几个人物都真实生动，各具特色。整个作品情节曲折，布局严密，前后衔接，浑然一体，是 18 世纪英国小说的最高成就。

18 世纪后半期出现的英国感伤主义作家中，以**斯忒恩**（1713—1768）和**哥尔德斯密斯**（1730—1774）最为重要。前者的《感伤的旅行》（1768）使这一流派因而得名。哥尔德斯密斯的小说《威克菲牧师传》（1768）是一部具有国际影响的名著。

三、法国文学

18 世纪初期法国文坛上，古典主义文学占有统治地位，贵族色情文学也相当流行。与此同时，出现了批判封建社会的讽刺性写实文学，其代表作是勒萨日（1688—1747）的长篇小说《吉尔·布尔斯》（1715—1735）。这部作品模仿西班牙流浪汉小说，写主人公从社会底层向上爬，直到担任首相秘书的经历。小说对现实的揭露有一定的深度，对欧洲现实主义文学的发展有一定贡献。

18 世纪 20 年代后，早期启蒙主义者开始活动，代表人物是孟德斯鸠和伏尔泰，他们的文学创作是法国启蒙文学的最初成就。

孟德斯鸠（1689—1755）的书信体小说《波斯人信札》（1721）开法国哲理小说之先河，

又是最早的一部启蒙文学作品。书中写两个波斯青年在巴黎的见闻，以嬉笑怒骂的方式，嘲讽法国封建朝廷和社会生活中的种种弊端。

伏尔泰（1694—1778）是法国启蒙运动中声望最高的领袖人物。他本名弗朗梭阿·马利·阿鲁埃，出生于公证人家庭。他主张开明君主制，信奉唯物主义经验论和自然神论。伏尔泰对宗教偏见和专制统治进行过勇敢的斗争，在宣传启蒙思想、推动启蒙运动的发展上起到很大的作用。伏尔泰是一个多方面的人物，他是哲学家、社会活动家、历史学家和文学家。他的文学创作也涉及诗歌、戏剧、小说等各个领域。在文学观点上，他起初接受古典主义，用古典主义的规则写史诗、哲理诗和悲剧，后来改变了他的拟古观点。

在伏尔泰的文学作品中，哲理小说的价值最高。经他之手，这种文学形式充分发挥了它的战斗作用，成了法国启蒙文学作家手中的有力武器。伏尔泰写过 26 部哲理小说，这些作品以一种诙谐有趣的笔调，写一个虚构的传奇式的故事，以影射现实，阐明某些哲理。小说的精华不在它的哲理，而在于对法国现实的揭露和抨击。著名的作品有《查第格》（1747）、《老实人》（1759）、《天真汉》（1767）等。《老实人，或乐观主义》是他的哲理小说的代表作。作品的主人公老实人是男爵的养子，因与主人的女儿相爱而被赶出家门，流落到法国及欧美各地，他见到处处是灾难和罪恶，经受了种种的迫害和磨难，最后和他的爱人、老师在海地团聚。老实人和他老师的经历，否定了当时欧洲流行的乐观哲学的信条，揭露了专制统治和教会的罪行，足以引起人们对封建制度和教会统治的不满，引发人们的革命要求。老实人还到过黄金国，那里遍地是宝，科学昌明，在贤明君主的统治下，没有奴役，没有压迫，人人过着富足的生活。这就是启蒙主义者"理性王国"的理想模式。但是，老实人走出来以后，就再也找不到了。小说的最后结论是唯有工作，日子才好过，并以"种咱们的园地要紧"的名言结束全书。全书以丰富的情节、生动的形象来说明哲理，运用嘲弄揶揄、嬉笑怒骂的手法来达到讽刺的目的，具有独特的艺术效果。

18 世纪中期，法国启蒙运动发展到成熟阶段，形成了声势浩大的队伍，《百科全书》的编纂可以说是法国启蒙主义者向封建社会的上层建筑和意识形态发动的全面进攻，也是启蒙运动成果的总结，法国启蒙主义者因而也被史家们称为"百科全书派"。

德尼·狄德罗（1713—1784）是《百科全书》的组织者和主编，杰出的启蒙主义思想家和文学家，是当时欧洲最重要的文艺理论家之一。他的"要真实，要自然"的主张，可以说是启蒙主义美学理论的纲领。他提倡写"严肃喜剧"，即打破古典主义的悲剧与喜剧的界限，用日常的语言来表现普通人的日常生活的戏剧（也就是后来的"正剧"），为近代现实主义戏剧开辟了道路。

狄德罗的主要文学成就是小说，有《修女》（写于 1760 年左右，发表于 1796 年）、《宿命论者雅克和他的主人》（1796）、《拉摩的侄儿》（始作于 1762 年，1823 年才出版）等作品。《拉摩的侄儿》是一部对话体小说，主人公是当时一位名叫拉摩的著名音乐家的侄儿，此人天资聪颖，多才多艺，但是穷困潦倒，沦为寡廉鲜耻、玩世不恭的无赖和恶棍。他的谈吐却具有很强的批判性。这是畸形社会产生的畸形人物。

让－雅克·卢梭（1712—1778）是"百科全书派"中最具民主倾向的思想家和文学家。卢梭的社会政治观却比较激进。他批判私有制度，主张以暴反暴，提出"天赋人权"、"自由平等"和"主权在民"等思想。他的政治思想直接成为大革命时期资产阶级民主派政治纲领的理论基础。卢梭把人性和自然法则当作理论的出发点，敌视人类文明，提出"返归自然"的思想，以致把原始的简陋生活加以理想化。这一思想具有反封建的意义，对后来浪漫主义作家影响极大。

在启蒙运动影响下，法国戏剧有了新的发展。狄德罗的理论为新型戏剧开辟了道路。在这方面取得显著成就的是喜剧作家。**博马舍**（1732—1799）是著名的剧作家。他的《塞维勒的理发师》（1775）和《费加罗的婚姻》（1778），表达了大革命前夕法国社会矛盾的现状和人民的思想情绪。拿破仑甚至把该剧上演的那天说成"已经进入行动的革命"。博马舍的剧本情节集中，结构严谨，而且富有时代特色，具有尖锐泼辣、痛快淋漓的新风格，是古典主义戏剧开始向近代戏剧转变的标志。

四、德国文学

"三十年战争"后，德国分为 360 个独立的小邦，政治分裂，经济落后。资产阶级经济上依附封建统治者，思想上、政治上表现出软弱性和妥协性。尽管这样，在经济发展和英法两国先进思想的推动下，资产阶级的反封建意识和革命要求有所增长，启蒙运动随即兴起。德国启蒙运动主张温和的改良，以清除封建割据、实现民族统一为首要任务，但是，德国的现实缺乏实现这一目标的可能，加上资产阶级本身的局限，德国先进的知识分子主要是在精神王国里施展自己的才能，构筑自己的理想，为建立民族文化而努力。于是，18 世纪 50 年代以后，德国出现了一批伟大的思想家、文学家和艺术家，推动德国的哲学、文学、艺术进入当时欧洲的先进行列。正如恩格斯所说："这个时代在政治和社会方面是可耻的，但是在德国文学方面却是伟大的。"[①]

18 世纪前期德国的启蒙运动没有像法国那样直接转化为政治革命，却带来了德国文学的复兴。40 年代后，德国民族文学开始走向繁荣。莱辛是它的奠基人。

高特荷德·埃夫拉姆·莱辛（1729—1781）是美学理论家、作家和戏剧家。他的理论著作《拉奥孔》（1766）和《汉堡剧评》（1767—1769）对西方现实主义理论和美学思想的发展做出了重要贡献。莱辛提倡写"市民悲剧"，为德国民族戏剧的发展指明了方向。他的最著名的作品是市民悲剧《爱米丽雅·迦洛蒂》（1772）。莱辛的理论与创作都揭开了德国文学史上新的一页。

18 世纪 70 年代，德国发生了一次全国性的文学运动，即"狂飙突进"运动，它由当时

---

① ［德］恩格斯：《德国状况》，见中共中央马克思恩格斯列宁斯大林著作编译局编：《马克思恩格斯全集》，第 2 卷，633 页，北京，人民出版社，1995。

德国作家克林格尔（1752—1831）的同名剧本而得名。在这一运动中出现了一批具有强烈的反封建精神的青年作家，发表了许多作品，形成德国文学史上一个空前繁荣的时期。**赫尔德尔**（1744—1803）是这一运动的精神领袖，歌德是运动的旗手，其他作家有舒巴特、席勒、博伊、福斯、赫尔蒂、毕尔格等。表面看来，"狂飙突进"运动与强调理性和温和的社会改革的启蒙运动不同，实际上它是启蒙运动的继续和发展。与启蒙运动一样，它把矛头指向封建制度，但它比启蒙运动带有更加强烈的反封建精神。恩格斯称赞这一时期的文学作品说："这个时代的每一部杰作都渗透了反抗当时整个德国社会的叛逆的精神。"[①]

"狂飙突进"作家要求自由和个性解放，要求充分发挥人的才能，他们不再停留在对封建势力进行道德抗议，而是反对一切束缚人和妨碍人全面发展的社会环境和道德观念。他们在作品中有力地揭露封建势力的残暴，控诉社会的不公正，甚至公开向社会宣战。"狂飙突进"作家的反封建精神又带有狂热的、脱离人民的个人主义性质。"狂飙突进"作家强调艺术作品要真实地反映生活，强调文学的民族风格；他们提倡学习民间文学，推崇莎士比亚，要求文学作品像民间文学那样自然、朴实，反映普通人民的要求。

"狂飙突进"运动因德国不具备进行政治革命的客观条件而始终局限在文学领域，80年代后，便告衰退。

约翰·克里斯托弗·弗里德里希·席勒（1759—1805）是诗人、美学理论家和剧作家。他出身于外科医生家庭，少年时被迫进入公爵的军事学校，但是他接受"狂飙突进"运动的影响，冲破了这所"奴隶养成所"的围墙，发表了一些具有强烈反封建精神的作品。1781年，他的反暴君的剧本《强盗》上演，引起了社会的注意。1784年发表的《阴谋与爱情》更使他成为"狂飙突进"运动的一员猛将。剧中的故事发生在德国本土某公国，主人公是宰相之子菲迪南，宰相为了加强自己在宫廷的势力，强迫菲迪南娶公爵的情妇米尔福特夫人，菲迪南不从，宰相便听从秘书伍尔牧的策划，用假情书使菲迪南怀疑其女友露依斯不忠，遂令其自尽，自己也服了毒。作品通过这一爱情悲剧，有力地控诉了专制统治的暴虐和宫廷的腐败、黑暗，还直截了当地揭露了公爵出卖臣民的罪行。女主人公露依斯和她父亲音乐师米勒的形象，真实地反映了18世纪德国市民的阶级自觉性和软弱性。菲迪南能突破等级的鸿沟，勇敢地反抗父命，成为封建阶级的叛逆者，他的偏激、妒忌，又说明他未能完全消除旧阶级的烙印。席勒在写这一剧本时，有意学习莎士比亚，在情节的生动性、结构的自由、人物性格的复杂性等方面，都取得了很高的成就。

18世纪末期，德国文学进入新阶段。1789年的法国大革命曾使大多数德国作家欢欣鼓舞，但是，随着革命的深入，当雅各宾派用革命暴力来维护革命成果时，只有少数作家表示支持，许多德国作家都望而生畏，有的甚至退而走上了怀念中古时代的复古道路。歌德、席勒则致力于探索实现人道主义理想的道路，他们把眼光转向古代希腊，认为在希腊那种城邦

---

① ［德］恩格斯：《德国状况》，见中共中央马克思恩格斯列宁斯大林著作编译局编：《马克思恩格斯全集》，第2卷，634页，北京，人民出版社，1995。

民主制的条件下，可以实现人的和谐发展。他们推崇古典艺术中的和谐、宁静、淳朴的美，主张以此来教育人、改造人的个性。1794 年至 1805 年，他俩亲密合作，互相鼓励，写出一批优秀的作品，把德国文学推向一个光辉的时期，从而奠定了德国文学在世界文学中的重要地位。这就是德国文学史上的"古典文学时期"。

席勒在这一时期的成就，除了美学理论之外，主要是诗歌（哲理诗、叙事诗）和剧本的创作。《威廉·退尔》是他的最后一部剧作，也是他晚年最重要的作品。剧本取材于 14 世纪瑞士的史实，又糅合了瑞士民间关于退尔的英雄传说，描写了人民群众反抗异族侵略和封建统治的民族解放斗争。当时正是拿破仑军队入侵、德国民族危机日益迫近的时候，席勒剧本中所表现的反暴政、反民族压迫的正义呼声和爱国热情，使人民深受鼓舞，因此，剧本一经演出，立刻风靡全国。

第二节　卢　　梭

一、生平和创作

让－雅克·卢梭（1712—1778）是 18 世纪法国的思想家和文学家，是"百科全书派"的主要成员之一。他又是 18 世纪末 19 世纪初在欧洲兴起的浪漫主义思潮的先驱，因而在文学史上占有重要的地位。

卢梭的祖先是法国人，为逃避宗教迫害而迁居日内瓦。他的父亲是钟表匠。卢梭 10 岁时，父亲因犯事而逃亡，他被寄养在亲戚家。他 12 岁便去一个钟表匠家当学徒，16 岁时因不能忍受虐待而出走。从此他漂泊在瑞士和法国各地，长达 13 年之久。流浪生活使他亲身感受到社会的不公和下层人民的苦难，由此萌发了对当时社会的"不可遏制的痛恨"。其间他曾得到一位贵妇的帮助，学习了拉丁文和音乐，还曾自学植物学、物理学、哲学、历史等多种学问，掌握了丰富的知识。他也担任过家庭教师、主教秘书、音乐教师等职务，有时靠替人抄写乐谱为生。

1741 年，他带着一份自己发明的"简易记谱法"来到巴黎，又开始文艺创作。在巴黎，他结识了狄德罗、孔迪亚克、达朗贝尔等人。与这样一批启蒙思想家交往，使他的思想有了飞跃式的成长，他的独到的思想开始形成。1749 年，第戎学院以"科学艺术的复兴是否对改良风俗有利？"为题公开征文。在狄德罗的鼓励下，卢梭应征，交上《论科学与艺术》一文。在这篇文章里，卢梭第一次发表了他的一个基本观点，即被称为"卢梭主义"的"自然与文明对立"的思想。他认为，科学与艺术日益进步，可是人变得越来越坏，人们的灵魂正是随着科学、艺术之臻于完美而越发腐败。卢梭论文的立论是片面的，但是其矛头所向和反封建的意义也是明确的。论文的获奖使卢梭一举成名。1753 年，第戎学院又以"人类不平等的起源是什么？"为题，再次征文。卢梭写了《论人类不平等的起源和基础》应征。论文进一步发挥他的"自然与文明对立"的观念，更明确地论述了他的思想。他认为，人类在自然状态的时候，也就是在原始状态的时候，是平等的，只是当有了私有制的时候，才出现贫富差别，进而出现了国家，以至发展为专制制度，所以人类的发展前途要返回自然。这种结论当然是错误的，但是论文的反封建反私有制的含义不无进步意义。文中最激进最大胆的地方是，他认为，专制君主既然以暴力维持统治，人们也就有理由用暴力把它推翻。论文的锋芒如此锐利，当然不可能被第戎学院接受。

1746 年后卢梭的写作达到了他的丰收期，接连写出了一批杰作，其中最重要的有《新爱洛伊斯》（1761）、《爱弥儿》（1762）、《社会契约论》（1761）。

《社会契约论》是一部政论性著作，全书开宗明义，第一句就具有惊人的力量："人是生而自由的，却无往不在枷锁之中。"该书继续以返回自然的理念为依据，提出了"天赋人权"、"主权在民"和"自由平等"的思想和一整套以社会契约为基础的民主共和制政体的理论。这些思想和理论后来就成为法国人民进行推翻封建制度的民主革命的理论支柱。

《爱弥儿》是一部关于教育问题的哲理小说，描写一位教师如何在一个远离现实的自然环境中，顺乎孩子的天性和自然发展的过程，把一个贵族子弟培养成身心健康、思想开明的"自然人"的故事。这种"自然人"的设想是包括卢梭在内的许多启蒙思想家的理想。卢梭的教育思想深深地影响着后来的许多教育家。这部作品还涉及许多社会问题，甚至提出"富人要变穷人，贵族要变平民"、"危机和革命的时代已经到来"等充满激情的预言。

《爱弥儿》无疑是一个革命的召唤，它一发表就吓坏了法国以至许多欧洲国家的封建政府与教会，他们立即对卢梭发起围攻，对他进行种种污蔑，而且进行全方位的迫害。巴黎大主教下令禁止教民阅读；巴黎高等法院判决焚烧该书、逮捕作者；有的议员甚至主张烧死作者。卢梭在法国无法生存，不得不逃离巴黎。他辗转瑞士、普鲁士、圣彼埃尔岛等地，长期流亡国外，过着颠沛流离的生活。但是，哪里都是迫害，污蔑、谩骂、焚书、抓捕，卢梭简直无地容身。他一度得到英国哲学家休谟的邀请，在英国暂住。另外，他的激进思想甚至得不到狄德罗等朋友的理解而遭到非议，并与之交恶。在这样恶劣的环境下，卢梭受到巨大的打击，得了迫害妄想症。

流亡时期的卢梭为了回击反动势力，也为了回答朋友的误解，他写了《忏悔录》（写于1765—1770 年）和《一个独步者的遐想》（写于 1776—1778 年，未完成）。《忏悔录》是一部自传性的作品，记述了卢梭自己从出生到 1765 年流亡到圣彼埃尔岛的大半生的经历。在作品里，卢梭记述了自己的成长过程和种种经历，也记述了自己遭遇到的各种苦难和不幸。他认为自己正在做一件史无前例的事情：就是把自己的本来面目真真实实地展示在同胞面前。他在书中还引用古代罗马诗人佩尔西乌斯的诗句"披肝沥胆"作为题词。卢梭非常坦诚地描写了自己的一切，敞开自己的胸怀。我们可以看到，作者怀着愤激的心情，写出了当时法国和欧洲的封建社会的残酷、丑恶的现实。在这样的社会里，人的善良本性也会受到污染而变坏。所以，这本书说是忏悔，更是对封建社会的揭露和控诉。如果从文学的角度来看待这部作品，那么它的独特之处在于它把"我"放在作品的中心地位。卢梭为自己的正直和坚强而感到自豪，同时也不回避自己的过错。他相信自己的真诚和磊落超过周围的人。在书中，他不无自信地说："永恒的上帝啊！请你把我的千千万万的同胞都召集到我跟前来听我的忏悔……让他们每一个人都在你的宝座前像我这样真诚地揭示他们的内心，然后你指定其中任何一个人来告诉你，看他敢不敢说：'我比这个人好。'"[①] 这种强烈的主观性，成为日后的浪漫主义文学的先导。《一个独步者的遐想》是《忏悔录》的续篇，记述卢梭晚年独自一人在巴黎郊区散步时的所思所想。它显得深沉而哀伤，不像《忏悔录》那么慷慨激昂。

在 18 世纪法国的那些启蒙思想家中，卢梭的思想最具有革命性，他的思想对后世的影响最直接、最明显。法国的 1789 年革命之所以能成为一次最彻底的资产阶级革命，卢梭功不可没。1767 年，卢梭化名潜回法国。1770 年，法国政府宣布赦免他，他才回到巴黎。1778 年 5 月 20 日，他因患"尿毒引发的中风"症而暴卒。1794 年，法国大革命的高潮时期，法国人民把他的遗骨迁入先贤祠，以表示对他的敬仰。

二、《新爱洛伊斯》

卢梭的《新爱洛伊斯》写于 1761 年。这是一部书信体小说。在中世纪的法国，出现过一本名为《爱洛伊斯》的奇书，书中描写贵族少女爱洛伊斯与家庭教师阿贝拉尔相恋，因其叔父反对而酿成悲剧的故事。卢梭的小说，也写了一个师生恋的故事，故取名《新爱洛伊斯》。小说的女主人公是贵族小姐朱莉，她与出身平民的家庭教师圣普乐相爱，但是遭到她父亲德丹热男爵的反对。圣普乐只得离开了她，远走他乡。父亲决定把朱莉嫁给俄国贵族沃尔玛。朱莉听从了父命。婚后，朱莉把自己的那段恋情向沃尔玛坦诚相告。沃尔玛不但没有责备朱莉，反而把圣普乐请来做孩子的家庭教师。朱莉和圣普乐其实都爱着对方，他们朝夕相处，虽都能克制感情，恪守本分，但内心里经受着痛苦的煎熬。后来，朱莉为搭救落水的儿子得病而死。临死前，她承认自己仍然爱着圣普乐，庆幸自己死得及时，不然难料会发生什么事情。

在小说里，卢梭还是以他的自然与文明对立的观念来解释这场悲剧。他以饱含赞美之情的笔调，描写朱莉和圣普乐的爱情。他们的爱情毫无杂念，是一种真心的相互爱慕。圣普乐爱朱莉的容貌，但更让他心动的是朱莉的品性。他在给朱莉的第一封信里就坦率地对朱莉说：他爱的是朱莉的极其高尚的胸怀和她对他人的种种痛苦的深厚的同情心，爱慕朱莉的由纯洁的心灵产生的纯洁的正确思想和高雅的审美力，一句话，是爱慕朱莉的感情的美，而不是她的容貌的美。朱莉对圣普乐的感情同样是真诚而纯洁的。她曾坦率地对圣普乐承认自己在圣普乐的脸上看到了她所倾心的心灵美。她之所以不顾一切地在父亲面前据理力争、为自己对圣普乐的爱情辩护，也就因为她看到那是一个品德高尚、与自己志趣相投的人。但是，这样美好的爱情不但得不到圆满的结果，反而以悲剧为结局，原因就在于严厉的封建等级制

---

① ［法］卢梭：《忏悔录》，李平沤译，4 页，北京，商务印书馆，2010。

度。在这个时代，等级是不可逾越的，等级决定人的一生，那些敢于冲破等级关系而追求真诚爱情的人便难逃厄运。朱莉的父亲德丹热男爵就是一个顽固坚持这种封建等级观念的人。他反对朱莉与圣普乐结合，原因就在于他嫌弃圣普乐出身贫寒。朱莉和圣普乐真诚的爱情在卢梭笔下是一种发自内心、出于"自然天性"、最纯洁、最可贵的感情。他们相信真正的爱情是各种关系中最纯洁的关系。然而，他们二人处于不同的社会等级，朱莉是男爵之女，出身于贵族，圣普乐则出身于平民家庭。他们两人的爱情全然不顾什么社会地位的差别，超越了封建等级制的藩篱。他们的爱情体现着人的自然天性与当时的社会文明规定的冲突。他们的悲剧是罪恶的封建等级制度造成的。小说中的一封封信件，都是发自心底的呼唤，道出他们在这种不合理的社会制度的压制下，炙热的感情如何受到压抑，内心如何经受着痛苦和煎熬，更写出他们对等级制的强烈的控诉。朱莉怀着沉痛的心情说：等级偏见这种野蛮道德如同地狱里的魔鬼，无时无刻不在扼杀人的天性。小说中的另一个人物甚至直接指责朱莉的父亲的无理行为，更借题发挥地批判贵族阶级的罪恶："你引以为荣的那种贵族头衔有什么可以值得夸耀的呀？它能为祖国的荣耀和人民的幸福做些什么？它是法律和自由的死敌。在以它为荣的大多数国家里，它除了助纣为虐和欺压百姓外，它还起什么作用？"[①] 小说的这种强烈的反封建精神是十分突出的。小说出版后，一时洛阳纸贵，一版再版，引起巨大的反响。

小说成功地塑造了男女主人公的形象。圣普乐是一个才貌双全、品性高尚、热情正直、性格坚毅的青年。作为一个平民知识分子，他不仅知识渊博，而且对于等级偏见有着刻骨铭心的痛恨。对于所谓"上等人"在殖民地的暴行，他义愤填膺。在社会不公的压力下，他独立、自尊，以坚强的毅力忍受痛苦，克制感情。这些都给人留下深刻的印象。朱莉的形象有些复杂，前半部分，她能摆脱种种思想障碍大胆地爱，勇敢地为自己的行为辩护，可是后来她听命于父亲。结婚后，她再度与圣普乐共处时，尽管内心仍然燃烧着热情，却在行动上安守本分。看来，革命的时机尚未来到，卢梭并不想塑造一个彻底反抗的女性。他像许多启蒙主义者一样，过于看重善良天性与道德追求。惟其如此，他也无法为朱莉找到一个圆满的结局，只能匆匆收场，免得败坏这个美好的形象。

为了充分表现小说的那种充沛的激情，卢梭接受英国作家理查孙的成功经验，采用书信体的写法。全部作品由163封书信组成。前面有篇序言，阐述作家的一些创作思想。书中的信件大部分是两位相爱的人所写（另有一些为友人所写）。他们满怀热情地互诉衷肠，倾诉自己内心对于对方的那种无法抑制的热情。他们申诉自己行为的正义性，义正词严地痛斥等级制度的残暴悖理。作者就这样用优美的饱蘸感情的文字，让他们在读者面前袒露胸怀。情节退居为背景，只是在信件中透露出来。展示在读者面前的是他们两人在相爱过程中的所思所想。这样，读者可以直接进入人物的心灵，以至感同身受。强烈的主观性和感情色彩，是这部作品的最显著的、也是过往文学作品中少有的特点。正是这个特点，使卢梭这部作品产

---

① ［法］卢梭：《新爱洛伊斯》，陈筱卿译，134 页，北京，北京联合出版公司，2014。

生了强烈的艺术感染力，同时也是它之所以对后世产生巨大影响的原因。

卢梭在作品中大量描写了自然风光，莱蒙湖、阿尔卑斯山麓的美妙景色令人神往。卢梭之所以这样热情地赞颂大自然，情景交融地描写大自然，就为了说明美好的感情是和大自然联系在一起的。小说在描写了悲催的爱情悲剧的发生地巴黎之外，还描写了另一个美好的世界——克拉朗。这是一个风光旖旎的农庄，一个不受世俗偏见左右的世外桃源。朱莉和沃尔玛来到这里，过着简朴的农人生活。在这里，朱莉向沃尔玛坦陈往事。沃尔玛不但不予计较，反而百般爱护。他们互相信任，真诚相待。他们还有一些志趣相投的朋友，和睦往来。这一切充满诗意的描写都为了告诉我们，当人们远离罪恶的世俗社会、与大自然结合的时候，他们就会表现出善良的天性，人类社会就会变得和谐美好。这正是卢梭返回自然思想的显现，也是启蒙文学的一个特点。

表现自我，以情感人，歌颂自然，这是卢梭《新爱洛伊斯》特点，也是他的创作的共同特点。这些特点启示了后来的浪漫主义文学，卢梭也因此而被称为"浪漫主义运动之父"[1]。

第三节　歌　　德

一、生平和创作

约翰·沃乐夫冈·歌德（1749—1832）是伟大的德国诗人、剧作家和思想家。他的创作使德国文学进入世界文学的先进行列，在欧洲文学史上也占有重要的地位。

歌德生于德意志中部莱茵河畔法克兰福市一个富裕市民的家庭，从小受到良好的文化教养。1765年，他遵照父亲的意愿到莱比锡大学学习法律，在古典主义和宫廷文学的影响下，开始了文学创作活动。1768年因病辍学。1770年，歌德到斯特拉斯堡大学继续自己的学业。斯特拉斯堡是"狂飙突进"运动的策源地，歌德在这里认识了赫尔德尔，在赫尔德尔的引导下，他学习莎士比亚，学习民歌，从而摆脱了古典主义和宫廷诗歌的影响，写出了一批感情真挚、意境清新、声律优美的抒情诗（如《野玫瑰》、《五月歌》、《欢乐与离别》等）。

1771年，歌德在斯特拉斯堡结束学业，回到故乡。在以后的几年里，他写了一系列体现"狂飙突进"运动反叛精神的优秀作品。历史剧《铁手骑士葛兹·冯·伯利欣根》（1733）有意学习莎士比亚，完全不守"三一律"。剧本获得了极高的声誉，歌德因此而成为"狂飙突进"运动的主将。未完成的诗剧《普罗米修斯》利用希腊神话塑造了一个同情受压迫人民而反抗最高统治者的巨人形象。

《少年维特的烦恼》（1774）是这一时期歌德最好的作品。这是一部书信体小说。歌德以

---

① ［英］罗素：《西方哲学史》，马元德译，下卷，225页，北京，商务印书馆，1982。

自己的一段生活经验为基础，综合了他所听到的一些事情，写成一部具有高度现实性的作品。小说的主人公维特是德国进步青年的形象，他有理想，有才能，渴望自由，又力图有所作为，但现实的沉闷和鄙陋、贵族的傲慢和偏见、官府的腐败、市民的平庸，都使他不能容忍，他感到孤独、愁闷，但又无能为力，只得从大自然、天真的儿童和淳朴的农民身上找到一点宽慰。他从绿蒂身上看到了一种质朴纯真的品质，便寄以全部热情，但绿蒂也跳不出平庸的生活圈子，这使维特完全陷入绝望。维特的自杀是他为社会所不容的结果，是他既憎恶社会又找不到出路的必然归宿，同时也是他对那个令人窒息的社会的孤独而消极的抗议。

小说采用维特致友人与致绿蒂的书信以及他的日记片段的方式写成，把叙事、抒情、描写、议论自然地熔为一炉。全书带有强烈的感情色彩，通过主人公的主观感受来反映社会现实。小说一出版就引起了一阵"维特热"，不仅在德国风行一时，而且很快就被译成欧洲各国文字，成为德国文学中第一部在国际上引起轰动的作品。

1775 年，歌德应邀来到了魏玛，不久就定居在这里，在朝廷做官，先是当枢密顾问，后来当了内阁大臣，主持魏玛公国的政务。歌德对这里的统治者寄以幻想，整整十年忙碌于政务。但是，歌德的内心充满了矛盾。1786 年，他再也不能忍受这里暮气沉沉的生活，便隐姓埋名，独自逃到了意大利，希望在一个新的环境中获得新生。

在意大利，他内心又充满了活力，并对古代艺术发生了兴趣。他接受美术史家温克曼的观点，认为古代艺术体现了一种淳朴、宁静、和谐的理想的美。1788 年 4 月，歌德返回魏玛，但不再承担政务工作。意大利之行后，歌德的文艺观发生了变化，他批判性地回顾了"狂飙突进"运动以来自己的创作，又恢复了文学创作活动，重要的如剧本《埃格蒙特》（1788）、《伊菲格尼亚在陶里斯》（1779—1787）、《塔索》（1789），并写成了《浮士德》的部分内容。这些作品表现歌德逐步放弃"狂飙突进"精神而追求宁静、和谐之美。

歌德的思想矛盾[①]在法国大革命时期表现得更加明显。革命爆发时，他也认识到这将是"世界历史上的一个新时代的开始"，但是随着革命的深入，他转为憎恶革命、诋毁革命，还写过嘲笑革命群众的作品。他赞成听其"自然"的"进化"，而不赞成暴力革命。

1794 年，歌德与席勒订交，从此开始了这两位伟大作家互相合作的 10 年。他俩共同主办魏玛剧院，主编文艺杂志，合作写成了一批诗歌作品（警句和谣曲）。歌德本人完成了长篇小说《威廉·迈斯特的学习时代》（1795—1796）、叙事长诗《赫尔曼与窦绿苔》（1797）和《浮士德》（第一部）等作品。

进入 19 世纪以后，欧洲与世界都有了很大的变化。歌德以极大的兴趣接受新事物，对于当时兴起的许多自然科学和工程建设方面的新成就，他都很热心，他还研究了傅利叶、圣西门等人的空想社会主义著作。这种好学不倦、积极接受新事物、新思想的态度，虽不能使他完全克服内心矛盾，摆脱庸人习气，却能帮助他保持不断探索的精神，赶上时代的前进步

---

① 恩格斯曾经精辟地分析歌德的思想矛盾，指出："他心中经常进行着天才诗人和法兰克福市议员的谨慎的儿子、可敬的魏玛的枢密顾问之间的斗争；前者厌恶周围环境的鄙俗气，而后者却不得不对这种鄙俗气妥协、迁就。"（见中共中央马克思恩格斯列宁斯大林著作编译局编：《马克思恩格斯全集》，第 4 卷，256～257 页，北京，人民出版社，1958。）

伐。与东方文化的接触扩大了歌德的视野，使他认识到从民族文学向世界文学发展的时代即将来临，提出了"世界文学"的概念。

歌德的晚年是在隐居中度过的，他以惊人的毅力埋头写作，完成了一些重要作品，如长篇小说《威廉·迈斯特的漫游时代》（1821—1829）和《亲和力》（1809）、自传《诗与真》（1811—1833）、诗集《西东合集》（1819）等作品，达到他创作活动的又一个丰收时期，最后完成了他自认为是"毕生的主要事业"的作品——诗剧《浮士德》。

二、《浮士德》

诗剧《浮士德》是歌德以毕生心血完成的一部杰作，是他全部创作中最重要的作品。

《浮士德》取材于德国的民间传说。歌德在斯特拉斯堡上学的时候，就有了写作《浮士德》的想法。1773 年着手写作，1806 年完成第一部，1831 年完成全书，创作时间持续 60 年之久，贯穿于歌德的全部写作生活。这 60 年间，世界上发生的一系列重大的历史性巨变，以及作家自己的思想发展，都反映在《浮士德》之中。

诗剧《浮士德》共两部，12 111 行。第一部除序曲外，共 25 场，不分幕。第二部分为五幕。全剧描写主人公浮士德不断追求、不断探索人生理想的道路，写他的思想发展的历程，其间经过五个阶段：学者生活、爱情生活、政治生活、追求古典美和改造大自然。

起初，浮士德为了解宇宙的秘密，在阴暗的书斋里孜孜不倦地博览群书，到了老年，他才发现自己所学的知识毫无用处。这种欲求而不可得的幻灭使他想到自杀。但是，复活节的钟声和合唱声把他引到了城郊，他从欣欣向荣的大自然和自由愉快的人群中受到鼓舞，更渴望行动。因此，当魔鬼靡非斯特出现，对他提出赌赛时，他坚信自己绝不会懈怠，大胆地与魔鬼订下了合约，走出书斋，投身于现实生活。

浮士德走出书斋以后，靡非斯特把他带到德国市民社会，一群大学生在这里大吃大喝，寻欢作乐。这种荒唐生活使浮士德感到厌恶。靡非斯特让他喝了魔女的药汤返老还童，恢复了爱情的欲求，从而引出了浮士德人生探索的第二阶段。

浮士德来到德国一个小镇，与市民姑娘玛甘泪恋爱。浮士德一度沉沦，甚至堕落到与魔女鬼混。玛甘泪为了浮士德而牺牲了一切。浮士德为了享受爱情，体验一切，却毁了这个纯洁的姑娘。浮士德从自己放纵情欲而造成的罪孽中认识到：必须放弃"小世界"的平庸生活，向着更高的境界，去作进一步探求。悲剧的第一部到此结束。

第二部里的浮士德进入人生探索的新阶段。浮士德的形象也发生了变化，他从一个追求个人享受的人，发展成一个追求远大事业的人，他的经历也从德国市民社会的"小世界"进入了广阔的"大世界"。

第二部的开始，浮士德在阿尔卑斯山一个百花烂漫、风景优美的地方苏醒。靡非斯特把他带到了神圣罗马帝国。在这个腐败不堪、摇摇欲坠的封建朝廷中做官，浮士德只能充当弄臣角色，侍候皇帝和王侯们玩乐。当皇帝异想天开地要把古代美人海伦拘来观赏的时候，他也得设法满足这种要求。

当浮士德对现实社会的政治生活失望之后，便转向古代。浮士德克服了重重险阻，终于与古希腊的海伦结合。这是一段寓意性的故事，体现了歌德在古典文学时期的现代人与古典美相结合的思想，这也是许多资产阶级思想家的经历。浮士德与海伦结合生下一个儿子欧福良。欧福良继承了浮士德的永不满足、向往实际行动的性格，生来就喜欢跳跃，越跳越高，结果陨落在父母的脚下而消失。海伦悲痛欲绝，随即也在浮士德的怀抱中消失，只留下白色的长袍，长袍化为白云，把浮士德托起，飞回北方。

浮士德结束了这种对虚幻世界的探求，重新回到现实。他希望通过改造大自然、发展生产力来实现他的理想。于是他帮助皇帝镇压了一次叛乱，在皇帝恩赐给他的一片土地上，他发动群众移山填海，征服大自然，创造了一个人间乐园。

这时的浮士德已经是百岁老人，忧愁吹瞎了浮士德的双眼，死灵为他挖掘墓穴，他却想到自己正在从事一项为人类造福的伟大事业，不由得满意地说出了："你真美啊，请停留一下！"按照契约，他倒地死去。但是魔鬼没能拘走他的灵魂，他被天使接到了天上，见到了已成为圣女的玛甘泪，见到了象征着人类的光明前景的圣母。

《浮士德》构思宏伟，内容复杂，但基本思想在全剧开头的两次赌赛中已经提出。"天上序幕"中魔鬼与天帝的赌赛，"书斋"一场中魔鬼和浮士德的赌赛，争论的都是关于人类的追求、人生的理想，及如何实现理想的问题。所以，在歌德的心目中，浮士德就是人类的代表，他上天入地，探索人生真理的经历，代表了人类的命运和前途。诗剧通过浮士德一生的发展，总结了人类发展的历史经验。浮士德从个人的、官能的感性享受发展到事业的追求，美的追求，改造大自然的追求，思想境界不断开阔。玛甘泪的悲剧使浮士德认识到个人狭隘的爱情生活不是人生的理想。宫廷生活的经历使他认识到，在朝廷做官不过是供帝王享乐，最多只能维持摇摇欲坠的封建王朝，而不可能有什么建树，实践证明了启蒙主义者关于开明君主的政治幻想的破产。海伦悲剧中，我们看到那种用古典美来陶冶现代人，以求实现人道主义理想的主张的幻灭。最后，浮士德发动群众，以集体劳动改造大自然，建立了理想的人间乐园。浮士德终于找到了人生的真理：

> 我为几百万人开疆辟土，
> 虽然还不安定，却可以自由活动而居住。
> 不错！我对这种思想拳拳服膺，
> 这是智慧的最后结论：
> 人必须每天每日争取生活与自由，
> 才配有自由与生活的享受！
> …………
> 我愿看见人群熙来攘往。

　　自由的人民生活在自由的土地上！①

这是 18 世纪启蒙思想家关于"理性王国"的蓝图，从中也可以听到 19 世纪空想社会主义者的声音。由此可见，浮士德的人生追求中包含了德国和西方的许多思想家的历史经验，歌德的这部诗剧以史诗的规模总结了文艺复兴以来 300 年间资产阶级先进人士不断探索社会理想的历程。

　　浮士德是一个虚构的形象，但是具有鲜明的性格。浮士德曾这样说明自己的性格特征：

　　　　在我的心中啊，盘踞着两种精神，

　　　　这一个想和那一个离分！

　　　　一个沉溺在强烈的爱欲当中，

　　　　以固执的官能贴紧凡尘；

　　　　一个则强要脱离凡尘，

　　　　飞向崇高的先人的灵境。②

　　这就是说，他身上存在相互矛盾的两面，既有积极进取的一面，又有贪图享受、软弱妥协的一面。但是，对于浮士德来讲，不断追求，勇于实践乃是他性格的主要特征。诗剧开头时，天帝强调一个善人要"努力向上"，才不会迷失正途，在结束时，天使将浮士德灵魂接上天堂时说"不断努力进取者，吾人均能拯救之"③，总结了他的一生。歌德曾强调这些诗句对理解浮士德形象的重要性，并说："浮士德身上有一种活力，使他日益高尚化和纯洁化，到临死，他就获得了上界永恒之爱的拯救。"④ 这种永不满足、不断追求、努力向上、自强不息的精神，就是所谓的浮士德精神。这正是资产阶级上升时期的积极进取精神的表现。

　　诗剧在描写浮士德的一生时，贯穿着批判的精神。全剧描写德国的资产阶级先进分子与德国现实之间的不可调和的矛盾，其批判的锋芒指向上至宫廷、下至市民社会，包括教会和一切经院哲学在内的整个腐朽鄙陋的德国，具有反封建反教会的战斗性。其次，歌德通过靡非斯特用"海盗、走私、战斗"三位一体的方法开拓事业和无情地摧残山上老夫妻的行动，谴责了资本主义原始积累的残酷性。另外，诗剧的批判精神还表现在对资产阶级自身的种种不切实际的幻想的否定之中。

　　诗剧在描写浮士德的一生时，也贯穿着辩证的精神。"天上序幕"中天帝说：人类往往贪图安逸，他们的精神易于弛靡，所以他造出恶魔来，"刺激和推动人努力向前"。这就预示了纵贯全剧的浮士德与靡非斯特之间的对立统一的关系。浮士德不断寻找至善至美，体现了肯定的精神。靡非斯特体现了恶，体现了否定的精神，正如他自己所说："罪孽、毁灭等一

　　① ［德］歌德：《浮士德》，董问樵译，667 页，上海，复旦大学出版社，1983。
　　② ［德］歌德：《浮士德》，董问樵译，57～58 页，上海，复旦大学出版社，1983。
　　③ ［德］歌德：《浮士德》，董问樵译，685～686 页，上海，复旦大学出版社，1983。
　　④ ［德］爱克曼：《歌德谈话录》，朱光潜译，244 页，北京，人民文学出版社，1978。

切，简单说，这个'恶'字便是我的本质。"① 他不相信历史会前进，不相信人类会进步，对一切都抱着轻蔑嘲笑的态度。但是，对于浮士德这样一个不断追求的人来讲，他的恶又从反面起了推动的作用。他一再引诱浮士德作恶，实际使浮士德从错误中摸索到正途，不断向真理前进，促成了浮士德向善。这样，靡非斯特成了浮士德前进路上不可缺少的动力。总之，在歌德看来，善与恶并不是绝对对立的，而是互相依存、互相转化的，恶的作用并不全是破坏，人类正是在同恶的斗争中克服自身的矛盾而取得进步。所以靡非斯特说，它"常常想的是恶而常常作的是善"②。

《浮士德》也表现了歌德思想的局限性。全诗缺乏革命的热情，其反叛的精神仅仅局限于思想领域，主要描写浮士德如何在克服自身与客观现实的矛盾过程中臻于完善。

浮士德最后找到的理想是在皇帝赏赐的土地上改造大自然，发展生产力，仿佛可以不消灭现存的反动制度，只要依靠统治者的恩赐便能建立乐土，而且，仅仅从改造大自然中看到了人类的远景，认识不到唯有通过社会革命才能除旧布新。另外，浮士德探索人生真理的过程，始终是以个人奋斗的方式来进行的，人民只是供他驱使，为他实现理想而服务，浮士德成了救世主，高高地站在人民之上，恩赐人民以幸福。这些方面都可以说明歌德仍然未能摆脱其德国庸人的一面。

《浮士德》具有庞大的艺术结构，其中包括古往今来的各种人物和各种场面，构成了一幅千变万化、丰富多彩的历史画卷。为了充分表现这些内容，歌德采用了现实主义与浪漫主义相结合的创作方法。全诗的基本精神是描写理想与现实的矛盾，探索现实的出路，但是，为了突破时间与空间的限制，总结历史经验，为了驰骋诗人的想象，自由地表现精神探索的历史，诗中大胆利用了各种虚构的、幻想的、神话的形象。诗中的某些片段，如关于封建朝廷与德国市民社会的描写，具有较大的真实性，但全篇的构思是幻想性的。浮士德的形象也是现实与幻想相结合的产物，他的精神和经历具有现实基础，但整个形象是传奇式的、虚构的。因为，单纯的写实手法，无法表现这一形象所包容的丰富而广泛的含义，无法表现精神发展史这一特殊的内容。德国鄙陋的现实也不可能提供这样富有诗意的理想人物，歌德只能求助于民间传说，描写了一个象征性的人物。

为了适应诗剧丰富多彩、变化万千的内容，歌德运用了各种与之相适应的诗体和表现手段，如诗剧的开头用自由韵体，玛甘泪唱的是一支支淳朴的民歌，海伦部分则运用古希腊悲剧的诗体。当时欧洲的各种诗体几乎都在《浮士德》中出现。诗中的语言风格也变化多端，有颂扬，有嘲讽，有诙谐，有庄严，有明喻，有影射，显示了歌德高超的艺术才能。

诗剧还善于运用矛盾对比的方法来安排场面，配置人物。全诗以浮士德为中心，其他的人物，如靡非斯特、玛甘泪、瓦格纳、海伦等，都与他形成对比。在全诗的构思中，光明与黑暗，崇高与卑劣，和谐与混乱等常常是交替出现的。阴暗的书斋与明丽的城郊，宁静的玛

---

① ［德］歌德：《浮士德》，董问樵译，69 页，上海，复旦大学出版社，1983。
② ［德］歌德：《浮士德》，董问樵译，69 页，上海，复旦大学出版社，1983。

甘泪闺房与狂乱的瓦卜吉司之夜，魔怪逞威、浑浑噩噩的神话世界和庄严清明的古代希腊等，都形成矛盾对比、互相映衬的关系。

《浮士德》是迄今为止德国文学史上最伟大的作品，作为一部历史经验的艺术结晶，它闪烁着人类智慧的光芒，显示了永久的魅力。

第六章　19世纪初期的欧洲文学

1. 了解：浪漫主义文学产生的背景；19世纪初期欧洲文学的发展概况和主要成就。

2. 掌握：浪漫主义文学的特征；拜伦式英雄、多余人的概念；雨果的浪漫主义观点；拜伦、雨果、普希金生平与创作中的主要作品。

3. 重点掌握：拜伦的《恰尔德·哈罗德游记》；雨果的《悲惨世界》；普希金的《叶甫盖尼·奥涅金》。

第一节　概　　述

一、浪漫主义文学的兴起

19世纪是欧洲文学大繁荣的世纪。在世纪初期，却是一花独艳即一种文学占有绝对强势、其他文学相形见绌的情况。18世纪末，规则严格、戒律很多的古典主义已经日薄西山，随着法国大革命的轰轰雷声，新的文学潮流浪漫主义蓬勃兴起。它气势非凡，不可阻挡，很快就成了文学的主流。虽然英国作家吉恩·奥斯汀在现实主义小说方面有不俗的成就，但是在浪漫主义大潮的汹涌之中，人们似乎无暇为之瞩目了。浪漫主义的强势兴起，主要有以下几个原因：

第一，文学自身发展的趋势。早在18世纪中期或更早，即古典主义的势力相对稳定的时期，已经有一些感情色彩浓厚和抒写个性自由的作品出现，如英国的感伤主义诗歌和小说，麦克菲逊和却特顿的仿中古诗歌，哥特小说，卢梭的以情感人、强调自我的小说《新爱洛伊斯》以及他"回归自然"的呼吁，德国"狂飙突进"运动中的优秀小说《少年维特的烦恼》，还有英国彭斯和布莱克的诗歌，都是与古典主义的要求相悖而与浪漫主义相通或接近的作品，它们都为浪漫主义的兴起起过铺路的作用。

第二，法国大革命的催生作用。法国大革命是人类历史上最伟大的革命之一。虽然在推翻波旁王室的统治以后，法国和欧洲出现了极其复杂的形势，经历了拿破仑战争，波旁王朝的复辟，反动"神圣同盟"的缔结，但历史已经不可逆转，到处响彻要求自由和独立的呼声，并且，民族解放运动往往同民主运动交织在一起，带有强烈的反封建倾向。法国大革命和"自由、平等、博爱"的响亮口号，推动了人们对个性解放和精神与文化自由的要求。浪漫主义的兴起与法国大革命有着最直接的关系。雨果认为，浪漫主义就是文学上的自由主义，还说："文学自由正是政治自由的新生女儿。"实际上，法国大革命成了浪漫主义蓬勃兴起的契机。

第三，由强有力的理论基础带来的自信。浪漫主义强调主观精神和个性与才能的自由发展。他们从当时的德国古典哲学中找到与自己相通的思想。哲学家康德认为"美的艺术必然要看作出自天才的艺术"，他说："天才是替艺术定规律的一种才能，是作为艺术家的天生的创造功能。"另一位哲学家费希特也强调天才的能力、灵感的主观能动性，甚至认为人的心灵具有创造客观世界的能力。黑格尔认为，美是理念的感性显现；艺术表现绝对精神的形式是直接的，它用的是感性事物的具体形象。他认为，艺术作品是感性的，基本上是诉之于心灵的。这些哲学家夸大主观的作用，强调天才、灵感和人的精神力量，有的哲学家还宣扬宗教和神秘主义，他们的思想观点不但为浪漫主义所接受，还成了它的思想理论基础。此外，当时流传甚广的空想社会主义学说，也对浪漫主义思潮产生过很大的影响。

第四，各个阶层和广大人民不满现实的情绪。法国大革命后的欧洲，到处充斥着动荡、混乱、压迫、战争和灾难，这种情况完全不是人们所期望的。18世纪那些伟大的启蒙学者们曾经认为，按照他们的思想推翻封建统治之后，就会建立起合乎理性原则的新国家和新社会。可事实完全是另一个样子。他们所预言的那个理想的社会根本没有出现。法国革命后的现实宣告了启蒙主义理想的破灭，在社会各阶层引起了普遍的失望情绪，出现了一种不满现实、喜欢幻想和追求新奇的社会心态。在这个历史时期形成并得到广泛发展的浪漫主义，正是这种情绪在文学中的反映。

第五，古典主义在政治上拥护君主专制，文学上主张模仿古代，体裁文类分成高低，界限严格死板，排斥人民的生动语言……它的一系列清规戒律成了影响文学前进的桎梏，早已为人们所不满。适值法国大革命爆发，人们的不满和怒火一下子迸发出来。浪漫主义奋然兴起，顺理成章。

浪漫主义文艺思潮内的诗人和作家，在政治立场及创作风格上很不相同。但作为一个有着特定的社会历史背景和共同的哲学思想基础的文艺思潮，浪漫主义文学在其发展过程中形成了自己的一些特点。浪漫主义作家强烈地不满现实，认为现实庸俗丑陋而对一切非凡的事物有着强烈的兴趣。他们一般不喜欢如实地描写现实生活而偏重于表现自己的主观理想和抒发个人的感情，有的诗人在作品中让想象力自由地飞翔，让奔放的感情随意驰骋，因此他们的作品带有鲜明的感情色彩。浪漫主义作家对大自然有强烈的爱，他们在作品中不遗余力地描写大自然或远方异域。他们笔下那些非凡的人物往往出没在雄伟、奇异的大自然中或远方异域奇异的环境里。浪漫主义作家对中世纪带有神秘色彩的历史和丰富多彩的民间传说、民歌、民谣极感兴趣，目的是向淳朴、清新和想象力丰富的民间文学学习，汲取养料。他们反对古典主义的因袭成规、压制个性，要求个性解放和绝对的创作自由。从这种观点出发，他们在创作中经常采用那些容易抒写强烈感情色彩的体裁，如抒情诗、抒情叙事诗，以神话传说为题材的戏剧和传奇故事等。在表现手法上，浪漫主义作家喜爱用夸张和对比的手法，以期给人留下鲜明、强烈的印象。他们还喜欢运用华丽的辞藻，作品充满了生动的比喻，这种语言风格同作品中非凡的人物和环境正相适应。

二、德、英、法、俄的浪漫主义文学

19世纪初期，德国文坛的中心人物是歌德和席勒。席勒于1799—1803年间完成了《华伦斯坦》（1799）、《玛利·斯图亚特》（1801）、《奥尔良姑娘》（1802）和《威廉·退尔》（1803）等优秀作品，1805年去世。歌德在20年代末完成了小说《威廉·迈斯特的漫游年代》，并在1831年完成了他最伟大的作品《浮士德》。歌德和席勒的成就使德国文学跨入了世界伟大文学的行列。德国早期浪漫派的代表作家有**奥古斯特·施莱格尔**（1767—1845）和**弗利德里希·施莱格尔**（1772—1829）兄弟、**诺瓦利斯**（1772—1801）和**蒂克**（1773—1851）等人。弗利德里希·施莱格尔是德国早期浪漫派的重要理论家。他在浪漫派刊物《雅典娜神殿》上发表数篇《片断》，阐述他的美学思想，这实际上成了浪漫主义的纲领，有首创之功。生活在法国大革命的年代，德国早期浪漫派作家显得思想消极。这主要是由德国政治上分裂涣散，各邦国封建统治者压制民主，国家经济落后，资产阶级软弱所致。作家作品中很难看到积极向上的内容。诗人诺瓦利斯在他的悼念未婚妻早逝的诗《夜的颂歌》中，歌颂夜的神圣和神秘，虽然在夜与昼、死与生的关系上表现出深刻不谬的哲理内涵，但颂扬死亡毕竟与生命的真谛相悖。德国很多浪漫派作家的作品在不同程度上带有神秘主义色彩。

后期浪漫派又称"海德尔堡派"，主要代表人物为阿尔尼姆和布仑塔诺。二人写过很多诗歌和小说，但影响最大的是他们合编的民歌集《儿童的神奇号角》（1806—1808）。在浪漫主义的思潮内，还有两位与民间文学有关的作家影响更大，即格林兄弟（雅格布和威廉）。他们用毕生的精力收集民间的童话与传说，其中名为《儿童与家庭童话集》（1812—1815）的作品极为有名，已成为世界性的读物。兄弟二人虽被看作浪漫派作家，但他们在思想上属于自由派。

还有两位作家，他们的思想和创作特点和浪漫派有着密切的关系，但又有某些差别，不算是纯浪漫主义作家。他们是霍夫曼和沙米索，二人当时相当有名。

霍夫曼（1776—1822）是一个在创作上受到浪漫主义影响的作家。他的作品具有神秘色彩，写人的生活受到一种阴暗的、幽灵般的力量所支配，人无力主宰自己。他主要是通过奇异和荒诞的故事来反映现实，对现实中的黑暗进行揭露和讽刺，如他的代表作《侏儒查赫斯》（1919）。丑陋的侏儒查赫斯靠头上三根有魔力的金发，能把自己做的坏事都记在别人账上，而将别人干的好事都算在自己份上，并由此飞黄腾达。这个童话借助一个怪诞离奇的故事讽刺了剥削与霸占他人劳动果实的罪恶。霍夫曼的创作在国外有很大影响，他的怪诞风格对爱伦·坡、波德莱尔很有影响，对陀思妥耶夫斯基也有一定影响。

与霍夫曼同时代的**沙米索**（1781—1838）出身于法国贵族，革命后随父母来到德国，长大后曾是普鲁士军队中的一名军官。他有比较进步的思想，对法国革命和拿破仑都有正确的认识。他最著名的作品是童话体小说《彼得·史雷米尔奇异的故事》（1814），通过一个人用影子换得财富但丧失了人的要素而痛苦不堪的奇异故事，揭露了资本主义的金钱罪恶，有较大的积极意义。

荷尔德林（1770—1843）的创作既有崇高、和谐、完整这些古典主义所推崇的品质，也具有丰富的幻想，将忧郁和热情融为一体的强烈感情，以及主观意识突出这些浪漫主义特点，但从总的方面和精神实质来看，他身上浪漫主义似乎是主导方面。他的诗歌、书信体抒情小说《许佩里翁》（1797—1799）和未完成的悲剧《恩培多克勒斯之死》（1796—1800）都极具感染力。在浪漫主义大潮的作家中，他的成就是高的。他三十多岁就精神失常，令许多人为之惋惜。

大诗人**亨利希·海涅**（1797—1856）也是在这个时期开始走上创作道路的。1827 年出版《歌集》，收入了在这以前所写的大部分诗歌。海涅早期的诗具有浪漫主义色彩，主要抒发作者生活在鄙陋现实中的个人感受和爱情的苦恼。他的诗写得清新优美，感情真切，风格接近民歌，很受欢迎。1833 年，海涅发表《论浪漫派》一文，批判了德国浪漫派作家逃避现实，热衷于蒙昧主义的倾向，并指出德国浪漫派在社会政治上所起的消极作用。30 年代，海涅在思想上有了新的发展，于 40 年代达到创作的高峰。

19 世纪的头 30 年里，英国文学得到很大的发展，浪漫主义文学成就突出，对其他国家文学产生了很大影响。

英国浪漫主义思潮的发展同当时英国的社会政治状况以及法国大革命有着密切的关系。18 世纪 60 年代开始的英国工业革命，至世纪之交正是蓬勃发展的时期。英国工业革命一方面促进了生产力的迅速提高，另一方面也制造了劳动人民的贫困。随着大工业中心的不断涌现，广大农民和城乡手工业者的破产加剧，并产生了赤贫的无产者，社会矛盾急剧尖锐化。19 世纪最初十余年间，发生了工人捣毁机器的运动——"卢德运动"。英国的社会状况，加剧了人们对现实的不满。

英国文学中最早出现的浪漫主义作家是被称为"湖畔派"的三个诗人——华兹华斯、柯尔瑞治和骚塞[①]。前两位诗人的诗，或讴歌淳朴的农村生活和自然风光，或描述奇异神秘的故事，一般都给人一种清新和新奇的印象，能起到同混乱的现实相对比的作用。"湖畔派"诗人在法国革命之初也曾感到鼓舞而热忱欢迎。但后来，雅各宾专政时过多杀戮，他们的吉伦特派友人被镇压，英法间发生战争，拿破仑对外扩张，这一切超出了他们所能接受的程

---

①　这三位诗人都曾在英格兰西北部昆布兰山地的湖区住过，他们的作品表现出共同的特点。华兹华斯和柯尔瑞治还曾合作写成《抒情歌谣集》（1798）。评论家弗兰西斯在苏格兰杂志《爱丁堡评论》（1817 年 8 月号）上发文，最早把这三位诗人合称为"湖畔派"诗人。

度，他们对法国革命的态度有所保留了，骚塞则公开投入官方的怀抱。

华兹华斯（1770—1850）是浪漫主义文学的重要代表，也是英国文学史上最杰出的诗人之一。早期长诗《黄昏漫步》发表于 1793 年，但产生很大影响的是 1798 年出版的《抒情歌谣集》，包括华兹华斯和柯尔瑞治二人的作品在内。1800 年，当《抒情歌谣集》再版时，华兹华斯写了一篇序言，这篇序言成了英国浪漫主义的纲领。在序言中，华兹华斯提出诗是"强烈感情的自然流露"的观点，他特别强调诗人在选择普通生活里的事件和情境时，要"给它们以想象力的色泽，使得平常的东西能以不寻常的方式出现于心灵之前"。华兹华斯强调写"微贱的田园生活"，因为"在这种生活里人们心中主要的热情找到了更好的土壤……人们的热情是与自然的美而永久的形式合而为一"。

华兹华斯热爱大自然，认为大自然有提高人的精神境界和道德力量的作用，人在大自然中可以清除掉一切精神上的烦恼和污垢。他在很多诗中描写纯真恬静的自然景物，以及活动在大自然中的普通人形象。华兹华斯描写大自然的诗很多，他因此被誉为"自然的诗人"。他的《丁登寺旁》（收在《抒情歌谣集》中）和《不朽的征兆》（1804）被誉为不朽之作。其他作品如《序曲》（1805）、组诗《露茜》（1798）、抒情诗《孤寂的刈麦女》（1803）等都极有名。华兹华斯的理论著作和优美的诗歌，推动了浪漫主义文学运动的发展，开拓了以表现情感为主要特征的浪漫主义诗风。

柯尔瑞治（1772—1834）是"湖畔派"另一重要诗人。他的长诗《古舟子咏》（1797）、《忽必烈汗》（1798）、《克里斯脱贝尔》（1797—1800）等都是浪漫主义文学的佳作。柯尔瑞治的诗具有神秘浪漫色彩，常把玄冥、古怪和离奇的轶事尽力写得酷似现实生活，如《古舟子咏》中老水手的奇特故事，很能代表柯尔瑞治的风格。

柯尔瑞治还是一个重要的理论家和评论家。他的《文学传记》（1817）包括了他评论的精华。他强调形象思维，特别看重想象的力量，认为想象力是诗人的最高品质，有了想象力，诗才有了灵魂，真正的诗人都有想象力，而庸才只有幻想。柯尔瑞治还作过一系列关于莎士比亚的讲演。他是英国浪漫派莎评的重要代表。

比"湖畔派"稍晚一些登上诗坛的是**拜伦**（1788—1824）和**雪莱**（1792—1822）。他们和"湖畔派"不同，始终忠于启蒙主义的理想，反对专制暴政，同情人民的苦难，支持被压迫民族的解放斗争，具有鲜明的民主主义倾向。他们塑造了一些叛逆者的形象，丰富并提高了浪漫主义文学的思想内容。拜伦实际上成了欧洲大陆浪漫主义文学的一面旗帜。雪莱的思想境界更高，他对人类未来充满信心，具有强烈的革命乐观主义精神。

雪莱出身于富有贵族家庭，但到了青年时期就和有着保守传统的家庭分道扬镳。他广泛阅读启蒙思想家的著作，形成了激进的民主主义和空想社会主义观点，大学时代因写论文《无神论的必然性》（1811）而被学校开除。雪莱的长诗《伊斯兰的起义》（1818）写的是一个被革命推翻的暴君进行复辟的故事，具有隐喻法国旧王朝复辟的含义。诗剧《解放了的普罗米修斯》（1819）是雪莱最重要的作品之一。作品取材于古希腊神话和埃斯库罗斯的悲剧。据说在埃斯库罗斯的悲剧里，普罗米修斯和宙斯的冲突是以和解结束的。雪莱的诗剧则不然，普罗米修斯为了人类而受苦三千年，不管遭到怎样可怕的折磨，绝不与暴君妥协。他坚持斗争，终于迎来了胜利的一天：暴君朱庇特（宙斯）被代表"变革必然性"的冥王推翻，普罗米修斯被力大无比的赫拉克勒斯从高加索悬崖上解放出来。解放后的社会，没有阶级，没有皇帝，没有压迫，没有仇恨，人类一律平等，完全受正义、理性和爱的统治。诗剧最后一幕是整个宇宙欢呼新生和赞美春天的再来。作品中对未来幸福朝代的描写占很多篇幅，极其鲜明地反映了雪莱的空想社会主义观点和革命乐观主义精神。

雪莱还写了很多极好的抒情诗。他在《致英国人之歌》（1819）里严厉斥责英国统治阶级，把他们叫作"雄蜂"，指出他们是剥削英国人民的寄生虫。诗人号召人民拿起武器保卫自己。

雪莱还善于借描写自然现象来抒发自己的感情，在描写大自然的力量和变化的同时，寄托自己对光明、自由的追求。如著名的抒情诗《西风颂》（1819）就是一例。西风虽然带来万木萧疏，但诗人所想的是在寒冬之后另一个美好季节的来临。他写道："西风啊！要是冬天已经来到，那阳春还会远吗？"除《西风颂》外，《云》（1820）、《致云雀》（1820）等诗也都是雪莱抒情诗中的珍品。

这一时期，英国文学在小说方面的成就也很突出。当时最重要的小说家是司各特和奥斯汀。**司各特**（1771—1832）早年创作浪漫主义诗歌，有叙事长诗 7 部。后改写历史小说，共创作历史小说 27 部，以反映苏格兰人的历史和他们强烈的民族意识的作品为最多，如《罗伯·罗伊》（1817）、《清教徒》（1816）、《中洛辛郡的心脏》等。司各特也写有一些反映英格兰历史的小说，如他的代表作《艾凡赫》（1819）及《肯尼沃尔思》（1821）等。《昆丁·达沃德》（1823）则是描写法国历史的小说。

司各特善于采用历史资料和民间传说来创作小说，善于把浪漫主义和现实主义两种因素结合在一起。他作为欧洲历史小说的创始人，在欧洲文学史上占有重要地位，对后来英国、欧洲大陆及美国的不少作家产生过影响。

在 19 世纪初期的英国文学中，**简·奥斯汀**（1775—1817）占有特殊的地位。她基本上是一个现实主义者，主要成就是写了一些反映英国外省中产阶级生活习俗的小说，如著名小说《傲慢与偏见》（1813）。她是一位在 18 世纪小说和 19 世纪现实主义小说之间起着承上启下作用的作家。

在爆发革命的法国，封建贵族在外国的支持下进行疯狂反扑，连年战争造成了社会动荡，人们的精力集中于政治和军事斗争，但浪漫主义文学也随德英之后迅速地发展起来。最早出现的浪漫主义作家是**夏多布里昂**（1768—1848）和**斯塔尔夫人**（1766—1817）。夏多布里昂出身于没落贵族，自幼养成孤独和好冥想的性格。他的家庭忠于波旁王室，大革命后的形势使他变得更加孤独和忧郁。为躲开革命的冲击，1791 年赴北美大陆漫游，历时九个月。1792 年 7 月，同哥哥一起赴布鲁塞尔，参加贵族叛乱队伍，受伤后逃往伦敦，着手写《革命论》。后听说母亲死前对他不信教深感痛苦，于是改变态度，虔诚信教，著《基督教真谛》（1800），引起社会注意，受到拿破仑的赏识，被授以官职。在《基督教真谛》发表的前一年，作家将书中的一个插曲，起着"例证"作用的中篇小说《阿达拉》抽出来单独发表，由此声名大振。这篇小说的问世，标志着法国浪漫主义文学的开端。《阿达拉》和1802年出版的中篇《勒内》是夏多布里昂的两部主要作品，都带有鲜明的浪漫主义色彩。《阿达拉》讲述了一个发生在北美荒蛮地区的故事：印第安青年沙克达斯被世仇部落俘虏，按习俗将被烧死。酋长的女儿阿达拉救了他。二人逃进原始森林，彼此产生了强烈的爱情。但二人宗教信仰不同。阿达拉的生父是西班牙人，母亲是信奉基督教的印第安人，母亲临终时对阿达拉有信奉天主和献身天主之嘱。因此宗教的差异妨碍了他们的结合。阿达拉在剧烈的矛盾中服毒自杀，用生命维护了信仰，完成了对天主的献身。小说中作家通过阿达拉殉教的故事歌颂了基督教的崇高和伟大。小说引起了很大的社会反响。小说的内容顺应了人们因长期战乱而迫切要求恢复宗教生活的心理。在艺术表现上，它写的是一个遥远的蛮荒世界。壮美的自然风光，奇特的异域背景，荒野森林中的爱情，凄婉悲壮的结局，这些浓重的异国情调深深地打动了读者处于干渴状态的心灵，引起了他们强烈的兴趣。《阿达拉》成了法国浪漫主义文学的开山之作。

中篇小说《勒内》是《阿达拉》的续篇。主人公法国贵族青年是欧洲文学中第一个表现出"世纪病"特征的浪漫主义"英雄"形象。

在夏多布里昂的著作中，写了40年的自传《墓中回忆录》（1850）是了解他生平与思想的重要作品。

斯塔尔夫人（1766—1817）具有资产阶级自由主义思想，在政治上是一个温和派。她在理论著作《论文学》（1800）中表示了对浪漫主义的偏爱，《论德国》（1810）一书对她的观点作了进一步的阐述。她对崇尚想象、注重抒写感情、气魄恢弘的北方文学即英德的浪漫主义文学极为赞赏，而对以法国为代表的南方文学即守旧的古典主义文学多加鄙夷，这部著作具有阐发浪漫主义理论的意义，对浪漫主义文学的发展起了很大的促进作用。

斯塔尔夫人在创作上的成就主要是两部小说——《黛尔芬》（1802）和《柯丽娜》（1807）。这两部作品中，作家写了两个才情出众、思想高超的女性在社会偏见和虚伪道德压迫下所遭遇到的悲剧命运，富有浪漫主义色彩。两部小说都带有作者自传成分。

浪漫主义诗人**拉马丁**（1790—1869），贵族出身，生于大革命爆发的第二年。他是法国浪漫主义诗歌的重要代表之一。他的诗歌多发表于复辟王朝时期，《沉思集》（1820）的发表给他带来很大的荣誉。二三十年代，他发表了多部诗集，但《沉思集》中的诗始终最为人们称赞。表面上似乎是一切都被孤独、忧伤和哀愁这些情感所笼罩，但是在哀愁和惆怅的幕布被揭开之后，可以看到更为实质的与人生有关的内容，包括对美好爱情的追求，对光阴流逝的惋惜，对人生虚无和死亡的思考和悲哀，也有对宗教虔诚的呼唤，表达了一个诗人对动乱时代人生的感受，感情真挚，诗句飘逸，诗艺出众，极富感染力。其不足之处是过于消沉，缺乏昂扬的气质。拉马丁后半生跻身政坛，成为政府举足轻重的关键人物，变成了一个资产阶级自由派的政治家。

19世纪20年代中期，反波旁王朝的自由主义思潮有了很大的发展，加之人们受到许多国家解放斗争的鼓舞，一批具有进步思想倾向的浪漫主义作家开始走上文坛，他们是雨果、缪塞、大仲马、诺迪耶等。这一批作家在反对古典主义的声势中形成一股不可忽视的力量，特别是雨果的《克伦威尔·序言》的发表和《艾尔那尼》一剧的演出，使浪漫派的声威大震，从此雨果以一个浪漫派领袖的身份出现在法国文坛上。

在 19 世纪前期的法国文学中，民主诗人**贝朗瑞**（1780—1857）占有重要地位，他主要是写歌谣体诗。贝朗瑞痛恨那个靠外国刺刀保护而得以复辟的政权，表达了人民群众的思想情绪。贝朗瑞的诗继承了过去革命民歌的优良传统，深受广大群众的喜爱。

20 年代，**司汤达**①作为一个具有新的文艺思想倾向的作家出现在文坛。1823—1825 年，他发表文艺论著《拉辛与莎士比亚》，阐述了自己的文学观点。他批判一味模仿古人的伪古典主义，要求文学真实地反映自己时代的社会生活。他在 20 年代的创作，如中篇小说《阿尔芒斯》（1827）和短篇《瓦尼娜·瓦尼尼》（1829），都是现实主义的作品。著名小说《红与黑》也是写于 20 年代末。

几个世纪以来，专制农奴制的俄罗斯一直是一个"不动的"、落后的国家。18 世纪后期普加乔夫领导的农民起义，是对沙皇专制统治的一次有力打击，但起义被镇压。18 世纪法国的启蒙主义思想，特别是法国的资产阶级革命，对俄国社会又形成了一次有力的冲击。1812 年，拿破仑入侵俄国遭到失败，引起了俄国民族意识的觉醒，也刺激了先进人士进行改革的决心。俄国出现了反专制统治的秘密结社，最后导致了 1825 年十二月党人的起义。起义虽然失败了，但对整个 19 世纪俄国人民的解放运动产生了巨大的影响。

19 世纪以前，俄国文学远远落后于西欧文学。但这种情况到 19 世纪初期迅速发生了变化。和西欧一样，19 世纪初俄国的浪漫主义文学也方兴未艾，最先出现在文坛的浪漫主义作家是诗人茹科夫斯基。**茹科夫斯基**（1783—1852）的代表作故事诗《斯维特兰娜》（1808—1812）表现的是顺从天命的思想。在浪漫主义文学中反映出重大社会主题、富有战斗精神的作家是十二月党人和诗人**普希金**。十二月党人**雷列耶夫**（1795—1826）和普希金的浪漫主义诗歌渗透着反专制反暴政的革命热情和为祖国自由而献身的公民精神。在 19 世纪 20 年代，**克雷洛夫**（1768—1844）创作了大量的寓言，这些作品相当深刻。其中有一部分是表现人类一般生活智慧的，多数是讽刺专制暴政、揭露贵族寄生的作品。另外还有一些寓言是赞颂人民的劳动和同情人民悲惨命运的。克雷洛夫的寓言短小精悍，形式优美，富有民族风格，充满幽默与机智，广泛采用民间口语，极其生动，富有艺术魅力。

俄国文学中的现实主义思潮兴起较早。20 年代中期，现实主义倾向便已经在**格利包耶多夫**（1795？—1829）和普希金的创作中鲜明地表现出来。格利包耶多夫的喜剧《智慧的痛苦》（1824）描写了进步贵族青年与官僚阶层的矛盾冲突。20 年代中期，普希金也由浪漫主义转向了现实主义。

---

①　另有中译名"斯丹达尔"，下同。

第二节　拜　伦

一、生平和创作

拜伦（1788—1824）生于伦敦一个古老但已没落的贵族家庭。学生时代的拜伦对法国启蒙运动思想家卢梭和伏尔泰的著作深感兴趣，并受其影响。

1808 年夏，拜伦大学毕业。翌年 3 月，他在上议院获得世袭的议员席位，出席了议院的会议。1809 年夏，拜伦出国到南欧一些国家和地区旅行。这次旅行使拜伦大开眼界，他看到了有些国家的人民掀起了民族解放运动而另一些国家的人民仍呻吟在暴政之下的痛苦状况。旅行中，拜伦以自己的旅行经历为基础，创作了长诗《恰尔德·哈罗德游记》的前两章（1812）。这两章诗的发表使拜伦"一夜成名"。

1812 年 2 月，拜伦在议会发表演说，为被压迫的工人辩护，反对对破坏机器的工人处以死刑，并在报纸上发表《"编织机法案"编制者颂》一诗，愤怒声讨英国统治集团的罪行。在拜伦以后的创作中，反叛精神和讽刺始终是他诗歌的特点。

随着拿破仑远征俄国的失败，1813 年以后，英国和欧洲大陆上的反动势力转入了进攻。在国内外反动势力十分猖狂的情况下，拜伦的心情变得非常沉重，他的忧郁和孤独感加重了，与此同时，他的反抗情绪也变得强烈起来。这种情绪在 1813 年至 1816 年间所写的"东方故事诗"中得到了鲜明的反映。"东方故事诗"包括六篇传奇性的叙事诗，它们是《异教徒》（1813）、《阿比道斯的新娘》（1813）、《海盗》（1814）、《莱拉》（1814）、《柯林斯的围攻》（1815）、《巴里西那》（1815—1816）。作品的人物形象和风格特点都是典型浪漫主义的。主人公都是些阴郁孤傲的反叛者，蔑视"文明"社会的秩序，具有坚强的意志和强烈的反叛热情。这些反叛人物差不多都具有不同寻常的生活和爱情体验，但最后都遭到失败或以悲剧命运而告终。"东方故事诗"的故事多发生在富有异国情调的"东方"环境，奇特不凡，对读者极具吸引力。后来人们把拜伦作品中那些忧郁的反叛者称为"拜伦式的英雄"，不过并不仅仅限于"东方故事诗"中的人物。

1816 年年初，拜伦夫妇发生矛盾，妻子离开了拜伦，贵族社会、教会、反动文人借此事大肆诽谤拜伦。诗人无法在英国立足，不得不于 4 月 25 日永远地离开祖国。在瑞士期间，拜伦完成了《恰尔德·哈罗德游记》第三章。1816 年前后，正是欧洲反动势力特别嚣张的时期，"神圣同盟"国家疯狂地镇压民族解放运动。拜伦看不清前途，出现了悲观情绪。这种情绪反映在哲理诗剧《曼弗雷德》（1817）中。但拜伦从来都不是悲观主义者，差不多在写《曼弗雷德》的同时，拜伦还创作了几部歌颂斗争精神的作品，如《锡庸的囚徒》（1816）、《卢德派之歌》（1816）、《普罗米修斯》（1816）等诗，表明了诗人肯定人生的意义在于为自由斗争的思想。在《卢德派之歌》里，反抗斗争的调子更加高昂，诗人说："除了我们的卢德王，把一切国王都消灭。"他还要把"梭子换成利剑"，把织出的布变作包裹暴君尸体的尸衣，把暴君的"血水拿去当露水，来浇灌卢德所栽培的自由之树"。

拜伦在瑞士居住不久就来到意大利。当时意大利北部处在奥地利统治之下，残喘在本国封建主和奥地利统治者双重压迫下的意大利人民，正掀起解放运动，运动由烧炭党人领导。拜伦积极参加他们的活动。

反动势力对拜伦的迫害，以及他参加意大利解放运动的实践，使他在思想上日益成熟。他这时期的创作也有了显著的进展。到意大利后不久，拜伦便完成了《恰尔德·哈罗德游记》第四章，以后他又创作了历史剧《马里诺·法利哀洛》（1821）、哲理诗剧《该隐》（1821）、政治讽刺诗《审判的幻景》（1822）、《青铜世纪》（1822）。长篇叙事诗《唐璜》（1818—1823）是拜伦这一时期最伟大的作品，但未能最后完成。

《唐璜》叙事的中心是西班牙贵族青年唐璜出国冒险的故事。他乘的船遭遇了海难，漂泊到一个海岛，他被海盗的女儿海黛救起。二人热烈相爱，但海黛的父亲突然归来，唐璜被送到奴隶市场，海黛疯狂而死。土耳其苏丹王后把漂亮的唐璜买去，留在后宫。后来唐璜设计逃走，参加了1790年俄国围攻伊斯迈尔的战役。由于战功，唐璜被派往俄国宫廷报捷，女皇叶卡捷琳娜二世对他非常宠爱。后来唐璜被任命为特使出使英国。在英国，唐璜看见了各种伪善、狡诈和堕落。作品至此中断。

诗人在广阔的背景上给当代人描绘了18世纪末19世纪初欧洲的社会政治生活，着重揭露封建统治者的腐朽堕落和资产阶级的掠夺性。贵族上流社会的伪善和糜烂生活，封建制度的残暴，宫廷的阴谋诡诈，战争的野蛮残暴，奴隶市场的"交易"，反动的政治哲学学说和文艺流派，以及当时的各种污秽丑闻，都遭到诗人尽情的讽刺和嘲笑。诗人对已经变成生意人国家的英国，更是痛下针砭。他说，全世界的人都迫切地等待着在她袒开的胸膛上刺上一剑。

由于思想上的成熟，拜伦明白了英国能在欧洲起主导作用，原因便是"现金的统治"，于是他把批判的锋芒直接指向金融资产阶级。

在《唐璜》里，诗人的眼界极其开阔。通过抒情插话这一自由的表现手法，拜伦对当代社会的政治、哲学、宗教、伦理、艺术和科学技术都作了裁判，对个别的资产阶级政客、军事家和哲学家如威灵吞和贝克莱等人则进行了"重点"讽刺。面对世界上无数的罪恶，诗人得出结论："只有革命的铁腕才能把世界从地狱的深渊中挽救出来。"

《唐璜》在艺术上的特点在于它是拜伦浪漫主义叙事诗中现实主义因素最多的一部。虽然它具有浪漫主义叙事诗的一般特点，如写奇人奇景，故事带有传奇性，情节离奇曲折，富有异国情调，叙述中穿插大量的抒情插话和议论等，但是，作品中的现实主义因素也较明显。主人公唐璜虽然经历了不少冒险，但他和其他浪漫主义长诗中的"非凡英雄"不完全一样，他身上有着普通人的特点，如他在西班牙生活时，不过是一个普通的花花公子。另外，如果抛开故事的传奇性，单就某些场面和生活画面而论，如对西班牙贵族生活、奴隶市场、土耳其后宫、俄罗斯宫廷、英国贵族资产阶级社会的描写，都洋溢着现实主义精神。《唐璜》

在艺术上的另一个特点，是诗人善于根据不同情况表现不同的感情色彩，熔幽默、讽刺、抒情和议论等于一炉。诗中的形象异常鲜明，没有抽象和隐晦的缺点。诗中有很多精彩的比喻，语言十分生动，用韵也较奇险。所有这一切都构成了这部作品的"惊人的莎士比亚的多样性"（普希金语）。

二、《恰尔德·哈罗德游记》

《恰尔德·哈罗德游记》（以下简称《游记》）是一部浪漫主义长诗，被认为是拜伦的代表作。英国贵族青年恰尔德·哈罗德在西欧国家的漫游，构成了长诗结构的基本环节。但长诗的主要内容并不是主人公的个人经历，诗人注意的中心是南欧国家的政治现状，包括当时西班牙人民反对法国侵略的战争，土耳其对希腊人民的残暴统治、拿破仑失败后欧洲反动势力的复活，以及在外国压迫统治下意大利人民如何争取独立自由的问题。《游记》的思想内容异常丰富，除人民解放运动的主题外，还有历史、革命、哲学、美学，甚至诗人个人生活的内容，主题是多种多样的。在这些主题当中，反暴政、反侵略、争取自由和民族解放是长诗的中心主题。诗人对各强国所奉行的民族压迫政策，作了猛烈的抗议，对于受压迫的各民族人民则鼓舞他们起来斗争。这些内容决定了长诗具有很强的现实政治意义。

在第一章里，诗人首先描写了哈罗德在葡萄牙的漫游。葡京里斯本外表堂皇，内里却丑陋肮脏，但小镇辛特拉风光绮丽，景色明媚，不久前发生的战争和英国对法外交的无能，使诗人产生了很多联想。主人公来到"风流圣地"西班牙，这里战火弥漫，人民正奋起抗击法国的侵略。拜伦对西班牙人民保卫祖国的英雄行为大加赞美。他笔下的女民族英雄奥古斯丁娜的形象十分感人。

第二章写的是哈罗德在阿尔巴尼亚和希腊的漫游。当时，这两个地方都处在土耳其的统治之下。拜伦描写了阿尔巴尼亚人的勇猛剽悍和淳朴好客，对他们坚持抵抗、不愿屈服于土耳其的统治的斗争精神大加赞扬。诗人怀着最悲愤的心情写到土耳其奴役下的希腊。这个创造了高度古代文明的国家，现在却陷入了土耳其的暴虐统治。诗人对当代希腊人呻吟在土耳其皮鞭之下、"一辈子做奴隶、言行都一样卑贱"的悲惨命运深为痛惜，回想起它光辉灿烂的过去，抚今追昔，抑制不住强烈的悲愤之情。诗人指出，自由与独立只能靠自己的双手赢得，对口蜜腹剑的外国人是不能寄予幻想的。

长诗第三章写的是拿破仑失败后欧洲命运的问题，这里谈到了法国革命、拿破仑的历史地位及启蒙主义理想等许多重要的问题。在写到举世闻名的滑铁卢战场时，拜伦表现了他对历史事件的深刻理解。他称滑铁卢是"法兰西的坟墓"，"苍鹰"（拿破仑）终于在此翱翔到最高空，但随即被同盟国的箭射穿了前胸。拜伦对拿破仑既有批判又有赞美，认为拿破仑是"一个最伟大而不是最坏的人"，他是一个"莽汉"，有时是"超人，有时很愚蠢，有时趾高气扬，有时处于逆境"，"靠了人民的意志"登上了宝座，但野心和刚愎自用终于使他遭到失败。诗人指出，拿破仑的被推翻，并不是自由的胜利，而是旧的暴君复辟了，欧洲陷入"神圣同盟"的统治。诗人激愤地问道："难道我们，打倒了狮子又向豺狼朝礼？奴才相地朝皇座屈膝，低声下气？"

在描写哈罗德游历美丽的勒芒湖时，拜伦立即想到在这里居住过、曾经为法国大革命做了思想准备的那些伟大的启蒙主义思想家，首先是卢梭和"他的同道"伏尔泰、狄德罗等人，诗人对他们推崇备至，说"他们亲手造了一座可怕的纪念碑！旧观念，开天辟地以来的成规，尽皆摧毁"。

第四章写的是意大利。当时意大利的情况十分悲惨。这个过去有着辉煌历史的国家，现在竟被任意侮辱和践踏。这一章的内容都是追述过去的光辉灿烂，主要的调子是怀古悲今。作者着重追忆意大利从古代以来的悠久文化，特别是文艺复兴时代的光辉成就。拜伦对意大利丰富多彩的文化满怀仰慕之情，字里行间充满了赞叹和钦佩，他歌颂意大利过去的文化和它的伟大先人，目的是想说明，创造了如此伟大文化的人民决不会甘当奴隶。

拜伦对古代的暴君、暴政是持批判态度的。他从古罗马的独裁者联想到当代欧洲的征服者，他们都是为了野心和个人荣誉走着厮杀、征战的道路，并不是为了自由的事业。拜伦痛苦地沉思道："莫非暴君都非由暴君来征服不可？"对于历史的诸多罪恶事实的重复，诗人百思不得其解，最后只能求助于宿命论的历史循环观点来解释。但是，面对眼前欧洲反动势力猖獗，拜伦毫不妥协。他称"神圣同盟"的会议是"一幕无耻的压轴戏"，1815 年反动势力复辟后的制度是"摧残生命之树，要人类遭到最大的不幸，再度沦落"。他对欧洲的前途充满信心，坚信人民为自由而斗争的事业是不可摧毁的。他写道：

> 自由啊，你的旗帜虽破而仍飘扬天空，
>
> 招展着，就像雷雨似的迎接狂风；
>
> 你的号角虽已中断，余音渐渐低沉，
>
> 依然是暴风雨后最嘹亮的声音。

诗人期望，"一个较好的春天会带来不那么苦的瓜果"。长诗中，拜伦反暴政和热爱自由的思想得到了充分的表现。他对民族解放斗争的热情支持和对侵略战争和民族压迫的毅然反对，在浪漫主义作家中也是最突出的。拜伦的诗篇充分地展现了他作为一个自由战士的特点。

《游记》是一首抒情叙事诗。但叙事的内容十分单薄，没有充分展开，没有什么完整的故事，哈罗德的漫游时断时续，时隐时现，最后完全消失。相反，抒情的部分却占很大的比重，基本上是抒情主人公，实际上即诗人自己，在抒发感情。

长诗中充满丰富多彩的对比。这里有大自然之美和人类社会罪恶的对比；有国家民族辉煌的过去和屈辱现状的对比；爱国的人民和祸国的统治者的对比；淳朴的、生活在自然之中的人民同所谓"文明人"的对比。这些对比产生了强烈的艺术效果。

长诗中描绘了多幅鲜明的浪漫主义风景画。纯洁、壮美的大自然寄托着诗人的理想，在给人以享受的同时，也给人以力量，鼓舞人们去争取自由。大自然的这种意义在长诗结尾对大海的威严和力量的描写中体现得最为充分。

意大利烧炭党运动失败后，拜伦决心参加希腊的民族解放斗争。他卖掉罗岱尔庄园，拿出所有的稿费积蓄支援希腊人民。1823 年 7 月，他率领一部分追随者乘上一艘船，上面载有两门炮、若干军械和医药以及 5 万元西班牙币，前往希腊。在希腊，拜伦受到最热烈的欢迎，被任命为第一方面军总司令。诗人表现出了巨大的军事才能，他整顿和训练军队，调解分歧，做好应战的准备，工作十分劳累。在艰苦的战争条件下，诗人的健康受到损伤，在患病出巡中遇雨，因受寒而病倒，病势迅速转重。1824 年 4 月 19 日，拜伦逝世。希腊独立政府宣布拜伦之死为国丧，全国哀悼三天，并按伟大军人逝世的礼仪，对诗人的遗体致以军礼，在他盖着黑色斗篷的灵柩上，放着盔甲、宝剑和桂冠。诗人的遗体被运回英国。

拜伦是伟大的诗人，作为浪漫主义思潮的代表作家以及同情受压迫民族和反对强权暴政的战士，他在欧洲以及全世界都产生了巨大的影响。

第三节 雨 果

一、生平和创作

维克多·雨果（1802—1885）是法国文学史上最杰出的作家之一。他在诗歌、小说和戏剧等领域都取得了非凡成就，人道主义是贯穿于他创作中的一条主线。

雨果生于贝藏松。父亲是拿破仑军队的军官，拥护革命和拿破仑政权。但母亲拥护波旁王室。由于童年受母亲影响较大，所以雨果早年形成了保皇主义的政治立场。

查理十世上台后，实行极端反动的政策，引起了广大人民的愤怒，资产阶级自由主义思潮日趋高涨。这种形势教育了雨果，他渐渐地离开了保皇主义立场，走上了为进步而斗争的道路。1827 年，雨果发表了剧本《克伦威尔》。该剧虽不甚出色，但它的序言成了文学史上的重要文献，被视为法国浪漫主义运动的宣言。在这篇序言中，他集中批判了古典主义只表现崇高优美而排斥平凡粗俗的做法。他认为："万物中的一切并非都是合乎人情的美……丑就在美的旁边，畸形靠近着优美，丑怪藏在崇高的背后，美与恶并存，光明与黑暗相共。"新时代的艺术应将这二者结合起来对照着加以表现，而不是像古典主义那样将它们割裂。由此便产生了雨果著名的美丑对照原则。雨果还认为，古典主义"三一律"中的时间的整一和地点的整一，是完全荒谬的教条，必须抛弃。《克伦威尔·序言》的发表，使雨果成了浪漫主义运动的领袖。在这以后，雨果的创作发生了根本的变化。揭露封建统治者的罪恶，表现社会的不平，同情受苦受难的人们，成了他创作的基本内容。从艺术上看，他已经成为一个坚定的浪漫主义者了。

1829 年，雨果发表了《东方集》。诗集中有关希腊人民争取独立自由斗争的内容，"东方"，地中海沿岸所特有的异国情调，浓郁的抒情气息，绚丽多彩的风格，反映出浪漫主义文学的鲜明特色。

剧本《艾尔那尼》（1830）是根据《克伦威尔·序言》的理论创作的。它的演出引起了古典主义者和浪漫主义者的一场"战役"。剧本写的是 16 世纪西班牙一个流落绿林的贵族青年艾尔那尼决心为父报仇而与国王抗衡的故事。《艾尔那尼》突破了古典主义戏剧的陈腐戒律，使得观众耳目一新，因而受到了欢迎。尽管古典主义卫道士们大肆挞伐，它仍然获得了演出的成功。"艾尔那尼会战"标志着浪漫主义对古典主义的胜利。

雨果欢迎 1830 年的七月革命，他写诗赞扬革命的胜利者。革命之后六个月，雨果写完了长篇小说《巴黎圣母院》（1831）。它是雨果小说中浪漫主义色彩最浓的一部。小说的故事发生在 15 世纪即中世纪后期的巴黎。小说揭露了封建统治机器对人民的压迫，特别是对教会罪恶的揭露不遗余力。副主教弗罗洛阴险毒辣，勾结官府，制造冤案，处死无辜。小说真实地反映了中世纪的教会与封建统治者沆瀣一气，以铲除"异端"为名残酷地迫害人民的罪行。

为了突出两种力量的斗争，雨果广泛地使用了对照法。书中善与恶、美与丑、外貌与内心都形成对照。书中两个王朝、两个国王、两个法庭，也都有对照的作用。小说中奇特的背景显示出一个异彩纷呈和充满幻想的世界，产生了引人入胜的艺术效果。

《巴黎圣母院》的问世和《艾尔那尼》的上演，是雨果创作繁荣时期的开始。此后，一大批五光十色的戏剧、诗歌和小说，像晶莹多姿的泉水一样从雨果的笔下汩汩流出。这些作品的基本主题和《巴黎圣母院》一样，是揭露专制暴政和颂扬人道主义的。优秀剧本《国王取乐》（1832）因揭露国王弗朗索瓦一世及其宫廷的荒淫无耻，只演了一场就被禁了。

1834 年发表的中篇小说《克洛德·格》里，雨果谴责资产阶级法庭，它只知道判刑，而不了解穷人为什么犯罪。

30 年代，雨果在诗歌上的成就也很显著。《秋叶集》（1831）和《微明之歌》（1835）写于革命运动高涨时期，带有鲜明的时代烙印，诗中除关于人的命运的哲理思考外，还有关于诗歌的社会使命以及歌颂人民、鞭挞暴君的主题。在以后发表的《心声集》（1837）和《光与影》（1840）中，更多的是抒发个人感情，描写家庭的欢乐和自然之美的诗。1838 年发表的剧本《吕依·布拉斯》，是一部揭露性较强的作品，然而，这样的作品在这一时期已不多见了。30 年代前期的几次工人起义和共和党人起义，因政府的镇压而遭到失败，革命运动转入低潮，这使雨果得出了七月王朝能够长期存在的错误结论。雨果是一个资产阶级自由主义者。他一直幻想敌对阶级之间能够和解。1841 年他被选入法兰西学士院，1845 年路易·菲力普封他为法兰西贵族世卿，他还当上了贵族院议员。所有这一切导致了他对七月王朝的妥协。

1848 年 2 月，巴黎的革命群众推翻了统治 18 年之久的七月王朝，法国历史上的所谓"第二共和国"建立。资产阶级极力排斥工人阶级，力图独占统治权。无产阶级于 6 月举行了武装起义。起义被镇压后，代表大资产阶级反动势力的野心家路易·波拿巴当选为总统，资产阶级共和派遭到失败。

1848 年的革命对雨果的思想和创作的转变起了关键性的作用，使他抛弃了君主立宪的幻想，而站到了共和派的立场上。虽然他对"六月工人革命"有很多误解，但他对被镇压的起义者是同情的。他很快就识破了野心家路易·波拿巴的真实面目，而成为他的一个坚定的反对派。1851 年 12 月，路易·波拿巴发动政变，取消了共和国，恢复了帝制，对反对者进行无情镇压，雨果遭到了迫害，不得已流亡国外，达 19 年之久。流亡期间，他始终坚持对拿破仑三世的斗争。1853 年，雨果发表了政治讽刺诗集《惩罚集》，主要内容也是揭露窃国大盗拿破仑三世的。

流亡期间，雨果在小说创作上的成就尤其突出，1862 年他发表了代表作《悲惨世界》。这部小说的主要部分是在流亡前写就的。1866 年他又发表了长篇小说《海上劳工》，1869 年发表了长篇小说《笑面人》。《悲惨世界》有很丰富的社会内容，《海上劳工》则是一部浪漫主义风格占主导地位的作品。在这部小说里，雨果描写了一个劳动者同大自然所进行的惊心动魄的搏斗。在同大自然的搏斗中，渔夫吉利亚表现出了刚毅、机智的非凡品质和大无畏精神，不但战胜了狂风恶浪，还创造了惊天动地的奇迹。

《笑面人》写的是 17 世纪与 18 世纪之交英国宫廷内的斗争和尖锐的社会矛盾。作者通过一个离奇曲折的故事，有力地揭露了英国统治阶级的残暴，对人民群众所遭受的苦难深表同情。《笑面人》也是一部浪漫主义色彩很突出的小说，传奇性很强。

1870 年普法战争爆发，普鲁士军队开进法国，拿破仑三世当了俘虏，第二帝国随之垮台。雨果回到了阔别多年的祖国，受到人民的热烈欢迎。

1873 年写成的长篇小说《九三年》是雨果晚期的重要作品。《九三年》描写的是 18 世纪末法国大革命时期的故事，揭露了反动贵族煽动起来的武装叛乱，赞扬了共和国军队英勇保卫共和国、镇压叛乱的正义行动。书中有一个情节，写反革命叛乱的头子朗德纳克逃出了共和国军队的围困，但想起陷在堡垒中的三个小孩子可能被烧死，便回来把三个孩子救出，而自己被捕，第二天将被处死。共和军司令官郭文认为不能在这种情况下处死他，便私自把他放了，而自己被判处死刑，上了断头台。在他被处死的一刻，公安委员会的代表，判他死刑的人，他的老师西穆尔登也开枪自杀了。作者通过这样一个故事把革命和人道主义对立起来，宣称"在绝对正确的革命之上，还有一个绝对正确的人道主义"。这部小说反映了人道主义者雨果思想的矛盾性。

1885 年雨果逝世于巴黎，法国人民为他举行了规模宏大的葬礼。

雨果是一个热忱的民主主义者和真诚的人道主义者。他在法国文学史上留下了辉煌的一页。他是一个有着非凡历史功绩的作家。高尔基曾经这样评价他："作为一个讲坛和诗人，他像暴风一样轰响在世界上，唤醒人心灵中一切美好的东西……他教导一切人爱生活、美、真理和法兰西。"

二、《悲惨世界》

《悲惨世界》是雨果的代表作，是一部内容丰富、结构宏伟、情节动人的小说。小说的开头叙述工人冉阿让过了 19 年监狱和苦役生活后被释放，那是在 1815 年。19 年前他因偷了一块面包被抓进监狱。出狱后，到处都不接待他，连旅店都住不成，只有善良的卞福汝主教留下他吃饭过夜。在夜间他偷了主教的银器逃走，被警察抓住。警察把他带回主教家。出乎他的意料，主教竟说银器是赠送给他的，使他避免了再遭铁窗之苦。主教的仁慈深深地感动了冉阿让，他决心重新做人，从此，他变成了一个舍己为人的博爱主义者。化名马德兰后，他在一家烧料细工厂做工，因改进了制造方法，使工厂赚了大钱，他自己也因此发了财，后来还当上了市长。他广施济贫，改善工人生活。厂内女工芳汀将私生女珂赛特寄养在客栈老板德纳第家里。德纳第奸诈贪婪，不断编造珂赛特生病的谎言，对芳汀百般勒索，芳汀被迫沦为妓女。冉阿让了解到芳汀的悲惨景况，并且准备加以救助，但为时已晚，他在芳汀临死前答应照顾她的女儿。

这时，当局抓住了一个长得很像冉阿让的人，硬说他就是出狱后仍犯有抢劫罪并正被当局通缉的冉阿让。这个人将面临最可怕的刑罚。冉阿让不忍心让别人代自己受刑，毅然出庭自首。他再度被捕，被判处终身苦役。后来他利用一次救人的机会逃掉了。

冉阿让把备受虐待折磨的小珂赛特救了出来，前往巴黎。在那里他又遭到警探沙威的追捕。珂赛特逐渐长大，和进步青年马吕斯恋爱。1832年，巴黎爆发了共和党人起义，冉阿让来到街垒。战斗正在激烈进行，沙威混进街垒被捉住，冉阿让受命执行对沙威的枪决，但他出于仁慈动机把沙威放了。马吕斯在战斗中受了重伤，被冉阿让救出，不巧遇到沙威，沙威在服从法律还是服从良心的问题上陷入了矛盾，在剧烈内心矛盾的压力下跳河自杀。

马吕斯和珂赛特结婚后，冉阿让向马吕斯讲述了自己的经历，遭到马吕斯的误解。冉阿让一个人过活，十分苦闷和孤独。后来马吕斯无意中得知了冉阿让是自己的救命恩人，了解了他一生的德行，便偕妻子急忙赶到冉阿让的寓所去忏悔，但此时冉阿让已经奄奄一息，他幸福地死在年轻人的臂弯里。

在小说里，雨果令人信服地揭示了：在当时的法国，富人们为所欲为，而劳动人民则过着贫苦的生活。雨果特别强调那些处境最悲惨的人都是一些诚实善良的劳动者，可是，不管他们如何挣扎，都逃脱不了悲惨和凄苦的命运。

雨果的《悲惨世界》更揭示出：社会、政权和法律就是为了维护剥削阶级利益而存在的。在这个制度下，劳动人民注定要过悲惨生活。既然如此，人们起来反抗这个制度，就是正义的了。在小说的第四部的下半部和第五部的前面部分，雨果描写了共和党人1832年夏在巴黎举行反对七月王朝的起义的悲壮场面，热情地歌颂了他们的正义斗争。起义的核心人物全是些思想纯洁、有着崇高的理想、为了人民事业而英勇不屈的热血青年。他们中的大多数人最后都在资产阶级军队的刺刀下牺牲了。

小说中压倒一切和贯穿全书的是仁慈、博爱才能拯救社会的思想，这种思想主要是通过冉阿让、卞福汝主教的形象和沙威、德纳第的形象从正反两方面表现出来的。

雨果通过冉阿让的转变向读者说明：以刑罚为基本手段的现行法律，不能解决任何问题，因此它是一种低级的法律。冉阿让受到这种法律的判决，遭受多年的惩罚，反而更加仇恨社会。但是卞福汝主教用仁慈感化的办法，把他改造成了新人。雨果认为，这才是高级的法律。运用刑罚多年做不到的事，运用仁慈很容易就做到了。

雨果是个坚定的人道主义者，他对仁慈、博爱的力量确信不疑。他始终主张对人进行道德感化。在《悲惨世界》里，他不但使冉阿让被感化成为博爱主义者，他甚至描写仁爱和慈悲还感化了统治阶级的铁石心肠的鹰犬，如沙威之流。沙威曾残忍地迫害芳汀和冉阿让，是一个旧制度的卫道者和打手，但是就连这样的一个人最后也被道德感化的力量征服。实际上这个情节带有很大的幻想性。

《悲惨世界》是一部很有特色的作品。小说的情节基本上是浪漫主义的，离奇之处不少，巧合巧遇很多，且富有戏剧性。小说在人物形象的配置和描写上，都坚持一种对照的原则。比如，卞福汝主教是仁慈、博爱的体现者，是善和"高级法律"的化身，冉阿让被他感化，继他之后成为仁慈精神的代表，而德纳第夫妇则是丑、恶、畸形和黑暗的化身。两组人物处于鲜明的对照之中。

与此相连，小说在人物形象的塑造上，也明显地表现出了浪漫主义文学的典型特点，如运用夸张的手法极力描写不平凡的人物，渲染他们不同寻常的品质、力量和经历。

《悲惨世界》除了浪漫主义因素外，还有明显的现实主义成分。如冉阿让受迫害的一生、芳汀的悲惨命运、珂赛特痛苦的童年等都写得比较真实，闪烁着现实主义的光辉。

《悲惨世界》是法国文学史上的重要作品。俄国伟大作家列夫·托尔斯泰认为它是法国当时最优秀的作品。它在世界文学中也受到很高的评价。

第四节　普希金

一、生平和创作

亚·谢·普希金（1799—1837）是俄国伟大的诗人，是俄国浪漫主义文学的杰出代表和现实主义文学的开拓人。

普希金出身于莫斯科的一个没落贵族家庭，自幼在良好的文学环境中长大，经常听农奴出身的奶妈讲民间故事，所以很早就培养起对文学的热爱。在皇村中学读书时，他受到西方启蒙主义思想和进步教师的影响，痛恨专制暴政。普希金在中学时即开始写诗，毕业后，在外交部当了小官吏。他同一些进步分子关系密切，这些人中后来有不少参加了1825年的十二月起义。在1817—1819年，他的反专制暴政的思想不断发展，写了一些猛烈鞭挞暴政和歌颂自由的抒情诗，其中最著名的有《自由颂》、《乡村》、《童话》、《致恰阿达耶夫》等。这些诗落到政府当局手中，令沙皇震怒，诗人被调到南俄总督公署任职，实际上是流放。

在南俄时，他同反政府的秘密组织"南社"关系密切，关心欧洲革命运动，要改变俄国现状的决心更加强烈。《我惯于战斗》（1820）、《短剑》（1821）等诗表现了他的这种激进情绪。后一首诗中他公开号召杀死暴君。

19 世纪 20 年代初，革命气氛的变浓使普希金的浪漫主义激情更加高涨。这个时期，除一些短诗外，他还创作了一组浪漫主义长诗：《高加索的俘虏》（1820—1821）、《强盗兄弟》（1821—1822）、《巴赫契萨拉伊的泪泉》（1821—1823）和《茨冈》（1824）等。这组诗表现了诗人对自由的渴望和对当代现实的强烈不满，展示了俄国文学前所未见的全新内容，充满幻想色彩。

“南方长诗”的最后一篇是《茨冈》。在这篇诗里，贵族青年阿乐哥由于厌恶建立在“金钱和锁链”之上的文明社会，自愿来到茨冈人中间过流浪生活。他似乎和茨冈社会融为一体了。但两年之后当他发现妻子真妃儿另有新欢时，就怀着嫉妒的心理残忍地杀死了她，因而遭到茨冈人的唾弃。长诗表现了阿乐哥性格的矛盾：他热爱自由，却不尊重别人的自由。诗中普希金对阿乐哥个人主义的批判，也是对当代贵族社会生活原则的批判。长诗中的文明社会“逃亡者”和“自然之子”都是浪漫主义作品常见的人物，但普希金描写主人公时，却强调贵族教育在他身上培养成的根深蒂固的道德偏见，表现了社会环境对人物性格的制约，可以说《茨冈》已经出现了明显的现实主义因素。

由于不顺从沙皇政府，普希金又被流放到北方边远地区的米哈依洛夫斯科耶村，交地方当局和教会监视。这是他父母的领地，普希金在这里度过了两年的幽禁生活。在这里，普希金创作了现实主义的历史剧《鲍里斯·戈都诺夫》（1825）。在这部作品中，普希金提出了人民的公意决定历史进程的重要思想。鲍里斯·戈都诺夫的结局说明，帝王将相虽在台上握有权柄，但如违背历史潮流和人民群众的公意，终将倒台。

在米哈依洛夫斯科耶时期的创作中，抒情诗占主要地位。这期间普希金写了近一百首抒情诗。这些诗洋溢着生活的气息，完全没有某些诗人那种单调的伤感和哀愁色彩，表现了作者真挚的感受：对黑暗的不满，对光明未来的向往，对纯真爱情和友谊的珍视。1825 年所写的《酒神之歌》、《我记得那美妙的一瞬》、《冬天的黄昏》等诗，可以说是俄国古典诗歌中的珍品。在《酒神之歌》中，诗人热情高呼“祝理智万岁，你神圣的太阳，燃烧起来吧！”，表达了理智必将胜利、黑暗终将消隐的信心。在《我记得那美妙的一瞬》一诗中，诗人歌颂了引人向上、给人以精神力量的真挚爱情。在《先知》中，普希金坚定不移的信念是：诗人的使命是“走遍陆地和海洋，用语言去把人们的心灵烧亮”。在《假如生活欺骗了你》中，诗人认为，即使在最困难的时刻，也要保持住对生活的信心：

> 假如生活欺骗了你，
> 不要悲伤，不要心急！
> 忧郁的日子须要镇静。
> 相信吧，快乐的日子将会来临。
> 心儿永远向往着未来，
> 现在却常是忧郁。
> 一切都是瞬息，一切都将会过去，

而那过去了的，就会成为亲切的怀恋。[1]

普希金优美的抒情诗在他生活的各个时期都有。关于普希金诗歌的特点，别林斯基说过："普希金的诗歌是充实的，是充满内容的，正像多棱形的水晶之充满着太阳光。"赫尔岑则说，普希金的诗歌"像海一样咆哮，像风暴掀动森林一样地呼啸，但是同时他又明朗、光明、灿烂，又渴望欢乐和精神的波动"。

1825年11月，沙皇亚历山大一世逝世。12月14日，彼得堡爆发了贵族革命家领导的起义。新沙皇尼古拉一世残酷地镇压了起义。这次起义的参加者后来被称为"十二月党人"。新沙皇为了收买人心，将普希金"赦免"，但普希金仍忠于十二月党人的思想。在《阿里昂》（1827）中，普希金表达了同十二月党人共命运的思想。在《致西伯利亚的囚徒》（1827）一诗里，普希金对十二月党人的事业给予崇高的评价，并号召他们继续斗争：

> 在西伯利亚矿坑的深处，
>
> 望你们坚持着高傲忍耐的榜样，
>
> 你们悲痛的工作和思想的崇高志向，
>
> 决不会就那样徒然消亡……
>
> 沉重的枷锁会掉下，
>
> 黑暗的牢狱会覆亡，
>
> 自由会在门口愉快地迎接你们，
>
> 弟兄们会把利剑送到你们手上。[2]

1830年秋，普希金完成了已经写了七年之久的诗体小说《叶甫盖尼·奥涅金》。他还写了一些短篇小说，其中《驿站长》最为有名。在这篇小说里，普希金满怀同情地描写了一个老驿站长的悲剧。《驿站长》开了俄国文学中"小人物"题材的先河。

30年代，普希金在作品中没有忽略农民起义的主题。《上尉的女儿》（1836）是反映农民起义的优秀作品。小说中，普希金一反贵族历史学家的偏见，而把农民起义领袖普加乔夫写成了慷慨大度、聪明果断、英勇豪迈的人。

30年代，普希金还创作了长诗《青铜骑士》（1833）、童话诗《渔夫和金鱼的故事》（1833）、短篇小说《黑桃皇后》（1834）等优秀作品。普希金于1831年结婚。婚后，由于妻子爱慕虚荣，诗人被迫过起"被俘于宫廷"的痛苦生活。后来，法国流亡贵族丹特斯不断追求诗人的妻子，普希金的敌人也多次写匿名信侮辱普希金，终于酿成他与丹特斯的决斗。决斗中诗人受了重伤，于1837年2月10日逝世，年仅37岁。就在他被杀的那年，他创作了著名诗篇《纪念碑》。诗中他坚定地相信，他将永远"为人民敬爱"，因为他曾用他的诗歌"唤起人们善良的感情"，"在这残酷的世纪"，他曾"歌颂过自由"。正如他所说，他为自己

---

① ［俄］普希金：《普希金诗集》，戈宝权译，97页，北京，中国社会科学出版社，2007。

② ［俄］普希金：《普希金诗集》，戈宝权译，112页，北京，中国社会科学出版社，2007。

建立的是一座非人工的纪念碑。

二、《叶甫盖尼·奥涅金》

《叶甫盖尼·奥涅金》(1823—1831)是普希金的代表作。书中描写的是 19 世纪 20 年代前半期的俄国社会生活，探讨了贵族青年与现实生活的问题。《叶甫盖尼·奥涅金》是在十二月党人起义前开始写作的。当时先进的贵族青年对国家变革抱有希望，他们成立秘密组织反对专制制度。但是当时的贵族青年，包括先进分子在内，都有很大的弱点，即严重地脱离人民。普希金已经察觉到这个带有普遍性的问题，便将它选定为自己最主要作品中的中心主题。

《叶甫盖尼·奥涅金》的主题主要是通过主人公奥涅金的生活经历来展示的。贵族青年奥涅金因厌倦了上流社会的社交生活，来到乡间，拒绝了乡下贵族小姐塔吉雅娜的爱情，又在决斗中杀死了朋友——热情的青年诗人连斯基。他在国内漫游之后回到京城，遇见了已成为贵妇的塔吉雅娜，发疯似的爱上了她，但塔吉雅娜表示，她已经嫁人，不能再接受奥涅金的爱情了。

奥涅金是 19 世纪 20 年代俄国贵族青年的一种典型，具有复杂的性格。他出身于富有的贵族家庭，受的是脱离人民和民族文化传统的贵族教育，长大以后，靠风雅的外表、流利的法语、机智的谈吐，成了社交界的宠儿，每天过着空虚的生活。在这里，普希金虽然对主人公进行了讥讽，但他更主要的是借写主人公的生活批评当代的贵族教育和上流社会。接着，普希金指出，奥涅金还有一些和当时一般贵族青年不同的地方。他在上流社会混了几年之后，产生了失望情绪，得了一种"忧郁病"。普希金在诗中暗示，他的病并不只是由于生活空虚所产生的烦腻感，其中还包含着对现实的失望情绪。诗人进而指出：奥涅金爱幻想，性情古怪，"还有锐利的、冷静的理智"，经常发表"讥讽的议论，半带辛辣的笑话以及那些恶毒阴郁的警句"，这些都暗示了主人公对现实的不满，说明他受到了当代进步思潮的影响，对现实有一定的清醒认识。这从他下乡后同诗人连斯基的谈话中可以得到证明。在他们思考的问题中有"过去的国家的契约"，这指的是当时产生极大影响的卢梭的《民约论》(《社会契约论》)。他所谈的"善与恶"，无疑也是迫切的社会问题。由于受到先进思想的影响，奥涅金在乡下进行了使地主们愤怒的改革。他用"轻的地租制代替了古老的徭役制度的重负"，为此"农奴们庆祝了自己的命运"。

尽管如此，奥涅金毕竟没有成为时代的先进人物。贵族阶级的腐败影响太深，他空虚，没有毅力，脱离人民，这决定了他不可能走上为改造社会而斗争的道路。他从喧嚣的京城来到平静的乡下，也只新鲜了三天，"忧郁症"依然没有得到克服。

作品主要是通过两件事来体现奥涅金的矛盾性格和揭示他的价值观的：一件是他与连斯基的决斗，一件是他和塔吉雅娜的爱情关系。

奥涅金拒绝了塔吉雅娜的爱情。在空虚的上流社会长大的他，不能理解一个淳朴少女的真挚的爱，他自称不愿为家庭生活而束缚自己的自由。这只不过是掩饰自己精神空虚的遁词。他说"我复活不了我的心灵"，这倒是真的。

同连斯基的决斗，证明了他无力反抗上流社会。他惧怕"社会舆论"、"名誉的发条"，经不起"蠢材们的窃窃私语、哈哈大笑"，终于屈服于社会偏见，在决斗中杀死了自己不愿杀死的朋友。此后，他带着一颗破碎的心作了一次旅行。在漫游中，他到处看到令人烦闷的景象。旅行使他增加了对现实丑恶的认识，但未能给他带来新生。

奥涅金旅行归来后对塔吉雅娜态度的改变，进一步表现了他的矛盾。在上流社会，在同周围庸俗贵族的直接对比中，他有可能在塔吉雅娜身上发现过去所没有发现的东西，于是他不顾一切地爱上了她。但是这种热情的表现，并不意味着他消极生活态度的改变。

奥涅金的爱情遭到拒绝，他依旧过着那种空虚无益的生活。他已感到本阶级特别是上流社会的腐败，但他远离人民，又没有明确的生活目的，结果毫无作为。这位清高的"君子"，实际上没有超出阶级的局限。

奥涅金这一类人，后来得名为"多余的人"[①]。他的脱离人民的特点则是当时所有进步贵族青年所共有的，包括十二月党人在内，这就决定了这一形象的广泛的概括意义。奥涅金是俄国文学中"多余的人"画廊中的第一个。

塔吉雅娜的形象和空虚无聊、脱离人民的奥涅金形成对比，反映着普希金的道德理想。诗人赋予她淳朴、真挚和深沉等性格特点。

作品中对彼得堡、莫斯科上流社会的腐化、寄生生活的揭露，以及对外省地主的庸俗丑陋的讽刺，也是全诗的精粹所在。在作品中，普希金也反映了农民在残酷的徭役制度、兵役制度及各种各样的压迫下悲惨生活的情景。

《叶甫盖尼·奥涅金》广泛地反映了19世纪20年代俄国的社会生活，深刻地揭示了优秀的知识分子严重脱离人民、脱离实际的致命弱点。

《叶甫盖尼·奥涅金》在艺术上的成就是很高的。它是诗人现实主义完全成熟的标志，也是他艺术经验的高度总结。它对俄国文学的最大贡献，就在于它是最早地创造了典型环境中的典型人物的作品之一。诗人笔下的人物非常真实，带着俄国社会特定历史时期的印记。主人公们的性格与他们的出身、教养、社会影响密切相关。

普希金强调他的这部作品是"诗体小说"，并且指出它跟拜伦的《唐璜》"毫无共同之处"。虽然后者也是"诗体小说"，但其内容具有浪漫主义惊险小说的痕迹，而《叶甫盖尼·奥涅金》则主要是一部现实主义作品。

在俄国现实主义文学发展过程中，《叶甫盖尼·奥涅金》具有开拓的意义，对后来俄国现实主义文学的发展产生了深远的影响。

---

① "多余的人"是19世纪20—50年代俄国文学中的一种艺术典型。这类人物反映了当时俄国贵族阶级中的一些进步人士的精神状态。他们对沙皇专制统治不满，又脱离人民群众。

第七章　19世纪中期的欧洲文学

学习要求

1. 了解：现实主义产生的背景；19世纪中期现实主义文学的发展概况和主要成就。

2. 掌握：现实主义文学的特征；巴尔扎克《人间喜剧》的基本思想内容；司汤达、狄更斯、果戈理、陀思妥耶夫斯基、福楼拜生平与创作中的主要作品。

3. 重点掌握：司汤达的《红与黑》；巴尔扎克的《高老头》；狄更斯的《双城记》；果戈理的《死魂灵》；陀思妥耶夫斯基的《罪与罚》；福楼拜的《包法利夫人》。

第一节　概　　述

一、历史背景和文学主流

法国革命所宣告的原则已深入人心。法国的复辟王朝在1830年的革命中被推翻，新出场的七月王朝实际上是代表金融资产阶级利益的政权。1832年，英国贵族院在广大人民群众的压力下被迫通过改革法案，其结果是工业资产阶级在国会中取得强大地位。这意味着19世纪30年代初，在英、法两个大国，资产阶级终于取得了对封建贵族的胜利。

1848年2月，法国又爆发了革命，七月王朝被推翻。在法国革命影响下，在封建王侯统治下的德意志各邦和奥地利帝国都爆发了规模很大的革命，人民群众开始向封建统治展开冲击。但由于资产阶级的软弱，封建势力反扑过来，革命遭到失败。但是，这次革命对欧洲历史的发展进程产生了十分重大的影响。它沉重地打击了欧洲封建制度，使得"神圣同盟"所建立的反动秩序完全垮台，普、奥、捷、匈的封建农奴制也在革命浪潮的冲击下或被废除，或走向瓦解，这一切都有利于资本主义在欧洲的进一步发展。法兰西第二帝国和趋向统一的德国都发展迅速，彼此斗争激烈。

西欧资本主义的发展，引起了政治、经济、思想和道德观念的深刻变化。资本主义制度所带来的各种社会罪恶逐渐地暴露出来。资产阶级的统治把人与人之间的关系变成了赤裸裸的金钱利害关系。它把从前人们有过的虔诚和激情，都淹没在利己主义打算之中。在资本的压榨下，广大劳动人民过着贫困悲惨的生活，甚至不少中小资产阶级也因无力竞争而破产。无产阶级的赤贫状况更是令人触目惊心。工人们被迫掀起一次又一次反对资本压迫的斗争。1831 年和 1834 年，法国里昂工人两次起义。1832 年 6 月，巴黎工人也曾举行反对七月王朝的起义。30 年代末至 40 年代末，英国工人阶级掀起了规模巨大的争取自己政治和经济权利的宪章运动。1844 年，德国爆发了西里西亚纺织工人的起义。1848 年 6 月巴黎工人举行起义。这一系列的革命斗争，说明迅速觉醒的工人阶级已经作为一支独立的力量登上了政治舞台。1848 年，《共产党宣言》问世。在它的指引下，国际工人运动更进一步开展起来。

社会状况和人们思想的巨大变化，直接影响了文艺思想的变化。人们对那种沉溺于主观幻想、抽象抗议和空洞追求的浪漫主义文学，已经感到不能满足，而要求另一种能够如实地反映生活现状的文学。于是，现实主义作为一种新的文艺思潮应运而生。现实主义思潮的出现，也受到了科学、哲学及社会学说的影响。19 世纪初期自然科学的发展，它的尊重客观事实、注重分析和研究对象的科学态度，以及哲学上黑格尔的辩证法、费尔巴哈的唯物论、孔德的实证主义等学说，对知识界形成冷静客观和务实的态度起了很大的作用。此外，文学传统对于现实主义思潮兴起的作用，也不容忽视。过去一些强调文学反映现实的作家受到了特别的重视。

19 世纪 30 年代至 50 年代，法国、英国和俄国出现了一批杰出的现实主义作家，如司汤达、巴尔扎克、果戈理、狄更斯、萨克雷、勃朗蒂姊妹、福楼拜、屠格涅夫等。他们创作出一大批优秀的现实主义作品，很快占据了文学中的主导地位。后来，高尔基根据他们以及后来作家的共同特点，提出"批判现实主义"一词来概括这个流派。

批判现实主义在其发展过程中形成了自己的特点。作家们强调冷静地观察和客观地描写现实，力图反映出生活的本来面目。很多作家把文艺创作看作反映现实生活的镜子，有的甚至明确提出要使自己的创作成为时代的记录。如巴尔扎克就说过他创作《人间喜剧》的目的是要写一部 19 世纪法国社会的风俗史。他在《人间喜剧·前言》中说："法国社会将要作历史学家，我只能当它的书记。"作家们所反映的生活面极为广阔，几乎找不到社会的哪个角落是他们所不关心的。并且，为了如实地再现现实，19 世纪的现实主义作家极其重视细节的描写，从而大大地增加了作品的真实性。巴尔扎克在这方面的成就尤为突出。

着力揭露资本主义社会的罪恶，以及强烈的批判精神，是 19 世纪现实主义文学的第二个重要特点。高尔基也曾指出"锋利的唯理主义和批判精神"是这个流派的特征。由于这个特征十分突出和显著，所以 20 世纪的作家和读者对高尔基的"批判的现实主义"一词并不表示反对。过去的文学也并不缺乏对社会的批判。但 19 世纪的现实主义文学对社会批判的广泛、强烈和深入，远远超过过去时代的文学。作家们不遗余力地揭露资本主义社会的弊端和罪恶，揭露这个社会的利己主义生活原则和人与人之间赤裸裸的利害关系，对贵族资产阶级罪恶的代表人物更是进行有力的鞭挞。

现实主义文学的另一个特点和重要贡献是它创造了典型环境中的典型人物。19 世纪的现实主义作家认识到人是社会的产物，因而在创作中极其重视描写人物和社会环境的关系，努力写出环境对人物的影响。在现实主义作家笔下，人物的思想，发生的事件，以及他行动于其中的环境，都力求达到典型。由于这种坚持典型化原则的态度和对一切偶然性和随心所欲的摒弃，现实主义作家的创作在真实反映社会上达到了前所未有的高度。

批判现实主义作家一般都具有人道主义思想。人道主义是他们借以批判资本主义罪恶和封建暴政的思想武器。批判现实主义作家对受压迫的劳苦群众充满同情，很多作家以劳动人民的美好品质和贵族资产阶级的恶德败行进行对比。也有不少作家努力描写"小人物"的痛苦世界。很多作家还幻想用道德力量或社会改良来解决社会矛盾。它通过描写人民群众的深重苦难、揭露贵族资产阶级的罪恶，真实地反映了资本主义社会的矛盾，促使人们对于现存制度的合理性与永久性产生怀疑。

就西欧和俄国来说，虽然 19 世纪 30 年代以后，批判现实主义成了占主导地位的文学思潮，但仍有其他文学思潮和流派存在。在法国，以雨果、大仲马、乔治·桑为代表的浪漫主义文学仍在继续发展，形成了和现实主义并驾齐驱的局面。但是到 50 年代以后，出现了浪漫主义基本上由雨果独撑的局面。30 年代，俄国的莱蒙托夫也创作了许多优秀的浪漫主义诗歌。除了这两种文学外，这一时期无产阶级的文学也开始萌芽，如英国宪章派文学和德国的革命诗歌，都是无产阶级文学的最初成就。

二、法国文学

19 世纪中期，特别是三四十年代，法国的文学出现了空前繁荣的局面。无论是浪漫主义还是批判现实主义，都处于繁荣时期。浪漫主义运动的领袖雨果在完成《巴黎圣母院》后创作热情不断高涨，许多绚丽多彩的浪漫主义戏剧、诗歌和小说，以惊人的速度从他的笔下涌出。

乔治·桑（1804—1876）是法国著名的浪漫主义小说家。在早期小说中，乔治·桑写一些资产阶级女性追求美好爱情而不可得的悲剧故事。作品批判了个人主义的资产阶级道德。由于提出了妇女自由权利的问题，主题新颖，乔治·桑声名鹊起。后来，乔治·桑在空想社会主义影响下，社会意识有所加强，在 40 年代写出了一些空想社会主义小说，重要的有《木工小史》（1840）、《安吉堡的磨工》（1845）、《安东纳先生的罪恶》（1847）。在这些小说中，乔治·桑对资产阶级的贪婪和压榨进行了有力的批判，提出了一些通过道德改善来消除社会矛盾的办法。后又写出了几部农村题材的田园小说，如《小法岱特》（1849）、《弃儿弗朗沙》（1850）。作品歌颂了贫穷但品德高尚的农民，对那些没有人性、专肆剥削的私有者痛下针砭。

乔治·桑笔法细腻，富有抒情的气息，善于描绘诗情画意的图景，笔调亲切，具有很强的感人力量。

缪塞（1810—1857）也是属于浪漫主义思潮的重要作家。他是诗人、小说家，也是剧作家。他的抒情诗《夜歌》（1835—1837）和小说《一个世纪儿的忏悔》（1836）都很有名。他的历史剧《罗朗萨丘》（1833）最接近莎士比亚的风格，曾长期占据戏剧舞台，至今仍受欢迎。

法国批判现实主义的奠基人是**司汤达**。他的名著《红与黑》在 1830 年问世，标志着欧洲批判现实主义的开端。

使批判现实主义文学得以巩固并发扬光大的是**巴尔扎克**。他不但是法国而且是整个欧美现实主义文学的伟大代表。他的创作较充分地体现了批判现实主义文学的特色。

在这一时期的法国文学中，**梅里美**（1803—1870）占有特殊的地位。最为人们称颂的主要是他的中短篇小说，如《塔曼果》（1829）、《法尔哥内》（1830）、《高龙巴》（1840）、《卡尔曼》（1845）等。这些小说多通过描写惊心动魄的残酷斗争，揭露资本主义虚伪的文明。梅里美喜爱粗犷剽悍、带有原始气息的人物，喜爱写震撼心灵的事件，加上这些故事的传奇色彩和异域情调，又使他的作品带有浪漫主义色彩。可以说，梅里美是一个很好地将现实主义和浪漫主义融为一体而创造出自己独特风格的作家。

司汤达和巴尔扎克先后在 40 年代初和 50 年代初逝世。五六十年代，法国批判现实主义的杰出代表是**福楼拜**。福楼拜作品的精确性和客观性，也在一定程度上深化了现实主义。

30 至 60 年代的法国文坛上，除浪漫主义和批判现实主义外，还出现了戈蒂耶（1811—1872）和波德莱尔（1821—1867）所代表的文学倾向。前者主张唯美主义和"为艺术而艺术"，后者主要创作象征主义诗歌。戈蒂耶早年写过浪漫主义诗歌，30 年代初，提出唯美主义主张，后来又成为"为艺术而艺术"派的领袖。他宣称艺术应摆脱一切功利主义的成见，反对浪漫主义的多情善感，强调艺术所追求的是"单纯的美"，不应该有政治和道德的目的。他的代表作是诗集《珐琅与雕玉》（1852）。在这部诗集中，诗人力图用文字表达造型、声音、颜色等所产生的艺术效果和形式美，表现了他对创新的努力。

波德莱尔是法国文学史上有独特成就的诗人。他的代表作《恶之花》，从诗集的冠名到它的内容，全都惊世骇俗，史无前例。诗人通过那些按传统绝不能入诗的"不成体统"的内容，表现了他对现实的反抗态度。生活于现实世界的诗人放眼望去，全是人间的丑恶、贫穷、肮脏、鄙陋、淫秽、污浊、病患、痛苦、冻馁、磨难和死亡。面对人间无边无际的恶，诗人并不甘心，他有自己的追求。他做了不懈的努力，从恶中发掘美，甚至将恶转化为美，但终因恶（社会的和人性的）的沉重，而不能如愿，最后陷于空虚、失望、无奈和悲观。《恶之花》反映了一个孤独、病态而又不甘沉沦的诗人的追求、挣扎和复杂的精神世界。

三、英国文学

19 世纪 30—70 年代，是英国资本主义迅猛发展的时期。资本主义带来了种种罪恶，最突出的是工人劳动和生活条件的恶劣，以及农民和其他小资产阶级的贫困和破产。1834 年，国会通过一项处置贫民的新法令，创立所谓"济贫院"，强迫失业贫民在那里做工。当时有各种名义的慈善机构，那里的条件十分恶劣。英国贫富悬殊的现象十分突出。规模宏大的宪章运动就是工人阶级不堪剥削压迫而奋起争取自己权利的反映。

五六十年代是英国经济繁荣的时期，对殖民地的掠夺也帮助了英国国内经济的发展。资产阶级认为他们的统治已经巩固，便实行一些较为宽容的政策以缓和阶级矛盾，如容许一定程度的政治自由和实行一些自由主义改革等，并用小恩小惠收买工人阶级中的上层分子。但英国仍然是一个阶级矛盾严重的国家。宪章运动的长时间持续就是英国阶级矛盾十分尖锐的有力说明。宪章运动中诞生了宪章派文学[①]。宪章派文学是最早的无产阶级文学。

19世纪中期，英国文学的主流是批判现实主义文学。狄更斯、萨克雷、夏洛特·勃朗蒂和盖斯凯尔夫人等正处在创作的极盛时期。他们的作品所反映的主要是小资产阶级的生活、愿望、追求，以及他们对贵族资产阶级的残酷和贪婪的不满。"小人物"，如小市民、贫苦的家庭教师、破落人家的子弟、小手工业者和小商人等，是作品的基本主人公。他们主要是为争取个人独立地位和生活权利而斗争，一般没有改造社会的动机和理想。英国批判现实主义作家带有感伤主义意味的人道主义比较突出。

萨克雷（1811—1863）生于官员家庭，受过贵族教育，对上流社会比较熟悉。他不相信资产者能"道德改善"，作品的揭露性也较强烈。萨克雷的代表作是长篇小说《名利场》（1848）。女冒险家利蓓卡·夏泼的钻营史是小说中最有意义的部分。作者还广泛地描写了上流社会的生活，对贵族与资产阶级的贪婪、腐化、冷酷自私、尔虞我诈、弱肉强食等恶德败行，都作了较深刻的揭露。利蓓卡的形象塑造得十分成功。作家以巨大的艺术力量塑造了一个假装正经、把每个人都作为自己的阶梯、不择手段地向上爬的女冒险家和钻营者的形象，这是他对现实主义的巨大贡献。

夏洛特·勃朗蒂（1816—1855）出生于一个穷牧师家庭。她的两个妹妹也是作家。夏洛特曾在慈善机构受教育，当过地位低下的家庭教师，对社会不平等有深刻体会。她在自己的代表作《简·爱》中描写了一个孤苦无助的小人物为反抗社会不平等，维护人格独立与尊严进行奋斗的故事。女主人公的所作所为，在当时的英国是极不寻常和极其少见的，因而更显出她的超凡脱俗。她并不因自己地位低下而无条件地同意同富有者结婚。在罗切斯特境况最好的时候，她离开了他，因为她认为不能当他的情妇。当她有了钱，经济上已经独立，反而去和一个残疾人结合，因为这时她和罗切斯特的地位已经平等了。简·爱追求真正的爱情，人格独立是这种爱情的前提。这里面也包含反抗社会的因素。小说还严厉地批判了英国的慈善机构。作家对这些人间地狱深恶痛绝，简·爱对舅母家虐待的反抗，以及她对寄宿学校的憎恨，是她反抗社会不平等最鲜明的写照。这是小说最有意义的部分。但作家写简·爱意外地得到财产，有了和罗切斯特尔平等的地位后终成眷属的结局，显得落入俗套。

除夏洛特·勃朗蒂的《简·爱》外，**爱米莉·勃朗蒂**（1818—1848）的《呼啸山庄》

---

① 宪章运动从19世纪三四十年代即已开始，宪章派从1837年起办起了刊物《北极星》，发表了大量揭露社会罪恶、宣扬宪章派思想的文学作品。最著名的宪章派诗人有厄内斯特·琼斯（1819—1864）等。

（1847）和盖斯凯尔夫人的《玛丽·巴顿》，也是这一时期出现的优秀作品。

盖斯凯尔夫人（1810—1865），生于基督教牧师家庭。她的丈夫也是个牧师。盖斯凯尔夫人写过六部小说，《玛丽·巴顿》是最重要的一部。这是一部反映广大工人悲惨命运的小说。

和上述作家有些不同的是使用男性名字作笔名的女作家**乔治·艾略特**（1819—1880）。她的小说主要是写农村和市镇的风俗人情，笔法细腻。作品中写得最多的是人物的感情纠葛，个人追求与理想的不能实现，或写个人生活中一时不当的选择造成人生的悲剧，等等。乔治·艾略特的突出特点是她的作品充满道德与伦理的探索和细致的心理洞察与描写，而且富有哲理内涵，她也被誉为哲理和心理小说家。她的重要作品有《亚当·比德》（1859）、《弗洛斯河上的磨坊》（1860）、《织工马南传》（1861）、《米德尔马契》（1871—1872）。

四、德国文学

19世纪30年代的德国开始了工业革命。工业的迅速发展，使得封建主义十分严重、长期落后的德国在社会、经济和思想方面发生了急剧的变化。当时德国的特点是：一方面，旧的经济基础迅速解体；另一方面，封建统治阶级又牢牢地掌握着国家统治权。对于德国来说，这也是一个酝酿革命的时代。德国资产阶级十分软弱，但工人阶级和人民群众表现出了巨大的革命热情，不断掀起反抗专制暴政和资本主义剥削的斗争。由于资本主义的迅速发展和无产阶级走上历史舞台，德国无产阶级文学作为一支朝气蓬勃的新生力量也出现了。

1832年歌德的去世标志着德国文学一个时期的结束。同前一时期相比，30年代以后的德国文学有了很大的变化。一批新的作家出现了，文学的内容有了很大的更新。即使是反封建的主题，也变得带有更鲜明的政治色彩，而进步作家的创作中一般都有反映工人阶级生活和斗争的内容。这一时期德国文学最重要的作家是毕希纳、海涅和维尔特。毕希纳（1813—1837）是一个有革命民主主义思想的作家，而维尔特（1822—1856）是早期的无产阶级诗人。

在19世纪中期的德国文学中，**海涅**（1797—1856）成就最高，占有最重要的地位。海涅在20年代即已成名，发表了他的著名的《歌集》以及几部散文游记。由于海涅的思想不为德国封建统治者所容，他不得已流亡国外，于1831年定居巴黎。30年代，理论著作《论浪漫派》（1832—1834）和《论德国宗教和哲学的历史》（1834）的发表，表明海涅的思想已经完全成熟。他既反对脱离现实的浪漫派诗歌，也反对那种只有革命口号而毫无诗意的"倾向诗"。1843年，海涅与马克思结识，两人建立了很好的友谊。在马克思的影响下，海涅加快了朝革命民主主义的转变。1844年西里西亚纺织工人起义，海涅写了他最著名的诗篇《西里西亚纺织工人》。在这之前一年，海涅曾回汉堡一次。回到离别了13年之久的祖国，看到德国的反动秩序毫无改变，诗人感慨万千，心中充满对祖国命运的深深忧虑。这次汉堡旅行中的所见所闻，促成了海涅代表作《德国——一个冬天的童话》（1844）的诞生。在这部长诗中，诗人对造成德国黑暗现实的祸首——反动的封建制度以及体现这种制度的各种反动势力、代表人物和反动机构，都痛下针砭。诗人也没有忘记鞭挞那些他所痛恨的资产阶级市侩。但是，长诗中诗人所集中加以揭露的始终是腐朽、反动的封建制度和黑暗的现实。封建王侯们各霸一方，致使祖国不能统一，变得停滞落后。诗人把割据一方的 36 个封建小邦，比作 36 个散发着臭气的粪坑，由此可以看出诗人对封建分裂状态憎恶之深。

1848 年革命的失败，使海涅深感失望。他的诗集《罗曼采罗》（1851）反映了他在革命失败后的苦闷和抑郁情绪。但是海涅始终坚持革命的信念，他在临死前已经预见到无产阶级必然会胜利，但是又担心无产阶级胜利会毁掉他的诗歌和他所珍爱的艺术品。

海涅长期卧病，于 1856 年在巴黎逝世。反动势力曾长期对他进行诋毁，但人民给了他应有的评价。海涅是德国文学史上最重要的诗人之一。

五、俄国文学

19 世纪中期是俄国文学的一个辉煌的时期。沙皇政府虽然镇压了 1825 年的十二月党人起义，但并未能消除尖锐的社会矛盾。农民反抗专制农奴制度压迫的起义斗争此起彼伏，而且规模越来越大。思想界和文学界的领袖赫尔岑、别林斯基等人坚决反对俄国的专制农奴制度，他们的思想和文章对俄国社会产生了巨大的影响。1855 年俄国在克里米亚战争中失败，暴露了俄国农奴制度的腐朽、政治的腐败。战争的结局更加激起了人民群众和进步知识界的不满，使得阶级矛盾更加激化，形成了革命一触即发的形势。为了挽救自己的统治，沙皇亚历山大二世实行了农奴制"改革"，废除了农奴制度。实际上，"改革"变成了对农民的一次残酷掠夺。因此，"改革"以后，问题依然严重存在，农民暴动继续发生，从 1866 年起，开始了沙皇残酷镇压一切反抗的反动年代。

俄国文学在 19 世纪中期取得了空前的辉煌成就。这是俄国文学开始走向世界文学前列的时期。普希金逝世后，**莱蒙托夫**（1814—1841）继承了他的传统，继续创作反专制农奴制、追求自由的诗歌。他的诗浪漫主义特色鲜明，充满反叛激情，表达了 30 年代俄国进步人士的悲愤情绪和对斗争的渴望。他的代表作长篇小说《当代英雄》以当代贵族青年的出路为主题，通过"多余的人"毕乔林的形象，批判了专制农奴制社会的黑暗。这部小说也在艺术上对俄国现实主义的发展做了重大贡献。30—40 年代俄国文学的核心人物是果戈理和别林斯基。果戈理的《钦差大臣》、《死魂灵》是俄国文学的重要成就。通过果戈理的创作实践和别林斯基在理论上的总结，俄国批判现实主义即"自然派"成了俄国文学的主导倾向。

40 年代后半期，又有一批杰出的作家走上文坛，成为批判现实主义作家阵营中的生力军。他们是屠格涅夫、冈察罗夫、奥斯特罗夫斯基、涅克拉索夫、陀思妥耶夫斯基等。这些作家在 50—60 年代都相继达到自己创作的繁荣时期。**屠格涅夫**（1818—1883）早在 40 年代末 50 年代初就创作了反映农奴制罪恶的《猎人笔记》，后又在 50 年代后期和 60 年代初发表了一系列反映时代迫切问题和知识分子思想动向的优秀现实主义小说，如《罗亭》、《贵族之家》、《前夜》和《父与子》等，取得了辉煌的成就。《父与子》是屠格涅夫的代表作。小说反映了农奴制"改革"时期两种社会力量——革命民主主义和自由主义之间尖锐的政治思想斗争。屠格涅夫描写了贵族自由主义保守派在平民知识分子面前的脆弱与无能。但作品中优秀的平民知识分子巴扎罗夫中途死去，说明作者对平民知识分子的前途仍然认识不清。至于托尔斯泰和陀思妥耶夫斯基两位艺术大师，在 60 年代成就更为突出，创作了伟大的作品《战争与和平》、《罪与罚》和《白痴》等。这几部作品已被认为是世界文学的杰作。它们的问世，标志着俄国现实主义文学已经开始走到了世界文学的前列。

第二节　司汤达

一、生平和创作

弗雷德里克·司汤达（1783—1842）是法国杰出的小说家，欧洲批判现实主义的奠基人之一。司汤达是他的笔名，他的真名是昂利·贝尔。

1783 年 1 月 23 日，司汤达生于外省资产阶级家庭。大革命的岁月，使司汤达欢欣鼓舞，对革命的巴黎无限神往。1799 年，司汤达参加了拿破仑的军队，于 1800 年随军来到意大利。米兰人民因摆脱了奥地利的反动统治而热烈欢迎法国革命军队的到来。这种热烈的气氛，给年轻的司汤达留下了极深的印象。

1801 年 12 月，他离开军队又回到巴黎，开始大量读书，准备从事写作。但从 1806 年至 1814 年，他一直在军队中任职，当过重要的行政官员。他跟随拿破仑的大军转战欧洲大陆，经历了拿破仑的极盛时代，也体验了帝国失败的痛苦。

司汤达对波旁王朝的复辟和种种倒行逆施感到强烈的厌恶，他离开祖国，到意大利去，在那里开始了写作。他在作品中表彰拿破仑的功绩，并同烧炭党人有来往，于 1821 年被驱逐出境。回到巴黎后，他生活贫苦。写作是他的主要兴趣。1823 年和 1825 年，他发表《拉辛与莎士比亚》一文，坚决反对古典主义而拥护浪漫主义，但他观点的实际内涵是现实主义。1827 年，司汤达发表了他的第一部小说《阿尔芒斯》。小说通过贵族青年奥克塔夫和表妹阿尔芒斯的爱情悲剧的描写，表现了复辟时期封建贵族妄图扭转历史车轮、重新恢复旧秩序旧特权的反动意图。以意大利生活为题材的短篇小说《瓦尼娜·瓦尼尼》（1829）是一篇很有名的作品。小说塑造了一个为了祖国自由而勇于牺牲个人一切的烧炭党人彼得罗·米西瑞里的崇高形象。1830 年，司汤达发表了长篇小说《红与黑》。这部小说十分真实地反映了复辟王朝时期尖锐复杂的社会政治矛盾。

司汤达对七月革命的后果非常失望。他看清了路易·菲力普不过是金融资产阶级的傀儡，在日记里称他为"最无赖的国王"。他生活的最后十年，文学创作仍然是他的主要兴趣所在。1834 年，司汤达开始创作长篇小说《吕西安·娄凡》（《红与白》）。小说没有最后完成，作家去世多年后才出版。在这部小说里，作家描写了七月王朝时期的社会政治矛盾。这里有金融资产阶级对革命果实的篡夺及他们的骄奢淫逸，有工农劳动群众的无权和贫困，也有对政府贪污腐化和社会风气败坏的描写。

司汤达晚期最重要的作品是长篇小说《帕尔玛修道院》(1839)。这又是一部意大利题材的作品，反映的是 19 世纪前 30 年特别是拿破仑失败后"神圣同盟"猖獗时期意大利复杂的社会政治斗争，间或反映了欧洲政治风云的主要方向。1841 年 11 月，司汤达请假回巴黎治病，于翌年 3 月 23 日因中风死在街上。

司汤达是在复辟王朝猖獗时期仍然坚持民主理想的正直艺术家。他是后来形成主流的批判现实主义文学的开创人之一。

二、《红与黑》

《红与黑》(1830) 是司汤达的代表作。作家说，他写的是王朝复辟时期的"社会风气"，实际上他的意图是反映政治现实。

小说通过平民青年于连的生活经历真实地再现了 19 世纪 20 年代法国的社会风貌和政治形势。拿破仑失败后，法国从前的贵族重新成为统治阶级。大贵族木尔侯爵从国外回来后，当上了"法兰西大臣"，位高权重，炙手可热。那些留在国内的贵族这时也钻了出来，在反攻倒算中大抓肥缺。像德·瑞那这样无德的人，受到了复辟政权的赏识，当上了市长。由贵族反动势力掌权的政府，钳制言论自由，千方百计地打击反对派势力。为了从根本上来巩固反动的制度，反动势力大力加强宗教统治。当时教会特务组织密布全国，大搞监视和告密活动，有特务使命的教士们不但监视资产阶级自由派的活动，也监视自己营垒内部的人。贝藏松的代理主教、特务组织耶稣会的头子福力列的特务网监视着一切人。贵族反动势力仍不满足已恢复的特权，他们利令智昏，极力要恢复过去时代的专制制度，以确保他们的绝对统治地位。小说中的一个重要情节是木尔侯爵所组织的一次秘密会议，在会上所讨论的是如何尽快地扑灭日益迫近的革命和强化贵族阶级的统治问题。

波旁王朝复辟了，但大革命已经深入人心。大革命和拿破仑时代，资产阶级和农民都得到了好处。在贵族反动势力变本加厉地要恢复旧秩序的时候，人民群众自然不满，他们怀念拿破仑，尤其是平民青年怀念那个给法国带来光荣和给平民青年带来获得光辉前程机会的时代。人民越是不满复辟王朝，贵族们越是感到恐怖。外省小城的贵族们经常谈论"罗伯斯庇尔在人间重新出现是可能的"，而京城的高等贵族们也感到"每一段篱笆后面都有一个罗伯斯庇尔和他驾来的囚车"。这些描写准确地表现了当时法国"山雨欲来风满楼"的革命形势。

贵族阶级将被历史所淘汰，这是不可改变的社会规律。但是，法国复辟王朝时期的贵族要进行垂死的挣扎。他们妄想通过镇压的手段来加强自己的统治，坚决反对资产阶级染指政治权力。

于连·索雷尔出身于小业主家庭。父亲开了一个家庭锯木场，虽是个劳动者，但发财观念很重。于连因体弱不能从事体力劳动，成了全家嫌恶的对象，常常受到粗暴父亲的打骂。于连聪颖敏锐，很容易感受到出身低微遭人歧视的滋味，加之父亲的虐待，他很早就形成了反抗心理。于连喜欢看书，他跟一个老医生学拉丁文和历史知识。他最喜欢看有关拿破仑的书，也喜欢读卢梭的《忏悔录》。于连不但聪明，热情奔放，而且性格高傲，意志刚强，不是一块甘于屈居人下的"材料"。拿破仑从下级军官成为"世界主人"的经历，以及于连对童年时代在家乡所见拿破仑骑兵威武行进的回忆，都加强了他要出人头地的决心。他也要像拿破仑那样成为英雄，也要像从前的那些青年一样，凭自己的本事，打出一条路来，为自己建立一番事业。

但是时代变了。现在已是王朝复辟的时期，普通平民靠穿上军服东征西战而当上将军已不可能。当他看到在社会上神父地位非同一般，而且 40 岁左右的神父能拿 10 万法郎的薪俸，便决定去当教士。为了向上爬，他凭借自己超人的记忆力，把拉丁文的《新约全书》和《教皇传》牢牢背熟。他本不信上帝，却装出虔信的样子。

但是，他踏进人生竞技场的第一步，命运赏给他的却是给市长的孩子们当家庭教师。他自尊心强，本能地憎恨富人，鄙视庸俗无能的市长。在趾高气扬的贵族面前，他不但不卑躬屈膝，反而以高傲来对抗贵族的傲慢。于连的平民意识甚至在同德·瑞那夫人的关系上也有所表现。他最初的动机是征服这个贵族夫人。德·瑞那夫人是一个心地善良纯洁的女人，但不幸嫁给了一个粗鄙庸俗的官僚，于连的追求唤醒了她沉睡的爱情，他的聪明和勇气蒙住了她的眼睛。

于连同德·瑞那夫人间的暧昧关系终于败露，他不得不离开市长家。他来到贝藏松神学院。神学院阴森可怕，修道者多是些阴险、虚伪和追逐名利之徒，彼此尔虞我诈，互相警惕，从事监视和告密的勾当。同时，不同教派矛盾尖锐，互相倾轧，斗争激烈。在这样险恶的环境中，于连施展其伪善的本领，处处小心谨慎，顺应时势，等待时机。本来他有院长彼拉神父做后台，但彼拉院长受到耶稣教派的福力列代理主教的排挤，要离开贝藏松神学院。他被彼拉神父介绍给巴黎的大臣木尔侯爵，当上了侯爵的私人秘书。侯爵府是反动贵族的一个据点，是一个"阴谋与伪善的中心"。由于于连聪明干练，得到了侯爵的信任与重用。他参加了保王党的阴谋黑会，并且遵照侯爵的指示，在会后把秘密情报送往国外。这时的于连由于受到贵族的赏识，自觉地为反动势力效劳，已经明显地同现实妥协了。

在进入侯爵府后，他使出自己的浑身解数，征服了高傲的侯爵小姐马蒂尔德。木尔侯爵虽曾坚决反对他与马蒂尔德的婚事，但最后也无可奈何地答应了。于连得到了贵族的身份和一份收入颇丰的地产，当上了贵族军官。到这时，于连的野心似乎是实现了。正当他志得意满之际，德·瑞那夫人的一封揭发信，把他的一切"成就"化为乌有。事实上，那封信虽出自德·瑞那夫人之手，但真正的作者却是教会。贵族阶级绝不允许平民蔑视和反抗他们的权威，在他向德·瑞那夫人开枪之后，自然要利用这个机会判处他极刑，于连成了统治阶级阴谋的牺牲品。他在法庭上发表演说，说他的犯罪并不在于开枪，而在于他突破了等级制度，他受严惩是必然的。

于连是波旁王朝复辟时期无权和受压的小资产阶级青年的典型形象。他的爱憎、追求和最后失败的命运，对于这一时期被排斥于政权之外的中下层资产阶级青年来说是典型的。于连对于使他这样的平民被剥夺了高升机会的现存制度是不满的，他本能地要反抗它。他缅怀拿破仑时代，如果在那个时代，像他这样有才干的青年一定会大显身手的。于连对现存制度的反抗，明显地带有阶级的性质。但是，他反抗的思想基础是个人主义的。他反对贵族阶级对平民的压迫虽是正义的，但他主要是谋求个人的出路，追求个人的飞升，没有明确的政治理想。这种个人主义的反抗者，其目标只是混入贵族的队伍，获取地位和财富，所以一旦个人的追求得到满足，就很容易同现实妥协。于连的反抗，虽然也多少反映了人民对现存制度的不满，但终因它的个人主义性质而失败。司汤达以深刻有力的笔锋真实地揭示了于连作为一个小资产阶级代表人物的反抗性、妥协性和动摇性。于连虽有对统治阶级的反抗意识与行动，但他终不是大革命时代的英雄。作家通过他的悲剧命运，表现了强烈的反复辟的思想。

《红与黑》是一部思想性和艺术性高度统一的现实主义杰作。司汤达善于从现实生活中抓取典型的材料，通过典型人物和典型环境的塑造，反映时代的本质特征。在《红与黑》中，他准确地抓住于连的心理特征。在那个时代，出身于那样的阶级，主人公的心理特征是相当典型的。

《红与黑》中也表现了司汤达高超的心理分析的技巧。在小说的中心人物于连形象的刻画过程中，司汤达进行了细致的心理描写，由于作家运用高超的心理描写技巧，使主人公形象刻画得丰满、鲜明、完整，大大地提高了人物的真实性。

《红与黑》是结构完整的典范。于连个人奋斗的历史是小说的主线和中心内容，在情节上没有枝蔓的干扰。在小说结构层次的安排上由小到大，由低到高，由外而内（由外省到政治中心巴黎），一切都显得严整清晰、井井有序，形成一个紧凑而严谨的整体。

司汤达的长篇小说不多，但仅《红与黑》和《帕尔玛修道院》这两部小说就足以使他跻身于最优秀的小说家之列。

第三节　巴尔扎克

一、生平和创作

1799 年 5 月 20 日，**奥诺雷·德·巴尔扎克**生于都尔市一个中产阶级之家。他的父亲出身农民，大革命和帝国时期靠自己的精明和钻营而发迹，成为一个资产者。

1814 年，巴尔扎克全家迁至巴黎。1816 年结束中学学业后，巴尔扎克根据家庭的安排开始攻读法律，同时还先后在诉讼代理人和公证人的事务所当见习生或书记。在这里，他看到了形形色色的案件，其中最多的是财产争端的案件。他开始了解到社会黑暗腐败的一些内幕。从 1821 年起，他和一些不知名的作者合作写了许多幻想和冒险小说，主要是为了迎合资产阶级读者的口味和达到赚钱的目的。1825 年，他决定当一个出版家，结果负债甚多，接着又决定开办印刷厂、铸造铅字，也以赔本大亏告终，前后欠债达 6 万法郎。这笔巨债拖累了他一生。

经商失败后，巴尔扎克又回到文学上来。他用两年时间创作了一部以大革命时期布勒塔涅地方封建势力掀起武装叛乱反对共和国为题材的小说《舒昂党人》（1829）。这部小说用真名发表。《舒昂党人》被社会承认后，巴尔扎克便全力投入创作。他开始描写当代生活，写作速度快得惊人。在 30 年代初，他创作了很多小说，其中有不少优秀作品。短篇小说《高利贷者》（1830）和长篇小说《驴皮记》（1831）的发表，使他成了颇有名气的作家，而《夏倍上校》（1832）、《欧仁妮·葛朗台》（1833）和《高老头》（1834）等杰作的发表，使他成为名震遐迩的大作家。

巴尔扎克的世界观是复杂的、充满矛盾的，他的政治观点和阶级爱憎也是复杂的。他出身于普通资产阶级家庭。父亲是革命时代的发迹者，又因王朝复辟而衰败。这样的出身，使他本能地不满复辟王朝。他对七月革命是欢迎的，但革命后的现实使他失望。金融资产阶级的垄断统治，对中小资产阶级的排挤和损害，对工农群众的打击，都使巴尔扎克严重不满。他接受了某些贵族思想家的王权和天主教合一治国的政治主张，于 30 年代初加入了保王党。

事实上，巴尔扎克和那些力图使旧制度复辟的贵族保王党人完全不同。他虽然参加了保王党，但他的中小资产阶级的立场并未改变。他是为了反对自己的主要敌人——金融资产阶级统治下的七月王朝政权，而去同保王党人联合的。这里面起作用的有他的攀援名贵的虚荣心，有贵族们对他的拉拢，也有他对贵族人物在想象中的某种美化——他总觉得贵族中有一些高尚的人物，在道德上高于资产阶级，更有他从重振国威、复兴社会的动机出发的政治主张。但是，巴尔扎克所主张的君主政体，绝不是过去时代的那种专制残暴的集权政治。他所主张的是一种实行仁政、发展工商业、能考虑到中小资产阶级利益的政权，实际上是一种君主立宪的政体。关于这个政权的作用，他在小说《乡村医生》中有很好的说明。

巴尔扎克的全部思想，他的爱与憎，理想与幻想，他的深刻的矛盾，都明显地反映在他的文学创作中。

1833 年夏，在《欧仁妮·葛朗台》和《高老头》问世之前，巴尔扎克就已产生了要把自《舒昂党人》以来的作品联成一套的想法。1834—1835 年，他在《十九世纪风俗研究》的总标题下出版了多卷小说集，最后定名为《人间喜剧》。1842 年，巴尔扎克发表了《人间喜剧·导言》，全面地阐述了他创作这部文学巨著的宗旨，也系统地阐发了他的现实主义观点，立意要写出一部艺术的历史，主要是要写一部风俗史，目的是用小说进行社会研究，研究产生各种"社会现象的多种原因或一种原因，寻出隐藏在广大的人物、热情和事故里面的意义"。

1845 年，巴尔扎克写了《人间喜剧总目》，他把《人间喜剧》分为三大部分：《风俗研究》、《哲理研究》、《分析研究》。其中最重要和最丰富的是《风俗研究》，它下面又分为六个"场景"：

第一，私人生活场景，著名的有《夏倍上校》、《高利贷者》、《高老头》、《三十岁的女人》（1831—1834）等。

第二，外省生活场景，著名的有《欧仁妮·葛朗台》、《幽谷百合》（1835）、《于絮尔·弥罗埃》（1841）、《幻灭》（1837—1843）等。

第三，巴黎生活场景，著名的有《纽沁根银行》（1838）、《塞查·皮罗多盛衰记》（1837）、《交际花盛衰记》（1838—1847）。后来写的《贝姨》（1846）和《邦斯舅舅》（1847）也属于这一类。

第四，政治生活场景，包括《一桩无头公案》（1841）、《阿尔西的议员》（1847，未完成）等。

第五，军旅生活场景，主要的作品是《舒昂党人》、《沙漠里的爱情》（1830）。

第六，乡村生活场景，已问世的有《乡村医生》（1833）、《村里的神甫》（1839）、《农民》（1844）。

《哲理研究》和《分析研究》都未分类。前者重要的有《驴皮记》、《绝对之探求》（1834）、《不为人知的杰作》（1832）等。后者只完成了随笔集：《婚姻生理学》（1829）和《夫妇纠纷》。

巴尔扎克原计划写 140～150 部作品，但只完成了 90 余部。他的写作生活十分紧张艰苦，每天工作 12～18 小时。20 年紧张的写作生活，像牛马一样的艰苦劳动，摧残了他那魁梧健壮的身体，使他终于过早地离开了人世。1850 年，他去世时刚过 51 岁。

在巴尔扎克的葬礼上，雨果致了悼词，对巴尔扎克作了评价。他说："在最伟大的人物中间，巴尔扎克是第一等的一个；在最优秀的人物中间，巴尔扎克是最高的一个。"

《人间喜剧》是一部内容十分丰富的"风俗史"。它通过生动的艺术形象，相当精确地记录了 19 世纪前半叶法国的社会生活。《人间喜剧》中总共有 2 400 多个人物，一些重要的人物在不同的作品中出现过多次。他们栩栩如生，给人们留下了深刻的印象。通过他们的活动，复辟王朝时期和七月王朝时期的法国社会便异常生动地展现在读者面前。这个历史时期的基本特点是贵族的逐渐衰亡和资产阶级暴发户的日益得势。巴尔扎克对社会曾做过细致的观察与研究。他深知统治社会的动力是金钱。他在《欧仁妮·葛朗台》里指出："金钱控制法律，控制政治，控制风俗到了前所未有的程度。"金钱也控制了个人的生活，导致了各种阴谋犯罪和道德堕落。"金钱的原则"使得爱情、友谊、家庭遭到腐蚀和破坏，使人与人之间的关系变成了赤裸裸的现金交易。在巴尔扎克之前，从来没有一个作家对金钱的罪恶认识得如此深刻。在《欧仁妮·葛朗台》中，巴尔扎克叙述了一个金钱造成家庭悲剧的故事。老葛朗台是外省的一个靠商业投机发了大财的暴发户，是一个为了追逐金钱而丧失了一切人性的家伙。他爱钱如命，极度的贪婪和吝啬使他竟干出侵占女儿财产的勾当。

在《人间喜剧》中，巴尔扎克揭露了金融资产阶级的肮脏的发家史。他们都是通过罪恶的掠夺才成为"生活的主人"的。作家塑造了一系列金融资产阶级的典型形象，这里有银行家、金融投机家、高利贷者，他们是 19 世纪上半叶法国金钱势力的体现者。

在《高利贷者》中，他塑造了一个早期的高利贷者高卜赛克的形象。高卜赛克是个干瘪的老头子，住在一所寒酸的房子里，外表也很寒伧，但因拥有大量钱财，自称是"无人知晓的国王"和人们"命运的主宰"。他靠放高利贷发了大财。高卜赛克是一个铁石心肠的吸血鬼，没有任何信仰和道德，只相信金钱，成了金钱势力的丑恶化身。

《欧仁妮·葛朗台》中的老葛朗台要比高卜赛克高明。他原是个箍桶匠，大革命时期靠投机成了暴发户。他靠种植葡萄和酿酒，放高利贷，搞商业投机和公债投机发了大财。他吝啬，喜欢贮存货币，但他已经深知"债券是一种商品"，在必要的时候便毫不犹豫地抛出黄金，买进公债，等待涨价时再抛出。他精通投机之道，致使他的财产迅速膨胀，到他死时，已经达到了 1 700 万法郎。

银行家纽沁根是比葛朗台更新型的人物，他是金融资产阶级的典型（《纽沁根银行》）。通过正常的银行业务来赚钱，已经不能满足他的贪欲。他绝不把金子看住，对资金周转的作用理解最深，但他根本不想老老实实地做生意。他使用假倒闭停止支付的办法使无数的存户上了他的当。而他则利用银行的存款大搞买空卖空的投机活动，发了大财。纽沁根就是靠这种制造他人破产的血腥办法而发家的。他具有更大的投机性、掠夺性和冒险性。在生活方式上，他非但不装穷，反而尽量炫耀财富，极尽奢侈豪华之能事，以此骗取存户的信任。他在生活上荒淫无耻，腐朽透顶，毫无道德可言。纽沁根是最早出现的现代金融资产阶级的典型形象。

金融资产阶级的力量不仅仅表现在经济上，他们有了经济实力也就有了左右政治的本钱。老式的剥削者高卜赛克当年就曾得意地说过："我有的是钱，那些左右大臣的人物，我可以收买他们的良心。"金钱也使新闻出版界和文艺成了它的仆从。在《幻灭》中，巴尔扎克通过外省青年吕西安的堕落和陷入新闻界泥潭的经历，深刻地揭露了新闻界是个"不法、欺骗和变节的地狱，贩卖思想的妓院"。

巴尔扎克深刻地指出，堕落的不是个别阶层的个别人，严重的是整个社会都笼罩在金钱至上所造成的腐败毒雾之中。在著名小说《夏倍上校》中，作家展示了一个道德沦丧的实例。妻子不但霸占了丈夫的财产，还拒绝承认他是丈夫。巴尔扎克认为人性之所以堕落，人与人之间之所以冷酷无情，社会道德之所以败坏，原因就在于金钱腐蚀了人的灵魂。资产阶级之所以能战胜贵族，也是因为金钱的力量。

巴尔扎克对资产阶级暴发户深恶痛绝，对他们不遗余力地加以鞭挞。他对贵族阶级抱有同情，并把自己的道德理想寄托在他们身上。在《禁治产》（1835）中，他描写了埃斯巴侯爵的故事。他是个世代簪缨的贵族，有一笔很大的产业。他从家庭旧信中得知他的祖先在300 年前用不正当手段吞并了一家商人的产业。埃斯巴决定替祖宗赎罪。他找到了商人的后代，把 110 万法郎还给了他们。他自己过着俭朴的生活。巴尔扎克称他是"超凡入圣的贵族"。在《古物陈列室》里，巴尔扎克描写了复辟王朝时期一个外省城市贵族集团与资产阶级集团之间的斗争。侯爵自恃门第高贵，蔑视资产阶级，但最后不得不同意与资产阶级联姻，才使这个古老家族免于破产。巴尔扎克尽管同情贵族，但他清醒地看到了这个阶级已经没落，在资产阶级暴发户金钱势力的逼攻之下节节败退，正在走向衰亡。

《人间喜剧》中也反映了巴尔扎克对人民的矛盾态度。他不承认劳动人民有执政的能力，但是也看到了真正美好的品德蕴藏于人民群众之中。巴尔扎克笔下的劳动人民一般都具有诚恳、朴实、舍己为人的好品德，他们同贵族阶级与资产阶级的虚荣和自私自利形成鲜明的对照。

巴尔扎克在他的创作中还以明确的赞赏态度描绘了共和党人的形象，把他们写成当时最优秀的人物。

《人间喜剧》是文学史上的一座丰碑。它规模宏伟，内容极为丰富，是一部百科全书式的文学巨著。

巴尔扎克所反映的生活画面极其广阔。在他的《人间喜剧》中，当时各个阶层和社会的各个领域甚至各个角落的生活都在不同程度上得到了反映。但是，巴尔扎克的成就不仅仅在于他的创作具有百科全书式的规模，而在于他把小说创作提高到社会研究的高度上。他在创作的时候，把作家、社会学家、经济学家、历史学家、科学家和哲学家的职能融为一体，观察、研究、分析各种社会现象，努力挖掘这些现象所隐含的深刻意义。由于巴尔扎克具有这种深刻的认识和力图把握社会脉搏的自觉性，他才能准确地找到当代生活的最基本的特点——金钱统治，金钱高于一切。基于这种认识，他才做到了透过贵族显赫的表面现象写出他们逐渐被日益得势的资产阶级排挤出历史舞台的实情。在巴尔扎克的创作中，艺术的真实性和历史的真实性是高度统一起来的。

巴尔扎克创作的显著特点之一，是他塑造了典型环境中的典型人物。他在《人间喜剧·前言》中曾指出："不仅仅是人物，就是生活上的主要事件，也用典型表达出来。"为了更真实地再现生活面貌和塑造典型的人物，巴尔扎克喜欢细致准确地描写环境，无论是物质的环境还是行动于这个环境中的人，都力图达到真实、准确。

巴尔扎克是世界文学史上最伟大的现实主义作家之一，而且，是"最深刻意义上的现实主义者"。尽管有时他也不回避使用夸张、虚构以及情节离奇曲折等浪漫主义作家喜用的手法，但这些都只是为了更集中地反映出事物的本质和创造出现实主义的典型。

二、《高老头》

长篇小说《高老头》是巴尔扎克的代表作之一，在《人间喜剧》中占有重要地位，通常被称为《人间喜剧》的"序幕"。

《高老头》的故事发生在1819年年底和1820年年初，地点是巴黎的一所下等公寓和上流社会的沙龙。伏盖公寓里住着三教九流、各式各样的人物。他们当中有帝国军官的寡妇，有被大资本家父亲遗弃的孤女，有退休的商人，有外省来京城求学的穷大学生，还有小公务员和老处女，背景十分复杂。这些人当中有的人同上流社会有关系，有的甚至同黑社会有瓜葛。表面上这些人彼此之间除同桌吃饭外毫不相干，可是谁会想到在这一小群人中间竟出现了那么多骇人听闻的事件，暴露出那么尖锐而复杂的社会矛盾呢！

小说以拉斯蒂涅和高老头两个人物基本平行又互相交叉的故事为主线，同时穿插着强盗伏脱冷和鲍赛昂夫人的故事，通过对巴黎贵族资产阶级社会日常平凡的但同时又是激荡着波涛的生活的描写，展示了复辟王朝时期法国社会的真实图画。

复辟王朝时期，政治统治权掌握在贵族阶级复辟势力手里。但是社会性质改变了，贵族们尽管极力炫耀自己的"高贵"，摆出辉煌的气派，但那不过是回光返照而已。资产阶级的金钱势力日益壮大。金钱成了人间真正的上帝。金钱势力渗透到社会深处的过程是十分残酷的，造成无数的社会罪恶和血与泪的悲剧。巴尔扎克在《高老头》中形象地反映了贵族阶级被资产阶级暴发户击败、走向衰亡的历史真相。

拉斯蒂涅出身于南方破落贵族家庭，来到巴黎求学，开始还想通过勤奋读书求得发迹，但巴黎的花花世界很快腐蚀了他。他产生了急于爬上去的欲望。为了投身上流社会，他意欲征服几个可以做他后台的妇女，通过这种捷径尽早敲开名利之门。他从姑母处得知有一个远房亲戚鲍赛昂夫人是巴黎上流社会的重要人物。他接上了这个关系，登门拜访。当时正值鲍赛昂夫人情场失意，心中烦恼，便对正在寻求发财门路的穷亲戚说了一席话："唉，拉斯蒂涅先生，你得以牙还牙地去对付这个社会。你想成功吗？我帮你……你越没心肝，就越高升得快。你得毫不留情地打击人家，叫人家怕你。只能把男男女女当作驿马，把它们骑得筋疲力尽，到了站上丢下来，这样你就能达到欲望的最高峰。"鲍赛昂夫人教他去追求银行家纽沁根的太太丹斐纳，以此作为向上爬的跳板。鲍赛昂夫人给他上了一次重要的人生学课程，成为他投身于上流社会的第一个指路人。

房客伏脱冷对他的情况了解得一清二楚，便找到机会对他说服和指点，以便加以利用。他对拉斯蒂涅说："你知道巴黎人是怎样打出路来的？不是靠天才，就是靠腐败……清白诚实是一无用处的……要弄大钱，就该大刀阔斧地干，要不就完事大吉……人生就是这么回事，跟厨房一样腥臭。要捞油水就不能怕弄脏手，只消事后洗干净；今日所谓道德，不过是这一点。"伏脱冷向拉斯蒂涅提出一个最简便的发财方法：去追求被银行家泰伊番遗弃的女儿维多莉小姐，再由伏脱冷找人杀死泰伊番的儿子，这样，维多莉就成了巨大财产的继承人。伏脱冷的条件是拉斯蒂涅从维多莉的陪嫁中拿出 20 万法郎给他。这个谋财害命的血腥计划着实可怕，拉斯蒂涅怀着恐惧的心情拒绝了。

尽管拉斯蒂涅一时还不敢接受伏脱冷的计划，但已把他的话深深地记在心里了。在拉斯蒂涅人生道路上，伏脱冷成了他第二个导师。

拉斯蒂涅跟纽沁根太太一起鬼混，过起放荡的、花天酒地的生活。他还时常参加赌博，钱包时而装满，时而倒空，发财致富的强烈愿望渐渐地淹没了良心的呼声。当他发现纽沁根太太根本不能控制丈夫，眼看自己没有钱，前途渺茫，就顾不得良心的呼声而想到伏脱冷的那个计划，开始甜言蜜语地勾引起维多莉来。放荡挥霍的生活使他欠了债，他冒险从伏脱冷手中借了 3 000 法郎，迅速向罪恶的深渊滑去。正在这时，金钱所造成的新的灾难和罪恶接连在他眼皮底下发生了。伏脱冷以为执行他罪恶计划的时机已经成熟，就指使人杀死了维多莉的哥哥，可是紧接着他自己被人出卖，在伏盖公寓被警察逮捕。

惊心动魄的变故接二连三地发生了。高老头的两个女儿跑来向父亲述说她们的财产被丈夫夺去，并在父亲面前互相责骂。高老头急得号啕大哭，昏了过去。雷斯托伯爵夫人接着又两次来向父亲要钱，逼得高老头卖掉了餐具，押掉了自己的饭费——终身年金。女儿的行为使已经中风的高老头再也没有康复的希望。与此同时，鲍赛昂夫人——一个天潢贵胄、蒲高涅王室的最后一个女儿，由于情人看中了一个资产阶级小姐的巨额陪嫁而被抛弃，不得不泪眼晶莹地向巴黎告别，到乡下去隐居。无数的人怀着虚假的友情前来告别，更显出社会之残酷。鲍赛昂夫人情场失意的根本原因在于门第敌不过资产阶级的金钱，金钱的力量打败了贵族。金钱决定一切，也决定爱情，人与人之间是冷酷无情的金钱利害关系。这一切，拉斯蒂涅都看在眼里。

奄奄一息的高老头，焦急地等待着见两个女儿一面，但是她们谁也不来。最后他像一条狗似的孤单地死在公寓。高老头的死使拉斯蒂涅更进一步看到了人类高尚情感和道德被金钱践踏的事实，最后完成了拉斯蒂涅的社会教育。他决意抛弃一切道德观念，自甘堕落了。

办完了高老头的丧事，拉斯蒂涅一个人站在公墓的高处远眺巴黎。他的欲火炎炎的眼睛停留在上流社会的区域，"气概非凡地"说了一句："现在咱们俩来拼一拼吧！"这就是说，他下定决心，要在上流社会混下去，并且猛干一番。拉斯蒂涅后来又在不少作品中出现，最后他爬了上去，大搞交易所投机，还当上了副国务秘书、贵族院议员，并被封为伯爵。

高老头是个旧式的商人。他病危期间，苦等女儿不来，悲痛之余大声呼叫："我要抗议！把父亲踩在脚下，国家不要亡了吗？这是很明白的。社会、世界，都是靠父道做轴心的；女儿不孝父亲，不要天翻地覆了吗？"这些话说明，在他的头脑里，还有着十分浓厚的封建宗法观念。对于他，父女感情、亲子之爱是最重要的。可是他的两个女儿的世界观是典型的资产阶级的，根本没有宗法制的家庭观念和道德情操，一心只顾自己玩乐，即使踏着父亲的尸体也不在乎。所以，高老头的死有它的必然性。

伏脱冷是一个受通缉的苦役犯，隐姓埋名住在伏盖公寓。他外表随和，心里却冷酷无情，是个杀人不眨眼的家伙。他老于世故，深知社会底里。他认为社会里的人正如瓶里的蜘蛛，互相吞咬。伏脱冷虽然痛快淋漓地咒骂了社会的种种罪恶，但绝不是出于正义的目的。他猛烈反抗社会，只是为了自己取而代之。实际上他是另一种类型的掠夺者，是另一种类型的野心家。他与纽沁根、泰伊番的区别，就在于后者是合法的强盗，而他是非法的强盗。只要有机会，这种人也会变成合法的强盗。巴尔扎克在后来所写的好几部作品中写到他。他被捕后，又逃掉了，逃到西班牙后又化装成神父返回法国，干引诱青年堕落的行当，还当上了巴黎警察厅的副处长和处长。

小说中鲍赛昂夫人的命运，鲜明地反映了贵族阶级的没落。她出身高贵，又是巴黎上流社会的"王后"。谁要能跨进她的客厅，就等于得到了一张可以在上流社会通行无阻的通行证。在王朝复辟贵族得势的条件下，真可谓趾高气扬，不可一世。她自恃门第高贵，看不起资产阶级妇女，对资产阶级的俗气充满了鄙夷和蔑视。值得玩味的是，她对拉斯蒂涅的"教导"恰恰是资产阶级式的。事实上，此时贵族们的显赫纯属表面现象，失败的命运在等待着他们。鲍赛昂夫人的显赫门第，也经不起金钱势力的冲击，一个昨天才兴盛起来的资产阶级家庭，靠着他们雄厚的金钱势力，不费气力地战胜了她。鲍赛昂夫人被资产阶级打败，说明不是门第高于一切，而是金钱高于一切。鲍赛昂夫人成了弃妇。她的失败，是贵族衰落和资产阶级得势的一个典型例子。

长篇小说《高老头》深刻地反映了复辟王朝时期法国社会的特点，集中地揭露了金钱统治一切的罪恶，以及贵族被资产阶级金钱势力战胜而走向衰亡的历史趋势。贵族的式微和资产阶级化，是贵族衰亡的两种表现形式。

《高老头》在艺术上有很高的成就，它非常充分地反映了巴尔扎克的创作原则和风格。而塑造典型环境中的典型人物，是巴尔扎克现实主义艺术的最突出的特征。

巴尔扎克写的是"风俗史"，尤其注意塑造典型的人物形象。他对典型有着非常正确的看法，认为典型的塑造必须表现出某类人物"最鲜明的性格特征"。为此，必须做到对现实关系有深刻的了解，把握住时代阶级的特征与人物的本质，并通过人物的个性化，塑造出真实的、有血有肉的典型形象来。巴尔扎克笔下的形形色色的贵族和资产阶级男女，即使是性格与思想最相近的人物，也都是个性化的，彼此间有着不能混淆的差别。纽沁根、泰伊番自然和葛朗台不同。他们之间也有差异，泰伊番凶狠毒辣，有杀人的记录，而纽沁根则带有流氓气。高老头的两个女儿也各自不同。

作为一个现实主义艺术家，巴尔扎克对社会环境对人的思想和性格的影响有着深刻的认识。他的典型人物永远是被安排在特定的典型环境之中的。《高老头》中的人物活动的环境，无论是上等社会的贵族客厅，也无论是贫民区的伏盖公寓，无论是它们的物质方面，也无论是它们的人群环境，都富有社会的和时代的特色。

《高老头》也是用简练笔法写出丰富社会内容的典范。

第四节　狄更斯

一、生平和创作

查尔斯·狄更斯（1812—1870）是 19 世纪英国伟大的小说家，是欧洲批判现实主义的主要代表之一。

狄更斯生于朴特西地区的兰德波特。父亲是海军军需处的职员，因为贪杯挥霍而负债累累，被关进债务人监狱。不久，全家也住了进去。为了家庭生计，狄更斯 12 岁就到一家皮鞋油作坊当学徒。狄更斯受教育不多，主要靠自学和丰富的阅历获得广博的知识。他当过法律事务所的练习生，后来当了新闻记者，这个职业使他有机会深入地了解社会，也锻炼了写作能力。

狄更斯于1833年开始文学创作，开头是写随笔，后来改写小说。第一部有名的小说是《匹克威克外传》（1836—1837），写天真的资产者匹克威克和他的三个朋友在英国的游历。匹克威克由于不谙世事，闹出了很多笑话。小说以讽刺幽默的手法对种种不合理和荒诞的社会现象进行温和的批评。在狄更斯的时代，英国资本主义的发展带来了大批小资产阶级的贫困破产和无产阶级的赤贫化，加之封建残余严重，英国的社会矛盾十分尖锐。狄更斯在他早期的创作中，就接触了尖锐的社会问题。他的小说《奥列佛·特维斯特》（1838）描写儿童们在济贫院之类的慈善机构里所受到的摧残和陷入黑社会之后的悲惨命运。长篇小说《尼古拉斯·尼克尔贝》揭露了资产阶级的贪婪和教育制度的黑暗。著名小说《老古玩店》（1840—1841）反映了中小资产阶级遭到破产的情况。书中高利贷者奎尔普被描写成一个恶魔般的人物。孤儿小耐儿和他外公被逐出店门，在偏僻乡野流浪，先后死去。但总的说来，狄更斯早期作品的基调是乐观的。他虽然对社会许多丑恶现象作了揭露，但他把这些现象看成个别的、偶然的，对造成社会罪恶的根源缺乏深刻认识，批评是温和的，受苦的小人物最终得到善良的资产者的救助而摆脱了苦难。狄更斯早期作品的幽默风格带有较重的感情色彩。

40年代是狄更斯创作的中期。1842年，他访问了美国，受到盛大欢迎。但他对美国社会的弊病不能视而不见。在随笔《游美札记》（1842）中，他揭露了美国许多阴暗面。在长篇小说《马丁·瞿述伟》（1844）中，狄更斯描写了资本主义社会人与人之间赤裸裸的金钱关系。

《董贝父子》（1848）是狄更斯的一部重要作品。董贝是一个傲慢、冷酷的资本家。他把自己从事海外贸易的公司视为世界的中心，他认为他妻子的用处在于给他生一个继承人。他不承认人与人之间除了现金交易之外还有别的关系。

1849年开始发表的长篇小说《大卫·科波菲尔》是狄更斯最喜爱的作品，有一定的自传性。大卫是个孤儿，童年和少年时代经历了很多痛苦，长大后成为一名作家。小说通过大卫的坎坷经历展示了19世纪中期英国社会的广阔画面。英国社会的许多黑暗现象，如教育制度的腐败，残酷的童工剥削，坏蛋、骗子的横行不法，以及富有者、权势者的为所欲为和贫苦人民备受欺凌压迫的状况，都在小说中得到了生动的反映。

狄更斯在40年代对社会的批判有所深入。他塑造了一系列有典型意义的资产阶级代表人物的形象，早期创作中的仁慈资产者的形象基本消失。但他仍坚信通过道德感化来改造社会的人道主义理想。

50年代和60年代是狄更斯创作的后期即高峰时期。40年代末欧洲大陆的革命运动相继失败，英国的宪章运动也走向衰落。这时期的英国资本主义有了更大的发展，经济上呈现繁荣景象，但实际上只是将尖锐的社会矛盾掩盖起来了。社会矛盾，特别是政治的腐败和人民的贫困，意味着深刻的危机。狄更斯一贯关心社会问题。此时对国家的前途十分忧虑。从50年代起，他开始转入揭露政治制度的题材。长篇小说《荒凉山庄》（1853）是一部画面广阔、情节复杂的巨著。小说揭露了英国法律系统的黑暗，对法庭的黑幕和整个庞大的司法系统的腐朽进行了猛烈的抨击。小说还批判了包括议会在内的整个社会政治制度。《小杜丽》（1857）也是一部揭露政治机构腐败的作品。小说中有个名为"繁文缛节局"的机构，它的拖拉、因循守旧、官僚主义和敷衍塞责作风令人咋舌。

描写劳资矛盾与对立的小说《艰难时世》（1854）的问世，反映了狄更斯对现代社会主要问题的关注。作家用漫画式的手法塑造了商业资本家、"教育家"葛雷戈赖因和工厂主梆得贝的形象。工人中对罢工的不同态度，是宪章运动中暴力派与道德派矛盾斗争的反映。工人斯蒂芬的形象反映了狄更斯对非暴力派工人的偏爱，体现了他的阶级调和思想。

对国家的命运以及对革命和社会问题的深入思考，催生了狄更斯的优秀小说《双城记》（1859）。这部作品对于说明狄更斯人道主义的两重性具有典型意义。

《双城记》之后的另一杰作是《远大前程》（1861）。上流社会的生活突然降临到乡下少年匹普的头上，在他面前展现了"远大前程"。他要到伦敦去受上等人的教育，过上等人的生活。那将会促进他与所爱姑娘埃斯代拉的结合。但是很快，这个"远大前程"又消失了。他的保护人根本不是他所想的那位古怪的贵妇人哈维舍姆，而是一个逃犯。狄更斯写一个贫苦少年的远大前程注定幻灭，明显包含社会批判成分。这部小说被认为是狄更斯最成熟的作品之一。

狄更斯逝世于1870年夏。

狄更斯是19世纪欧洲现实主义文学的杰出代表之一。不少作家也给予了他很高的评价，特别称赞他后期的作品，但也有一些作家对他以独特的手法创造的人物不以为然。其实，狄更斯之所以是狄更斯，就在于他自己的独特性。

二、《双城记》

历史小说《双城记》（1859）是狄更斯最重要的作品之一，在反映作家的人道主义思想特点上有代表性。这部小说还突出地反映了作家对国家前途的深入思考。

狄更斯一贯关心社会问题。英国深刻的社会矛盾并未因宪章运动沉寂下来而得到解决。到了50年代，他认识到，英国社会矛盾如此之深，如果再不进行改革，被压迫的劳动人民就会铤而走险，造成巨大的社会动荡或破坏。作家通过他的《双城记》向统治者发出警告，要他们吸取历史教训，改善人民处境，以避免法国那场"可怕的大火"在英国发生。所以，《双城记》是一部殷鉴式的作品。

《双城记》写的是法国革命前正直的医生马奈特和一家农民遭贵族厄吾瑞蒙德侯爵兄弟残害的故事。马奈特医生的悲惨经历构成了小说的基本情节线索，同这条线索紧密交织的是农民后代苔瑞斯（德伐石太太）等苦主向贵族复仇的故事。

在《双城记》里，狄更斯真实地描写了法国革命前贵族统治阶级的凶残、暴虐和腐朽，深刻揭示了封建贵族与广大人民之间的尖锐矛盾。政府滥发纸币，杀戮无辜，人民生活在水深火热之中。厄吾瑞蒙德侯爵兄弟，尤其是其中的弟弟，集中体现了封建贵族的罪恶。正是他，弄得农民一家家破人亡，并使医生下狱 18 年之久，医生妻子死去。他的马车在贫民区横冲直撞，轧死贫民加斯帕的孩子，他扔出一枚金币就扬长而去。狄更斯指出，人民的愤怒是普遍的，他们对贵族压迫者怀着深仇大恨。狄更斯通过这样一些典型事例证明了，人民拿起武器进行革命，完全是统治阶级逼出来的。他绘声绘色地描写了 1789 年 7 月起义中群众攻打巴士底狱的壮烈情景，以及人们处死敌人的激烈场面。革命烈火烧到农村时，人民烧毁贵族府邸，逮捕贵族和他们的代理人。作家基本上正确描述了爆发革命的社会原因，以及人民群众在革命中的巨大威势。

但是他又从人道主义立场出发，反对人民采取过度的暴力手段。他将革命过程中的残酷阶级斗争写成暴乱行动，将革命中的中坚分子写成毫无理性、只求嗜血复仇的暴徒。他在《双城记》中尽力渲染革命暴力的残酷。群众发疯似的大开杀戒，一辆辆囚车轰隆隆地驶向断头台。群众由于疯狂的仇恨而丧失理性，使一些不该杀的人成为了刀下鬼。

在狄更斯笔下，革命者尽是一些走极端的、激烈的复仇者。小说中的主要人物德伐石夫妇就是这样的人。本来，德伐石太太是个苦主，反动贵族使得她家破人亡，她的仇恨和复仇行动本是正常的。但狄更斯从自己的人道主义观点出发，把她写成一个可怕的嗜血怪物，她全身从上到下都充满杀人的欲望。她每次出现，都散发出不祥的气氛。为了突出她的恶煞性格，狄更斯还描写了她用尖刀割下人头的令人毛骨悚然的镜头。她不但要杀死查理，还要杀死路希和她的女儿。由于对这类革命者的反感，狄更斯安排她最后未得好死的结局。总之，从《双城记》对贵族统治阶级残害人民的揭露和对革命人民暴力斗争的谴责中，可以清楚地看出狄更斯人道主义的双重性。

《双城记》中，狄更斯赞赏的人物是马奈特医生、查理和卡尔登这样的人。马奈特医生正直高尚，拒绝侯爵的利诱，冒着危险为受害者伸张正义，向朝廷揭发罪恶，为此被"活埋"了 18 年。为了和狭隘的复仇者作对照，狄更斯突出他的善良和宽宏。狄更斯通过这个人物，表现了自己仁慈、宽恕和博爱的道德理想。医生的女儿路希是爱和温情的化身，通过她的爱和温情的"金线"，各个阶级"互相融合"，和睦相爱。查理也是一个正直善良的人，有同马奈特医生相似的品德，只是他来自敌对阶级。他看到了本阶级的罪恶造成了人民的不满，因而放弃了贵族特权和财产，背叛了他出身的阶级，走自食其力的道路。狄更斯通过查理这一形象给统治阶级指出一条自新之路。但狄更斯在小说中又写走上自新之路的查理未能见容于革命阶级，甚至被判处死刑。

"怪人"卡尔登是一个很有才干的英国青年，禀性正直，但性格忧郁古怪，同英国资产阶级的利己主义氛围格格不入。他深深地爱着路希，最后为了成全所爱人的幸福，大义捐躯。卡尔登替友赴死，达到了人道主义的极致，这也正是狄更斯严厉谴责革命暴力的地方。

《双城记》在艺术上的特色十分突出。它是一部现实主义作品。小说真实地再现了法国大革命前阶级矛盾十分尖锐以及英国社会危机四伏的状况。在描写法国大革命的章节里，总的来说，是真实地再现了那次人民大革命汹涌澎湃、充满血与火的斗争。但是，作家并不拘泥于冷静客观的描写，而是充满一种显而易见的激情，对于所描写的对象都带着自己的褒与贬和爱与憎。作者的叙述在不少地方带有讽刺，有时这种讽刺是辛辣的，但都包藏在平淡的叙述中，如对侯爵生活起居的描写就是这样。

《双城记》的另一突出特点，是它的神秘幻想成分和象征隐喻手法。小说第一部《复活》中的几章就带有某种朦胧性和神秘性。开始是神秘的邮车，神秘的旅客，旅客互相猜疑，旅客和卫士也互相猜疑，神秘的送信人，神秘的口信——"复活了"。劳雷和路希的对话以及到酒铺顶楼上同"鞋匠"会面，全都带有某种朦胧性。劳雷只是含糊地向路希讲述了她父亲长期被监禁，如今他"已经被找出来了。他活着"，"已经被接出来"，但是对马奈特医生是怎样进监狱的，并未加以说明。事情的来龙去脉，要等到小说的最后才能揭晓。

"鞋匠"被送往英国。第二部开始，已经是五年之后。英国法庭对查理·达尔奈的审判，爵爷下乡，被人跟踪并遭暗杀等情节，仍然充满神秘色彩。特别是写侯爵被暗杀的第九章"戈尔贡的头"，作者对暗杀不作正面叙述，而是用隐喻的笔法暗示了侯爵被杀的事实。这一章的浪漫主义色彩十分突出，开头是阴森的黑夜，只是说"戈尔贡昨夜又来踏勘过这建筑物，添上这一幅不可少的石脸"，还补上一个石体心窝上用刀插着的一张纸，上面写着"送他早进坟墓。雅克"。这种不明写而只暗示的写法，明显带有浪漫主义的特征。

《双城记》中隐喻的形象和词语很多，如"活埋"、"复活"、"戈尔贡的头"、"金线"、"编织"、"回响的足音"等，各自都隐喻着一种含义。

狄更斯认为，某些场面用象征性的形象会产生更好的艺术效果。所以他在《双城记》里以强烈的色彩描写了鲜艳的红色和狂暴的自然现象，这些色彩和形象是作为作品的基调出现的，带有明显的象征性，预示着一场大流血即将发生。

小说故事比较复杂，三个故事紧密地交织在一起，但最后都得到了充分的描述。作家有时使用悬念手法，隐而不露，直到最后才用回溯的手法给予彻底的交代，如医生的陷狱和农民家深仇大恨的缘由，等等。整部小说的布局显得繁而不乱，既严密又简练。

第五节　果戈理

一、生平和创作

果戈理（1809—1852）是俄国杰出的讽刺作家，俄国批判现实主义文学的奠基人。

果戈理出身于乌克兰地主家庭。他从小就喜爱乌克兰的民间故事和歌谣。中学毕业后，怀着干一番事业的志向赴彼得堡，结果到处碰壁，只当上了一名小公务员。强烈的文学兴趣使他坚定地走上了文学创作的道路。

1831 年果戈理结识普希金，出版短篇故事集《狄康卡近乡夜话》两集（1831，1832）获得成功。这部充满浓郁乡土气息、诗情与幽默的作品，发表后大受读者欢迎。

1835 年，果戈理发表了两部中篇小说集《密尔格罗德》和《短篇集》，更鲜明地反映了作者卓越的幽默和讽刺才能。《密尔格罗德》中的《旧式地主》和《两个伊凡吵架的故事》，是引起"含泪的笑"的著名作品。前者描写了一对善良的地主老夫妻的生活。他们生活的主要内容是从清晨到深夜不停地把猪油饼、蘑菇、鱼、汤、梨煮稀饭、果馅包等各种食品送进自己的肚子。后一篇小说写的是两个都叫伊凡的好友反目成仇的故事。两人原先十分要好，但是有一天，一个伊凡骂了另一个伊凡一声"公鹅"，以致彼此翻脸，竟打了一辈子官司。在这两部小说里，果戈理把农奴制度下地主们的空虚、愚蠢和寄生性揭露得淋漓尽致。别林斯基说，果戈理的每一篇小说"都是以愚蠢开始，接着是愚蠢，最后以眼泪收场"。这是一种"含泪的笑"。果戈理《密尔格罗德》中还有一篇描写 16 世纪哥萨克反对波兰统治的小说《塔拉斯·布尔巴》。这篇小说歌颂了乌克兰人祖先的英雄主义精神。

《短篇集》中有《涅瓦大街》、《肖像》、《狂人日记》等篇，后来又加上《鼻子》（1836）和《外套》（1842），定名为《彼得堡故事集》。这是一组以彼得堡生活为题材的小说。著名短篇小说《外套》写的是一个"小人物"的悲剧。贫穷的小官吏巴什马奇金省吃俭用做了一件新外套，不期第二天就被人抢走了。他告到官府，竟遭到"大人物"的训斥，最后落得个一命呜呼的悲惨结局。《外套》是俄国文学中"小人物"题材作品的杰作，对后来的作家影响很大。

1836 年剧本《钦差大臣》的问世，曾引起轰动。这部喜剧写的是某城官员们得到消息，说钦差大臣微服出巡将到本城。以市长为首的一群贪赃枉法的官员在惊慌失措之中，将一个来自首都的花花公子当成了钦差，对他百般逢迎，大肆贿赂。而那个因把钱赌光而困于此地的花花公子则逢场作戏，向市长女儿求婚得允，在信口开河吹嘘的同时，狠狠地捞了一把，之后扬长而去。正当市长得意忘形，做着升官美梦之时，真的钦差来到。听到这个消息，官员们由于惊吓全都变成了呆鸡。在这部喜剧中，果戈理展现了一幅官场百丑图。喜剧的独特之处，在于剧中没有一个正面形象。果戈理指出，他剧中正直高尚的人物是笑。笑是果戈理揭露和打击官僚制度的有力武器。他在剧中借市长之口对台下看戏发笑的官僚集团讽刺道："你们笑什么？笑你们自己！"果戈理用"脸丑莫怪镜子"这句俄国谚语作为作品的题词，可见他的创作意图是鞭挞专制国家的官僚集团。剧本的演出遭到保守势力的诽谤，作家陷入了惶惑和矛盾之中。

1836 年 6 月，思想苦闷的果戈理出国旅行，长期住在意大利。他在国外完成了长篇小说《死魂灵》的第一部，共写了七年，于 1842 年 5 月在彼得堡出版，立即"震撼了整个俄国"（赫尔岑语）。

小说出版后，果戈理再度出国。这个时期俄国社会政治斗争日趋尖锐。果戈理面对激烈的农民革命斗争感到害怕，加之远离社会现实，又处在斯拉夫派朋友的包围之中，他的思想日趋保守和落后，开始怀疑自己过去的创作道路。在《死魂灵》第二部中，竟然出现了正面地主的形象。在十分苦恼的心境下，他焚毁了已写成的几章。1847 年年初，他出版了《与友人书信集》。他在书信集中公开维护旧制度和宗教，美化俄国的封建宗法制社会。书信集遭到了民主阵营的强烈反对。别林斯基带病写了《致果戈理的信》，给予了严厉的批判。果戈理写信作了答复，承认别林斯基的信里有"一部分真理"，承认自己脱离俄罗斯，不充分了解现实生活，但仍企图为自己辩护。他继续创作《死魂灵》第二部，未能成功。作家最后几年是在疾病、精神痛苦和贫困之中度过的。他又一次烧毁了《死魂灵》第二部手稿，于1852年3月初逝世。

果戈理尽管有过上述缺点，但他在俄国文学史上仍有着巨大的意义。他开创了一个新的流派——"自然派"①，即俄国文学的批判现实主义流派。这个流派后来一直是俄国文学的主流。果戈理的优秀作品对后来的作家产生过巨大的影响，他所创造的那些不朽的反面形象已经深深地铭刻在读者的脑海里。

二、《死魂灵》

《死魂灵》（1835—1842）是果戈理的代表作。它是世界讽刺文学的经典作品之一。这部小说中塑造了一系列农奴主和官僚们的丑恶形象，揭开了专制农奴制俄国的脓疮，产生了强烈的社会反响。反动的和保守的批评家都起来拼命攻击果戈理，指责他的小说是"粗暴的漫画"，是对俄罗斯的中伤。以别林斯基为首的进步文学家却肯定了《死魂灵》的意义。

小说的基本内容是写投机分子乞乞科夫到 N 城向地主们购买"死魂灵"的故事。"死魂灵"是指死了的农奴。在当时，俄国在残暴的农奴制度下，农奴大量死去或逃亡。政府大约10～15 年才进行一次农奴户籍调查，在两次户籍调查之间，地主们要为那些"死魂灵"交纳人头税。投机分子乞乞科夫对此发现有机可乘，用极少的价钱买来有户籍但实际已死的农奴，再到救济局去抵押，得到大笔贷款。至于地主，卖出"死魂灵"，可以不再交纳人头税，所以也乐意出手。买卖"死魂灵"的交易对揭露沙皇俄国的黑暗具有特殊意义。

在小说里，果戈理逐章地刻画了五个地主的形象。他不是写庄园上地主和农奴的日常生活，而是通过"死魂灵"的交易来反映农奴主们的腐朽和寄生。小说中五个地主的形象构成了一个地主肖像画廊。

乞乞科夫走访的第一个地主是玛尼洛夫。他用文雅的礼节和高尚的辞藻把自己装饰起来，实际上却是极度的空虚无聊。他靠祖传的庄园得以饱食终日，整日沉湎在无聊的幻想之中。他的那本书两年前翻到第 14 页就再未动过。一张椅子需要换面布，多少年也没有完工。这个"文明"地主整天养尊处优，迷迷糊糊，陶醉在美妙的田园生活之中，对自己农奴的死活一无所知。玛尼洛夫虽然自诩有教养，却未能理解乞乞科夫要"死魂灵"有何用处。乞乞科夫没有花钱就获得了"死魂灵"。

寡妇科罗包奇咖和玛尼洛夫不同，她愚蠢浅薄，没有任何掩饰。她虽然孤陋寡闻，但很会精打细算，慢慢地将一个一个小钱积攒起来。她十分愚昧，起初不肯把"死魂灵"卖给乞

---

① "自然派"原是当时俄国反动文学界对果戈理开创的现实主义文学流派的诬称，别林斯基接过这一词，反其意而用之，指出：自然派文学就是真实地按生活原来的样子，不加任何粉饰地描写生活。

乞乞科夫,因为她不知道市价,生怕在交易中吃亏。这是一个在俄国任何偏僻角落都会碰到的孤陋地主的典型。

诺兹德辽夫是一个厚颜无耻的、流氓无赖型的农奴主。吹牛撒谎、酗酒赌博、欺骗敲诈、打架斗殴、胡作非为是他性格的基本特点和生活的主要内容。他养了一群狗,起名叫"快咬"、"骂他"、"发火"、"不要脸"等,而他仿佛是狗家族中的父亲。他专门惹是生非,耍赖成性。任何场合,只要他在场,就准闹出些乱子。奸诈圆滑的乞乞科夫在他那里买"死魂灵"时未曾占到便宜。

梭巴开维奇是一个粗鲁残暴、贪婪凶狠的农奴主。他专横顽固,对农奴进行敲骨吸髓的剥削。他是俄国农奴制度的野蛮、停滞和残暴的化身。他的长相好似"一只中等大小的熊"。他遵循着"于己有利"的原则,从不吃亏。他吃饭也如野兽,无半点文明气味。然而这只野兽十分"精明",想在任何一个人身上占到便宜。他对乞乞科夫买"死魂灵"的动机比其他地主清楚,乞乞科夫虽然老练奸猾,却上了当。梭巴开维奇竟将女性的"死魂灵"塞进名册充数,占了买主的便宜。

第五个地主泼留希金集中地体现了地主阶级腐朽溃败所能达到的限度。他拥有庞大的地产和上千的农奴,可是他被聚财的欲望所吞没,贪婪吝啬到了令人发指的地步。他穿着带补丁的睡衣,颈上围的是旧袜子、是腰带还是绷带,都无法断定。他的粮食堆积如山,大量的物品在库房里腐烂变质,但他仍然不断地聚敛,有时竟然到路上去捡拾旧鞋底、破布和铁钉甚至碎瓦。泼留希金智能低下,是寄生者蜕化的反映。他对于乞乞科夫要买死农奴十分高兴,对买主感激不已,称他为"恩人"和"救主",并且破例地招待一番。不过他的饼干是长了毛的,他的酒是蛆虫和苍蝇最先沐浴过了的。乞乞科夫从他那里毫不费力地购得大量廉价的"死魂灵"。

收获颇丰的乞乞科夫以狡猾的手段迅速办理了农奴过户手续。他大量购买农奴的事在城里传开后,人们都说他是巨富,都把他奉为贵客,争相招待。不料在一次舞会上,诺兹德辽夫拆穿了他的"西洋景"。加之新总督即将到来,造成谣言四起,城中一片混乱。官员们再也不敢接待乞乞科夫。他嗅到情况危险,赶快坐上马车,溜之大吉。

小说开头,"绅士"乞乞科夫出现于 N 城。但他的来历,他过去是怎样的,却是在最后一章才交代清楚的。原来他是一个企图用欺骗和投机的办法发财的没落贵族。

乞乞科夫出身于一个并不富裕的贵族家庭。小时候父亲教导他:交朋友"要拣有钱有势的交","最要紧的是博得上司的欢心"。他走上社会以后,对这些家教身体力行。他见风使舵,投机取巧,爬了上去,有几次几乎成功,都因侵吞公款和其他违法勾当而从高处滚落下来。买"死魂灵"是这个投机分子最新的"社会活动"。

乞乞科夫是从农奴主阶级分化出来的资产阶级冒险家。

《死魂灵》中也对沙俄官僚们作了精彩的描写。这是一个恣意享乐、鱼肉百姓、官官相护、残酷地统治人民的反动集团。他们和地主们狼狈为奸,整日里吃喝玩乐,造谣生事。他们中有只会在绢上绣花的知事,有精于贿赂之道的"壶瓶脸",有一眨眼就能弄来好酒好菜的警察局局长等。骑在人民群众头上的是这样一群"父母官"，人民的命运就不言自明了。

《死魂灵》在艺术上的特色首先在于它尖锐的讽刺。这种嘲讽虽然总的说来也属于"含泪的笑"的范畴，但是在这里，幽默是和辛辣的讽刺结合在一起的，甚至后者占更突出的地位。作家几乎利用一切艺术手法进行讽刺，在肖像刻画，介绍人物个性和爱好，细节描写，以及语言运用等方面，都具有讽刺特色。有时是辛辣的嘲讽，有时是严厉的针砭，有时则通过人物自己的言行自我暴露，有时将讽刺隐藏在平淡的叙述之中。

人物形象的高度典型化是小说艺术上的另一个重要特点。每个人物都有鲜明的个性特征，这种特征在死魂灵的交易中被充分地表现出来。作家细致地描写了人物的物质环境、生活条件、外表与服饰特征、言谈举止，务使人物的个性鲜明突出。典型的细节对于人物的典型化起着重要的作用。如写玛尼洛夫和乞乞科夫在省城第一次相遇时的拥抱和接吻，在玛尼洛夫家进客厅时谁先走的推让，诺兹德辽夫强迫乞乞科夫摸小狗的鼻子，玛尼洛夫读的那本永不翻页的书和永远待修的椅子，等等，这些典型的细节对于刻画人物的性格，起着重要的作用。

第六节 陀思妥耶夫斯基

一、生平和创作

费多尔·陀思妥耶夫斯基（1821—1881）是 19 世纪俄国著名小说家，也是文学史上思想矛盾最显著的作家之一。

陀思妥耶夫斯基（以下简称陀氏）出生于莫斯科。父亲是贫民医院的医生，1828 年获得贵族称号。陀氏从小就受到宗教的强烈影响。他喜爱文学，但屈从父亲进了军事工程学校，毕业后在工程处干了一年便退职了，以后便全力投入文学创作。他的第一部小说《穷人》（1845）写一个贫穷的小公务员资助孤苦少女瓦莲卡的故事。小公务员已经年过半百，又极度贫困，但他勇于自我牺牲，在资助少女的同时，自己则忍受最低的生活条件。这是一部继承果戈理"小人物"传统的作品。《穷人》的发表，使陀氏进入了"自然派"作家的行列。

陀氏赋予他的第二部小说《孪生兄弟》（1846）以重要意义，认为自己发现了一个重要的典型。小说发表后，舆论反应不佳。别林斯基对小说中的幻想成分和幻想形象表示了批评态度。

40 年代后期，陀氏还创作了另外一些反映彼得堡各阶层人物生活的短篇和中篇小说。其中描写小官吏的有《普罗哈尔钦》、《脆弱的心》、《波尔宗科夫》等。这些小说描写了在现实沉重的压抑下小人物无法维护个人尊严的痛苦和挣扎。此外，还有几部描写"幻想家"的小说，如中篇《女房东》、《白夜》和未完成的长篇《涅朵奇卡·涅兹瓦诺娃》等。所谓"幻想家"是指那些有干一番事业的愿望，但由于当时的社会条件而不能有所作为的青年。在这些小说中表现出了陀氏的一些特点，如对生活透视的能力和对人物进行心理分析的兴趣。由于观点分歧，陀氏在 1847 年初与别林斯基和他的战友们决裂了。

40 年代末，陀氏参加了彼得拉舍夫斯基秘密小组的活动。1849 年 4 月，和小组其他主要成员一起被捕，监禁七个多月后被判死刑，罪名是在秘密集会上朗读别林斯基致果戈理的信和筹办地下印刷所。在临刑的一刻，当局将死刑改为四年苦役，然后到部队当列兵。陀氏经历了这一切沉重折磨之后，于 1859 年年底返回彼得堡。从被捕到归来，前后共十年之久。

陀氏归来时，他的世界观已发生了逆转性变化。他背弃了青年时代社会革命的理想，转而号召同现实妥协，宣扬忍耐顺从。陀氏这时认为，只有靠宗教信仰而不是通过革命斗争来求得社会问题的解决。因此，他反对进行政治斗争。

陀氏在服刑归来后最先发表的重要作品是小说《被欺凌与被侮辱的》（1861）和《死屋手记》（1862）。后者实际上是一部大型的报告文学作品。陀氏在作品中以高度的真实再现了沙俄苦役犯监狱的野蛮、残暴、极其可怕的图景。沉重的劳动，粗劣的饮食，不断的肉体惩罚，意想不到的凌辱和压迫，肮脏恶臭的住处，以及犯人间的争吵、仇恨和打架，使那里变成了名副其实的人间地狱。犯人们受尽折磨，他们戴着脚镣劳动，也戴着脚镣死去。

《死屋手记》的发表，震动了俄国，成了对沙皇政府残暴统治的控诉书。赫尔岑说它是"一部惊心动魄的伟大作品"，托尔斯泰则说："我真不知道在全部新文学中还有比这部作品更好的书了，包括普希金在内。"

《被欺凌与被侮辱的》写的是贵族恶棍摧残弱者的故事。狠毒、淫荡和贪婪的贵族地主瓦尔科夫斯基公爵引诱了工厂主史密斯的女儿，骗夺了她家的全部财产后将她和女儿奈莉遗弃。受他残害的还有小地主伊赫缅涅夫和他的家庭。瓦尔科夫斯基用诬陷手段霸占了他的田产，破坏了儿子同伊赫缅涅夫女儿娜塔莎的结合。陀氏的消极思想，主要是忍耐和顺从，这使他在这部小说中把尖锐的社会矛盾变成了抽象的道德冲突。

在 60 年代初的文学斗争中，陀氏站在反对革命民主派的立场，把革命民主派的美学思想说成功利主义。他在 1864 年发表的《地下室手记》有同车尔尼雪夫斯基论战的内涵。

1864 年，陀氏的妻子和哥哥相继去世。沉重的经济负担和债务全部落到陀氏一人身上。为向出版商交出小说《赌徒》，陀氏请了女速记员安娜·斯尼特金娜，这一段合作的果实是他们的爱情和结婚。1866 年陀氏创作了《罪与罚》，这是他最优秀的小说。1876 年 4 月，夫妻出国。陀氏早就迷恋轮盘赌，这次更为严重，给安娜造成很大痛苦。他们在国外住了四年多，陀氏完成了长篇小说《白痴》（1867—1868），并开始创作《群魔》。

陀氏创作《白痴》的意图，是想创作一个基督式的好人，来和革命民主派作家的"新人"抗衡，因此，小说也带有论战性。不过，陀氏创造的理想人物并不成功。小说中最有艺术魅力的形象是被凌辱的女子娜斯塔西娅·菲力波夫娜，她的命运构成了小说情节的基础。她成了一群卑鄙之徒买卖的对象，但她对自己遭受的凌辱不能忍受，决意奋起反抗。在生日晚会上，她使那群丑类逐个曝了光。她将富商儿子罗戈任的 10 万卢布扔进火里，反映了她对贵族资产阶级金钱势力的蔑视和强烈的抗议。只有梅希金公爵是真心爱她的，但他是病人，又不谙世事，无力完成搭救她的任务。他的宽恕、忍让、泛爱等基督式的理想，对于那些贪鄙之徒根本不起作用。

《白痴》对时代的特征有真实的反映。资本主义的发展使社会生活的各个方面都遭到冲击，人们的道德观念和生活理想正在发生剧烈的变化。金钱成了人们的上帝，个人主义和利己主义泛滥成灾。旧俄国正在消亡。

陀氏在自己生活的最后十年仍然笔耕不辍，创作了几部重要的作品：《群魔》（1871—1872）、《少年》（1875）、《卡拉马佐夫兄弟》（1879—1880）。

《群魔》是陀氏消极保守倾向最明显的作品。在这部小说中，陀氏对俄国革命运动进行了攻击，把无政府主义、极端个人主义说成俄国革命的指导思想。小说中，陀氏通过"虚无主义者"的形象，集中地攻击了俄国 60 年代的革命者。另外，他还攻击了 40 年代的自由主义者。

长篇小说《卡拉马佐夫兄弟》被公认为陀氏的总结性作品。小说的中心情节是俄国外省某小城发生的一桩弑父案件。作家详细地描述了老卡拉马佐夫被杀前家庭内父子间的矛盾冲突，以及被杀后的审判和判刑过程。这个家庭的成员内部，虽然都是有血缘关系的父子与兄弟，但由于金钱利害和严重的道德堕落而变得钩心斗角。德米特里由于长期同父亲有财产纠纷和共争一个风流女人而对父亲充满仇恨，并多次扬言要杀死他。当厨师的私生子斯梅尔佳科夫杀死老卡拉马佐夫的目的是得到他藏起来的 3 000 卢布。这个家庭的成员由于金钱和私欲引起了彼此间强烈的仇恨，他们之间的关系是病态的、畸形的。他们身上突出地表现了一种共同的气质，即贪财、好色和恣意放纵，所谓"卡拉马佐夫气质"。

这个家庭的混乱和瓦解，是俄国农奴制社会旧基础瓦解和资本主义金钱原则得势的过程中，地主资产阶级腐朽思想和小市民的劣根性的集中反映。

作者是把伊凡·卡拉马佐夫作为无神论者和无政府主义的拥护者，即进步思想观点的表达者加以描写的。伊凡主张没有宗教信仰的反抗（"一切都是可以允许的"），结果导致了父亲被杀，他自己也神经错乱，失去理智。伊凡的结局意味着他的个人主义反抗和他为所欲为哲学的失败。陀氏正是以此来说明社会革命思想是不足为法的。小说中体现作者正面理想的是阿辽沙和他的思想导师佐西马长老。他们所信仰和告诫世人的道德准则和救世药方是忍耐、顺从、宽恕、和解、接受苦难等，其实都是基督教的教义和信条。小说中最具艺术力量的部分还是那些揭露贵族资产阶级的腐朽和描写人民苦难生活的篇章。

1881 年 1 月 28 日，陀氏因病逝世。

陀氏是文学史上最为复杂的作家之一。对"被欺凌与被侮辱者"苦难生活的真实反映和对贵族资产阶级恶德败行的揭露，构成了他作品的基本内容，这类作品处处闪烁着人道主义思想的光辉。但是，他的大多数作品，又都在不同程度上渗透着宗教观念。

陀氏的作品具有巨大的艺术表现力，特别是心理分析的技巧造诣极高。鲁迅称他是"人的灵魂的伟大的审问者"。

陀氏是对西方文学特别是20世纪现代派文学影响极大的俄罗斯作家之一。

二、《罪与罚》

《罪与罚》是陀思妥耶夫斯基代表作之一。小说的内容是大学生拉斯柯尔尼科夫杀人犯罪和被判服刑的故事。

故事发生在19世纪60年代中期的彼得堡。当时俄国农奴制度刚刚废除，俄国正处在旧基础迅速瓦解和资本主义迅猛发展的过渡时期。贵族阶级日益腐朽没落，资产阶级事业家和冒险家正走上社会舞台，令人触目惊心的贫困现象出现，这些都是这个时代的特征。

小说中胡作非为的没落贵族绥德里盖洛夫和卑鄙狡猾的资产阶级冒险家卢仁，都是这个时代富有特征的人物。在这个社会巨变的时期，情况最悲惨的是普通的百姓，他们中很多人陷入了贫困。马尔美拉多夫和拉斯柯尔尼科夫两个家庭都在生活线上痛苦挣扎，已经到了绝望的地步。

马尔美拉多夫原是个小官吏，因机关裁员失去了工作和经济来源，陷入了绝望的境地，妻子肺病严重，四个孩子在挨饿。他意识到自己未尽到做父亲的责任而极度苦恼，便常到酒馆去借酒浇愁。更令他痛苦的是，眼看大女儿索尼娅为解救家中之危走上卖身道路而自己却毫无办法。大女儿心地善良，在继母带来的三个孩子饿得大哭大叫的情况下走上街头。由于过着"黄执照"的生活，她被房东从家里赶了出去。马尔美拉多夫一家已经到了山穷水尽的地步。他在同拉斯柯尔尼科夫谈话中发出了令人摧肺折肝的呼叫："得让每个人有条路可走啊！"马尔美拉多夫后来被马车撞倒死去，他死后，妻子发疯，带着幼小的孩子到大街上求乞，因肺痨病发作，死在大街上。

小说主人公拉斯柯尔尼科夫是从外省来到京城上学的大学生。他聪明敏锐，但生活十分贫困。父亲原是小官吏，已经去世。他上大学是靠母亲的一点养老金和妹妹在地主家当家庭教师的收入来维持的，最后，仍然无法支撑，只好退学。他住在租来的顶楼上，经常付不起房租。他衣着寒伧，有时挨饿，但他心地善良，常把自己仅有的一点钱拿出助人。

严重的贫困，更加重了他的孤独感，他已经到了走投无路的地步。一个时期以来，他脑中酝酿着一个可怕的计划：去杀死放高利贷的老太婆，取得她的钱，使自己和亲人摆脱困境。在采取这一极端手段之前，他曾有过严重的动摇和犹豫，觉得那是卑鄙的、下流的、可恶的。马尔美拉多大家贫困到了极点的悲惨状况，以及妹妹有可能被卢仁骗走的紧急情况，对他产生了强烈的精神刺激。弄到钱，不但能解救妹妹和母亲，也能解救自己。终于，杀死老太婆的事发生了。

本来，一个人在走投无路的情况下干出铤而走险的事，哪怕是个大学生都是可能的，陀氏对拉斯柯尔尼科夫的犯罪却另有说法。他告诉读者，这是一个特殊的罪犯：他是在一种思想的影响下才去杀人的。他头脑中形成了一套"理论"，认为人有两类：平凡的人和不平凡的人。平凡的人是那些天生保守、循规蹈矩，总是俯首帖耳、听命于他人的人；而不平凡的人能够"发表新的见解"，并"推进这个世界"。在达到自己目标的途中，不平凡的人有权逾越某些障碍，包括消灭绊脚石的生命。总之，按照这种理论，不平凡的人有权为所欲为，甚至有权干违法的事。拉斯柯尔尼科夫决定杀死老太婆，就是对这种"理论"所作的一次实验。

但是，在杀人之后，他非但不能像"不平凡的人"那样泰然处之，而且整个灵魂战栗了，精神崩溃了，几乎发疯。他承受不住巨大的精神压力，几次想要坦白出来，以求得精神上的解脱。他再也平静不下来。他产生了无限的孤独感，和朋友之间仿佛有了一堵墙，不能再同人们发生正常的联系。拉斯柯尔尼科夫杀人后的精神崩溃，说明了"为所欲为"理论的破产。陀氏认为，奉行这种理论原则最终必然导致道德上和精神上完全堕落。陀氏还力图强调拉斯柯尔尼科夫之所以产生这种思想，是所谓"虚无主义"思潮影响的结果。50 年代后期和 60 年代的俄国，是革命民主主义者积极活动的时期。当时的无神论、唯物论和社会主义思想都被保守派诬为"虚无主义"而加以反对。陀氏将"为所欲为"理论同"虚无主义"联系起来，是他对进步思想的歪曲。

陀氏按照自己的创作计划写拉斯柯尔尼科夫最后在索尼娅虔诚宗教信仰的感召下投案自首，甘愿在刑罚中赎罪，以求得新生。在同索尼娅的接触中，他的心灵深深震颤了。这个纤弱少女竟肩负了那么沉重的人生担子，为了养活贫穷绝望的父亲、肺病严重的继母和她三个挨饿的孩子，而自愿跳进火坑。她堕入了耻辱的泥淖，仍保持着心灵的纯洁。她有过自杀的念头，但生活的重负使她甚至连自杀的权利都没有。这么深重的苦难压在一个柔弱少女身上，是使任何人都会流泪的，可是她挺住了。这是因为有一种力量在支持她。这种力量来自她对上帝的虔诚信仰。拉斯柯尔尼科夫不由得对她产生了肃然敬意。同是受苦受难的人，自然相互吸引，他们彼此接近了。

拉斯柯尔尼科夫并不是一下子就接受了索尼娅的信仰的，这是一个缓慢的、艰难的过程。在向索尼娅说明自己杀人的原因时，他一忽儿说是学拿破仑，一忽儿又说是为生活所迫和为了开辟前程；他一忽儿骂自己，一忽儿又痛斥社会不正义，说自己只是杀死了一只"有害的虱子"。索尼娅被他的话吓坏，说他离开了上帝，受到上帝的惩罚，把他交给了魔鬼。索尼娅劝他到大街上去忏悔，然后去自首。当时他心里十分矛盾，当他想到"他们"——那些有权有势、"毁灭了千千万万生灵"的"生活主人"时，他又产生了心理抗拒。尽管他内心已接受了索尼娅的劝告，但在妹妹面前仍不承认自己有罪，不过他还是怀着痛苦的心情去自首了。

拉斯柯尔尼科夫被判八年苦役，索尼娅也跟他去了服刑地。在索尼娅献身精神和爱情的影响下，他逐渐发生了变化，终于"生活代替了理论"，有一次，他从枕下拿出索尼娅的那本《新约全书》，脑海中闪现了一个念头："难道现在她的信仰不能成为我的信仰吗？"作者在这里暗示，他和她在精神上开始合二为一了，尽管还有七年的苦刑，但他将获得新生。

小说的重要的艺术特点是它的心理描写。小说主人公在犯罪前和犯罪后基本上处在一种高度紧张的或病态的精神状态。即使是较"正常"的情况，也是一种痛苦的和矛盾的心境。但是，无论是哪一种情况，作家都进行了充分的心理刻画。

作家进行心理描写的手法多种多样。最基本的方法是内心独白。陀氏笔下的内心独白往往不是转瞬即逝的闪念，一般是一个较长的心理过程。如拉斯柯尔尼科夫接到母亲的信后不能平静，他走到大街上，仍然抛不开。作家这时描写了主人公的一大段心理活动。他分析了卢仁其人，母亲、妹妹的困境与被骗，妹妹为哥哥而自我牺牲，母亲为了偏爱儿子而"出卖"女儿。他还联想到妹妹今后也有可能是索尼娅的命运……想到所有这些，他觉得必须行动了。

为了表现出主人公在特定条件下的精神心理状态，作者还采用了表现梦境和幻觉，以及无意识流露和下意识冲动等手法。杀人以后，他陷入了恐怖、歇斯底里和精神错乱，心理活动已无逻辑可循。由于精神高度紧张，他忘了扣门钩，忘了藏赃物，还忘了处理衣袜上的血迹。他无目的地访问了拉祖米兴，后又在街上乱走，回到住处时已经是黄昏时分，足足走了六小时，这些都是他无意识的流露。回到住处，他一下子睡去。睡梦中，噩梦和幻觉混在一起，他突然听到"哀号、狂叫……殴打和谩骂"的声音，听到警察局副局长打女房东，还梦见他上街，有陌生人招手，跟那人走进楼房，忽然看见老太婆狂笑，他用斧砍，但老太婆笑得更加厉害，以及人们交头接耳，望着他……所有这些噩梦都是他当时恐惧、慌乱和多疑的心理状态的真实反映。

杀人以后，拉斯柯尔尼科夫就自己杀死老太婆是否有罪和是否应去坦白的问题，曾对自己进行长时间的"灵魂拷问"，对这一过程的描写，表现了陀氏高度的心理分析技巧。他的"灵魂拷问"的手法，在文学史上是"前无古人"的。

《罪与罚》的另一艺术特点是"多声共存"。以前作家的作品，主要是作家通过作品的形象体系将读者引上自己的思想轨道。那是一种"独声"的模式。而《罪与罚》中，作者并没有让自己处于支配地位，而是多种声音平等共存，形成互相对话的模式。那些人物，各有自己的人生哲学，而且独立存在，都是胸有成竹地述说着自己的"真理"。作家只是客观描述，不作评论。小说中"罪"与"罚"的整个过程，都是多种声音共存的情况。

第七节　福楼拜

一、生平和创作

古斯达夫·福楼拜（1821—1880）是继巴尔扎克以后法国最杰出的现实主义小说家。福楼拜生于卢昂城的一个医生家庭，自幼聪明，父亲的医生职业培养了他细致观察事物的能力。他从小就有文学兴趣。1840 年，他赴巴黎学法律，后因病放弃了这门不感兴趣的学科。他回到家乡克鲁瓦塞，开始写作，一生在故乡潜心于笔与纸的生涯。他有时也离开家，出国旅行，主要是为了搜集创作素材。福楼拜一生未婚，交往不广，但弱冠之年就已与雨果结识，与乔治·桑、左拉、屠格涅夫、莫泊桑也都相熟。莫泊桑在创作上是他的门生，曾受到他悉心的指导。

福楼拜早期的创作浪漫主义色彩明显。19世纪30年代后期和40年代初期的创作还不够成熟，那是他进行写作训练的时期。40年代上半期他写出了《圣安东的诱惑》的初稿，1848—1849年又完成了长篇小说《情感的教育》的初稿。当他抱着很大的期望将这两部作品拿给友人杜冈和布耶看时，却遭到他们的否定，此事对他的刺激很大，他对自己的写作生涯进行了一次深刻的反思。对现实社会的深入观察，对创作方法进行仔细的思考，使他认识到在创作中听凭情感发泄毕竟容易脱离实际。这种认识使他终于采纳了现实主义的创作方法。而且，不单是采纳，他还要对之进行改造，使它更加丰富和完善。

由于创作思想的转变，他便开始了自己的一个新阶段的创作。他用近五年的时间，遵守着现实主义方法的要求，以一种顽强的精神一丝不苟地去展示和发挥文字艺术的威力，创作出了一部不落窠臼的现实主义杰作——长篇小说《包法利夫人》（1856）。但《包法利夫人》的发表激怒了当权者，作家被指责在小说中败坏道德，有伤风化，诽谤宗教。法庭要求对诬蔑法兰西的"主犯"福楼拜给予严惩。除了政府的攻击外，还有教士的仇视和报刊的咒骂。当时福楼拜的处境十分艰难，后来虽然免予处罚，但他不得已转向古代题材的写作了。

福楼拜于60年代发表的两部重要作品是小说《萨朗波》（1862）和《情感的教育》（1869）。前者是一部再现古代迦太基国家深刻社会阶级矛盾的小说。后者是作家在《包法利夫人》出版13年之后重回现实题材的作品，小说故事发生的时间是1848年革命前后，描写了一个思想平庸的资产阶级青年虚度年华的故事。

1870年第二帝国在普法战争中垮台，福楼拜怀着爱国热情参加了抗普战争。他对第二帝国因腐败无能遭致军事惨败和资产阶级的叛变行径深为不满，但又对巴黎公社的革命感到恐惧。

福楼拜70年代的作品有长篇小说《圣安东的诱惑》（1874）、《三故事集》（1877），以及未完成的小说《布瓦尔和佩居榭》。

《三故事集》中的《淳朴的心》（1876）是一篇非常有名的短篇小说。小说描写了善良勤劳的女仆全福平凡而凄苦的一生。童年时成为孤儿的她为人放牧，衣衫褴褛，忍饥挨饿，挨打受骂，在冻馁和凌辱中长大。上帝也没有给她一个通过婚姻而改变命运的机会；她的男友因贪图钱财娶了老妇而抛弃了她。后来她去别人家当女仆。在工作中，她吃苦耐劳，尽心尽力。她从一头疯狂大牛的牛角下救了主妇和两个孩子的性命。她还照顾一个孤苦伶仃的老人。心地善良的全福在工作上不辞劳苦，忠心耿耿，但她的心灵是孤独寂寞的。全福的一生在为别人效劳中度过，她最后带着对天国的幻想，孤寂地离开了这个不曾给她快乐的人世。她平凡的一生便无声无息地结束了。《淳朴的心》是批判现实主义文学中描写劳动人民优秀品质的小说中最优秀的作品之一。

福楼拜于1880年5月8日逝世，尚不到花甲之年。作家莫泊桑、左拉、都德等也都视他为师长，对他极为敬仰。

福楼拜是在文学史上留下深刻痕迹的一代文学大师。他继承了前期批判现实主义文学忠实地反映现实的传统，根据自己时代的特点，把注意力集中于揭露社会丑恶现象，塑造典型的人物形象，描绘真实环境，把环境和人物的塑造密切结合起来，在这方面，他比很多作家做得更好。

作为一个作家，他对事物的观察极为细致，他的摹写更为精确细腻，因此他笔下的人物与环境以及各个方面的细节描写都达到了高度真实的境界。

他主张作家在创作中要冷静、客观和精确，认为作家和读者不同，应该将自己的观点和感情隐藏起来，要做到"客观而无动于衷"，换句话说，就是作家应退出作品。他说，"艺术家不该在他的作品里露面"，作家的任务是创作出逼真的现实画面，读者自会从中寻求到真实和意义。福楼拜冷静客观的文学主张和创作风格，比起前辈作家来，对现实主义的阐释有所发展，所以福楼拜被认为是现实主义发展的一个新的阶段。

福楼拜也是一位语言大师，他对语言的锤炼，追求极致的精确和完美，已经达到了痴迷的地步。在作品的遣词造句方面，他是首屈一指的大师。他认为文学作品的形式和思想、思想和语言都是统一的、不可分割的，他说"表达愈是接近思想，用词就愈是贴切，就愈是美"。

福楼拜的文学观点在某些时候因过分强调形式美和细节真实，被有"纯艺术"思想和自然主义观点的人利用。他们把福楼拜的观点作为证明其"为艺术而艺术"和自然主义的理论正确的根据。但事实是：福楼拜是一位追求更高真实的现实主义作家。

二、《包法利夫人》

《包法利夫人》描写一个天真的小资产阶级女性因幻想过上流社会高雅生活而被骗堕落，最终自杀的故事。

小说的主人公爱玛出生在外省一个富裕农民的家庭，少女时期在修道院接受教育。修道院禁欲主义的生活、乡村少女狭窄的天地，加上浪漫主义小说给她的过分想象和自由的刺激，培养了她耽于幻想、不安现状、脱离实际的品格。但命运使她和毫无浪漫气息的无能医生包法利结了婚。爱玛对爱情和婚姻的幻想破灭了。九月末的一天，侯爵邀请包法利夫妇赴宴。爱玛由此看到了上流社会的奢靡，对自己的平淡生活愈加不满。包法利医生为了解除她的烦闷，举家迁居永镇。在永镇，爱玛遇到了见习生赖昂。赖昂对爱玛表示倾慕，但他在勾引女人上是一个新手，行动不免畏缩，爱玛也很胆怯，最后两人分了手。一个偶然的机会，爱玛结识了附近庄园的地主罗道耳弗，这家伙谙熟上流社会逢场作戏的把戏。在他的引诱下，爱玛成了他的情妇。这时，包法利医生受人鼓动，要进行一次大胆的试验，给一个瘸腿的伙计开刀整形，结果手术失败，最后不得不请一个有名的外科大夫把那条瘸腿锯掉一截。对于包法利的无能，爱玛感到耻辱，她一心要跟罗道耳弗私奔。然而，罗道耳弗并无此心，他给爱玛写信，表示为了爱玛着想，他只得不辞而别，并在信上洒上水滴以示眼泪。罗道耳弗的离去，使爱玛精神上受到很大的打击。包法利带爱玛去卢昂散心，凑巧遇上了赖昂。此时的赖昂已不同以往，他很快开始勾引爱玛，爱玛为了填补自己空虚的心灵，即刻投入了他的怀抱。为了与情人相会和奢华的享受，爱玛债台高筑，把包法利的财产都送进了高利贷者之手。此时，赖昂已对爱玛冷淡，高利贷者又催逼还债。爱玛被迫去找公证人，公证人企图借机占有爱玛，被爱玛愤然拒绝。走投无路的爱玛去求助于罗道耳弗。初见面时，罗道耳弗跪在爱玛面前，表示永远爱她，但听说爱玛要借三千法郎，便慢慢站起来，用安详的神情说他没钱。彻底绝望的爱玛回家后就服毒自杀了。爱玛死后，包法利发现了罗道耳弗给爱玛的那封诀别信，而他仍然把这当作一次精神恋爱。包法利已经破产，不久潦倒而死。他们的女儿最后到一家纱厂当了女工。

《包法利夫人》描写了一个小资产阶级出身的妇女的悲剧命运，通过这个悲剧，详尽地反映了那个时代的社会环境，以及社会环境对人的摧残。爱玛堕落的首要原因，是少女时期在修道院所接受的教育。19 世纪上半叶的法国流行着一种风习，即所有中上层社会的女子都要进一段时间的修道院，以培育日后进入上流社会所需的教养。在封闭的修道院里，严格的院规压抑着爱玛性格的正常发展，而"在讲道时人们常常做些比喻，如未婚夫、丈夫、天上的情人和永恒的婚姻，等等，这都在她内心深处引起意想不到的喜悦"[1]。爱玛少女的身体虽然被禁锢着，而她的心灵却在无限的想象中驰骋。这一切培养着她脱离实际的浪漫心性和虚无缥缈的爱情幻想，而这最终使她堕落成为一个又一个男人手里的玩物。

小资产阶级爬入上流社会的梦想，是爱玛堕落的另一个重要原因。巴尔扎克曾点破了这种爬入上流社会的方式："大革命前，有些贵族家庭，送女儿入修道院。许多人跟着学，心想里头有大贵人的小姐，女儿送去，就会学到她们的谈吐、仪态。"[2] 爱玛这个必定一辈子生活在农村的姑娘，却接受了修道院里贵族式的教育；嫁给了一个乡村医生，却满脑子贵族思想和习惯，向往着巴黎贵族的豪华生活。在侯爵的舞会上，她似乎实现了自己的梦想，陪她跳舞的子爵成了她理想的意中人。然而，豪华的贵族生活和爱玛可怜的财产相去甚远，她虽然神往上流社会，现实中却不得不生活在医生、地主、见习生的身边。所谓社会的精华——贵族，以他们不切实际的文化，毒化着必须脚踏实地生活着的人们。爱玛正是这种贵族文化的牺牲品。罗道耳弗勾引爱玛时，她"见到的恍惚另是一个男子，一个她最热烈的回忆、最美好的读物和最殷切的愿望所形成的幻影"。

尽管教育给爱玛带来了分裂的性格，但是最终将爱玛推入坟墓的，是这个黑暗社会中无处不在的、冷酷无情的、卑鄙自私的资产者的手。爱玛幻想着追求"幸福"，却不断地成为别人手中的玩物，她所遇到的几乎没有一个好人。罗道耳弗不仅玩弄了爱玛，将她抛弃，而且当爱玛最后登门借钱以挽救自己时，他冷酷地拒绝了。赖昂更是赤裸裸地、不负任何责任地、公子哥式地玩弄了爱玛。公证人居里曼先生在爱玛求助于他时，企图

---

① ［法］福楼拜：《包法利夫人》，张道真译，41 页，北京，外国文学出版社，1989。

② 李健吾：《〈包法利夫人〉译本序》，转引自外国文学教学参考资料选编组编：《外国文学教学参考资料》，第 4 册，348 页，福州，福建人民出版社，1981。

占有爱玛。高利贷者则从爱玛身上榨走了最后一文钱。爱玛的堕落，以及她的死，都是这个冷酷无情的社会逼出来的。福楼拜曾说："我的可怜的包法利夫人，就在如今，同时在法兰西二十个村落受罪、哭泣！"[①] 可见，作者对像爱玛这样的柔弱女子被社会无情毁灭，饱含着深切的同情。

上述福楼拜的这段话，同时也意味着作者要创造一个典型，一个代表着普遍现象的命运悲剧。《包法利夫人》中所描写的生活和人物，正是一幅现实的图画。小说刻画了一批资产阶级典型人物。小说中的药剂师郝麦，就是一个外省自由资产阶级的典型。他善于弄虚作假，竟然把一个没有开业执照的药店经营得十分兴旺。他不懂医术，却到处招摇撞骗，写出各种各样骗人的小册子，跻身各种科学研究机构和委员会之中。他热衷名利和社会活动，为了扬名，他异想天开地企图用消炎膏医好一个瞎子。当他失败时，就把这盲人看成仇敌，并利用舆论让当局把他关进收容所。他为州长竞选奔走效劳，卖身求荣，无所不至，并厚颜无耻地声称："会装蒜，会骗人，我比他们合起来还多！"起初他对包法利百般巴结，当包法利破产后，他便再也不理会他了。永镇的开业医生被他一个个挤走，他的主顾非常多。这样一个无耻之徒，却在这个社会里如鱼得水。小说最后，他竟获得了十字勋章。高利贷者勒乐是19世纪中叶法国资产阶级商人的典型。他表面谦和恭顺地招揽生意，一旦债务人上了他的圈套，他就凶相毕露，直到把债务人逼得倾家荡产、寻死觅活。他的高利贷把镇上的一家家小店主都吃掉了，勒乐最终成了主宰永镇经济命脉的主人。这个19世纪的宠儿有着职业的敏感，他能嗅出哪家主妇有偷情的气味儿。当爱玛和罗道耳弗频繁幽会时，他便给爱玛送来形形色色的巴黎货。爱玛钱不够花，他立刻放高利贷。爱玛和赖昂偷情后，他上门讨债，逼迫爱玛卖掉房产。依靠高利盘剥，他将包法利的财产全部夺到了自己的名下。爱玛的第一个情人罗道耳弗，则是一个外省地主的典型。他是一个到处勾引妇女下水的色棍，是社会上腐化堕落风气的一个代表人物。爱玛的第二个情夫赖昂则是一个极其自私自利的家伙。他虽然在勾引女人上不像罗道耳弗那般老道，却精于算计。当他看到与爱玛继续来往会影响他的前程时，便抛弃了爱玛。福楼拜在书中还刻画了戴着护法者的伪善面具却干着乘人之危勾当的律师居里曼。作者为我们精心勾勒的这批人物肖像，对资产阶级社会从各个方面作了不留情面的揭露和批判。

此外，小说还对19世纪上半叶法国的社会环境作了描述。作者专门在一章中写了"农业展览会"的盛况。就在这个资产阶级的盛会上，作者安排了一个老农妇的形象，她整整劳动了54年，"干瘦的脸上布满皱纹，就像一只褐红色的干瘪了的粗皮苹果。从她红色上衣的袖子里，露出一双关节疙疙瘩瘩的长手。仓仓的尘土、洗衣服的碱水和羊毛上的油脂，使她的手粗糙、发硬，结上了一层厚皮，尽管刚用清水洗过，仍然显得很脏；由于长期劳动，它们老是半张开着，它们本身就仿佛是她所受的说不完的苦痛的卑微的见证人"[②]。小说通过

---

① 李健吾：《〈包法利夫人〉译本序》，转引自外国文学教学参考资料选编组编：《外国文学教学参考资料》，第4册，352页，福州，福建人民出版社，1981。

② ［法］福楼拜：《包法利夫人》，张道真译，173页，北京，外国文学出版社，1985。

这个老妇人的形象，点明了资产阶级的经济繁荣是建筑在劳动人民千辛万苦的劳作之上的。

《包法利夫人》在艺术上堪称杰作。这部小说的文笔、结构、细节描写、风格都十分出色，历来被众口称道。

第八章　19世纪后期的欧美文学

学习要求

1. 了解：19世纪后期欧美文学的发展概况和主要成就。

2. 掌握：自然主义、象征主义、唯美主义的特征；莫泊桑、契诃夫的主要作品；易卜生的"社会问题剧"；左拉、哈代、托尔斯泰、马克·吐温生平与创作中的主要作品。

3. 重点掌握：左拉的《萌芽》；哈代的《德伯家的苔丝》；易卜生的《玩偶之家》；托尔斯泰的《复活》；马克·吐温的《哈克贝利·费恩历险记》。

第一节　概　　述

19世纪最后30年和20世纪初，西欧和北美的一些大国，逐步从自由资本主义过渡到垄断资本主义。这个时期，无产阶级和资产阶级之间，各宗主国和殖民地、附属国之间，帝国主义国家之间的矛盾空前激化。帝国主义国家之间的激烈争夺，最后导致了第一次世界大战的爆发。

1871年的巴黎公社虽然在反革命势力的镇压下失败了，但资产阶级第三共和国无力解决复杂的社会矛盾。政府和社会风气都十分腐败。19世纪最后三十年间资本主义世界的四次经济危机，使欧美大国受到了严重的打击，劳动人民的境况日益恶化。

这个时期，作为时代的一大特点，各种各样的哲学和社会思潮流行起来。马克思主义已经诞生，而且日益深入人心。与此同时，出现各种新的哲学思想，影响到文学的发展。早在19世纪前期，德国哲学家叔本华就发表了他的鼓吹生存意志、敌视理性的唯意志论学说，到了19世纪后期，这种学说仍有影响。在叔本华之后，尼采则推出所谓权力意志论，认为不择手段、不顾道德约束去实现个人的欲望是人的本性。尼采在反对旧的传统道德和基督教的同时，大力宣扬所谓超人哲学。19世纪后期，孔德的实证主义哲学甚为流行。实证主义宣称自己对生活采取"纯科学"的静观的态度，避免下结论和不探求任何客观的规律。他们主张以事实代替结论，要使他们的学术超越于唯物主义和唯心主义之上。孔德主张用自然科学的方法来研究社会，把社会与自然等同起来。法国文艺理论家泰纳把孔德的实证主义哲学应用于文学以及一般精神活动的解释，抹杀了社会现象和一切精神活动的阶级内容。后来左拉在他们的理论基础上，创造了系统的自然主义理论。

这一时期的文学发展也与前些时期不同，欧洲文学史上那种一个时期一种主流的局面转变为，一些新的流派，如自然主义、象征主义、唯美主义等，都站出来宣称自己的优越，还出现了美化帝国主义的文学，如法国的洛蒂、巴莱斯，英国的吉卜林等作家。批判现实主义继续发展，它仍然是成就最高、影响最大的文学。无产阶级的文学在革命斗争中蓬勃发展起来，表现出巨大的生命力。

一、巴黎公社文学

这一时期西欧无产阶级文学最突出的成就是巴黎公社文学。巴黎公社文学真实地记录了巴黎无产阶级的英勇斗争和反动派的血腥罪行。

在普鲁士军队包围巴黎以后，无产阶级的诗人们一方面揭露这次战争的反人民性质，一方面号召人民起来自卫。如**路易丝·米雪尔**（1830—1905）的《和平示威》（1870）一诗，描绘了劳动人民反对侵略战争的大示威，并揭露普法两国统治者为了争夺霸权而发动战争的罪行。诗人号召普法两国人民协同起来，把枪口对准共同的敌人——拿破仑三世和普王威廉。

法国资产阶级政府投降卖国的面目很快就被人们所识破，出现了对卖国政府进行揭露和声讨的作品。其中最有代表性的是爱·德勒的《巴黎换一块牛排》（1870）。这首诗一针见血地揭穿了资产阶级政府"拍卖法兰西"的罪恶活动。

在公社存在的72天里，最主要的文学形式是诗歌。革命战士、公社领导人及工人们，都创造了不少优秀的诗歌。由于凡尔赛分子的镇压，巴黎公社遭到失败，很多诗人牺牲了，有的被监禁，有的被流放，有的流亡国外。幸存下来的诗人，怀着极大的悲愤，控诉了凡尔赛分子的血腥罪行并号召人民为公社的伟大事业进行斗争。著名的诗人、公社委员**让·巴蒂斯特·克雷芒**（1836—1903）在他的诗篇《浴血的一周》（1871）里，描写了公社战士战斗到最后的惨烈场面。后来，诗人在伦敦又写了《"上墙根去！"队长》（1885）一诗，写出了一个任意枪杀群众的凡尔赛残暴军官的形象。而在《我的丈夫》（1874）一诗中，克雷芒描写了一个跑到遍地鲜血的大街上寻找丈夫的公社社员妻子的巨大悲痛。**欧仁·鲍狄埃**（1816—1887）在公社失败的第二天，就创作出了无产阶级文学最伟大的诗篇《国际歌》（1871），在对公社的历史经验进行总结的同时，展望了无产阶级必定胜利、"英特纳雄耐尔"一定会实现的光辉远景。诗人认识到，只有进行坚决的斗争，消灭那些"乌鸦"和"秃鹫"，把旧世界打得落花流水，无产阶级才能取得最后的解放。

1882年，老革命家**特洛埃尔**写了一首名为《牺牲者和刽子手》的诗，历数了凡尔赛凶手们的罪行，他们像鬼鬼祟祟的狼一样溜进巴黎，进行一场残暴的大屠杀，连老人、妇女和儿童都不放过。

在公社失败后的 70 年代和 80 年代，公社文学又得到了广泛的发展。那些被监禁在狱中或被流放到外地以及流亡在国外的公社诗人，仍然忠于自己的理想，写了不少回顾公社英勇战斗，抒发自己情怀和理想的诗篇。也有一些诗人描写了自己的囚徒生活，如诗人**昂利·布里萨克**（1825—1907）在《装口袋》（1874）一诗中，描写了他在奴岛服苦役装口袋时那种摧残身体的劳动。著名公社女诗人路易丝·米雪尔的《囚徒之歌》也是在那里写成的。诗人在诗里表达她强烈地渴望自由的心情，并且坚决表示：一旦"重见法兰西，我们还是要战斗"。

抒发对凡尔赛刽子手的强烈仇恨，表达对公社理想的坚定信心，是这时期公社文学作品的共同主题。许多诗人的创作中都响彻着继续战斗的呼声，表达了工人阶级必定会胜利的信念。在这方面，鲍狄埃（1816—1887）的《公社没有覆亡！》（1885）、《一八七一年流亡者之歌》、《铁匠的梦》、《十万大军》、《前进，工人阶级！》，克雷芒的《巴黎公社之歌》（1883）、夏特兰的《公社万岁》、于葛的《特兰盖》（1881）、《为路易丝·米雪尔唱的夜曲》（1882）等作品都十分突出。

在小说方面，最有成就的作家是儒尔·瓦莱斯（1832—1885）和**克拉代尔**（1835—1892）。

巴黎公社文学反映了法国无产阶级在人类历史上第一次以暴力推翻资本主义统治、建立自己政权的伟大斗争，歌颂了无产阶级决心摧毁旧世界、建立理想社会的英勇战斗。

二、现实主义文学

19 世纪最后三十年间的西欧现实主义文学，继续坚持真实反映现实的原则，对资本主义社会的罪恶进行揭露和批判。作家们除了描写劳动人民的悲惨处境，揭露资本家的剥削和压迫外，还对许多具有时代特征的现象，如垄断资本的发展、资产阶级的道德堕落、民主的虚伪、军国主义和民族沙文主义的增长，以及广大知识阶层对社会的失望和苦恼，在作品中作了反映。他们的作品在不同程度上揭示了帝国主义时代西欧社会的典型特征。

这一时期欧美文学有代表性的作家是法国的莫泊桑、法朗士、罗曼·罗兰，英国的哈代、萧伯纳，俄国的托尔斯泰、契诃夫，挪威的易卜生，以及美国的马克·吐温等。法国的阿讷托尔·法朗士（1844—1924）是 19 世纪末期和 20 世纪初期法国的重要作家。他的代表作是长篇小说四部曲《当代史话》，包括《路旁榆树》（1896）、《人体服装模型》（1897）、《红宝石戒指》（1899）、《贝日莱先生在巴黎》（1901），这套小说生动地展现了第三共和国在德雷弗斯事件前后的广阔生活画面。法朗士在 20 世纪初的创作又有了新的发展。

19 世纪最后三十年，英国从自由资本主义过渡到垄断资本主义。英国曾长期繁荣，但是到了 19 世纪末期，由于德法美的兴起和竞争，英国的"老大"地位受到挑战。七八十年代，英国几乎经常处于危机和萧条状态。所有这一切都加剧了英国社会的矛盾。面对这种情况，英国统治集团企图通过发动侵略战争、加强对殖民地的剥削和对内实行微小让步以笼络工人贵族的办法来摆脱矛盾。英国资产阶级实行的自由主义政策，造成工人运动中改良主义思想相当严重。当时英国各种社会主义运动颇为流行，出现了社会主义民主同盟和费边社等组织。费边社的成员都是知识分子。费边社否认阶级斗争，主张劳动者和资产阶级合作，企图用渐进的改良来改革英国社会。但是英国走向衰落的趋势已不可逆转，维多利亚王朝后期社会上泛起的悲观主义和怀疑主义，是对英国现实状况的反映。这一时期的英国现实主义作家仍力图举着前辈作家社会批判的大旗，但要达到狄更斯的批判力度，只是他们的愿望了。

70 年代英国文坛上著名的作家有**梅瑞狄斯**（1828—1909）和**巴特勒**（1835—1902）。梅瑞狄斯于 1879 年发表揭露英国上流社会的名著《利己主义者》。巴特勒于 1872 年发表讽刺小说《埃瑞洪》，抨击了英国资本主义社会的道德、伦理、宗教、家庭、教育制度，以及其他各种不合理的现象。他最好的作品是自传体讽刺小说《众生之路》（1903）。

19 世纪后期英国最重要的作家是**托马斯·哈代**[①]。他一生写过很多小说，同时也是诗人。哈代的小说反映了英国宗法制农村在资本主义入侵后发生的变化。

另一重要的现实主义作家是**萧伯纳**（1856—1950）[②]。萧伯纳于 1884 年加入改良主义团体费边社，并成为它的组织者之一。

英国剧坛长期以来处于不景气的状况。19 世纪以来充斥剧坛的是感伤的爱情剧。很多人乞灵于法国戏剧，追求形式主义。易卜生的戏剧传入英国，给英国的戏剧带来一股新鲜空气，却遭到很多文人的恶毒攻击。萧伯纳十分赞赏易卜生的戏剧。1891 年，他发表了《易卜生主义的精华》一书，颂扬易卜生的现实主义精神，回击了一些报刊对易卜生的诋毁。

90 年代，萧伯纳创作了三个戏剧集，在这些戏剧集中，以《不愉快的戏剧》中的《鳏夫的房产》（1892）和《华伦夫人的职业》（1894）最为出色。

《鳏夫的房产》是一部揭露资产阶级剥削穷人的作品。这个剧本大胆地把体面的资产阶级和贵族子弟比作"粪土上的苍蝇"，揭露他们靠剥削贫民窟的穷人而自肥。由于这部作品揭穿了资产者财富的罪恶来源，因而上演时引起资产者的强烈不满。

《华伦夫人的职业》在思想内容上和《鳏夫的房产》相似，也涉及资产阶级的罪恶财源问题。薇薇小姐曾是剑桥大学的高才生，聪明能干，自命清高，突然发现有钱的母亲华伦夫人原是个开妓院的老鸨。这个剧本告诉读者，资产阶级的"高雅"生活，都是靠来源不洁的钱维持的。而剧本《康蒂妲》（1895）和《难以预料》（1896）则描写了资产阶级的家庭和社会的问题。特别是《康蒂妲》较为重要，这部剧作有力地揭露了资产阶级的伪善，但结尾有妥协色彩。

在 90 年代所写的剧本中，萧伯纳的创作坚持了现实主义传统，对欧洲戏剧的健康发展做出了贡献。但由于费边主义思想的影响，他所创造的正面人物都是软弱无力的。他们对资产阶级社会的罪恶不满，也曾表示反抗，但总是幻想进行微小改良，而不愿做彻底的变革，

---

① 见本书第八章第四节。
② 有关萧伯纳在 19 世纪后期的创作在本节论述，关于他的生平及他在 20 世纪的创作见本书第九章第四节。

所以最后总是同现实妥协。这一切都反映了萧伯纳的改良主义幻想。进入 20 世纪后，萧伯纳又创作了不少优秀的剧本。

俄国 1861 年的"农奴制改革"实际上是对农民的一次欺骗，所以不久人民革命运动又高涨起来。但随着沙皇亚历山大二世的被刺，开始了一个黑暗反动的 80 年代。人民群众在积蓄革命力量。随着资本主义的迅速发展，俄国工人阶级也成长起来。总之，19 世纪后 30 年间的俄国，一方面，农奴制残余严重存在，专制压迫和军国主义有增无减，另一方面，资本主义的罪恶也明显地暴露出来。

俄国现实主义文学在 19 世纪中期取得繁荣之后，这个时期又继续发展，并且达到欧洲的先进水平。列夫·托尔斯泰在这个时期创作了《安娜·卡列尼娜》和《复活》这样一些标志着批判现实主义最高水平的作品。陀思妥耶夫斯基也写出了《卡拉马佐夫兄弟》这样的世界一流长篇小说。除了这两位大师之外，**谢德林**（1826—1889）的讽刺小说《戈洛夫里奥夫老爷们》（1880）被认为是讽刺文学的杰作。而**契诃夫**在 19 世纪最后二十年间创作出了大量脍炙人口的短篇和中篇小说。而在世纪之交，他还创作了一些极富特色的剧本，其中最有名的是《万尼亚舅舅》、《三姊妹》和《樱桃园》。他是一个享有世界声誉的作家。

和欧洲一些国家的文学一样，19 世纪的美国文学主要也是两种文学思潮先后占主导地位，先是浪漫主义作为主流，后由现实主义所取代。美国曾出现过欧文、库柏、爱伦·坡、爱默生、梭罗、朗费罗、霍桑、麦尔维尔、惠特曼等著名浪漫主义作家，美国浪漫主义文学持续时间较长，而现实主义则兴起较晚。

19 世纪最后三十年是美国现实主义文学兴起和发展时期。70 年代和 80 年代，美国社会的矛盾日益深化，资本主义制度的罪恶已充分暴露，丑恶的现实使一些作家的浪漫主义激情逐渐消失。一批作家纷纷起来揭露社会的罪恶。这样，现实主义文学便迅速发展起来。最先起来提倡现实主义文学的是豪威尔斯。他认为浪漫主义气数已尽，今后文学应该忠实地描写"日常的、平凡的事物"。但他的思想比较保守，他的作品往往掩盖了尖锐的社会矛盾，甚至美化资产阶级。这一时期挖掘现实问题最深、批判性最强烈的作家是**马克·吐温**（1835—1910）。马克·吐温是位幽默讽刺作家，具有鲜明独特的创作风格。他的多数小说是按现实主义的原则创作的。他是为美国现实主义文学开辟道路的先驱之一。

亨利·詹姆斯（1843—1916）是著名的小说家，他的创作基本上属于现实主义范畴。他的作品主要描写欧洲的贵族和美国上层资产阶级的生活。詹姆斯的艺术造诣很高，尤其擅长心理描写。他是西方现代心理分析小说的开创者之一。由于詹姆斯主要是写上层阶级的生活，又缺乏批判精神，所以作品的社会意义受到了限制。

90 年代一批新作家出现于文坛，著名的有**赫姆林·加兰、弗兰克·诺里斯**和**斯蒂芬·克莱恩**等人，他们和豪威尔斯、詹姆斯不同，主要描写农村和城市中下层人民的生活，因而作品具有较强的现实意义。

三、自然主义文学

自然主义作为一种新的文学思潮，于 19 世纪 60 年代初出现于法国。为自然主义奠定思想基础的是艺术理论家泰纳（1828—1893）。泰纳接受了哲学上孔德的实证论，提出了所谓实证主义的美学。孔德强调通过观察与实验，研究现象与事实，从中找出规律，得出"实证的"、"科学的"结论。泰纳把实证论应用于艺术，提出种族、环境、时代三个要素决定文艺创作的理论。左拉接受了泰纳的观点，还研究了当时生物学和医学上的新成就，特别是遗传的理论。在吕卡思医生的《自然遗传论》、生理学家克洛德·贝尔纳的《实验医学研究导论》的启发下，左拉提出了自己的自然主义理论，其基本观点是认为人的生物本能支配其社会行为。他先是在长篇小说《黛莱丝·拉甘》的序言（1867）中，后来又在 80 年代初写的理论文章《实验小说》（1880）、《戏剧中的自然主义》（1881）、《自然主义小说家》（1881）中，全面而系统地阐述了自己的自然主义理论观点。

自然主义反对浪漫主义的幻想和夸张。和现实主义一样，它强调客观地反映现实，但自然主义者所"描摹的自然"，主要是作家自己观察到的、偶然的现象。他们反对现实主义通过典型概括的手法反映现实，要求文学成为单纯记录直接印象的照相机。由于自然主义者片面追求表面真实和记录琐细现象，以致他们的作品往往不能反映社会本质，有时甚至造成歪曲。

自然主义要求作家成为科学家，作家应该像实验室内的化学家那样进行实验，只是实验的对象是人，作家的任务就是把实验的结果记录下来。左拉把人和自然界的其他生物等同起来，他认为，是生物学的规律决定着人的心理、性格、情欲和行为。自然主义者十分重视遗传对人产生的影响。他们认为，既然作家完成的是科学家的任务，所以必须做到冷静和客观，不应流露个人感情和给予评价。

在法国文学史上，**龚古尔兄弟**[①]的小说《热曼妮·拉瑟顿》（1865）被认为是典型的自然主义作品。在自然主义思潮的影响下，左拉也创作了他的自然主义小说《黛莱丝·拉甘》、《玛德兰·费拉》和《小酒店》。

法国的自然主义思潮还影响到其他一些国家的文学。正当法国的自然主义文学日趋衰落的时候，德国的自然主义开始兴旺起来。德国著名剧作家**豪普特曼**（1862—1946）的写酒精中毒和遗传问题的剧本《日出之前》（1889），就是一部有名的自然主义作品。意大利、挪威、西班牙、俄国和美国的文学都曾受到自然主义的影响。

四、象征主义和唯美主义

这一时期除现实主义和自然主义外，西欧还出现了其他文学流派。有些流派的美学思想

---

① 龚古尔兄弟，即爱德蒙·龚古尔（1822—1896）和儒尔·龚古尔（1830—1870）。

和创作方法跟现实主义和自然主义迥然不同，如象征主义和唯美主义。

象征主义在法国产生于 19 世纪七八十年代，但象征主义的某些特征在从前一些作家的创作中已有表现。象征主义的主要代表是**马拉美、魏尔伦和兰波**，而波德莱尔则是象征主义的最主要的先驱。象征主义的诗学主要是通过这两代诗人的创作实践和理论阐释逐渐确立起来的。

世界上许多民族都有人与神秘世界、人与自然界相互交通、相互感应的故事。法国诗人波德莱尔，在他的名诗《感应》中，也提到"相互感应"的问题，认为世界万物之间存在"相互感应"的关系①。此后，"相互感应"这一观点，被人们看成象征主义诗派的理论基石。后来经过对一些诗人创作的考察和理论家们的研究和综合，形成了对象征主义的大致相近的认识。

象征主义和模仿现实的现实主义、直抒胸臆的浪漫主义完全不同，而且是对立的。象征主义追求的是表现内心的"最高的真实"。象征主义认为，人视力所及的外部世界，并不是世界的全部，还存在"另一个世界"。这"另一个世界"与外部世界的万物之间，人与自然之间，人的各种感觉之间，存在隐秘的、相互感应的关系。诗人的任务就是用自己的诗歌去沟通和认识这个隐秘的世界。沟通的媒介便是象征性的物象，用它来暗示主题或暗示其他事物。象征物象会使你发现内心隐秘之处和普通事物背后的真实。这就是通过象征、暗示表现人与自然、人与事物、事物与事物之间隐秘关系的过程。因为世界万物的关系变幻莫测，这个过程也充满神秘。象征派诗歌的意象常常是恍恍惚惚，甚至是半隐半现的。所以，神秘性便成了象征主义的显著特点。象征主义者在他们的诗歌中大量采用暗示、象征和联想等手法来隐喻和表现他们所追求的那个世界。由于沉醉于追求隐秘的含义，象征主义者有时赋予词语另一种意义，有时对词语作出非常奇特的、出人意料的组合，以致造成诗句晦涩难懂的情况。但象征主义者比较强调诗的音乐性，讲究词句内在的节奏和旋律。

一些象征主义者认为自己是不合理社会的破坏者和艺术的革新者。**魏尔伦**（1844—1896）早年思想颓废，但不满第二帝国的统治。由于颓废成性，他很快变得消沉，但后来又焕发出热情，积极参加巴黎公社的斗争。公社失败后，他充满怀念之情，写下了歌颂公社的诗，但生活上变得更加颓唐。

魏尔伦的第一部诗集《土星人诗集》（1866）中忧郁感伤的调子明显，但表现了非凡的诗歌才能。他曾一度努力改变生活态度，却没能坚持，未能改掉颓废恶习，并曾入狱两年。他的许多诗都富于音乐性。1874 年发表的诗集《无题浪漫曲》不但语言流畅、情景交融、节奏感强，而且富于音乐性的美感，因而大受称赞。但他的诗始终离不开忧郁、伤感和惶惶不安的基调。在他的诗中可以听到一个被社会所毁、但仍渴望光明和纯洁的诗人真诚而痛苦的声音。他已被压倒，放浪形骸，于是发出了孤独无力的哀吟。

---

① 波德莱尔《感应》中的诗句是："仿佛远远传来一些悠长的回音，互相混成幽昧而深远的统一体；像黑夜一样又像光明一样茫无边际，芳香、色彩、音响全在互相感应。"（参见［法］波德莱尔：《恶之花》，钱春绮译，北京，人民文学出版社，1986。）

兰波（1854—1891）也是拥护巴黎公社的诗人。公社被镇压后，他写诗赞颂公社的斗争，痛斥凡尔赛刽子手。兰波从小才华过人，是一个天才少年，7 岁写小说，15 岁用拉丁文写的诗获科学院头等奖。他的诗主要作于 16～19 岁之间。他对资产阶级现实不满，充满失望情绪，生活颓唐，到处浪游和冒险，三十多岁就离开了人世。

兰波 17 岁时写的诗《醉舟》是其代表作，被誉为象征派诗歌的经典作品之一。一叶扁舟，从内河驶出，顺流而下，漂入大海。大海无边无际，时而平静温和，时而巨浪翻腾。失落了铁锚和船舵的醉舟在汪洋大海中漂动着，没有目标，时沉时浮。在险恶的大海中，诗人看到了许多奇异的景象，也看到了一些骇人的幻象——实际上是想象中的事物。自由的醉舟在大海上颠簸着，它无拘无束，沉醉于放任和自由，但也充满危险。不过，为体验自由而历险，即使"通体迸裂"也是"值得"的。

诗中的醉舟就是"我"，就是诗人，醉舟就是诗人的化身，象征意义明显。诗歌表现了诗人摆脱家庭、学校和社会束缚的渴望，也反映他在凶险的人生骇浪中找不到出路的烦恼和混乱的思绪。

兰波力图丰富象征主义的艺术表现方法。他的一些实验有时显得大胆而奇特。如他的十四行诗《母音》，五个母音各代表一种颜色，同时还是某种事物的象征。他列出的是：黑 A、白 E、红 I、绿 U、蓝 O。诗人在诗中说，E 是蒸汽和帐篷的洁白，高傲的水峰，白色的光线和伞形花；I 是咳出的鲜红的血，美丽双唇的笑；U 是绿色海洋的涟漪；等等。诗人认为母音不但带有色彩，还带有声音。通过母音的无限次的调配和变幻，通过色与音的转换，便可以产生无数全新的意象，从而使人进入一种奇妙的境界。诗人的这些奇思妙想，启迪人们不要墨守成规，要敢于幻想，敢于创新。

马拉美（1842—1898）是重要的象征派诗人。由于长期在创作和理论上执着追求，又没有魏尔伦、兰波那样的颓废习性，而且学识渊博，受青年景仰，所以，实际上他是象征派诗歌的真正领袖。当年到他家聚会、前去捧月的一部分小星们后来都成了耀眼的巨星和名扬世界的文坛巨子，如纪德、瓦雷里、克洛代尔、普鲁斯特等作家。马拉美长期致力于理论建设，他是象征派的理论家之一。他的理论称得上绝对的标新立异。他主张诗歌应该是"纯诗"，认为诗的内容应该是梦境，应具有神秘色彩。他认为美是神圣的，一切神圣的东西都是神秘的，诗歌既然表现美，所以它也是神圣的。真正的美的"纯诗"只能供人推测，而不可理解。如果诗的内容明明白白，那就不成其为诗了。马拉美是文学史上拉大诗歌与普通人距离最为突出的诗人之一。他为了增大诗的神秘性，便极力在文字上下功夫，尽力加强文字的魔力，并把全诗都罩上一层面纱或迷雾。马拉美的理论在他的代表作《牧神的午后》中得到集中的表现：一个夏天的下午，在西西里岛海岸边，牧神在恍惚中发现芦苇丛中有些玫瑰色的仙女在沐浴和嬉戏。那些仙女发现有人窥视，便都突然消逝到水中去了。岸上一对互相拥抱着的仙女被牧神抱住，在爱抚和狂吻中又挣脱了。牧神也弄不清这是现实，还是梦幻，因为他确曾用芦笛的声音唤来过仙女。整篇诗中虚虚实实，似梦非梦，难以定论。但神秘、幻景、朦胧、隐晦、扑朔迷离、用暗示代替逻辑的确定，这一切都符合象征主义的要求。马拉美后来被称为"梦幻诗人"。

法国象征主义作为一个流派，到 90 年代初就解体了。但它的思潮传到了比、奥、德、俄等国，产生了很大影响。法国象征主义的艺术手法被很多人研究和运用。

19 世纪后期，英国出现了以**王尔德**（1854—1900）为代表的唯美主义文学。唯美主义主张"为艺术而艺术"，强调创作与现实生活无关的"纯粹美"。唯美主义最早的鼓吹者是法国浪漫主义诗人戈蒂耶①。他早在 30 年代就宣扬"为艺术而艺术"的主张，反对文艺遵从道德和功利的目的。他的思想后来在英国作家王尔德的创作中找到了共鸣并得到进一步发挥。王尔德创作童话、小说和戏剧。在《快乐王子集》等童话中，他曾对受欺凌压迫的穷苦人表示同情，但他的世界观是颓废的和享乐主义的。王尔德很早就形成唯美主义观点。他厌恶英国的现实，认为不是生活高于艺术，而是艺术高于生活，只有艺术的美才具有永恒价值，企图以艺术的美同现实生活对立。作为一个"为艺术而艺术"观点的鼓吹者，他反对艺术家带有任何功利主义目的，认为艺术家应该完全自由，不受道德规范的约束。王尔德的代表作是长篇小说《道林·格雷的画像》（1891）。小说集中地反映了王尔德艺术至上、艺术超越功利动机的观点。另外，他在《莎乐美》等剧本和一些诗中，也都不同程度地宣扬了享乐主义和唯美主义思想。

除王尔德外，英国作家、文艺理论家佩特也是唯美主义流派中的一个重要代表。

第二节　左　　拉

一、生平和创作

爱弥尔·左拉（1840—1902），是 19 世纪下半期法国著名小说家。他虽然在理论上宣扬自然主义，但他的许多作品洋溢着现实主义精神。

左拉生于巴黎。父亲是威尼斯人，是个有名的工程师，在左拉 7 岁时去世。左拉少年时代曾饱尝贫穷的滋味。他注意提高自己的文化修养，是从出版社广告工作中走上创作道路的。

最初发表的作品，反映出浪漫主义文学对他的影响。但是左拉并不满足于模仿浪漫主义作家，他有革新文学的抱负。左拉明确认识到，新的时代要求新的文学，那种充满幻想、富于强烈感情色彩的浪漫主义文学已经不符合时代的要求。在当时某些哲学思想、生物学和生理学理论的影响下，左拉形成了自然主义观点。

在进行理论探讨的同时，左拉也在创作上进行了实验。他的小说《黛莱丝·拉甘》

---

① 戈蒂耶（1811—1872），在其小说《摩班小姐》（1835—1836）的序言中首次提出"为艺术而艺术"的主张（参见第七章第一节中有关法国文学的部分）。

（1867）和《玛德兰·费拉》（1868）就是他最早用来实验自然主义的两部小说。这两部小说都表现了"生理主义"的观点。《黛莱丝·拉甘》中描写了一个女人和她的情夫在肉欲的驱使下合谋杀死了女人的丈夫，后来又感到懊悔，并发展到彼此仇恨，以致精神失常，最后自杀。左拉在作品序言中写道："在《黛莱丝·拉甘》里面，我想研究的是人的气质，而不是性格……我一步跟着一步研究这两个兽类一般的人身体内肉欲的秘密活动，本能的冲动。人们会看到每一章都是对生理学一种病况的有趣的研究。"长篇小说《玛德兰·费拉》里也充满着对病态爱情的心理分析。

一个宏伟的创作计划在左拉的头脑中成熟起来。从 1868 年起，他着手准备创作一套多卷集的、《人间喜剧》式的庞大作品——《卢贡—马卡尔家族》。按照左拉的构思，这部庞大作品将是"第二帝国时代一个家族的自然史和社会史"。左拉在给他的出版家的计划中，对这部巨著的生理学和社会研究方面的目的，作了这样的说明："第一，研究一个家族的血统和环境的问题……以生理学的新发现为线索，用一种科学方法，到那里面发掘。""第二，研究整个第二帝国的时代……"前后经过 25 年的辛勤劳动，左拉终于完成了包括 20 部长篇小说的社会史诗《卢贡—马卡尔家族》。史诗所反映的生活内容相当广泛，涉及政治（《卢贡家族的家运》、《卢贡大人》、《普拉桑的征服》）、军事（《崩溃》）、宗教（《莫雷教士的过失》）、不动产投机（《贪欲》）、商业和金融（《妇女乐园》、《金钱》）、工人生活（《小酒店》、《萌芽》、《人兽》）、农民（《土地》）、科学（《巴斯卡尔医生》）、艺术（《作品》）、交际花（《娜娜》）等，几乎包括第二帝国时代社会生活的各个方面，有来自各阶层的人物一千余个。这部巨著完全有资格被称为第二帝国时期的百科全书。

《卢贡—马卡尔家族》中的 20 部小说，其思想艺术水平是不同的。在一些优秀的作品里，病理的研究让位给了社会的研究，生物学的决定论被社会环境的决定论所代替，人们能够透过所谓的家族史看到一部形象的社会史。

实际上，在左拉的许多作品中，占主要地位的并不是作者所构想的生物遗传问题，而是重要的社会问题。《卢贡家族的家运》（1871）就是这样的。作者的原始构思是要写家族遗传，可是小说中却反映了丰富的社会内容。它不单是卢贡家族史的序幕，也是第二帝国历史的序幕。这部小说从生物学出发的创作构思，最终让位于对社会问题的真实反映。

在第二部小说《贪欲》（1871）中，呈现在读者面前的是第二帝国建立初期出现的一批暴发户的世界。这些人靠疯狂的投机、无耻的欺骗而暴富。

《妇女乐园》（1883）和《金钱》（1891）也是反映第二帝国经济生活的作品。《妇女乐园》反映了第二帝国时期商业资本开始集中以及垄断组织兴起的情况。在《金钱》中，左拉描写了法国金融资本的发展，反映出法国垄断资本之间的竞争。

《小酒店》（1877）以真实的画面反映了工人阶级的贫困和悲惨的境遇。但是左拉认为这种情况是由工人身上有着酗酒的遗传恶习以及腐败的环境所造成的。自然主义理论影响了左拉，使他未能揭示出造成工人阶级贫困的根源，反而津津有味地恣意描写工人生活中那些堕落、落后和丑恶的方面。

　　不过，左拉并不是有意歪曲工人阶级。他在这本书的草稿上曾写道："在巴黎、酗酒、家庭的混乱、殴打、各种耻辱和各种贫困的承受，像这样一切，就是因为工人的生活条件、辛苦的劳动、男女混杂、放任等所造成的……不要奉承工人，可是也不要污蔑他。这是一种绝对正确的现实。"[①] 左拉在小说《萌芽》中描写了工人阶级反抗资本家剥削的斗争。

　　《卢贡—马卡尔家族》的社会画面极其广阔，反映了第二帝国兴亡的整整二十年的历史，既写出了帝国的政治腐败、宫廷内幕的丑闻、垄断资本的发展，也写出了无产阶级遭受剥削而奋起斗争的情况。他所描写的环境和人物的生活都是非常准确的。虽然自然主义理论给他的作品带来某些损害，但是在他的优秀作品中，现实主义的因素占有主导地位。

　　1894年，法国发生了"德雷弗斯事件"。犹太血统的法国军官德雷弗斯被诬告为德国间谍而被指犯了叛国罪。左拉研究了案情以后确信被告无辜，于是怀着极大的义愤投入了为德雷弗斯申冤的斗争，因而遭到当局的迫害，被迫流亡英国。一年后，德雷弗斯被宣布无罪，左拉才得以回国。在完成《卢贡—马卡尔家族》的创作以后，左拉又创作了《三城记》（1894—1898）和《四福音书》（1899—1903）等作品集。

　　1902年9月，左拉因煤气中毒去世。六年后他的骨灰被放进"先贤祠"。

二、《萌芽》

　　描写煤矿工人罢工的小说《萌芽》（1885），被认为是左拉的代表作。书中反映的是无产阶级早期的斗争。为了创作《萌芽》（1885），左拉做了大量的准备工作，阅读了不少有关工人状况和社会主义的书籍，还亲自下过矿井。

　　《萌芽》的情节并不复杂。小说中叙述失业的机器工人艾坚·郎吉埃来到服娄矿场，当起装煤工人。矿井下的劳动十分艰苦，由于工资很少，工人们连肚子都吃不饱，但是资本家仍想把经济危机造成的损失转嫁到工人身上，不断克扣工资，工人们对资本家的残酷剥削愤恨已极。工人们的处境每况愈下，工资根本不能维持生活。他们忍无可忍，最后决定罢工。艾坚成为罢工领导人。工人们破坏了一些设备。罢工持续下去，煤矿公司妄图以饥饿来迫使工人让步。工人和家属们困难到了极点，但仍不屈服。罢工工人与军警发生冲突，军队向工人开枪，造成许多工人伤亡。政府怕后果严重，要求公司结束罢工。公司采取了欺骗手段，工人们答应复工，但由于无政府主义者苏瓦林破坏了矿井的排水设备，致使大水淹没了矿巷，艾坚被救了上来，其他十余人葬身矿底。艾坚被公司开除。

　　在《萌芽》中，左拉认为工人的贫困是现存经济和社会制度造就的生活条件所决定的。作家真实地描写了煤矿工人所遭受的剥削和压迫。矿井设备年久失修，随时都有倒塌的危险，工人们每天像畜生一样被送到井下，在恶劣的条件下提心吊胆地进行极其沉重的劳动。

---

　　① 转引自［法］弗莱维勒：《左拉》，王道轮译，120页，上海，新文艺出版社，1956。

矿工们的居住条件十分恶劣，拥挤不堪。他们的肺叶已经被矽土所腐蚀，身体损坏了，还影响到了子女。工人们在井下挖煤，大汗淋漓，弄得污秽不堪，一天下来累得精疲力竭，但只拿到三个法郎，连维持家里起码的生计都不够。有一次发工资后，矿工们手中拿着很少几个钱垂头丧气地回到家里，工人区传出了妇女的哭泣声和孩子们饥饿的号叫声。整个矿村笼罩着贫困和死亡的阴影。

《萌芽》中所描写的罢工，是有了阶级觉悟的工人的集体行动，带有一定的政治斗争的性质。罢工领导人艾坚向工人们讲述了资产阶级剥削工人以及革命必然胜利的道理，提高了工人们的觉悟，坚定了他们斗争的信心。罢工工人的愤怒浪潮席卷了整个矿区，使资产阶级心惊肉跳。作家真实地表现了罢工工人们的团结和为共同事业而献身的精神。

工人们的这次斗争虽然失败了，但是毕竟使资产阶级领教了无产阶级的愤怒力量。小说的结尾不是悲观的，而是充满信心。"人们一天一天壮大，黑色的复仇大军正在田野里慢慢地生长，要使未来的世纪获得丰收。这支队伍的萌芽就要冲破大地活跃于世界之上了。"左拉相信，工人阶级的事业将来一定会开花结果。

在《萌芽》中，工人群众是被作为一个集体形象加以描写的，但作家对其中的一些工人和工人领袖则进行了突出的刻画。工人马赫一家就是作者所重点加以描写的。这是一个世代相承的工人之家，祖祖辈辈在煤矿劳动，有6人在矿井里丧了命。马赫的父亲给矿上干了50年，有45年是在井下，如今年老多病，吐的痰是黑的，但因不再下井而得了一个"善终"的诨名。马赫是一个正直的矿工，在罢工中觉悟逐渐提高，带领工人去请愿，在同军警进行面对面的斗争中献出了自己的生命。马赫嫂是小说中刻画得最丰满的一个形象。她经历了一个阶级意识觉醒的过程，从一个普通的家庭妇女成长为一个有觉悟的无产阶级战士。起初，她对资本家的善心抱着幻想，曾领着孩子去乞求施舍，对丈夫参加斗争出于担心而反对。后来在严酷的阶级斗争现实的教育下，她的阶级觉悟不断提高，抛弃了对资本家的幻想，并且勇敢地起来参加了斗争。罢工时，她的一点家当全部卖光，她还鼓励丈夫和其他矿工坚持下去。丈夫牺牲了，儿女相继葬身矿井，公公发了疯，幼小的孩子面临饿死的威胁。在这些大难的打击下，马赫嫂表现了坚强的意志，她顶替了丈夫的工作。残酷的阶级斗争使马赫嫂更加清醒了，她相信，事情终有一天会改变的，复仇的日子一定会到来。

在《萌芽》里，左拉还塑造了几个工人运动领导人的形象。由于作家描写的是早期工人运动的活动家，他们在理论修养上和斗争艺术上都还显得经验不足。但这些形象是真实的。

《萌芽》是一部在艺术上有着很高成就的作品。在描写矿工在井下的艰苦劳动、生活条件之恶劣以及反映工人大规模罢工斗争的惊天动地的场面等方面，左拉的成就是空前的。左拉的独到之处，是他能够把粗犷和细致两种因素巧妙地结合在一起，既勾画出了气势磅礴的群众场面和广阔的背景，又有许多极其精微细致的描写。

为了突出劳资矛盾的鸿沟，作家运用了尖锐对照的手法。如马赫家的人不到4点就起来，带上一小块面包去上工；而格雷古瓦一家要到9点才起床，第一件事就是为小姐的奶油蛋糕而忙碌。当马赫嫂的女儿和另一些工人被压在矿井底下时，一个资本家的女儿却在这种惨象下写生取乐。

《萌芽》尽管有着很突出的艺术成就，但也没有完全摆脱自然主义理论的束缚。如艾坚的形象，作者就企图表现马卡尔家族酗酒遗传的可怕影响。遗传使他患有杀人的疯狂症，由于自己控制而没有在行动中完全表现出来。作家有时也沉迷于自然主义的细节，如多次描写工人们混乱的男女关系，还有对老"善终"掐死赛西尔小姐的耸人听闻的描写等，这一切都是自然主义观点所造成的赘笔。《萌芽》尽管存在这样一些缺点，它仍然是19世纪反映工人运动的最优秀的作品。莫泊桑曾经指出："毫无疑问，没有一部书包含了那么多的生活和运动。"

第三节　莫泊桑

一、生平和创作

居伊·德·莫泊桑（1850—1893）是19世纪后半期法国著名作家，出身于没落贵族家庭。莫泊桑的母亲是个有文学修养的女人，她从莫泊桑少年时代起就注意培养他的文学兴趣。

在卢昂中学求学时，莫泊桑曾从事多种体裁的习作。1870年，他刚到巴黎入大学读法律，普法战争爆发，便应征入伍。第二年4月他离开军队，当了一名公务员。

从1873年起，莫泊桑得到著名作家福楼拜的指导。福楼拜在创作上对莫泊桑进行了多方面的严格教导，使他掌握了写作技巧。他参加了"梅塘作家集团"的聚会，为这个集团所写的《羊脂球》使他一举成名。此后，他摆脱公职，专门从事创作。莫泊桑从青年时代起，就患有多种疾病，多年遭受精神病的折磨，1890年精神失常，于1893年逝世，年仅43岁。

莫泊桑从事创作的时期正值第三共和国时期，他的作品清楚地反映了他对第三共和国腐败社会的反感。

莫泊桑的短篇小说成就极高，他也创作了像《一生》（1883）和《漂亮朋友》（1885）这样出色的长篇小说，但短篇小说更充分地反映出他的艺术才能。莫泊桑同时代的作家法郎士称他为"短篇小说之王"。在莫泊桑三百多篇中、短篇小说中，名篇佳作极多。

在莫泊桑的短篇小说中，描写资产阶级风俗习尚的占有突出的地位，这是他创作中最有意义的部分。在这一类小说中，作家揭露了资产阶级的腐化堕落和拜金主义等丑恶风尚，也描写了小资产阶级爱慕虚荣和追逐浮华的心理状态。莫泊桑在不少小说中反映出，在那个社会里，金钱成了上帝，人们普遍追求享乐，道德水平日趋低下，荒淫无耻成风。如在短篇小说《遗产》（1884）里，为了生一个可以得到大笔遗产的继承人，女主人公的父亲和丈夫竟然默许她与人通奸。由于世风日下，社会上出现伤天害理和灭绝人性的事情。在短篇小说《老人》（1884）中，女儿和女婿不等老人咽气就办起丧事来。金钱腐蚀了人们的灵魂，甚至使手足兄弟成了路人。在《我的叔叔于勒》（1883）中，作家描写于勒一家朝思暮想他们在国外发了财的叔叔回到家来，可是当他们发现于勒叔叔不过是一个贫穷落魄的小贩时，竟然拒绝和他相认。在那个崇拜金钱的社会里，爱虚荣、尚浮华的风气十分流行。《项链》（1884）中，公务员的妻子为了在舞会上出一次风头，竟付出了十年辛苦劳动的代价。

在那个金钱至上、世态炎凉的社会里，人们缺少同情心，变得越来越冷酷。在短篇《瞎子》（1882）和《穷鬼》（1884）里，作者痛苦地描写了两个残疾人的悲惨遭遇。瞎子成了村里人取乐和折磨的对象，人们往他的食物里放垃圾，以打他耳光取乐，最后他被姐夫带到很远的地方，死在那里。而失去双腿的"穷鬼"两天没有吃过饭，他偷了一只鸡，被老板和长工打得半死，第二天死在狱中。

莫泊桑还写了很多反映普法战争的故事。他强调普通群众中有更多的爱国主义。在《米隆老爹》里，老农民米隆老爹一个人用巧计杀死许多零散活动的普鲁士骑兵，被捕后带着微笑英勇就义。在《蛮大妈》（1884）里，农村的索瓦热大妈家里住进了四个普鲁士士兵。有一天，她接到通知说，她的儿子在前线战死了，她便在四个敌兵熟睡之际放火把他们烧死，并且毫不畏惧地向敌军官承认了自己所干的事，最后被敌人枪杀。敌人的暴行，激起了法国广大人民的强烈愤怒和反抗。不过，莫泊桑也指出，并不是所有的人都具有这种品德。他笔下的上层人物就缺乏爱国心，甚至连妓女也不如。他的小说《羊脂球》就反映了这一点。在另一篇小说《菲菲小姐》（1882）中，莫泊桑也描写了一个妓女的英勇行为。一个叫作"菲菲小姐"的普鲁士军官放肆地侮辱法国人，结果被妓女拉歇尔用餐桌上的小刀刺死。普通人、"卑贱"者的表现同上流社会的冷酷、自私自利，形成了鲜明的对照。

莫泊桑也曾受到自然主义的影响。在个别小说里，人竟被写成被兽性驱使的动物。

莫泊桑中短篇小说的艺术造诣是很高的。这些小说大都取材于日常生活，截取其中一个极平常但具有典型意义的片段，篇幅不大，但通过作家的艺术加工，反映出深刻的思想内容。这种以小见大的功夫反映出了作家很高的艺术修养。

构思与布局的巧妙也是莫泊桑中短篇的一大特点。小说取材于平凡的日常生活，却具有巧妙的引人入胜的情节布局。莫泊桑反对"创造奇遇"，不赞成故意写那些危言耸听的故事，主张"以单纯的真实来感动人"。莫泊桑的许多小说开始时一般平稳地展开，可是到后来情节突然发生转折，往往出现一个意想不到的结局，但是完全符合生活真实的逻辑，读了耐人寻味。

二、《羊脂球》

莫泊桑的代表作之一《羊脂球》（1880）以1870—1871年普法战争为背景。法军在这次战争中战败，拿破仑三世皇帝投降，普鲁士军队长驱直入，占领了法国的大片领土，犯下了无数烧杀淫掠的暴行。法国资产阶级政权的无能、腐朽和出卖民族利益，是造成战争失败、使国家蒙受耻辱的根本原因。在短篇小说《羊脂球》中，莫泊桑通过一个生动的故事，形象地反映出资产阶级在这场战争中所表现出的卑鄙自私和出卖人民的丑恶嘴脸。

故事发生在 1870 年冬天。法军败退后，普鲁士军队开进鲁昂城。有十名旅客租了一辆马车，前往处在法军控制下的勒阿弗尔港。十个人属于不同的阶级。其中有三对夫妇属于上层阶级：葡萄酒批发商"鸟先生"和他的妻子，纺织厂厂主和省议会议员卡雷—拉马东先生和他的太太，贵族地主布雷维尔伯爵和他的夫人。除这三对有产者外，还有两个修女和一个别号叫"民主党"的家伙；再一个是身体过胖、外号"羊脂球"的妓女。十个人中既有上等阶级的老爷太太，也有下等阶级的人，既有宗教界的代表，也有以进步自诩的左翼人士，这十个人构成了一个小社会。莫泊桑通过这十名旅客在旅途中的表现，检验了他们的道德价值。

在小说中，作者通过一个虽然普通但又非常巧妙的故事，把"下等人"和"上等人"作了对比。羊脂球在资本主义社会是一个被人轻视的对象，但是作者通过具体事例向读者证明，十人当中只有羊脂球配称高尚的人和有爱国心的人。羊脂球为生活所迫沦落烟花，但没有丧失淳朴善良的品质。在马车上，尽管那些贵族资产阶级老爷太太对她表示了蔑视和侮辱，可是当他们饥饿的时候，她毫不计较，请他们分享自己的食物。

羊脂球不但有助人为乐的好品质，而且具有强烈的民族自尊心。她憎恨普鲁士人，不许普鲁士人住进她家，曾跳上去掐住普鲁士人的脖子，为此只好躲藏起来。

在多特镇旅馆，普鲁士军官提出了厚颜无耻的要求，羊脂球虽然是一个被人玩弄和轻视的妓女，但此时此刻，普鲁士人是侵略她的祖国、屠杀她的同胞的敌人，她坚决拒绝了普鲁士军官的无耻要求。可是她的那些同胞和旅伴，那些"信奉宗教、服膺原则、有权威的上等人"，对羊脂球的勇敢而正义的行为，非但没有支持，反而从自私自利的动机出发，极力引诱羊脂球上当。

教堂里有孩子要领洗，羊脂球参加仪式去了。那些人便趁机开了一个如何出卖羊脂球的会。"鸟夫人"大骂羊脂球是肮脏女人，假装正经，她甚至认为普鲁士军官的"行为很正派"。她的那个庸俗透顶的男人竟然主张把"贱货"羊脂球连手带脚捆起来，交给敌人。这些所谓的"上等人"向羊脂球展开"攻心战"的丑剧最充分地暴露了他们的卑鄙和无耻。

午后散步时，伯爵挽着羊脂球的胳膊，用亲热、和蔼慈祥的口气跟她说话，"用感情打动她"，"竭力渲染她可以帮他们多么大的忙，也谈到他们将如何感激她"，还夹杂着几句亲密意味的奉承。羊脂球年轻，经验不足，在这些老奸巨猾的上等人的夹攻之下，终于上当。

多特镇旅馆这出戏的整个过程充分地暴露出，这些所谓的上等人原来都是些灵魂丑恶、损人利己的败类。而那两个来自宗教神圣殿堂的修女，实际上也参与了他们的丑行。她们假上帝之名，行罪恶之实，为虎作伥，毫无圣洁可言。至于那个外号"民主党"的高尼岱，根本没有做任何事来阻止羊脂球成为牺牲品，在那些老爷太太玩弄阴谋出卖羊脂球时，他实际上是听之任之的。这一切说明，高尼岱不过是一个披着进步民主外衣的假左派。

短篇小说《羊脂球》的中心问题是如何对待外国侵略者的暴行，而这恰巧也正是普法战争造成法国惨败以致遭到奇耻大辱的问题。莫泊桑在这部小说里并没有正面去写两国间的战争，也没有具体写政治家们的活动，他只是写了一个普鲁士军官要求一个法国妓女陪他过夜的故事，通过表现如何对待敌人野蛮无礼的要求，反映出法国不同阶级和不同社会力量在战争时期的政治态度。这篇小说中，法国资产阶级对待普鲁士侵略者的态度同法国资产阶级政府的态度如出一辙，反映出莫泊桑善于抓住问题实质的能力。

《羊脂球》是一篇思想蕴涵相当深刻的作品，这种深刻的思想蕴涵是通过优美的艺术形式来体现的。

巧妙的情节构思和结构布局是它最突出的特点。

小说写一个妓女拒绝伺候侵略军军官和由此引发的尖锐矛盾。这个故事的构思很不寻常，而把不同阶级、不同社会背景、不同性格的十名旅客安置在一辆马车上，通过他们的首程赶路、中途歇脚、重新上路这三段结构来展现情节，并且，以饥饿为开端，又以饥饿作结尾，这些布局设计十分巧妙。而在多特镇旅馆发生的事，则是小说全部矛盾的中心。

《羊脂球》虽然篇幅不是很长，但作者做到了最大限度地运用各种描写手段和艺术细节，务使所描写的事件真实可信，人物形象栩栩如生。

《羊脂球》中人物形象之所以生动鲜明，个性化的人物语言也是重要因素之一。小说里人物的语言都严格地符合他们的身份、教养和性格特点。如"鸟先生"因出身低微，缺乏教养，语言十分粗俗；布雷维尔伯爵和拉马东先生则不像"鸟先生"那样粗俗和厚颜无耻，但伪善阴险得多。莫泊桑小说语言的准确、明晰和生动，曾使托尔斯泰和法朗士赞叹不已。

运用细致的外貌肖像描写达到人物形象的个性化，是这篇小说的另一特点。此外，运用多层次、多侧面、多角度的对比手法，也是这篇小说的重要特色。如"上等人"和"下等人"的对比，前后两次在马车上对待饥饿同伴态度的对比，对普鲁士军官的无耻要求持何种态度的对比等。这种对比手法产生了强烈的艺术效果。

莫泊桑的中短篇小说把朴素简洁和精致优美紧密地结合在一起，构成了他特有的风格。他在艺术上取得的杰出成就，使他在法国文学史上占有重要的地位。

第四节　哈　　代

一、生平和创作

托马斯·哈代（1840—1928）生于英国西南部多塞特郡的农村。哈代曾在郡城一所学校学习拉丁文，于1856年离开学校，给一名建筑师当学徒，同时钻研文学和希腊文。哈代对农村大自然和人民生活习俗十分熟悉，这为他以后从事文学创作打下了重要的基础。1862年，哈代前往伦敦，向著名建筑师学习建筑。哈代十分好学，继续努力学习，主要是钻研文学和哲学，并到大学去进修现代语言。哈代于1867年返回故乡，重新操起建筑师的职业，同时开始了文学创作的生涯。

最初，他既写诗也写小说，但很快就放弃了写诗而集中精力创作小说。他一生写了长篇小说 14 部，短篇小说集 4 部，诗 8 集，史诗剧 1 部。哈代把他的长篇小说分为三类：人物和环境小说，罗曼史和幻想小说，机敏和经验的小说。他最重要的长篇小说都属于"人物和环境小说"这一类。因这些小说都以威塞克斯农村地区为背景，故又称"威塞克斯小说"①。

哈代走上文坛的时候，正值英国的资本主义渗透进了农村，破坏了农村宗法制的社会基础。哈代看到了资本主义给农民带来的破产和贫困，对农民充满同情。但他又认为这是一种凌驾于现实之上的神秘力量所造成的，是人类所不能抗拒的命运。

哈代第一部"人物和环境小说"《绿荫下》（1872）描写农村青年狄克和女教师范希的爱情故事。小说中对农村自然风光和生活习俗的描写富有诗意。作家在把淳朴的宗法制农村同自私自利的资本主义世界加以对比时，明显地美化了前者。

长篇小说《远离尘嚣》（1874）的发表获得很大成功。从此哈代放弃了建筑师的职业而全力投入写作。小说的内容是老实的牧羊人奥克爱上了白斯雪芭姑娘，姑娘却同外表潇洒但道德低下的特罗伊中士结了婚。特罗伊曾答应与另一少女结婚，对方已经怀孕，但被他遗弃。特罗伊为另一情敌所杀。奥克最后终于同心上人结合。

这部小说告诉人们：在英国，远离尘嚣的农村古老宗法世界，再也不是恬静安宁的地方，资本主义发展所带来的利己主义、欺诈和争夺已经在这里出现。

长篇小说《还乡》（1878）是哈代的重要作品之一。这部小说反映出，作家已经摆脱了对田园生活的幻想。他已看清，那不过是一个不可实现的理想世界。小说男主人公克林·约布赖特曾在巴黎经营珠宝生意。他是一个有志的青年，关心社会问题，对大城市流行的贪婪和现金交易极为反感。回到家乡爱格敦荒原，便决定留下为家乡造福。克林引起了美丽的姑娘游苔莎的注意。游苔莎热情好动，骄傲任性，看不起农村的劳动生活，向往到大城市去过舒适生活，这也是她跟克林结婚的目的。但她的目的没有达到，夫妻之间的矛盾不断加深，游苔莎在与从前的情人韦狄私奔途中落水淹死。克林的理想和社会活动也未得到农民的理解和支持，失望之余，他做了传教士。

这部小说反映出哈代对社会前途抱着悲观的认识。小说中辽阔而无声的爱格敦荒原象征着大自然的冷酷无情，在它面前软弱无力的人类不能掌握自己的命运。

1886 年发表的小说《卡斯特桥市长》中，宿命论的思想更为浓厚。主人公亨察尔德年轻时因酗酒铸成大错，可是无论他怎样努力赎罪，仍然逃脱不了命中注定的厄运。这部小说似乎在说：冥冥中有一种力量在支配着人的生活，不管人们怎样挣扎和逃避，注定的命运最终还是落在你的头上。

哈代最优秀的长篇小说《德伯家的苔丝》（1891）中社会批判成分明显加强，一般认为

---

① "威塞克斯"是作家利用古代西撒克逊人的国名而虚构的地名。在他的小说作品中，有时用真实的地名，有时是根据真实的地貌和社会情况虚构地名。

它是哈代的代表作。哈代的最后一部长篇小说《无名的裘德》（1896）对资产阶级社会的批判更强烈有力。小说主人公裘德幼时是个孤儿，长大后当了石匠的学徒。因家境贫寒，没有受教育的机会，但裘德热爱知识，在劳动之余刻苦自学。他对著名的基督寺大学（影射牛津大学）十分向往，渴望受到高等教育，将来当一个牧师，也可以运用知识从事伟大的事业。他怀着朝拜圣地的心情去拜谒大学城基督寺，途中因感情脆弱和无知，同养猪小贩的女儿艾拉白拉结了婚。艾拉白拉充满享乐的欲望，当发现裘德不能满足她的要求时便离开了他。裘德来到大学城后，发现大学的门只向有钱人的子弟开放，对穷苦人的子弟则是关着的。裘德又当了石匠。裘德和他的表妹素都遭遇了不当的婚姻。二人相爱，但已身不由己了。二人同居后遭到社会巨大压力，甚至造成生活无着、孩子惨死的悲剧。

哈代在小说中描写了一个劳动人民出身的青年"壮志不遂的悲惨身世"。裘德有才能，有理想，素也敢于反抗资产阶级的婚姻制度。他们互相理解，真诚相爱，却遭到资产阶级道德和宗教的残酷惩罚。他们走投无路，最后走向悲剧的结局。

《无名的裘德》虽然有着强烈的揭露批判成分，但悲观主义和宿命论色彩都很突出。由于《德伯家的苔丝》和《无名的裘德》遭到猛烈攻击，哈代气愤之下放弃了小说写作，重新致力于已放弃多年的诗歌创作。从这时起，直到他去世的三十年间，哈代全力投身于诗歌的创作。他认为，创作诗歌能使他自由地抒发自己的感情，表达自己的思想，不致遭到非难。但是他想错了，他的一些诗作仍然受到了攻击。

哈代的诗总共八集，918首。在哈代的诗作中，写拿破仑战争的史诗剧《列王》（1903—1908）占有重要的地位。这部作品虽称为剧，实则是将史诗、戏剧和抒情诗融于一体的一部作品。

第一次世界大战期间，哈代写了不少反对战争的诗。他对那些点起战火的战争狂人给予了有力的揭露，表现了鲜明的反对帝国战争的立场。

除长篇小说和诗歌外，哈代还写过很多中短篇小说。

哈代于1928年1月11日以87岁的高龄去世，死后葬于伦敦威斯敏斯特教堂"诗人之角"，其心则葬于故乡斯廷兹福得教堂墓地。

二、《德伯家的苔丝》

《德伯家的苔丝》是哈代的代表作之一。小说通过农家姑娘苔丝的悲惨遭遇，真实地反映了英国资本主义的发展给个体的小农经济带来的深重灾难。小说还对资产阶级的道德和法律进行了有力的揭露。

苔丝是一个美丽、善良和勤劳的农家姑娘。服从母亲高攀的企图，苔丝到地主德伯家去认本家，结果在那儿被雇养鸡。德伯家原来是北方的富商，后到南方当了乡绅，冒姓德伯。这家的少爷亚雷是个轻浮无耻的纨绔子弟，对苔丝心怀不良。苔丝被骗到森林里失了身。

苔丝对亚雷十分鄙视和厌恶，但不幸已经怀孕。回家后，由于有了私生子，受到邻里的歧视，她精神上经受了沉重的压力。孩子夭折后，苔丝离开本村，到一家牛奶厂当挤奶工，在那里，她和牧师的儿子安玑·克莱之间产生了感情。新婚之夜，苔丝向克莱坦白了自己失身的事，却未能得到克莱的谅解。克莱出国到巴西去了。被遗弃的苔丝回到娘家，经受了难以想象的困难和痛苦。她当过短工和长工。亚雷又来纠缠。后来苔丝一家沦落街头。在克莱毫无音信的情况下，苔丝怀着自我牺牲的心情和亚雷同居。不久，克莱突然归来，对被自己遗弃的妻子表示忏悔。苔丝在悔恨和绝望中刺死了害了她一生的亚雷，和克莱在荒野中度过了几天"幸福"的逃亡生活，但终于被捕，被判处死刑。

在小说《德伯家的苔丝》中，哈代通过苔丝的悲惨命运，愤怒地控诉了英国的资本主义制度，在揭露这个制度残酷压迫劳动人民的同时，还勇敢地否定了宗教和资产阶级道德的正义性。在苔丝身上，哈代集中地概括了劳动人民的优秀品质，她淳朴、感情真挚，有一颗高尚的心灵。她热爱劳动，并不认为自己的贫苦农民出身是一件什么耻辱的事。她爱克莱，同他结婚也不是因为他有钱，地位比自己高，而是因为他善良，思想开明。她对克莱的爱是真诚的、纯洁的。在苔丝身上突出地表现了劳动人民的优秀品德。自食其力是她的信念。苔丝性格坚强，很早就承担起家庭的生计。她遇到过无数的困难，但从不自暴自弃。即使是在葛露卑的农场干着力所不及的牛马劳动，她也从不求人施舍。她有了私生子，遭到周围人的歧视，需要极大的精神和意志力量来承受这种压力。克莱出国以后，她经受了无数的折磨，一个人极端困难地挣扎着。同亚雷同居是不得已的，实际上并没有同他妥协。她充满了对亚雷的仇恨。当她明确意识到她的一生是被亚雷所毁，就不顾一切地杀死了他，这一行动突出地反映了苔丝对非正义的社会和恶势力的反抗精神。

对于苔丝悲惨的命运，亚雷和克莱都有责任。亚雷是一个资产阶级公子哥儿，他极端的厚颜无耻，是造成苔丝悲剧的祸首，他的结局是咎由自取的。克莱的形象比较复杂。他厌恶现代的城市生活，不把地位和财富看在眼里。他不去上大学，却跑到乡下学起农业技能来。他的思想行为说明他是个不同凡俗的青年。他后来的表现却说明他对资产阶级传统的背离是十分有限的。特别是他不谅解苔丝并把她遗弃的行为，说明他并没有跳出资产阶级道德观念的樊笼。苔丝被遗弃之后仍然爱着克莱，盼望他回来搭救自己，但是克莱的归来为时已晚，苔丝正走向悲剧的结局。对苔丝的悲剧，克莱也负有责任。

苔丝的悲剧命运有着明显的社会性质。苔丝是社会压迫的牺牲品。这种压迫既来自资产阶级恶势力和剥削者，也来自资产阶级的社会道德和宗教。

苔丝的悲剧命运是必然的。她的悲剧是资本主义侵入农村后造成无数小农贫困破产甚至毁灭的现实的写照。在资本主义的强大势力面前，农民已经不能在原来的基础上生存下去了。穷困和残酷的剥削，又把苔丝推上了绝路。地主富农的恶势力、资产阶级的法律和道德以及宗教联合在一起，共同来迫害和摧残一个在政治上和经济上都十分软弱的农家女子，她的毁灭是不可避免的。

在小说的最后，苔丝杀死亚雷，遭到警察逮捕并被处死，哈代愤慨地写道："'典刑'明正了，埃斯库罗斯所说的那个众神的主宰对于苔丝的戏弄也完结了。"在这里，哈代在批判了资产阶级的统治之外，还批判了上天（"众神的主宰"，即主神宙斯）的不公正，由于上天、命运的捉弄和社会的摧残，纯洁的苔丝才成了牺牲品。

哈代的作品反映了资本主义侵入农村后所引起的社会、经济、道德和思想的深刻变化。描写农村的生活风习，反映农民的悲惨命运，是哈代最主要的贡献。在英国文学史上，农村题材一直未受到充分重视，在英国文学中开辟这个领域的是哈代。哈代在描写农村生活受到资本主义发展的破坏时，还揭露了资产阶级道德的虚伪以及资产阶级法律、教育与劳动人民为敌的本质。但由于受到唯心主义哲学的影响，哈代认为人世充满了忧患和痛苦是因为冥冥中有一种命运在经常捉弄人，使人摆脱不了不幸的遭遇。加之作家远离社会斗争，看不到人类光明的前途，因此作品中除宿命论外还笼罩着一层浓厚的悲观主义气氛。尽管有这些局限，哈代作品的强烈批判精神和对社会矛盾的深刻揭露仍然是其基本价值所在。哈代的创作沉重地打击了维多利亚时代虚假的乐观主义，揭穿了英国社会已经达到黄金时代的神话。

19世纪前期的狄更斯和19世纪后期的哈代，是英国小说的两大支柱。哈代的特点是他"全然无意把周围生活的阴暗图景着上一层粉红色"（卢那察尔斯基语）。

第五节　易卜生

一、生平和创作

亨利克·易卜生（1828—1906）是挪威的伟大戏剧家，欧洲现代戏剧创始人。他同时也是诗人。

易卜生出身于富商家庭，8岁时父亲破产，15岁到药店当学徒。易卜生的求知欲很强，大量阅读古典作品，并开始写诗。历史上，挪威长期是丹麦的藩属，1814年与瑞典结成联邦，实际上瑞典起主导作用。挪威人要求独立的情绪始终存在。在1848年欧洲革命的影响下，挪威的独立运动也开展起来。易卜生十分兴奋，他写了一些歌颂民族独立的诗篇，并写了一个反专制暴政题材的剧本《凯蒂莱恩》（1850）。

1850年，易卜生来到首都投考大学，未被录取。他参加过学生的示威游行和工人运动，后决心从事文学创作。从1851年起，他在剧院工作多年，同时集中力量写作剧本。早期创作的主要是所谓浪漫主义历史剧，通过对民族历史和古代英雄的歌颂，激发人民的爱国主义情感，为挪威当时的民族独立运动服务。比较著名的有《英格夫人》（1855）和《觊觎王位的人》（1863）等。

1864年，爆发了普鲁士奥地利联军占领丹麦领土的战争。挪威未出兵援助丹麦，丹麦惨遭失败。易卜生对政府政策和国内状况十分不满，一怒之下离开祖国，在意大利和德国住了26年多，中间有时回国小住。1866—1867年，他创作了《布朗德》和《培尔·金特》两部哲理诗剧。《布朗德》写的是一个有理想并为理想而奋斗牺牲的人的悲剧。剧本中的"个人精神反叛"的主题，在易卜生后来的作品中又有发展。剧本《培尔·金特》中的主人公是个同布朗德相反的人物，他自私自利、贪图享乐、随波逐流，是个利己主义者。在他身上反映出小资产阶级市侩那种共通的庸俗自私的特点。

易卜生侨居国外，目睹了资本主义国家尖锐的社会矛盾，加深了对现存制度的认识，促使他把注意力转到迫切的现实问题上来。从1868年到德国起，直至80年代初，他创作了一组内容十分深刻的"社会问题剧"①。这些作品不以剧情的紧张、惊险去吸引观众，而是专门深入地挖掘资本主义社会的政治、宗教、道德、家庭、妇女、教育、法律等多方面的问题，笔锋犀利，贯穿着强烈的批判精神。在《青年同盟》（1869）、《社会支柱》（1877）、《玩偶之家》（1879）、《群鬼》（1881）、《人民公敌》（1882）等作品里，易卜生勇敢地揭露了资产阶级道德的堕落、家庭生活的虚伪、思想的庸俗褊狭和资产阶级民主政治的欺骗性。如剧本《社会支柱》中的资产阶级代表人物博尼克有着"慈善家"、"模范丈夫"和"模范父亲"的美名，被人们看作是具有一切美德的"社会支柱"。但是后来的事实说明，他是个诱奸妇女、出卖朋友、撒谎造谣、唯利是图的恶棍，一个盗取财物的骗子和刑事犯。此等人作为社会支柱，后果可想而知。

剧本《玩偶之家》揭露了资产阶级家庭关系的虚伪，提出了妇女解放的问题，思想深刻，艺术精湛，影响巨大，被认为是易卜生最优秀的剧作。

《玩偶之家》出版后，因它的内容触犯了资产阶级的传统道德，遭到资产阶级评论界的非难，于是，易卜生写了剧本《群鬼》作为答复。剧中的海仑·阿尔文太太是一个由传统道德培养出来的妇女，性格温柔、懦弱，胆子小，好体面。海仑为了维护旧的、虚伪的道德观念，得到了一个悲剧的结局。这就是易卜生对那些攻击娜拉出走的人的回答。

著名的戏剧《人民公敌》着重揭露了资产阶级民主的虚伪。主人公斯多克芒是个正直、勇敢、热爱真理的医生。他发现他们城里的温泉浴场含有危险的传染病毒，主张封闭浴场，重新改建。但是，如果他的建议付诸实行，就会影响股东和房产主们的收益，因而遭到市长、报界、房产主们的激烈反对。市长和房产主们操纵会场，以所谓的"民主方式"进行表决，结果医生被宣布为"人民公敌"。

从《野鸭》的发表到作家逝世，易卜生的创作发生了显著的变化。19世纪80年代、90年代，以及20世纪初，也就是易卜生在国外生活的后期，以及他回到祖国以后的时期，欧洲资本主义社会的腐朽日益加剧。易卜生虽然厌恶资产阶级的政治、道德和社会关系，但他看不到任何改革的可能，他本人又远离政治斗争，加之受到流行的文艺思潮的影响，使他从对社会的批判转向了对人物内心生活和精神世界的剖析。作家更多地使用了象征主义手法，作品往往带有神秘主义色彩。后期的作品除《野鸭》（1884）外，还有《罗斯莫庄》（1886）、《海上夫人》（1888）、《海达·高布乐》（1890）、《建筑师》（1892）、《小艾友夫》（1894）、

---

① "社会问题剧"，这是易卜生在19世纪60年代至80年代所写的以现实中的社会问题与家庭问题为题材，以现实主义创作方法写成的一组剧本，包括《青年同盟》、《社会支柱》、《玩偶之家》、《群鬼》、《人民公敌》等。这些作品以其犀利的批判精神和高超的手法著称于世，对欧洲乃至世界的戏剧产生了广泛而深远的影响。

《博克曼》（1896）、《当我们死而复苏时》（1899）。

易卜生后期的创作突破了传统的表现手法，着重表现人物丰富复杂的内心活动和精神世界，剧情的发展变化退居到了第二位。为了衬托人物的内心活动，加强了富有诗意的抒情描写，表现手法上也比较细腻。但作品的批判力量减弱了，由于找不到解决社会矛盾的办法，作品中产生了悲观主义情绪。尽管如此，它们仍然具有一定的意义，很多作品揭露了资产阶级的腐朽，批判了资产阶级社会摧毁人的精神自由，毁灭人的幸福。作者的圆熟凝练的艺术手法，为人们所称道。

易卜生是欧洲现代现实主义戏剧的杰出代表。他的伟大功绩在于：正当欧洲戏剧处在衰落的时期，他却发扬了现实主义的优秀传统，使戏剧直接反映当代的现实生活，提出了许多生活中的迫切问题，并对戏剧艺术进行了很多革新和创造。易卜生创作出了他的"社会问题剧"，以其丰富的社会内容和高度的艺术技巧，震动了欧洲戏剧舞台，引起了一场戏剧上的革命。在戏剧艺术的革新方面，他把当代社会同人们有关的切身问题搬上舞台，舞台上表演的就是人们自己的生活和他们所关心的种种社会问题。易卜生的戏剧冲突，都来自现实生活，戏剧情节的发展完全沿着生活本身的逻辑进行，非常真实、自然。他把 19 世纪末的欧洲戏剧从形式主义的泥潭里挽救出来，影响极为深远。易卜生不但影响了萧伯纳和斯特林堡这样一些在 19 世纪已经成名的作家，他的戏剧还培育了 20 世纪现代戏剧的一些代表人物，如奥尼尔、密勒、奥斯本、赫尔曼、奥德茨等人。

二、《玩偶之家》

《玩偶之家》是易卜生的代表作。剧本通过对一个普通的资产阶级家庭夫妻关系的剖析，揭露了资产阶级婚姻和家庭生活的虚伪，提出了妇女的地位和妇女解放的问题。

娜拉和丈夫海尔茂的感情一直很好。几年以前，娜拉为挽救患重病的丈夫的生命，瞒着他向债主借了一笔钱，送丈夫到国外疗养。在借据上她伪造了父亲的签名，因为当时父亲也病重，娜拉不好把丈夫患病和借钱的事告诉他。后来，海尔茂恢复了健康，并且当上了银行的经理。娜拉几年来一直非常节俭，甚至偷偷地在夜间做一些抄写工作来挣钱还债。她做这一切都是因为爱丈夫。但是，一件意外的事发生了。海尔茂把银行里的职员柯洛克斯泰辞退了，而此人正是娜拉的债主。柯洛克斯泰给海尔茂写了一封揭露真相的信。娜拉幻想丈夫得知真相后会原谅自己，甚至还可能勇敢地出面承担全部责任。不料海尔茂看信后反而把娜拉大骂了一顿。娜拉的老同学林丹太太原来是柯洛克斯泰的情人，她说服了柯洛克斯泰，把那张借据退还给了娜拉。海尔茂看到自己的名誉地位已经保全，立刻改变态度，对娜拉亲热起来。可是经过这一场风波，娜拉已经看透了丈夫的虚伪自私，毅然离开了海尔茂的"玩偶之家"。

娜拉是一个有着资产阶级民主思想倾向的妇女。剧中主要写她的觉醒。她诚挚热情，为人善良，乐于助人，富有同情心。她为了丈夫治病而借钱搞假签字一事，突出地反映了她的勇敢和对丈夫的体贴。当伪造签字的事快要暴露时，她甚至决定牺牲自己，以挽救丈夫的名誉。这件事突出地反映出娜拉品格的高尚。娜拉虽然是个柔弱女子，但她并不缺少坚定的意志。对柯洛克斯泰的威胁恐吓，她也没有屈服，而是准备勇敢地承担一切责任。当她丈夫虚伪丑恶的面目暴露时，她并没有因为自己经济不独立而屈辱地留下来继续当他的玩偶和奴隶，她的出走反映了她具有反抗精神。娜拉作为一个妇女而要求独立的人格，就必然同资产阶级的道德、法律和宗教发生矛盾。娜拉也认识到这个社会的法律、道德、宗教等都是不合理的。当海尔茂企图用法律来约束她时，她勇敢地进行了辩护。

娜拉勇敢地、毅然地出走了，去寻找新的生活。虽然她的目标还不明确，仅仅是"要做一个人"，但是，光是出走这一行动本身，也足以使她成为一个叛逆的先进女性了。而她的这种"叛逆"行动，就是挪威小资产阶级独立精神的反映①。

海尔茂是一个虚伪自私的资产阶级市侩的形象。从资产阶级的世俗观点来看，海尔茂是一个"正人君子"和"模范丈夫"，实际上，他既庸俗又伪善，是一个地道的资产阶级卫道士。

易卜生在他的代表作《玩偶之家》里通过娜拉、海尔茂夫妻矛盾的故事，在暴露资产阶级家庭虚伪关系的同时，还深刻地揭露了资产阶级社会法律、宗教、道德等的不合正义，并且尖锐地提出了把妇女从男权中心的压迫下解放出来的问题。

《玩偶之家》在艺术上有很高的成就。这出戏主题突出，矛盾集中，结构严密，人物形象生动鲜明，给观众留下了极其深刻的印象。它之所以取得如此巨大的成功，是和作者严格遵守现实主义的创作原则分不开的。易卜生拒绝使用当时舞台上流行的乔装、误会、谋杀、决斗等制造戏剧冲突的方法，而是从生活本身出发，把普通的日常生活搬上舞台，人物是观众所熟悉的，矛盾也是现实生活中实际存在的迫切问题，因而给人以强烈的真实感。娜拉家庭矛盾的爆发，有坚实的现实基础。剧中所表现的一切是那样地真实、自然、合情合理，没有任何偶然的和幻想的因素。

《玩偶之家》也和易卜生其他重要剧作一样，把"讨论"带进了戏剧。可以说，剧情的发展过程，也就是讨论展开的过程。剧中提出了许多问题：娜拉为了救丈夫、不打扰病危的父亲而冒名借钱对不对？丈夫把妻子作为玩偶，这种夫妻关系对不对？妻子要求人格独立对不对？海尔茂维护公认的传统道德和法律对不对？问题极多，都能抓住观众的注意力，促发人们的思考。这种艺术手法大大地增加了作品的思想深度。

《玩偶之家》问世以后，在世界上产生了巨大的影响。反动保守势力力图禁止演出或恣意篡改它的结尾，但进步力量非常欢迎这部杰作。《玩偶之家》自从五四时期被译成中文以后，曾一度受到中国封建保守势力的反对而遭禁演，但它每次演出都受到观众的热烈欢迎。

---

①　关于娜拉出走的问题，在我国五四新文学发展初期有过热烈的讨论。

第六节　托尔斯泰

一、生平和创作

列夫·尼古拉耶维奇·托尔斯泰（1828—1910）是 19 世纪俄国伟大的现实主义作家，是全世界公认的文学巨人。

俄国著名作家契诃夫说过："托尔斯泰啊，托尔斯泰！在当代，他不是一个人，而是一个巨人，一个众神之王！"和托尔斯泰同时代或后来的许多西方作家，都对托尔斯泰佩服得五体投地，甚至奉之为师尊。法国作家安纳托尔·法朗士说："作为叙事体作品的作家，托尔斯泰是我们大家的老师。"

托尔斯泰于 1828 年俄历 8 月 28 日生于离图拉城不远的贵族庄园亚斯纳雅·波里亚纳。托尔斯泰的父亲尼古拉·伊里奇参加过 1812 年的卫国战争，退休时是个中校。托尔斯泰的母亲温和娴静，通晓四种外语。她重视孩子们的文化学习，努力培养他们优良的品性，可惜在小列夫不到两岁时就去世了。母亲死后，孩子们生活上由姑妈塔吉亚娜负责照顾。她性格温柔，心肠极好，虽是远亲，但对孩子们的成长产生了很大的影响。

1844 年，托尔斯泰进了喀山大学。他读了很多卢梭的著作，深受卢梭思想的影响，后因对大学教育的许多陈规不满而中途退学。他退学后回到故乡，决心在自己的领地上改善农民的生活。因农民对地主的一切举措都持不信任态度，所以他的改革未能成功。他曾有过一个庞大的学习计划，目的是提高自己的文化素养。他苦读了一阵子，可是忽然又跑到莫斯科和彼得堡，过起放荡的生活。他对自己十分不满，不断地分析和批判自己，内心充满苦恼。

托尔斯泰以志愿兵的身份参加了俄军反对山民的战争。过了一段时间，被任命为军士和军官，正是在这个时期，他开始了文学创作生涯。他的第一部小说《童年》完成于 1852 年夏，1854—1856 年间，他又完成了《少年》和《青年》。三部曲的基本内容写的是贵族少年尼考林卡性格和观点形成的过程。他的童年时代充满欢乐和幸福，感到周围的人都亲切可爱。当他逐渐长大，进入少年时期，他发现家庭内和社会上都弥漫着虚伪、自私和道德堕落现象。到了青年时期，他从一个儿时的朋友那里得到一种作为生活信条的启示：用"道德的自我完善"来摆脱生活的烦忧和精神上的苦恼。托尔斯泰在这一组小说中表达了这样的思想：克服社会的不良影响不在于同邪恶的环境做斗争，而在于个人"道德上的自我完善"，发扬人天性中固有的善和爱。

因感到"战争是一种不公正的愚蠢的事情"，托尔斯泰提出了退役申请，但未得到答复，于 1854 年 11 月被调到克里米亚，参加克里米亚战争中的塞瓦斯托波尔保卫战。战争中他表现了惊人的勇敢，也看到了普通士兵的英勇无畏。他创作了三篇特写，记录下了士兵们的爱国主义，并用最清醒的笔法描写了战争的真实面目。这三篇特写统称为《塞瓦斯托波尔故事》（写于 1855—1856 年）。塞瓦斯托波尔失守后，托尔斯泰来到彼得堡，受到作家们的热烈欢迎。他于一年后正式退役。

1856 年发表的《一个地主的早晨》是作家计划创作的关于地主的长篇小说的片段。长篇未能写成，仅将片段发表。这个短篇写的是一个大学生放弃学业，回到领地，着手改善农奴境况，但遭到失败。小说的思想意义在于它揭示了地主与农民之间的鸿沟是不可能填平的。

《卢塞恩》（1857）是以作家第一次去西欧旅行时在瑞士卢塞恩的大饭店遇到的一个真实事件作基础写成的短篇小说。一个流浪歌手为一群悠闲的外国有钱游客唱歌消遣，却无人给一文赏钱。此事激怒了托尔斯泰，他根据自己的亲眼所见，创作了这部小说，对西方资产阶级及其文明进行了愤怒的谴责。

19 世纪 50 年代末和 60 年代初，托尔斯泰忙于进行农业改革，办农民子弟学校，再次去西欧考察，担任"调解人"职务，以及结婚与诸多事务，创作上的成就不多。直到 1863 年，才有两篇重要的中篇小说发表。一篇是《哥萨克》（1863），另一篇是《波里库士卡》（1863）。

《哥萨克》写贵族青年奥列宁厌倦了上流社会的享乐，决心改变自己的生活。他当上了士官生，随军到了高加索，带着仆人住在一个哥萨克人的村子里。哥萨克人接近大自然的生活方式对他极具吸引力。他决心融入他们之中。但他的"平民化"努力未能成功。托尔斯泰认为，主人公的失败，是因为他未能完全摆脱城市文明和贵族生活的不良影响。

《波里库士卡》也是一篇有名的作品。女地主家的奴仆波里凯有偷窃的恶习，但他决心改过。女主人委托他进城取一大笔钱，他也决心办好这件事，不料在路上把钱丢了。结果他上吊自杀，妻子发疯，小儿子溺死，弄得家破人亡。这是一出农奴制度造成的社会悲剧。小说具有震撼心灵的力量，屠格涅夫读后赞叹不已。

六七十年代，是托尔斯泰创作的鼎盛时期。这个时期他创作了两部伟大的小说：《战争与和平》（1863—1869）和《安娜·卡列尼娜》（1873—1877）。《战争与和平》的构思同作家对俄国历史命运的思考有关，主要内容是写 1805 年至 1820 年左右俄国在国外和本土同拿破仑法国之间的几次战争以及这个时期的和平生活。作品中有不少历史人物出场，如拿破仑、他的元帅们、俄皇亚历山大一世、库图佐夫元帅等，也有更多的虚构人物。作家真实地再现了欧洲东西两个大国全力投入的巨大而惨烈的战争场面，也反映了当时俄国社会、经济、文化和贵族家庭生活的许多特点。全书的重点是歌颂 1812 年战争中俄国人民保家卫国的爱国主义精神。

在阐述历史发展的问题时，托尔斯泰肯定了人民群众的伟大作用，认为人民是决定 1812 年战争胜利的主要力量，个人对历史事件不可能起决定性的作用。但是他又认为一切历史事件都是命定的。基于这种观点，他在作品中又说人民群众在历史过程中只是一种自发的、"蜂群式"的力量，将库图佐夫描写成一个事件发展的旁观者，说他不去阻碍，也不积极干预事变的过程。《战争与和平》中的拿破仑被作者取下了英雄的光环，变成了一个外貌无任何吸引力、傲慢自大、自命不凡的个人主义野心家和冒险家。

在《战争与和平》中，托尔斯泰把贵族分为两类。一类是当朝宫廷显贵、热心追名逐利的官僚和腐败的贵族，如瓦西里公爵之流。另一类则是保存了民族特性、精神上和人民接近的贵族。这一部分人多是外省的庄园贵族，包尔康斯基和罗斯托夫两家都属于这一类。小说主要人物之一安德烈·包尔康斯基公爵年轻有为，禀赋极厚，才智过人，性格坚强，具有其父那种刚直不阿和孤傲的性格，对宫廷官僚和钻营拍马之徒十分蔑视。他内心生活和感情都极丰富，努力探求人生目的，研究社会问题。最初他渴望荣耀，有一种强烈的功名心。但奥斯特里茨一战中他受了重伤，躺在战场上呻吟的时候，他仰望伟大而无际的苍穹，发现人们出于虚荣和自私的目的奔波忙碌是多么的渺小。在 1812 年保卫祖国的战争中，他献出了自己的生命。他是那个时代俄国最优秀的人物之一。

安德烈的朋友彼埃尔也是一个精神探索型的人物。在个人性格上，二人却很不相同。安德烈意志坚强，性格果断，富于理智。彼埃尔则容易冲动，缺乏意志力，经常是漫不经心的样子。他外表看来有点可笑，却是个淳朴善良的人。彼埃尔探讨一种道德的理想，寻求一种在精神上能得到满足的生活。他信仰过雅各宾，崇拜过拿破仑，经过无信仰状态，参加过共济会，搞过改善农民处境的改革，然而一切都以失败告终。在 1812 年战争中，他没有撤离莫斯科，伺机行刺拿破仑，被捕后险遭枪决。被俘期间，他从农民士兵卡拉塔耶夫那里发现了生活的"真理"，那就是：生活中不管发生了什么事，都顺从地接受，而不应去谴责和反对什么不公平的事，因为到处都有"上帝的裁决"。其实，卡拉塔耶夫的"哲学"只不过是一个宗法制农民宗教愚昧和政治落后的一种反映，而彼埃尔却把他当成了精神和谐的化身。小说最后部分，作家写彼埃尔参加了秘密组织的活动。他的人生道路已经确定，将走上同专制政权作斗争的道路。

《战争与和平》规模庞大，人物众多，精彩的画面一个接着一个，动人的场景层出不穷，纷繁的事件互相交错，对历史事件和人生意义的执着探求令人感叹，整部小说犹如浩瀚壮阔的海洋，时而风平浪微，安详可爱，时而波涛汹涌，令人胆战。《战争与和平》兼备长篇小说和史诗两种成分。它虽然是小说，但其中以巨大的篇幅描写了波澜壮阔的、关系到国家民族命运的大战，歌颂了人民的英雄气概和民族的坚强性格，因此人们认为它是一部可以同《伊利昂纪》相媲美的史诗，很多人称它为史诗小说。

第二部巨幅长篇小说《安娜·卡列尼娜》反映了俄国农奴制"改革"后的社会特点。

安娜的形象在小说中占有中心的位置。她的悲剧命运是小说思想重心所在。安娜在尚未完全成年之际，由家庭做主嫁给了官僚卡列宁。卡列宁的主要兴趣在官场，妻子对于他来说不过是一件装饰品。和伏隆斯基的相遇，唤醒了安娜处于沉睡状态的爱情，她开始明白了自己生活的可悲，认清了是丈夫的虚伪和冷酷摧残了自己的生命，终于弃家而去，跟所爱的人走了。

卡列宁把自己装扮成受害者，使用各种方法来折磨安娜，包括拒绝离婚，拒绝把儿子给安娜。他的种种凶狠和虚伪的手段，终于造成了安娜的悲剧。安娜的大胆行为也遭到上流社会的非难和敌视。上流社会对安娜关上了大门，这给了安娜极其沉重的打击。

伏隆斯基富有、漂亮、聪明、有教养，是青年贵族的一个高等标本。实际上，他的生活与一般的贵族军官并无本质的不同。安娜的爱情在精神上提高了他，使他稍许改变了惯常的生活轨道。然而他不可能同贵族社会的传统彻底决裂。后来他越来越为自己在上流社会失去的东西而苦恼，逐渐对安娜冷淡下来。在这种情形下，安娜再也没有别的出路，终于自杀，以此向残酷虚伪的社会发出自己最后的抗议。安娜的死完全是社会造成的，是政治、法律、道德和宗教势力联合压迫的结果。所以，她的悲剧结局是对沙皇俄国贵族资产阶级社会的愤怒控诉。

小说第二条线索的中心形象是列文。这个人物带有作者的影子。小说里描写了列文的精神追求和对社会出路（主要是地主与农民关系问题）的探索。列文对从欧洲传来的现代文明十分反感，憎恶都市生活的浮华和腐败，而对宗法制的生活有深厚的感情。他设计了一些改变经营方式的方案，幻想"以普遍的富裕和丰足来代替贫穷，以利益的协调和一致，来代替敌视。一句话，是不流血的革命"。但是他的改革尝试最后失败了，他陷入了精神痛苦和悲观失望之中。最后他从一个农民那里得到启示，找到人生的答案，即人活着为了灵魂，要记着上帝。结果，尖锐的社会问题弱化成了一个抽象的道德问题。托尔斯泰描写列文和吉蒂建立起美满健康的家庭，在家庭生活中找到了幸福。他们的婚姻和幸福与安娜有着明显对比的意义。

列文的形象反映了作家思想的矛盾。列文一方面憎恶统治阶级的腐化与虚伪，真诚地同情农民，另一方面又不想改变现行的社会经济制度，这说明托尔斯泰这时尚未抛弃贵族的传统观点。但是列文的生活中始终缠绕着一种惶恐不安、困惑和失望的情绪，他始终不能在心理和良知上感到完全的平静，这说明托尔斯泰的思想正在酝酿着一种巨大的变化。

《安娜·卡列尼娜》在艺术上有很高的成就。小说中的人物性格鲜明，栩栩如生。细致的心理刻画更增加了这些人物的丰满性和真实性。关于托尔斯泰心理描写的特点，车尔尼雪夫斯基曾有过评论。他说："托尔斯泰伯爵才华的特点是他不限于描写心理过程的结果，他所关心的是过程的本身——那种难于觉察的，彼此异常迅速而又无穷多样地变换着的内心生活现象，托尔斯泰伯爵却能巧妙地描写出来。"车尔尼雪夫斯基在这里把作家这种描写心理过程本身和千变万化、变化很快的心理现象的手法称为"心灵辩证法"。这个特点在小说《安娜·卡列尼娜》中得到了充分的体现。作家在塑造安娜形象的过程中，充分地展示了这个形象内心世界的复杂性，她既感受到了自主爱情的快乐和幸福，又因有负罪感而恐惧和痛苦，既憎恨上流社会又为失去这个社交巢穴而苦恼，对伏隆斯基的爱也因他的变化而变成恨。她的内心世界极其复杂。而对安娜生命最后时光的描写，更是多采用心理刻画的手法。在两次口角中和以后的几天，安娜是在痛苦、失望、愤怒、怨恨、充满内心矛盾斗争和绝望中度过的。她的头脑中出现了自戕的念头。因为这"是可以解决一切"的办法。卡列宁、谢辽沙的"羞惭和耻辱，以及我自己的奇耻大辱——一切都会因我的死而解脱"，而且伏隆斯基"会懊悔莫及，会可怜我，会爱我，为我而痛苦的！"更重要的是她已经无路可走。但从想法的出现到最后的"实行"，是一个十分痛苦的过程，有各种心理活动和感情变化。这中间包括对对方的愤怒和怨恨，对自己处境的分析（"假定我离婚成功……"），对和解的希望，对对方爱情的剖析（"他在我身上寻找什么呢？"），对自己的分析（"我不幸，我罪有应得，全是我的错，不过我仍然是不幸的"……），对惩罚对方的欲望，对生活的依恋，对少女时代的回忆和对生活最后的绝望，以及最后坐车去告别人生的路上所见到的街道、商店、招牌、行人所引起的厌恶，还有最后的"全是虚伪、全是谎话、全是欺骗、全是罪恶"的感悟，都是她心理状态的真实反映。这是一个复杂的各种心理活动交织和变换的过程，几乎全是通过心理描写完成的。这种描写显示了托尔斯泰心理描写的高度技巧，在世界文学中，可以说是达到了最高的水平。

70 年代末和 80 年代初，托尔斯泰的世界观发生了激变：他和贵族阶级的传统观点决裂了，站到了广大宗法制农民的立场，用他们的观点来观察各种问题。他在宗教伦理论文《忏悔录》以及《我的信仰是什么？》（1882—1884）、《那么我们应该怎么办？》（1886）、《我们时代的奴役》等一系列文章中，从新的立场出发，对沙皇俄国的国家制度、教会、特权阶级、私有财产、资本主义罪恶进行了猛烈的抨击。他对各种现存制度都深恶痛绝，却未能提出可以切实消除社会矛盾的办法。他孜孜不倦加以宣传的不过是充满基督教博爱精神的宽恕、仁慈、"不以暴力抗恶"、"道德上自我完善"等宗教道德信条，把它们当成改造社会的药方，这当然是行不通的。

世界观的转变，也直接影响了创作。这时他认为，过去的文艺都是为了满足有闲阶级的口味和适应他们的需要而创作，并不是为了人民。他甚至连自己过去的创作也否定了。他开始创作一些"人民故事"，一般都带有宗教说教的含义。八九十年代创作的一些作品，如剧本《黑暗的势力》（1886）、《文明的果实》（1891），中篇小说《伊凡·伊里奇之死》（1886）、《克莱采奏鸣曲》（1891）和长篇小说《复活》等，都加强了对沙皇俄国国家制度和统治阶级的批判，但同时也都表现了强烈的道德说教倾向。由于托尔斯泰在《复活》等作品和一系列文章中对专制政权和教会进行了无情的揭露与鞭挞，他被官方的教会机关——宗教院革除教籍。

托尔斯泰对官方的迫害没有屈服。他对自己"平民化"的理想也忠贞不二。由于托尔斯泰要放弃财产，同妻子和子女发生了矛盾。1910 年 10 月 27 日半夜，他离家出走，中途病倒，因肺炎死在一个小火车站上。

法国作家弗·莫里亚克说："在绵延的欧洲小说的丛山叠嶂间，依我看来，永远耸立着两个顶峰：巴尔扎克和托尔斯泰……托尔斯泰，就像巴尔扎克一样，创造了整个世界。"高尔基则说，托尔斯泰的创作所反映的俄罗斯生活，"几乎不下于全部俄国文学"。

二、《复活》

《复活》创作于 1889—1899 年，是托尔斯泰整个文学生涯的总结性作品。它最明显地反映了托尔斯泰世界观转变后思想上和创作上的特点。小说的情节取自其友人柯尼检察官所讲的一个故事。

三十来岁的贵族青年聂赫留道夫是地方法院的陪审员，在一次审理妓女毒害商人的命案时，发现被告玛丝洛娃原来就是自己引诱过又抛弃了的少女卡秋莎。他的内心深受震动，觉得自己是造成卡秋莎苦难的罪人，于是决心赎罪。他先是为她上诉奔走，失败后又和她同往西伯利亚服刑地。在聂赫留道夫精神复活的同时，卡秋莎也经历了一个精神"复活"的过程。她最后将自己的命运同一个被流放的革命者结合在一起。聂赫留道夫也在《福音书》中找到了真理。

《复活》里，通过卡秋莎的悲惨遭遇和聂赫留道夫为她上诉请愿的过程，有力地揭露了沙皇俄国专制制度的反人民性质。小说反映出整个国家机器——法庭、监狱、各个政府机构、官方教会，连同在这些地方"工作"的警察、宪兵、看守、将军、神职人员、官吏……全都是为了维护统治阶级的利益而设立的，是坚决与人民为敌的。托尔斯泰通过对法庭审判过程的描写，真实地反映了沙皇俄国司法制度和暴力镇压机构的罪恶本质。那些道貌岸然的执法者，实际上是一群毫无人性和荒淫无耻的恶棍。陪审员们则把精神集中到城里的各种谣言上，根本没有细想他们的定案是否合理。这伙人的玩忽职守和草菅人命，造成了把卡秋莎判处四年苦役的冤案。

聂赫留道夫为卡秋莎的案件走访了许多高官和权贵。他拜访了律师、副省长、典狱长、看守长、前国务大臣、将军、大法官……他发现整个官僚集团都是一个样子：残忍，冷酷，伪善，仇视人民。玛丝洛娃案件的错误是明显的，但大理院仍驳回上诉。托尔斯泰在小说中通过一些具体事例指出，大多数被监禁和被判刑的人都是无罪的，倒是那些判他们罪的人才是真正的罪犯。作者真实地描写了沙皇俄国监狱的可怕和丑恶，犯人们受着最不人道的待遇。还有很多人根本就不是罪犯，如护照过了期的石匠被长期关在狱中而无人问津。托尔斯泰一针见血地指出，大批人民"被逮捕，被监禁或者被流放。全不是因为这些人破坏正义，或者做了不法的事，而只是因为他们妨碍官吏和富人们享有他们从人民那里所搜刮的财产罢了"。托尔斯泰还通过聂赫留道夫之口指出，问题还不仅在于一些执法者，主要在于法律本身。聂赫留道夫在遍访各级司法机关后得出结论说："法律只不过是一种工具，用来维持那种对于我们阶级有利的、现行的社会制度罢了。"这个结论真是鞭辟入里，入木三分，一针见血。

在《复活》里，托尔斯泰对沙皇专制制度的精神支柱——官方教会也给予了无情的揭露。政府的种种倒行逆施，都得到了教会的支持，都被涂上了神圣的色彩。

托尔斯泰世界观转变后对贵族阶级的看法完全改变了。《复活》中已经看不到贵族阶级的优秀人物，聂赫留道夫走访的贵族亲友，全都是一些空虚、腐朽和伪善的寄生虫。

《复活》中托尔斯泰真实地描写了广大农民的悲惨境况。聂赫留道夫到乡下看见的是一片荒芜和饥饿的景象。农民赤贫如洗，瘦弱不堪，儿童大量夭折，情况十分悲惨。托尔斯泰认识到，"人民贫困的主要原因就在于人民仅有的能够用来养家糊口的土地，都被地主们夺去了"。

小说中，聂赫留道夫是以一个"忏悔贵族"的形象出现的，他经历了复杂的思想发展过程。起初，他是一个单纯、有理想的青年大学生。那时他富于自我牺牲精神，当他了解到土地私有制的种种残忍和不公正后，就立刻把他从父亲名下继承来的土地送给农民。但是，他后来参了军，富裕的生活特别是禁卫军军官的生活使他很快堕落了，变成一个典型的自私自利者。他诱奸了卡秋莎，然后一走了之，实际上是抛弃了她。八年后，他在法庭上再次见到卡秋莎，情况已经大变：当年那个纯洁、妩媚的少女已经变成一个面容苍白浮肿的妓女，并且被控告犯有杀人罪。由于法官和陪审员们玩忽职守，无辜的卡秋莎被判去西伯利亚服苦役。卡秋莎的不幸遭遇深深地震动了聂赫留道夫。在对自己进行的"灵魂扫除"中，他开始意识到自己是造成卡秋莎苦难的祸首。他决定向卡秋莎认罪，并且尽一切可能去赎罪，他的思想和生活都发生了巨大变化。他决心为卡秋莎上诉，设法减轻她的厄运；还尽力帮助那些求他帮助的囚犯。为了给卡秋莎上诉和帮助一些犯人，他走访了大大小小的官吏，从地方监狱的看守直至中央的大臣。他亲身体验了官员的专横残忍、腐败和伪善，并看清了国家机关和大小官吏与人民为敌的本质。他陪卡秋莎同往西伯利亚服刑地，但是，这个贵族阶级的叛逆在认识到现存制度是一种罪恶之后，未能找到铲除罪恶的途径。他最后找到的救世要术不过是托尔斯泰主义一纸习见的药方：要永远宽恕一切人，只要人人都按《福音书》的戒律行事，彼此相爱，地上的天国就会建立起来。作为托尔斯泰探索型主人公的最后一个，聂赫留道夫的形象集中地体现了托尔斯泰主义的"不以暴力抗恶"和"道德上自我完善"的思想。通过聂赫留道夫在《复活》中的结局，托尔斯泰把尖锐的社会问题变成了一个宗教道德问题。

女主人公玛丝洛娃是一个被侮辱与被损害者的形象。她是农妇的私生女，后被女主人收养。少女时代的卡秋莎天真烂漫，散发着青春的魅力。她心地纯洁，真诚地爱着聂赫留道夫，不了解他们之间存在很难逾越的阶级鸿沟。自从被聂赫留道夫玷污和抛弃后，她的灾难便接踵而至：先是被女主人赶出庄园，接着是被各类"主人"欺凌和侮辱，最后当了妓女。少女时代，她相信善与正义的存在，但是从她到火车站去与聂赫留道夫会面未成的那个漆黑的风雨之夜起，"她再也不相信善了"。沦落青楼之后，她的生活与精神都是空虚的，抽烟、饮酒、调情，久而久之，心灵麻木了。聂赫留道夫的几次探监，引起她精神上的变化。这是一个从麻木、心理抗拒到灵魂觉醒和走向复活的过程。

卡秋莎具有许多美好的品质。她乐于助人，早在赴西伯利亚之前，就为别的犯人求过情。流放中与政治犯接触之后，她的思想发生了显著的变化。卡秋莎的复活是真正的复活，复活后的卡秋莎将自己的命运同政治犯西蒙松结合在一起，她走向了新生。

作家世界观的局限，特别是他对"不以暴力抗恶"和"道德上自我完善"的鼓吹，削弱了小说的思想意义。尽管如此，小说对专制制度和统治阶级罪恶的揭露，是小说的主体部分，具有很大的艺术力量，远非其他作品可比。

《复活》在艺术上的突出特点之一是它的尖锐对比的手法。小说一开始就展现了生机勃勃和令人欢快的阳春季节同罪恶的人类社会的对比。备受社会摧残凌辱的卡秋莎被宪兵押着去法庭受审，而造成她不幸的聂赫留道夫却刚刚从豪华的卧室中醒来；被判流放和苦役的犯人队伍在走向火车站的时候，突然来了一辆豪华的四轮马车……所有这一切都形成了鲜明的对比，产生了有力的艺术效果。作品的另一个特点是细致的心理描写。托尔斯泰善于描写人物的心理过程，善于描写心理过程中人物各种情感的交替变化。小说中极其真实地写出了聂赫留道夫在法庭上重新见到玛丝洛娃时的复杂心理，有同情，有自责，有怕被认出的恐惧，也有想逃避责任时的懊恼、厌恶的情绪。他在为玛丝洛娃奔走中接触了很多高官显贵，那些人有的残酷，有的伪善，有的夸夸其谈，冠冕堂皇，而聂赫留道夫却通过自己的心理活动对他们加以判决。

第七节　契诃夫

安东·巴夫洛维奇·契诃夫（1860—1904）是 19 世纪末俄国现实主义文学的杰出代表。他在短篇小说的创作上有很高的成就，在世界文学史上与莫泊桑齐名。他的独具一格的戏剧也很有影响。

契诃夫的祖父原是农奴。父亲开一爿杂货铺，他经营的小店最后破产。契诃夫 16 岁时便已挑起独立生活的重担。为了维持生活和上学，他教过家馆，饱尝了人生的忧患和穷苦的滋味。

1880 年，契诃夫入莫斯科大学医科学习，同年开始文学创作。1884 年契诃夫大学毕业，在莫斯科近郊行医，同时从事写作。

契诃夫开始文学创作的 80 年代初，正赶上俄国历史上一个最反动时期的开端。新登位的亚历山大三世实行残暴的恐怖统治，疯狂地镇压革命运动，社会上死气沉沉。在反动势力猖狂进攻的情况下，惊慌失措的资产阶级自由派开始谄媚地"顺应"新的情况，在小市民以及相当一部分知识分子中间，笼罩着一种庸俗猥琐、苟且偷安的风气。

契诃夫在 80 年代前期创作了大量的幽默故事，嘲笑了社会上的许多丑恶现象，1883 年以前的作品中，有些滑稽描写显得肤浅，含蓄不足，有时使用粗俗语言。1883 年以后却发生了很大变化：虽然滑稽因素依然存在，但思想意义明显深化。有的作品带有匠心独运的喜剧性。如《一个官员的死》（1883），写一个小官吏在剧院看戏，无意中打了一个喷嚏，将唾沫溅到将军的秃头上。事后，小官吏惶惶不可终日，前后五次向将军道歉赔罪，终于惹恼了将军，遭到斥骂，小官吏惊吓之余竟一命呜呼了。短篇小说《胖子和瘦子》（1883）描写了两个儿时的朋友在分别多年之后重新见面时的情景。开始时，瘦子一片真情地回忆起儿时的生活并介绍了自己现在的状况，但一旦得知胖子已经是枢密顾问官时，便立即改口称"大人"，卑躬屈膝地谄媚起来。

对奴性心理揭露得最精彩的是短篇小说《变色龙》（1884）。小说中描写了发生在广场上的一件小事。一条狗咬伤了金银匠赫留金的手指，一群人围拢上来，观看巡官奥楚蔑洛夫的"审理"。由于人们对狗的主人是谁的说法一再改变，巡官对狗和金银匠的态度也不断改变。

他一忽儿同情金银匠，表示要给那放出狗来咬人的人一点颜色看，一忽儿又咒骂起金银匠，活现出他谄上骄下的丑恶嘴脸。在这篇小说里，契诃夫成功地塑造了一个寡廉鲜耻、欺下媚上的"变色龙"的典型。而在另一个短篇《普里希别叶夫中士》（1885）中，契诃夫刻画了一个自愿维护专制国家"秩序"的奴才的生动形象。普里希别叶夫是个退伍中士，总喜欢做出立正的姿势。他不仅仅是愚昧，更主要的是专横和狂妄。他时时刻刻干涉同村人的生活，甚至农民点灯闲坐他也不许，认为不能"让老百姓胡闹"是他"分内"的责任。普里希别叶夫虽然鄙陋可笑，但他确是沙俄专制警察制度的产物。

在这些小说中，契诃夫集中地嘲笑反动年代相当普遍的奴性心理，并抨击了产生这种心理的专制警察制度，表现出了作家民主主义和人道主义的思想倾向。80年代中期，契诃夫还创作了一些反映贫苦人民的苦恼和痛苦的小说，如《牡蛎》、《乐师》和《哀伤》（又译《痛苦》）等篇。1885年也是契诃夫创作风格发生明显变化的一年。如果说《牡蛎》（1884）和《乐师》（1885）都还残留一些表面的喜剧性，那么《哀伤》（1885）和在它之后的《苦恼》和《万卡》等小说中，抒情成分明显增强。《哀伤》中，老镟工同老伴儿一起生活了四十年，他生活的内容是贫穷、醉酒、打妻子，"根本没有觉得是在生活"。可是突然间老伴儿病倒了，在送老妻去医院的途中，老镟工醒悟到自己对不起妻子，决定以后好好对待她，"把钱都交给我的老太婆"。正当他思考着"从头生活"的时候，他的老妻却死去了。由于哀伤和疲劳过度，老镟工昏睡中四肢冻坏，被截肢。他还想活五六年，因为那匹马是人家的，还得给老伴儿下葬……但是，老镟工最后也"完了"。小说表现了作家对劳动人民悲惨命运的深切同情。在这里，早期作品中那种强烈的幽默感已经消失。

《苦恼》（1886）和《万卡》（1886）都是契诃夫的名篇。前者叙述老马车夫姚纳失去了唯一的儿子，他渴望向别人说一说自己心中的痛苦，但是社会冷酷，没有人愿意听他的讲述，苦恼到了极点的姚纳最后只好将儿子死去的事向小母马诉说起来。小说中占压倒优势的感情因素是它的悲剧性。短篇《万卡》写一个九岁儿童离开农村家乡到城里鞋铺当童工，向祖父写信诉说自己被虐待的情况。写完信，他在信封上写了"寄乡下祖父收"几个字，将信投入邮筒。万卡所写的地址，初看起来是可笑的，实际上正是这个地址产生了巨大的悲剧力量。在《苦恼》和《万卡》等小说的基础上，契诃夫在80年代后期更加注意对抒情心理小说的开拓。在这一类小说中，幽默讽刺的因素明显减少甚至消失，而抒情的风格占了主导地位。

80年代的后半期，沙皇政府的反动高压政策有增无减，很多资产阶级自由分子和民粹派人物走向堕落。思想界十分混乱，不少知识分子经不住严酷斗争的考验，有的甚至走向妥协或堕落。这时期契诃夫的主要特点是不问政治。契诃夫也经常为自己缺乏中心思想即没有明确的世界观感到不满。在小说《没意思的故事》（1889）中，老教授由于缺乏中心思想而走向了精神破产，最后承认，自己的一生不过是一个"没意思的故事"。契诃夫对教授的批判，实际上也是对自己的批判。

为了更好地了解祖国现实，契诃夫于1890年到库页岛旅行一次，看到了苦役流放犯们的悲惨处境，深受震动，增加了他对专制制度的认识。库页岛之行在创作上的成果之一便是他的著名小说《第六病室》（1892）。小城医院极度混乱，医生和工作人员对病人敲诈勒索，看门人和清洁工退伍兵尼基塔任意殴打病人。有思想、学识丰富但患有"恐虐症"的穷知识分子格罗莫夫被当成"疯子"关进第六病室。新来的拉金医生主持院务工作，想整顿一番，他和格罗莫夫谈话投机，常去聊天，结果被人陷害，也被关进第六病室，还遭到尼基塔的毒打，结果中风死去。这篇小说用隐喻的手法对残暴的沙皇专制制度发出了强烈的抗议。由于拉金医生主张逆来顺受、不抗恶的哲学，所以这篇小说也宣告了托尔斯泰主义的破产。在中篇小说《我的一生》（1896）中，契诃夫对托尔斯泰主义的信条"道德上自我完善"、走平民化的道路给予了否定。在小说《带阁楼的房子》（1896）中，契诃夫批判了另一种流行的错误思潮——"小事情"论，这是一种在自由派知识分子中流行的理论，认为从事日常文化教育和卫生等方面些微小事的改良，就能改善人民的生活，实际上是回避俄国现实中的根本问题。

在一些农村题材的作品中，契诃夫反映了农民的悲惨处境和资本主义侵入的情况。在小说《农民》（1897）和《新别墅》（1899）中，展现了农村极度贫困的画面，由于贫困和愚昧，农民形成极度麻木的精神状态。而在后一部小说中，突出地暴露了农民和地主间不可调和的阶级矛盾。小说《在峡谷里》（1900）反映了农村资本主义金钱势力的腐蚀作用。一个富农的二儿媳妇因为公公将地产给了小孙子，竟然丧尽人性，把滚烫的开水泼到侄儿身上，将这个褓褓中的幼儿杀死。

到了 90 年代后期，契诃夫越来越感到俄国黑暗现实的不可忍受。"不能再这样生活下去"的思想情绪在他的一些作品中表现出来。尤其使他痛恨的是各种表现的庸俗和苟且偷安。因为这种庸俗和苟且偷安使生活停滞、黑暗、变成一潭发臭的死水。1898 年创作的《套中人》、《醋栗》、《姚内奇》三部小说是揭示这一主题的经典性作品，达到了很高的艺术成就。其中《套中人》的内容更是远远超出庸俗的主题，它的思想内涵更为深广。在《醋栗》中写一个税务署的职员贪财成性，一辈子积攒钱财。为了钱，他娶了一个又老又丑的寡妇，终于成了一个地主老爷，有了自己的庄园和喜爱的栗树。他的"理想"实现了，吃着喜爱的醋栗，过上了"幸福"的生活。"他老了，胖了，皮肉发松，他的脸颊、鼻子、嘴唇全部突了出来"，看样子活像一头猪。作家通过这样的勾画，表示了他对庸俗的憎恶。

短篇小说《姚内奇》描写一个年少有为的知识分子堕落成一个脑满肠肥的蠢物的故事。青年医生姚内奇原来是勤奋努力、有事业心的人。他来到一个小城，在小城庸俗生活习气的腐蚀下，完全变成了另外一个人。几年过去，他富有了，也发福了，变得又胖又圆。又过了一些年，他变得越发肥胖，全身脂肪，呼吸发喘，性情也变得凶暴，成了一个俗不可耐的市侩。契诃夫通过这个故事，深刻地揭露了资产阶级和小市民生活理想的可鄙、丑陋和腐蚀性。

小说《套中人》（1898）是契诃夫家喻户晓的名篇。"套中人"别里科夫是世界文学中著名的典型之一，已经成了保守和因循守旧的代名词。

　　小说中心人物别里科夫是个中学教员。他胆小怕事，性情孤僻，习惯古怪：晴天也穿雨鞋，带雨伞，穿棉大衣，他总戴着黑眼镜，一上床就用被子蒙上头。总之，他用各式各样的套子将自己包起来。他总是追念过去，歌颂过去，就连他教的古希腊语，仿佛也成了他性格的注解。他恐惧并且仇视新鲜事物。他对城里成立戏剧小组、阅览室、茶馆都要摇头，感到惊慌，说"千万别闹出什么乱子来啊"。他总是站在极端保守的立场上指摘别人，站在官方立场观点上限制别人，只有政府告示上禁止什么或报纸上否定什么，如性爱之类，他才加以认可。他成了一个自觉的官方奴才，因此具有危害性。在学校的教务会议上，他的套子论调把教师们压得喘不过气来，教师都怕他，连校长也怕他。他不但辖制了学校，甚至全城都受到了他的辖制。

　　然而事出意外和巧合，连别里科夫这样的人物还"差点结了婚"。校长太太和老师太太们异想天开，想把别里科夫和柯瓦连科的妹妹瓦连卡撮合到一起，促成一件美事。瓦连卡性格活泼，爱笑爱唱，跟那个"蜗牛"本不相配，但二人年龄都已不小，于是这桩好事便悄悄地开始了：套中人有了对象！可是，天有不测风云，有一次，别里科夫看到了兄妹二人骑自行车，大吃一惊，认为这太不成体统，便去柯瓦连科家给予警告。他说："您骑自行车，这种消遣对青年的教育工作者来说是绝对不合宜的……如果教师骑自行车，那还能希望学生做出什么好事来？……您的妹妹，一个女人或者一个姑娘，却骑自行车——这太可怕了！"不吃这一套的柯瓦连科推了他一把，他滚下楼梯，正赶上瓦连卡刚刚进门，还有两位女士，把他的丑态全看见了，便"哈、哈、哈！"大笑起来，这一笑结束了一切。婚事结束了，也就是说"吹了"。过了一个月，别里科夫"走了"，大家全去送葬。"这时候他躺在棺材里……仿佛暗自庆幸自己终于装进了一个套子里，从此再也不必出来了似的。是啊，他的理想实现了！"

　　讲故事的人在葬礼之后和许多人一样都体验到一种自由了的感情。可是一个星期还没过完，生活又恢复到老样子，严峻、无聊、杂乱。他慨叹道：我们虽然埋葬了别里科夫，可是这种套子里的人还有许许多多，将来还不知道有多少呢！最后，契诃夫通过听故事的猎人之口说道："不成，不能再照这样生活下去啦！"小说的思想意义全部包含在这句话中了。

　　小说在艺术上很有特色，为了塑造套中人的典型形象，作家使用了大量夸张性的细节来表现套中人独特的生活习惯。作家还把两种性格完全不同的人拉到一起谈恋爱，产生了强烈的戏剧效果。套中人和乐天派的兄妹二人的鲜明对比不言而喻。美妙的月色，恬静温馨的村郊与田野，同可怜可憎的现实环境也形成了鲜明的对比。

　　契诃夫在戏剧方面也有很高的成就。在世界戏剧史上，他也占有光辉的席位，特别是他的三部名剧《万尼亚舅舅》（1897）、《三姊妹》（1901）和《樱桃园》（1903）受到欧美戏剧名家和作家们的交口称赞，有的还学习他的戏剧风格。契诃夫的几个剧本，有的写理想的幻灭和对寄生的批判；有的表现知识分子的苦闷、彷徨和追求；有的是表现贵族生活方式消亡和新生活即将到来的必然性。这些戏剧在艺术上极具特色，主要是表现人物的平常生活，表现他们与迅速变革的现实的冲突，剧情发展平稳，不追求戏剧性、刺激性。有的着重塑造压抑与哀愁的氛围，有的富有浓郁的抒情韵味，与西方的传统戏剧大不相同。

契诃夫是杰出的现实主义作家，无论其人还是其作品，都深受广大人民的喜爱。他一生孜孜不倦地探求生活真理，以图提高人的精神道德品质。他痛恨庸俗，但他更是专制主义和陈规恶习的死敌。他对新生活的热烈向往和对新时代即将到来的宣告，对全体俄国人民都是一种鼓舞。他在中短篇小说和戏剧方面的革新与创造是对世界文学的杰出贡献。

第八节　马克·吐温

一、生平和创作

1835年11月30日，**马克·吐温**生在密苏里州的佛罗里达村。马克·吐温是笔名[①]，他的真名叫萨缪尔·朗荷恩·克莱门斯。父亲是个不得意的乡村律师，收入不多。马克·吐温12岁时父亲去世，从此他开始了独立的劳动生活。先是在汉尼拔报的印刷所当学徒，继而当过报童、排字工人和领港员。此后他还去找过矿，当过记者。他从写通讯报道和幽默小品开始，走上作家的道路。1865年发表的幽默故事《卡拉维拉斯县驰名的跳蛙》，使他名闻全国。

在走上创作道路之初，马克·吐温的作品充满轻松的调子，主要是写一些可笑的事情，主调是幽默。但他的幽默往往和讽刺结合在一起。如1870年写成的短篇小说《竞选州长》就显示了这个特点。小说揭露了美国假民主的选举制度。一个声望较好的独立候选人，竟被共和党和民主党把持的报纸接二连三地宣布为"伪证犯"、"小偷"、"盗尸犯"、"酒鬼"、"舞弊分子"和"讹诈犯"。这位州长候选人被两大党的对手弄得焦头烂额，无法申辩，只好声明放弃竞选，承认失败。

和《竞选州长》同年发表的短篇小说《哥尔斯密的朋友再度出洋》也是一篇有着讽刺内容的作品。小说描写一个华工被骗到美国之后所遭受的种种迫害。这个华工希望在"人人自由"、"人人平等"的美国找到"自由"和"幸福"，可是那里迎接他的是侮辱、狗咬和棒打，最后他被投进监狱。

从70年代初到90年代中期，马克·吐温由创作幽默故事转向长篇小说的创作。这时他开始探讨更为深刻的社会问题，虽然在一些作品中仍然保持习惯的幽默风格，但作品中辛辣讽刺和冷静批判的成分明显加强了。

1874年，马克·吐温发表了他的第一部长篇小说《镀金时代》，这是他和查尔斯·华纳合写的。小说的情节围绕着经济建设中出现的投机、诈骗和盗窃国家财产等事件而展开，不但揭露了政界、司法界和新闻界的肮脏腐败，还写出了整个社会都被污秽风气所败坏，通过

---

① Mark Twain，意思是水深12英尺（1英尺＝0.3048米）。这本是密西西比河水手的行话，指水深适合航行。

投机大发横财，已经成了一种社会"风尚"。

《汤姆·索亚历险记》（1876）是马克·吐温70年代创作的另一部重要作品。在《汤姆·索亚历险记》里，作者描写少年儿童汤姆·索亚和另一个儿童哈克淘气冒险和揭露杀人犯的故事。作者巧妙地把天真活泼的儿童的心理同小市民庸俗保守的观念加以对比，来达到批评后者的目的。汤姆厌恶虚伪的宗教仪式和反映陈腐教育制度的呆板的学校生活。为了摆脱现实的束缚和追求自由的天地，他做了种种"冒险"。揭露美国内地生活的停滞庸俗和宗教的伪善，是这部小说最主要的积极内容。

1881年，马克·吐温发表了历史题材小说《王子与贫儿》。通过一个虚构的情节，使王子和贫儿互换了身份，展示了封建专制制度和教会的罪恶。

80年代中期，马克·吐温发表了他最重要的作品《哈克贝利·费恩历险记》（1884），对美国社会种族压迫以及庸俗停滞的内地生活，进行了相当深入的揭露。

1889年出版的长篇小说《在亚瑟王朝廷里的康涅狄格州美国人》是一部非常独特的作品。小说使用了今人转世古代的手法，创作了一部尖锐的社会讽刺小说。小说里描写了封建统治者和教会统治的许多血腥的罪恶。小说不时从古代转向"现代"。投机商人的囤积居奇，报刊的庸俗和说谎，科学发明为资本家牟利以及滥发债券等美国社会突出的恶德败行，都遭到了无情的嘲笑和讽刺。在这部小说之后，马克·吐温于1894年还发表了一部反对种族歧视的小说《傻瓜威尔逊》（1894）。作家设计了两个婴儿在摇篮中被对调的巧妙情节来展示由此产生的后果。在小说《败坏了哈德莱堡的人》（1900）里，作者通过一袋金币的故事，无情地撕下了资产阶级"诚实"、"清白"的道德外衣，暴露出他们拜金主义的丑恶本质。哈德莱堡镇实际上是整个社会的缩影。19位"上等"公民，被公认为诚实、清高、廉洁和不可败坏的模范人物，为了得到一袋不该属于自己的金币，进行了一场丑恶的表演，最后原形毕露、丑态百出。

1900年以后，马克·吐温积极参加反帝活动，发表演说，抨击欧美帝国主义的侵略行径。他对我国的义和团反帝运动非常同情，愤怒揭露帝国主义对我国的侵略和剥削。他在一次演说中说："义和团是爱国的，他们爱自己的国家胜过爱别的民族的国家……我也是一个义和团。"在"八国联军"侵入北京的前一天，他在给友人的信中说："我的同情是在中国人民一边，欧洲掌权的盗贼长期以来野蛮地欺凌中国，我希望中国人把所有的外国人都轰走，永远不许他们再回去"，并预言总有一天"中国将获得自由"。

1907年以后，马克·吐温开始写自传，1910年4月21日因病逝世。

马克·吐温是美国优秀的、有着鲜明独特风格的现实主义作家。他从资产阶级民主理想出发，以幽默讽刺为武器，大胆揭露美国资本主义社会的腐败、民主的虚伪和种族压迫等罪恶，并且有力地控诉了帝国主义的侵略行径。他的创作是美国进步文化遗产的重要组成部分。马克·吐温不是一个以逗笑取乐为目的的幽默家，他是一个有着严肃思想的艺术家，正如鲁迅先生在《〈夏娃日记〉小引》中所说，马克·吐温"成了幽默家，是为了生活，而在幽默中又含着哀怨，含着讽刺，则是不甘于这样的生活的缘故"。

二、《哈克贝利·费恩历险记》

《哈克贝利·费恩历险记》出版于 1884 年。就小说的思想深度和艺术成就来说，它是马克·吐温最重要的作品。从内容上看，它与《汤姆·索亚历险记》有联系，是姊妹篇，但它又是一部完全独立的创作。

故事发生在 19 世纪 40 年代前后。小说叙述汤姆·索亚的朋友哈克被道格拉斯寡妇收养。哈克对在她家过"体面"、"规矩"的生活感到厌倦，对学校的死板教育极为不满，一心向往自由自在的生活。突然，他的酒鬼父亲自外归来，强行把他带到僻远的树林里，过起以渔猎为生的生活。父亲常发酒疯，毒打哈克。哈克设法逃了出来。他在一个小岛上遇见逃亡黑奴吉姆。二人结伴乘木筏同行，准备逃到不买卖黑奴的自由州去。逃亡中，他们历尽艰难险阻，结下了深厚的友谊。有两个江湖骗子登上他们的木筏，一路上大搞诈骗活动，后来竟至偷偷卖掉了吉姆。哈克和汤姆搞了一场营救吉姆的活动，但实际上吉姆已经是自由人了，因为他的主人临死前已经给他自由了。

小说的中心主题是美国的社会现实同自由生活理想的对立。美国的种族压迫是它的痼疾之一。马克·吐温在《哈克贝利·费恩历险记》中把这个问题作为揭示小说主题的一个重要方面来写，通过黑人吉姆逃亡的故事，表现了他对压迫黑人的制度的否定。尽管小说内容写的是南北战争前的年代，但仍不乏现实意义。

小说中的黑人吉姆是一个具有丰富的思想感情和优秀品质的人物。他不能忍受奴役和压迫，渴望自由幸福的生活，要求成为自己命运的主宰。为了不让主人把自己卖到南方去，他从华森小姐家逃跑了。他幻想逃到自由州去，将来赚了钱赎出老婆孩子，过自由幸福的生活。他淳朴善良，有丰富的情感和无私的心肠，在逃跑的途中百般照顾哈克。尤其是在汤姆受伤时，吉姆冒着被人逮捕、失去自由的危险而留下来照顾他，表现了他富有同情心和对友谊的忠诚。作品通过具体的描写证明，黑人和白人具有同样的智慧、同样细腻的感情。吉姆想念妻子和孩子。二人在聊天中，吉姆讲述了自己在怒气之下打了四岁女儿一记耳光这件事。这件事吉姆想起来就悲伤，痛恨自己。

哈克的形象在《汤姆·索亚历险记》中并不重要，而在这部作品中却占了中心的地位。哈克不愿意过"体面的"资产阶级生活，不能忍受道格拉斯寡妇家中那种刻板的生活方式，不能忍受父亲的虐待，为了追求自由生活，他逃跑了。哈克的逃跑意味着他不愿忍受资本主义环境的束缚，表现了他追求自由和为了自由生活而敢于斗争的性格。他不仅自己追求自由，而且帮助吉姆争取解放。他甘愿违犯法律和社会传统道德来帮助吉姆。但是，作家在描写哈克形象时，并没有简单化地把他写成一个出淤泥而不染的人物，而是真实地描写了哈克克服种族偏见的过程。哈克是经过了艰巨的思想斗争才从偏见中解放出来的。书中曾写到哈克一方面帮助吉姆逃跑，另一方面却受着良心的谴责，因为社会上的一切都教育他：奴隶是不能反抗主人的，而帮助黑人逃跑是卑鄙下流的犯罪行为。但是经过思想斗争之后，他决定和吉姆共同奋斗到底。吉姆的淳朴和高尚的品质帮助他克服了错误的思想影响，唤起了他的良心和人道主义同情心。"好吧，那么下地狱就下地狱吧！"他撕毁了写给华森小姐的告发信，下了和吉姆共命运的决心。

小说在叙述哈克和吉姆逃亡的同时，也对密西西比河两岸的乡镇进行了多方面的描写。这是美国的中心地带，从这里可以看到真正的美国。小说反映出，美国内地的生活是一片停滞和衰败的景象。乡镇是鄙陋的，居民贫困而愚昧，社会上拜金主义盛行，人们贪得无厌，杀人越货的盗匪恣意横行，江湖骗子到处流窜。特别是乡镇居民们的精神空虚、生活无聊，以及习俗之野蛮，是当时美国内地生活的特点。小说里描写了两个家族"打冤家"的野蛮风俗，家族仇恨竟发展到了见人就杀的地步，连小孩也不饶恕。

《哈克贝利·费恩历险记》接触到了美国多方面的社会问题，特别是对种族压迫问题的提出，具有迫切的现实意义。通过对吉姆和哈克逃亡故事的描写，马克·吐温鲜明地表现了自己反对种族压迫的立场。不过，小说最后写华森小姐宣布吉姆为自由人，这一处理只是作者的好心安排罢了。争得自由，并非易事。小说中富有象征意义的自由州卡罗，隐藏在密西西比河上的迷雾中，主人公的木排从旁边漂流而过，始终未能发现这个幻想中的天堂。这一描写意在说明自由和幸福是极其渺茫的，它只存在于被压迫者的想象中。从这一点来看，马克·吐温对社会的认识又有其深刻的一面。

《哈克贝利·费恩历险记》是一部独具特色的作品。它的主要特点是现实主义的具体性和浪漫主义的抒情性这两种因素的有机结合和交融，在描写密西西比河沿岸乡镇的风土人情以及人物的心理状态时既细致又具体，而在描写大自然的景色和主人公对自由的渴望和追求时则充满了浓厚的抒情气息。海明威说："全部美国文学起源于马克·吐温的《哈克贝利·费恩历险记》。"他认为这部小说是美国所有的书中最好的一部。

第九章　20世纪前期的欧美文学

学习要求

1. 了解：20世纪前期欧美文学的发展概况和主要成就。

2. 掌握：现代主义文学的产生及其特点，现代主义各主要流派的特征；高尔基、肖洛霍夫、萧伯纳、罗曼·罗兰、海明威生平与创作中的主要作品，卡夫卡的创作特点和主要作品。

3. 重点掌握：高尔基的《母亲》；肖洛霍夫的《静静的顿河》；萧伯纳的《巴巴拉少校》；罗曼·罗兰的《约翰·克利斯朵夫》；海明威的《永别了，武器》；卡夫卡的《城堡》；乔伊斯的《尤利西斯》；奥尼尔的《进入黑夜的漫长旅程》。

第一节　概　　述

20世纪的欧美文学发生了巨大变化，现实主义一家独尊的格局被动摇了，出现了一大批挑战者。文坛天翻地覆的变化，和社会与世界的变化有着密切的关系。

19世纪与20世纪之交，帝国主义"列强"竞争激烈，穷兵黩武，剑拔弩张。垄断资本主义的迅速发展与经济危机和群众的贫困相伴。科学技术的成就，推动了生产力的提高，同时也提供了更精良的杀人武器。第一次世界大战使参战国遭到了巨大的人员伤亡和经济破坏。大战期间，俄国爆发革命，退出了战争，但紧接着陷入了内战的火海。接踵而来的是西方世界经济大萧条所带来的巨大社会灾难，以及德国法西斯的上台。希特勒法西斯政权气焰嚣张，对世界构成了最大危险。1937年德、日、意"轴心国"集团形成，由于英国和法国绥靖主义政策软弱无力，新的世界大战在所难免。

在世界局势复杂而混乱的情况下，世态人心也发生了巨大的变化。苏联建设新社会的理想曾给人们以希望，但其领导人的一系列政策错误，又使许多人失望。欧洲文化界发生了思想混乱，"理性王国"的理想破灭了。与此同时，怀疑主义增强了。这个时候，一些非理性主义的哲学和社会学说对整个社会的思想状况产生了强有力的影响。其中最突出的是叔本华的唯意志论，尼采的权力意志论和超人哲学，法国哲学家柏格森的直觉论，奥地利学者弗洛伊德的精神分析学说等。德国哲学家叔本华认为世界万物的本原和动力是所谓生活意志，它是一种盲目的、无意识的、不可遏止的冲动。一切事物都是这个意志的外化。外部世界由意志所支配。在意志盲目力量控制下的人生，其追求永远得不到满足。所以，人生是永远的失望和痛苦。尼采的"权力意志论"出现于 19 世纪后期。尼采认为，权力是生命意志的集中体现，而作为权力意志化身的超人自然成为世界的主宰。尼采学说的特点是极端强调个人的主观意志，务使个人的欲望和要求得到最大限度的满足。为了达到目的，可以采取任何手段，不受道德约束。所以，尼采的学说又称"超人哲学"。尼采认为"上帝已经死亡"，必须重新估定一切价值。他反对旧的传统，反对基督教，反对理性，反对道德，认为人类日益堕落、退化，而能拯救人类的人就是"超人"。叔本华和尼采的哲学对社会思想产生了很大的影响，助长了非理性主义的蔓延。

奥地利心理学家弗洛伊德创造了精神分析学的理论。他对人的意识进行结构分类，将之分为"本我"、"自我"和"超我"三个层次。"本我"是人的各种本能隐居的地方，这是非理性的隐秘之处。隐居此处的性本能（里比多）是本能冲动的表现。人的行为动机皆来自没有理性的本能冲动。"超我"则是遵循社会法理、道德原则而进行的意识活动，它起着抑制"本我"本能冲动的作用。而"自我"则是处于二者中间起平衡作用的一个层次。弗洛伊德的学说阐释了人的意识领域的复杂性，有助于人们对精神世界的认识。他对潜意识的阐述促使一些作家加强了对人物心理领域的关注和发掘。

对 20 世纪文学有影响的哲学家还有宣扬生命冲动和直觉主义的法国哲学家柏格森。

在 20 世纪前期，上述学说的影响不断扩大，对在西方知识分子中形成悲观主义和虚无主义世界观起到了推波助澜的作用。文艺领域受到的影响尤为突出。众多现代主义文学流派的兴起，与这些哲学和社会学说的影响有着密切的关系。现代主义的文学大潮形成对传统现实主义文学强有力的冲击。然而，现实主义文学根深蒂固，虽受到挑战，仍在风浪中继续前进。一些在 19 世纪后期已经取得很大成就的作家，如法朗士、萧伯纳、高尔基、罗曼·罗兰、康拉德等，在新的世纪将筑建更大的辉煌。一批新的现实主义作家则开始了他们的文学之旅，前程远大。不少现实主义作家在努力探索，力图从新的角度，采用新的手法来提高和丰富现实主义方法。他们不排除吸收现代主义的一些表现方法，从而使自己的作品更加完美，如康拉德、劳伦斯、托马斯·曼、海明威、戈尔丁、索尔·贝娄等作家。

20 世纪上半期，英国现实主义文学成就很大。戏剧作家萧伯纳在世纪之初连续发表优秀作品，达到自己创作的高峰阶段。乔治·威尔斯也采用现实主义手法进行创作，他是英国最有名的科幻小说家。**高尔斯华绥**（1867—1933）是 20 世纪前期英国最杰出的作家之一。他的两组三部曲《福尔赛世家》和《现代史话》，描写了一个资产阶级家族四代人生活的变迁，是现实主义文学的突出成就。

偏重于"性"题材的**劳伦斯**（1885—1930）是得到很高评价的作家。他认为人的自然本能受到了现代社会成规偏见和工业文明的压抑，由此产生了种种矛盾和悲剧。他在小说《虹》（1915）中探讨了实现理想的两性关系的途径。在《虹》的姊妹篇《恋爱中的女人》

（1921）和著名小说《恰特里夫人的情人》（1928）中，他继续探索了这个主题。由于劳伦斯竭力表现被扭曲的人性和被压抑的本能，着力描写潜意识活动，所以也有人将他视为现代主义作家。

长寿作家**毛姆**（1874—1965）的自传性小说《人生的枷锁》（1915）流传很广。主人公9岁成为孤儿，在成长过程中遭遇了过多的挫折和不幸，包括别人的轻蔑、冷酷、经济上的不能自主、爱情的折磨与欺骗……使他对美好生活的追求一次次化为泡影。小说有力地暴露了宗教、道德、教育、世俗观念以及贫富差异给人带来的枷锁，批判了造成枷锁的社会制度。另一篇小说《月亮和六便士》（1919）也很有名。毛姆还是一个出色的短篇小说家和戏剧家。

这一时期的法国现实主义文学成就突出，出现了多位有世界影响的大作家。年近花甲的**法朗士**于1901年发表了《贝日莱先生在巴黎》，完成了他的四部曲《当代史话》，对法国当代文学做出巨大贡献。而他在晚年发表的三部长篇小说《企鹅岛》（1908）、《诸神渴了》（1912）、《天使的反叛》（1914），对于充满战争和大革命的20世纪，提供了宝贵的教诲，是一种更大的贡献。

罗曼·罗兰在20世纪初进入了创作的鼎盛阶段，完成了代表作《约翰·克利斯朵夫》（1904—1912）。这部小说影响深远，是20世纪最有名的作品之一。

安德列·纪德（1869—1951）是法国20世纪前期的有名作家，他在创作上、思想上和政治上都充满矛盾。他的创作从象征主义起步，后来又转向。他在严格的宗教环境中长大，青少年时代体味过宗教信仰带来的纯洁道德感的欢悦，后来却去追求畸形的官能快乐，以致形成"背德"的纪德主义。他的许多作品都描写了灵与肉的斗争。纪德善于心理描写，讲究艺术形式，又是一位语言大师。他的代表作《伪币制造者》（1925）运用了小说套小说的形式，颇为新颖。这部小说反映了当代青年精神上躁动不安和漫无目标的生活，揭示了资本主义社会精神空虚的生存状态。

罗歇·马丁·杜伽尔（1881—1958）是这时期法国现实主义文学的主要代表之一。他的代表作《蒂博一家》（1922—1940）是他多年精心劳作的结晶。小说通过两个家庭两代人彼此之间的复杂关系再现了从20世纪初至第一次世界大战结束这一时期法国社会的状况。杜伽尔是一位深受托尔斯泰影响的作家，他勇敢地在新时代扛起现实主义的大旗。

弗朗索瓦·莫里亚克（1885—1970）在法国20世纪的现实主义文学中占有很高的地位，他最有名的小说是《苔蕾丝·德丝盖鲁》（1927）和《蝮蛇结》（1932），后者是他的代表作。书中写一个富有的资产者同亲人之间的矛盾，矛盾的起因便是金钱。莫里亚克善于心理刻画，尤其善于描写人物在感情激荡时刻的心理活动，有时深入到潜意识领域。

20世纪德语国家的文学成就是空前的，现实主义文学尤其如此。亨利希·曼、托马斯·曼、赫尔曼·黑塞、雷马克、布莱希特、斯苔芬·茨威格等都是世界一流的作家。

托马斯·曼（1875—1955）的长篇小说《布登勃洛克一家》（1901）是作家1929年获得诺贝尔文学奖的主要因素。这部小说写的是德国大资产阶级布登勃洛克一家四代人半个世纪由盛而衰的历史，实际上是一个旧式的自由资产阶级家庭被一个心狠手辣的新型资产阶级暴发户按照弱肉强食的规律击垮的故事。小说人物生动，情景交融，富有艺术魅力。作家在中篇小说方面也取得了很突出的成就。

托马斯·曼的哥哥**亨利希·曼**（1871—1950）也是一个杰出的现实主义作家，创作长篇小说达 19 部之多。他的代表作《臣仆》（1914）是 20 世纪现实主义有代表性的作品之一。小说描写的是德意志帝国专制制度奴化教育和军国主义教育下民众中间产生的顺民思想、奴性和谄上欺下的势利小人性格。这种意识和性格成了一个民族的病态和可耻的劣根性，和契诃夫笔下的"普里希别耶夫性格"有着同根的亲缘关系。由于小说揭露的"臣仆性格"与德国专制主义的政治制度有直接的联系，所以触怒了统治者，更由于曼氏兄弟都反对法西斯主义，因而在希特勒上台后都遭到迫害，被迫流亡并被剥夺了德国国籍。

身世坎坷的**赫尔曼·黑塞**（1877—1962）是德国另一位有名的现实主义作家，以善于描写内心活动闻名。他因为反对军国主义和战争而被诬为"叛国者"。他早期的中篇小说《在轮下》（1906）揭露了德国统治者将军国主义的制度搬进学校教育的做法。他的代表作《草原狼》（1927）写一个知识分子身上人性与狼性的斗争，实际上是不同的人生定位和追求在一个人身上的反映。黑塞是 1946 年诺贝尔文学奖的获得者，当时他已入瑞士籍。

雷马克（1898—1970）是一位以善于描写战争而闻名的现实主义作家。他最有名的小说《西线无战事》（1929）是世界闻名的反战作品。只有 19 岁多一点的保罗·博伊默尔被送到前线，和第二连另外 7 个同伴经历了战争的苦难、残忍和恐怖，饱尝了精神上和肉体上的痛苦。有一次第二连撤防时，原先的 200 人只剩下 32 人。保罗的同伴也都一个个牺牲了。战争快结束时，保罗被一颗流弹击中，随即死去。那一天的战报上的报道是：西线无战事。这部小说成了反战的经典。

布莱希特（1898—1956）是德国著名剧作家、戏剧理论家和诗人，因纳粹上台曾长期流亡国外。他创建了"叙事式戏剧"理论。这种理论的核心是所谓"陌生化效果"，它的基本含义是将人们所熟悉、习以为常的事情以另一种新的样式展示给观众，使他们感到陌生和惊奇，从而主动地去思考和分析。这种戏剧激发了观众的主动性和参与性，是对戏剧发展的一大贡献。布莱希特的重要作品有《大胆妈妈和他的孩子们》（1939）、《伽利略传》（1938—1946）、《高加索灰阑记》（1945）等。

奥地利小说家**斯台芬·茨威格**（1881—1942）也极有名，在 20 世纪文学中占有重要的地位。

20 世纪美国文学的成就最为辉煌。在 19 世纪，美国尚无可以和巴尔扎克、狄更斯、陀思妥耶夫斯基、托尔斯泰、哈代等欧洲大师比肩的作家，但是到了 20 世纪，美国文学，无论是现实主义或是现代主义，都取得了突飞猛进的发展，已经达到了和欧洲文学并驾齐驱、互相媲美的局面。单就现实主义而言，就出现了德莱塞、杰克·伦敦、斯坦贝克、辛克莱·路易斯、海明威等优秀作家。

德莱塞（1871—1945）以揭露社会弊病而闻名，长篇小说的成就最为突出。《嘉莉妹妹》（1900）、《金融家》（1912）、《巨人》（1914）、《天才》（1915）等小说都很出色。他的代表作

《美国的悲剧》（1925）揭露美国社会风习腐蚀青年和假民主的本质，具有深度和力度，在国内外获巨大声誉。

杰克·伦敦（1876—1916），从一个普通劳动者靠勤奋学习和坚忍不拔的精神走进大作家的行列。他的许多小说为广大读者所熟知。他写的人与人残酷斗争的小说以及中篇动物小说《荒野的呼唤》（1903）、《白牙》（1906）等深受读者喜爱。长篇小说《铁蹄》（1908）是较早的描写工人阶级革命武装起义的作品。他的长篇小说《马丁·伊登》（1909）写一个劳动者出身的作家的成功和悲剧结局，对美国资本主义社会的残酷、伪善和拜金主义作了有力的批判，有较大的社会意义。

著名现实主义小说家**斯坦贝克**（1902—1968）为破产农民呼喊公道。他在代表作《愤怒的葡萄》（1939）中怀着极大的悲愤描写了破产的果农被迫逃亡加州，被残酷盘剥，落到没有活路的境地，是美国现实主义文学的杰出成就。他的其他小说，特别是《人与鼠》（1937）和《珍珠》（1947）也是上乘之作。

辛克莱·路易斯（1885—1951）是与德莱塞齐名的现实主义小说家。他揭露小镇资产者落后保守、愚昧顽固的小说《大街》（1920）和中产阶级庸俗市侩习性的《巴比特》（1922），都有契诃夫小说的韵味。路易斯的这两部小说很受读者欢迎。

20世纪上半期美国著名的现实主义作家还有薇拉·卡瑟、菲茨杰拉德、多斯·帕索斯等人。

第一次世界大战以后，在世界局势混乱、人们普遍感觉迷惘和非理性主义大行其道的情况下，现代主义的思潮和文学流派迅速地发展起来。

这些流派虽然全都独树一帜，但也有一些共同之处。

首先是现代主义流派基本上都反对传统文学经验和创作方法，认为现实主义作家"摹仿自然"反映生活真实的方法都只是写现实的"外部"，不能算是真正的真实。在他们看来，传统的浪漫主义文学只注意直抒胸臆，也显得肤浅和简单。现代主义认为，这些创作方法和文学理念都必须抛弃。抛弃旧的、树立新的，是他们的共识。但各流派的具体主张不完全相同或者很不相同，然而又都锐意求新，大胆实验，具有挑战精神。

其次，现代主义各派均表现异化感。现代主义者认为，过去和现有的经济基础和上层建筑对人的控制，使人类完全丧失了自我，而异化成非人。被异化了的人已不是完整的个体，精神已经分裂，或异化为非人。总之，在现代主义的观念中，人已经异化为他者，一切关系都已扭曲变形。

再次，现代主义文学的又一特点是内向化或者说内倾性。现代主义认为，外在的客观世界和人物外在的真实，是不完全的，内在的真实才是最高的真实。因此他们不遗余力地表现人物的精神世界，挖掘人的心灵活动。为了更好地体现自己的艺术理念，现代主义作家习惯于使用各种新颖的表现手段，如象征、隐喻、幻象、暗示、悖谬、荒诞、内心独白、自由联想、意识流、时空倒错、生造字词等，力求达到标新立异、突破传统文学模式的目的。在这种心态下出现了个别走极端的现象，将文学变成了纯粹的形式主义。但总的来说，现代主义的大胆实验和革新，还是富有成果的。

象征主义是现代主义最主要的流派之一。19 世纪的法国象征主义于 90 年代转入低潮，但这一思潮很快传入其他国家，而于 20 世纪 20 年代至 40 年代在欧美重新崛起。20 世纪的象征主义，被称为后期象征主义。关于象征主义反对直接描写客观现实，主张用象征、隐喻和暗示表现内在的"最高的真实"等观点①。象征主义作品一般都带有抽象的特色，它的形象是一种意象和象征，显得扑朔迷离，缺乏具体性，有时还带有神秘色彩。

后期象征主义在创作思想上与前期象征主义一脉相承，但也有所发展，有些诗人突破了个人狭窄的生活圈子和个人感情的限制，视野变得开阔，甚至去触动重大的主题，因而富有时代感。爱尔兰的叶芝（1865—1939）、法国的**瓦雷里**（1871—1945）、奥地利的里尔克（1875—1926）和英国的艾略特（1888—1965）都是世界著名的象征主义诗人。他们的作品反映出了象征主义诗艺的发展。除他们之外，各国还有一大批象征派诗人和剧作家，所以后期象征主义真正成为一个具有世界意义和影响的重要流派。在大量的象征主义诗歌中，以瓦雷里的《海滨墓园》（1920）和艾略特的《荒原》（1922）最为有名，它们都是后期象征主义的经典之作。《海滨墓园》是瓦雷里创作的高峰。诗中描写诗人立于大海之滨的墓园旁边，远眺微波不兴的大海，绝对的宁静有助于他进行深邃的遐想。他思考着生与死的问题，醒悟到人死了，"溶化成虚空的一堆"，被"红红的泥土"吸收掉，不管那死者当年有过何种风采，而今是不存在了。"不朽"之说，那是一种永恒的玩笑。虽然如此，诗人却不是消极的悲观主义者。他号召积极地对待生命与运动，高呼道："……起来，投入不断的未来！""起风了！……只有试着活下去一条路！"该诗意境高深，诗律严整，被认为是法国 20 世纪的伟大诗篇。这首诗和《幻美集》使瓦雷里获得了象征主义大师的美名。不久他出任笔会主席，并当选为法兰西学士院院士。1945 年逝世时，戴高乐为他主持国葬，他享尽了哀荣。

艾略特（1888—1965）是美国诗人，后入英国籍，是象征派诗歌的巨擘，被誉为改变了时代诗风的诗人。他的重要作品有《普鲁弗洛克的情歌》（1915）、《荒原》、《四个四重奏》（1935—1943）等诗篇以及剧作《大教堂谋杀案》（1935）等。艾略特还是一个重要的文学批评家。他主张"非个人化"，要求将诗人个性与诗歌分开。他提出"客观对应物"的主张，即诗人在创作时要在客观世界找到一些与诗人主观感受相关联的客体，通过对它们的描写来表达诗人的感受，而不采用直抒胸臆、直接表达思想的写法。也就是说，诗人往往从客观世界中找到某些能唤起诗人情感的情景和事件，通过各种意象、人物和情景组建成一幅图画，以表达某种情感。他的代表作《荒原》就是体现这种观点的作品。在这首诗中，诗人将大量的神话、传说、历史事件、诗文典故与现代城市生活场面拼接在一起，一系列场景和戏剧式对话形成一个意象的集合体，被纳入全诗的象征结构之中，使欧洲已变成荒原的主题得到恰当的表现。作品的画面所表达的情绪在读者心中引起共同的感情，这便是作品主旨和诗人意向之所在。

---

① 可参考第八章第一节中有关象征主义的部分。

此外，比利时剧作家**梅特林克**（1862—1949）的剧作《青鸟》（1908）也非常有名，在象征派文学中占有重要地位。

表现主义是 20 世纪初产生于德国，后来影响到欧美其他国家的一场文学艺术运动，涉及绘画、音乐、文学等领域。文学中的表现主义反对按生活的本来面目描写生活的现实主义原则，强调对客观对象作主观感受的反映，以表现对象的内在实质，认为主观感受的真实才是真正的真实。在创作实践中，表现主义作家经常描写永恒的品质，人物往往是某些共性品质的抽象象征，有时甚至没有具体姓名，有时扭曲客观事物的形象，作品情节常常荒诞离奇。由于强调描写永恒的品质，表现主义诗歌一般不注意客观存在的真实性，而着意去宣扬所谓普遍的人性。在表现主义文学中，戏剧的成就最为突出。瑞典剧作家**斯特林堡**（1849—1912）被认为是表现主义戏剧的先驱。他的《去大马士革》（第一部、第二部，1898；第三部，1904）三部曲是最早的表现主义戏剧作品。他的《鬼魂奏鸣曲》（1907）是表现主义戏剧的代表作之一。剧情围绕着人到老年的资产阶级恶棍和杀人犯亨梅尔展开，很多人物，死的和活着的，同他纠缠在一起，表现了资本主义社会残酷和邪恶到了极点的人际关系。戏剧情节极为荒诞，鬼与人同时出现在舞台上，梦幻与现实之间没有明确的界限。但在荒诞的情节中蕴藏着严肃的社会意义。除**斯特林堡**外，著名的表现主义剧作家还有德国的**凯泽**（1878—1945），他的代表作是《从清晨到午夜》（1916）；**托勒尔**（1893—1939），他的著名剧作有《群众与人》（1921）、《机器破坏者》（1922）等；捷克的剧作家和小说家**恰佩克**（1890—1938），他的代表剧作是《万能机器人》（1920）。美国著名戏剧家**尤金·奥尼尔**的某些剧作也被认为是表现主义戏剧的重要作品，如《毛猿》（1921）、《琼斯皇》（1920）等。

在小说方面，人们经常把表现主义和卡夫卡的名字联系在一起，因为他的作品常通过现实的扭曲和变形、荒诞的情节和将特定的历史和具体现实中的人物抽象化（如有时没有名姓或仅是一个符号）的艺术手法表现出对"永恒"的追求。所有这些都带有表现主义的特色。卡夫卡代表性的作品有《变形记》、《在流放地》、《审判》、《城堡》等。

未来主义兴起于 20 世纪初期的意大利，后传入欧洲许多国家，其代表人物是意大利诗人马里内蒂（1876—1944）、诗人**帕拉泽斯基**（1885—?）和法国诗人**阿波利奈尔**（1880—1918）等。未来主义者以否定一切文化遗产和传统，追求文艺内容和形式的"革新"为宗旨，主张作家应歌颂和赞美现代社会的主要特征——大都市光怪陆离的生活、速度的美、力量和竞争，甚至认为战争、暴力、恐怖能摧毁旧的一切，所以也应加以歌颂。在艺术形式上，他们强调直觉，排斥理性和逻辑。有的未来主义者甚至要求取消语言规范，取消形容词、副词和标点符号，以字形的变化、图案的拼贴和组合、数学符号、乐谱等来表现作者的内心感受和不可理解的事物。俄国诗人**马雅可夫斯基**（1893—1930）在他创作的前期也是个未来主义者，曾创作有名的未来主义长诗《穿裤子的云》（1914—1915）。

意识流小说产生于 20 世纪初，在二三十年代成就辉煌，对世界文学产生了很大影响。美国心理学家威廉·詹姆斯认为，人的意识活动并不是零散的片断，而是一种如河水一般的"流"，是"意识流"、"主观生活之流"。传统心理学只重视意识活动的理性方面，詹姆斯提醒人们注意人的非理性的、无逻辑的意识。此外，他还认为人过去的意识会浮现出来与现在的意识交织在一起，形成一种现实性的时间感。奥地利医生、精神分析学创始人弗洛伊德的学说对意识流小说有着更大的影响。意识流小说家在这些心理学家的影响之下，在自己的创作中不遗余力地挖掘人的心灵生活，特别是潜意识，以表现原始的生命之流在人物内心的冲突和碰撞。有的人因接受了"心理时间"的理论，在描写意识流的时候不仅大量运用内心独白，还采用时序颠倒、时间错乱等手法，以表现潜意识的无序性。

意识流本来是一种写作方法，意识流作家既无宣言，也无团体，难称流派。但随着意识流小说的流传及其影响的扩大，采用这种方法进行创作的作家队伍不断壮大，已形成超越国界而且影响深远的派别——意识流小说。许多不属于该流派的作家也借用意识流的方法。欧美最有成就的意识流小说家有：法国的**普鲁斯特**（1871—1922），他的代表作是《追忆逝水年华》（1913—1927）；英国的**弗吉尼亚·吴尔夫**，她的代表作有《达洛卫夫人》（1925）、《到灯塔去》（1927）；美国的**福克纳**（1897—1962），他的代表作是《喧哗与骚动》（1929）；爱尔兰的**乔伊斯**被认为是成就最突出的意识流小说家。

超现实主义产生于第一次世界大战后的法国，是从达达主义"脱身"出来的一个流派。**布勒东、苏波、阿拉贡、艾吕雅**等作家不接受达达主义打倒一切、否定一切的观点，便从内部反叛出来，举起超现实主义的旗帜。但他们仍带有极强烈的标新立异的特点。超现实主义者对传统文学所奉守的道德和理性原则持怀疑和否定态度，认为艺术再也不能信守它的指导，必须用新的理想代替旧的理想，必须进行一场革命，而他们这些精神反叛者干的就是这种革命的工作。他们在哲学家柏格森的"生命冲动"理论和弗洛伊德精神分析学说的启示下，形成了自己的美学理念。

超现实主义的最基本的特点，是要超越理性和现实去创造纯粹的、无其他因素干扰的无意识艺术。他们认为，在理性指导下建立起来的社会规范、道德和宗教以及一切社会关系，都是受拘束和强制的产物，这种现实必须超越。而只有超现实的梦境、本能、幻觉才是真实的。该派领袖人物布勒东在1924年第一个《超现实主义宣言》中说，超现实主义是"一种纯粹的心理无意识化"。超现实主义作家在创作实践中，就是根据所谓纯精神的自动反映的原则，去开发人的心灵秘密，大写人的无意识活动和梦幻世界，他们认为这才是纯粹的真实。为了实现他们的主张，他们发明了"自动写作法"和"梦幻记录法"。但是某些作家的作品缺乏内在的逻辑，只是一些混乱的记录，晦涩难懂，这种情况削弱了该派的影响力。布勒东的小说《娜嘉》（1928）和他与苏波合作的小说《磁场》（1921）是该派的重要作品。

进入20世纪以后，俄国文学中的现实主义文学和新潮流派的文学都在不断发展。处于生命晚年的托尔斯泰仍在写作，身体有病的契诃夫创作了戏剧精品《三姊妹》（1901）和《樱桃园》。正值创作盛年的是库普林、布宁、高尔基、安德列耶夫、绥拉菲莫维奇等现实主义作家，他们继承了俄国文学的优良传统，努力探讨俄国社会的各种迫切问题。特别是高尔基的带有革命气势的作品，给文学带来一股全新的气息，代表着俄国文学新的方向。绥拉菲莫维奇也在20世纪初期创作了很多优秀的现实主义小说，批判沙俄社会的腐朽。

在现实主义文学不断取得成就的同时，俄国新的思潮和流派也在发展，一批作家在积极地开展创作活动，他们是象征派的勃留索夫、勃洛克、别雷，阿克梅派的古米廖夫、阿赫玛托娃、曼德尔施塔姆，未来派的赫列勃尼科夫、马雅可夫斯基。这些诗人气势不小，能量很大，创造了俄国诗歌史上一个新的时期——"白银世纪"。

十月革命后，俄国文学发生了巨大变化，作家队伍分化明显。一部分作家逃往国外，其中有布宁、库普林、安德列耶夫、阿·托尔斯泰这些有名的作家。批判现实主义作家绥拉菲莫维奇参加新政权并入了党，成为革命作家的中坚之一。而高尔基则是革命作家的领袖。象征派作家梅列日科夫斯基和诗人巴尔蒙特流亡巴黎，而象征派诗人勃留索夫写出了一些歌颂革命的诗篇，并且入了党，成为革命作家中的重要一员。另一个象征派大诗人勃洛克在革命胜利之初即发表了赞颂革命的长诗《十二个》（1918），坚定地站到了革命的立场上。阿克梅派诗人阿赫玛托娃固守着抒写内心世界的特点，而未来派诗人**马雅可夫斯基**则转变成十月革命的歌手，成了无产阶级诗歌的主将。十月革命后，多数的俄国未来主义作家转到了革命立场，参加了新政权的文艺和宣传方面的工作。革命后，大多数俄国作家认为，这次革命是俄国新生的开始，革命作家和进步作家更是认为革命为在俄国建设全新的社会和创建全新的文学开辟了道路，因而兴高采烈。而一般的、不属于革命队伍的作家，也大都欢迎俄国的新生，努力使自己适应新的政权，并尽力去创作新作品。

十月革命后，文学生活十分活跃，文学团体和流派很多。到了 20 年代，文学团体更是有增无已。有的团体热衷于创造全新的文学，有的热衷于探索新的艺术形式和手法，甚至主张"为艺术而艺术"。革命胜利之初影响很大的是"无产阶级文化协会"，其目的是创造新的无产阶级文化，但该组织的一些领导人，即无产阶级文化派，宣扬新旧文化割裂论，割断文化的继承关系，并且主张脱离党的领导。

当时影响最大的团体是俄罗斯无产阶级作家协会（"拉普"）。它反对文学的形式主义，主张内容决定形式，反对脱离政治倾向。但他们走向极端，出现忽视艺术特点，把艺术和政治混为一谈的错误，提出所谓"辩证唯物主义"的创作方法。更为严重的是，他们实行宗派主义，排斥"同路人"作家，甚至一些革命作家也遭到打击，如高尔基、马雅可夫斯基等。有的优秀作家被戴上"反动作家"、"市侩作家"的帽子，如阿·托尔斯泰被划入"路标转换派"的反革命行列。"拉普"的主要理论刊物是《在岗位上》，因此这一派作家又被称为"岗位派"，它与另一派"山隘派"（全苏工农作家联合会）进行了两年之久的论战，对立情绪相当紧张。"拉普"轻视文化遗产和宗派主义的做法造成了严重的后果，以致俄共中央出面进行纠正。总之，20 年代文艺界在思想上比较混乱，出现了"唯我正确"的一言堂倾向，而俄共中央力图将文艺置于党的指导之下。

在文学创作上，从革命初经 20 年代至 30 年代初这段时间，还是出现了许多极有影响的作品，内容主要是反映十月革命、国内战争和共产主义建设。在小说方面最有名的作品有《铁流》（1924）、《恰巴耶夫》（1923）和《毁灭》（1927）、《静静的顿河》（第一部）、《水泥》（1925）、《索溪》（1930）、《时间呀，前进！》（1932）、《钢铁是怎样炼成的》（1934）等。除了这些"大题材"外，一些针砭时弊、描写私有者愚昧落后心理的讽刺小说也很受欢迎，其中左琴科是名气最大的一位作家。

这时期在诗歌方面的成就也很突出，诗人勃洛克、勃留索夫、叶赛宁、马雅可夫斯基等都贡献出了充满激情、歌颂革命和国家新生的诗歌。马雅可夫斯基的长诗《列宁》（1924）和《好!》（1927）成了无产阶级革命诗歌的经典。

20世纪30年代，鉴于文坛上一些团体和作家争论不休、宗派主义盛行和思想混乱的情况，俄共中央决定解散包括"拉普"在内的一切作家团体，成立一个统一的作家组织，于1934年召开了第一次全苏联作家代表大会，成立了苏联作家协会，高尔基被选为主席。大会上确定了社会主义现实主义为作家创作和文艺批评的基本方法。它要求艺术家从现实的革命发展中真实地、历史具体地去描写现实，同时艺术描写的真实性和历史具体性必须与用社会主义精神从思想上改造和教育人民的任务结合起来。从此，社会主义现实主义成了苏联文学的主导思想，并对东欧文学和西欧及美国的一些作家也产生了深刻的影响。

这种创作方法以很高的革命理想为标准，这个标准并不是所有作家都能达到的。由于教条主义和庸俗社会学的流行，在实践中这种创作方法实际上成了文学唯一的创作方法，其他的创作方法自然都成了异端，文学上多种风格流派也即随之消失。随着所有文学团体的被解散，不和谐音符的消失，文坛上丰富多彩、富有生命力的局面也改变了，生硬批判和行政干预的事越来越多。一些作品未达到社会主义现实主义的高标准，以致引起争论和批判，《静静的顿河》便是一例。将文艺与政治混淆的结果便是言路堵塞和作家遭到打击。30年代后期斯大林实行的肃反形成扩大化局面，一些作家被捕入狱，蒙冤而死。30年代后期，虽有几部歌颂人民的社会主义建设热情的作品出版，但总的说来，文坛上比较沉寂。

第二次世界大战爆发后，整个国家投入反法西斯的斗争中，许多作家走上前线，创作反映军队英勇事迹的作品。许多小说、诗歌和特写反映了苏联军队和人民可歌可泣的英雄事迹。这是作家们为祖国效力的最好途径和机会。战争期间和战后初期的有名作品有特瓦尔多夫斯基的长诗《瓦西里·焦尔金》（1941—1945），格罗斯曼的小说《人民是不朽的》（1942），西蒙诺夫的小说《日日夜夜》（1944）和剧作《俄罗斯人》（1942），法捷耶夫的小说《青年近卫军》（1945），柯涅楚克的剧本《前线》（1942），列昂诺夫的剧本《侵略》（1942）。这些作品本身就是鼓舞人民、打击敌人的武器，在那些艰苦的年代发挥了重要的战斗作用。

1946—1948年，苏共中央连续作出对文艺进行行政干预的四个决议。中央领导人日丹诺夫以坚持文艺的党性原则，反对文艺不问政治、无思想性、鼓吹唯美主义和个人主义倾向为理由，采用简单粗暴的手段，对作家左琴科和阿赫玛托娃进行打压，对他们的作品简单地加以否定。这种粗暴的做法产生了严重的后果。自此以后，文坛上"无冲突论"流行开来，公式化、概念化、粉饰现实的作品有了通行无阻的机会。

第二节 高尔基

一、生平和创作

高尔基（原名阿列克赛·马克西莫维奇·彼什科夫，1868—1936）是无产阶级作家，苏联文学的创始人之一。高尔基的童年和青少年时代是在社会底层度过的，由于生活所迫，11岁就开始自食其力。他干过多种工作，饱尝了人间苦难。高尔基只受过两年正规学校教育，但他靠顽强自学具备了写作的能力。19 世纪 80 年代，高尔基在喀山参加过具有"民粹派"观点的知识分子秘密小组。80 年代末 90 年代初，高尔基曾跋山涉水两次漫游俄罗斯，这使他对人民的疾苦有了更深的了解，也为他日后的创作积累了丰富的素材。1892 年，他在《高加索报》上发表了以"马克西姆·高尔基"（意思是"最大的痛苦"）为笔名的处女作《马卡尔·楚德拉》，从此开始了文学创作生涯。

高尔基早期的作品主要是短篇小说，这些小说表现了浪漫主义和现实主义两种风格。高尔基早期浪漫主义短篇中最著名的是 1895 年发表的《伊则吉尔老婆子》和《鹰之歌》。作品表达了作者谴责个人主义，厌恶平庸的小市民意识，歌颂为大众献身的集体主义、英雄主义的思想。

高尔基在他的创作早期还写了大量的现实主义短篇小说。这些作品揭露批判了沙皇专制制度和资本主义的罪恶，表现了底层人民的痛苦生活和他们的反抗呼声，其中最有特点的是描写流浪汉的小说，如《叶美良·皮里亚依》（1893）、《我的旅伴》（1894）、《切尔卡什》（1895）、《柯诺瓦诺夫》（1896）、《草原上》（1897）、《马莉娃》（1897）等。高尔基之所以偏爱写流浪汉题材，一方面流浪汉在当时是一个引人注目的社会现象，资本主义的发展造成城乡大批劳动者破产，给俄罗斯带来 500 万流浪汉。另一方面，高尔基本人也在流浪汉中生活过，他发现他们当中的不少人虽然生活过得比"平常的人"坏，却"并不贪心"，"不相互倾轧，也不积蓄钱财"。但高尔基也清醒地看到，即使是他们中的优秀分子，对现实的反抗也是消极的。在高尔基的流浪汉小说中，《切尔卡什》很有代表性。流浪汉切尔卡什雇佣破产农民加弗里拉在深夜里盗卖码头上的货物。当他发现加弗里拉企图杀死自己、独吞钱财时，轻蔑地把钱扔在地上，他认为自己尽管是个贼，"却永远不会这样贪婪，这样下贱"。

除短篇小说外，高尔基在 90 年代还创作了两部小说：描写商人生活的长篇小说《福玛·高尔捷耶夫》（1899）和描写三个社会底层的青年走了三种不同生活道路的中篇小说《三人》（1900）。90 年代末两卷集和三卷集以及《福玛·高尔捷耶夫》的出版，使高尔基成为著名作家。这个时期，他结识了契诃夫、托尔斯泰等许多作家。

20 世纪初期是俄国工人运动蓬勃发展的时期，高尔基积极参加革命活动，逐渐接受了革命思想。他不但成为反抗沙皇统治的文化主将，并且把自己的创作和无产阶级的解放事业联系在一起。由于参加革命活动，他数次被捕。这一时期高尔基的著名作品有散文诗《海燕》（1901）、剧本《小市民》（1901）、《底层》（1902）、《敌人》（1906）和长篇小说《母亲》（1906）。

《海燕》是对1905年革命前夕群众运动的艺术反映，它运用象征的艺术方法，展示了革命风暴到来之前各种社会力量的不同表现，歌颂了海燕——无产阶级革命战士的形象。

《小市民》描写帝俄时代的一家小市民庸俗空虚的生活和父子两代人之间的矛盾冲突。其中谢苗诺夫的养子、火车司机尼尔是一个有着无产阶级意识和革命信念的人物，他坚信"谁劳动，谁就是生活的主人"，"权利不是给的，权利是争来的"。尼尔是革命无产者的雏形。

《底层》表现了生活在夜店里的一群底层人物的生活并讨论了他们的出路问题。剧本表现高尔基戏剧创作的特点：不以情节和舞台效果取胜而带有深刻的哲理性。《底层》是高尔基最优秀、社会影响最大的剧本，它的演出不但在俄国而且在西欧也获得了成功。

《敌人》以1905年初莫洛佐夫工厂发生的罢工作为素材，是一个描写"工人暴动"的剧本。

长篇小说《母亲》发表于1906年，是高尔基的代表作之一。

1905年到1917年俄国两次革命期间，高尔基一度侨居在意大利的喀普里岛。他曾受到在1905年革命中归附于布尔什维克，后来又陷入修正主义的知识分子的影响，和他们一起宣扬"造神论"，即寻找一种新宗教，幻想把马克思主义和宗教结合起来。高尔基的错误认识集中体现在他于1908年5月发表的小说《忏悔》中。列宁及时发现并帮助高尔基认识到了自己的错误。这一时期，高尔基还写了不少政论、文学评论，涉及当时俄国政治、思想、文化、艺术等方面的许多重大问题。此间，他的主要作品有：描写在1905年革命影响下农村的觉醒的中篇小说《夏天》（1909），揭露小市民平庸生活的中篇小说《奥古洛夫镇》（1909），充满浪漫主义色彩和革命激情的《意大利童话》（1911—1913），自传体小说三部曲的前两部《童年》（1913）、《在人间》（1914）（第三部《我的大学》创作于十月革命后的1922年）。

自传体三部曲是高尔基的重要作品之一。《童年》描写小主人公阿辽沙·彼什科夫从3岁到10岁在外祖父家度过的童年生活，艺术地再现了当时俄国广大城市人民所生活的恶劣环境——贪婪、残忍、无聊的小市民世界。《在人间》描写阿辽沙11岁离开外祖父家到"人间"谋生的艰苦经历，同时也表现了他的顽强自学和反抗性格的形成。《我的大学》描写阿辽沙16岁到20岁在喀山的生活，表现了主人公在"社会大学"里寻求正确的理论和革命道路的曲折过程，这一时期的主人公已成长为积极探索真理的革命青年。三部曲不仅是高尔基本人的传记，也是19世纪七八十年代俄国社会生活的广阔画卷。它的发表获得了国内外的一致好评。

在十月革命时期尖锐复杂的阶级斗争中，高尔基发表过一组总题为《不合时宜的思想》的文章，阐述了自己对俄国革命的独特看法和他对革命的种种忧虑。1918年列宁的遇刺使高尔基走上了同苏维埃政权密切合作的道路。此后，他为社会主义文化建设做了大量艰苦细致的工作，如保护文化遗产，保护科学家和文学艺术家，吸引他们为社会主义建设服务，等等。此外，他还写了许多文学评论，对社会主义文艺理论的建设做出了贡献。

高尔基在 20 世纪二三十年代创作了两部长篇小说。《阿尔塔莫诺夫家的事业》（1925），描写了资本家阿尔塔莫诺夫和工人莫洛佐夫两家三代人的历史，表现了俄国资本主义的产生、发展、衰落和无产阶级从奴隶到主人的过程。《克里姆·萨姆金的一生》（1925—1936）是高尔基最后一部巨著。它表现了十月革命前俄国社会三十年的历史，描绘了历次重大历史事件、人民群众的觉醒和布尔什维克的活动，尤其是深刻反映了这一时期俄国政治、哲学领域里的斗争。作品具有广阔的历史内容，是高尔基晚年创作的最高成就。

在二三十年代，高尔基还写了一些剧本、回忆录和政论，剧本中著名的有《耶戈尔·布雷乔夫和别的人》（1931），回忆录中最著名的是《列宁》（1924—1930）。

二、《母亲》

长篇小说《母亲》是高尔基同时也是无产阶级文学的代表作之一。小说的素材来源于1902 年下诺夫戈罗德索尔莫沃区的工人五一游行及其组织者扎洛莫夫和他母亲的事迹。

母亲尼洛夫娜是小说最主要的人物形象。小说描写了她从一个普通群众成长为革命战士的历程。小说开头时母亲是一个典型的旧俄时代工人的妻子和母亲的形象，"黯淡的眼睛里流露出工人区大多数妇女都有的那种愁苦不安的神情"。她不但在政治上没有任何权利，经济上不能独立，而且要忍受夫权的压迫。过度操劳、挨打流泪是她生活的主要内容。但也正是这种备受压迫的处境使她易于接受革命思想。在小说的第四章，当母亲发现儿子巴威尔在读禁书时，儿子和她进行了一次长谈。巴威尔能正确理解母亲的生活，讲出了她的痛苦，这在母亲心中引起了一种从未有过的悲喜交集的感情，并使她第一次回忆和思考了自己的生活，被苦难折磨得麻木了的心灵开始复苏。工人自学小组在她家中的活动，使母亲了解了一些革命道理，启发了她的觉悟。"沼地戈比"事件后，母亲答应去工厂送传单，虽然她的直接目的是搭救在狱中的儿子，但这毕竟是她第一次以自己的实际行动参加革命斗争。

五一游行是母亲成长的重要一步。当听到儿子要举红旗并可能因此被捕时，母亲已不像过去那样只会软弱地流泪，而是强压住自己的悲痛支持了儿子的决定。游行那天，她和儿子一同走上街头，面对挥舞着皮鞭的骑警，她精神抖擞地站在儿子身后。游行队伍被冲散，巴威尔被警察抓走后，母亲从地上捡起被扯碎的红旗，向着街角还未散去的群众大声宣讲革命道理。这时的母亲已开始自觉地参加革命斗争了。

巴威尔再次被捕后，母亲搬到城里和革命知识分子住在一起，她不仅积极参加送传单等革命活动，而且内心变得越来越充实，人也变得稳重、坚强、开朗。当母亲在法庭上倾听巴威尔的演讲时，她已完全理解了儿子所从事的革命事业。在小说的结尾处，母亲不顾暗探的毒打，向群众散发传单，进行讲演，她一边挣扎，一边高呼，"真理是用血的海洋也扑不灭的"。这时的母亲和小说开始时早已判若两人，她勇敢坚强，具有革命理想，是一个自觉的革命战士。

尼洛夫娜是20世纪初期普通群众在革命真理教育下迅速觉醒和成长的典型。这一形象对小说的结构具有重要作用。母亲是周围人与事的观察者，小说正是以母亲的视角描写生活和斗争的。

巴威尔是小说的另一个重要人物。他是一个从普通工人成长为坚定的革命者的典型，是20世纪初无产阶级的英雄形象。巴威尔开始走进工厂做工的时候，正逢20世纪初俄国无产阶级革命斗争高涨的年代。在革命知识分子的帮助下，他迅速脱离老一代工人的生活轨迹而走上革命的道路。巴威尔参加革命后迅速成长，很快成为一名工人领袖。他组织工人自学小组，团结教育了一批工人。"沼地戈比"事件是一次自发的工人斗争，由于巴威尔没有领导经验，斗争失败了。巴威尔领导的第二次斗争是五一游行。群众的充分发动和周密的准备工作使这场斗争成为轰轰烈烈的和反动派的公开较量。游行那天，巴威尔高举红旗，和同志们进行演讲，高呼革命口号，把真理传播到群众中去。虽然巴威尔再次被捕，但游行唤起了更多工人的觉悟，展示了革命的力量。巴威尔在狱中通过学习，觉悟有了进一步的提高。他拒绝越狱，在法庭上公开表明自己的政治立场，宣传社会主义理论，这时的巴威尔已成长为一个成熟的革命者。小说还表现了巴威尔把自己的一切都贡献给革命的精神。为了使自己更好地工作，他割舍了和莎馨卡的爱情；他劝告霍霍尔不要陷入婚姻家庭的个人小圈子；他甚至不允许母亲对他表现出更多的温情，以免动摇他的革命意志。这种献身精神在艰苦的斗争年代对于革命者来说是十分典型的。

除母亲和巴威尔的形象外，作品还成功塑造了表现农村觉醒主题的农民雷宾的形象和革命知识分子尼古拉·伊凡诺维奇、叶戈尔、莎馨卡、娜塔莎等形象。

小说通过一系列情节和人物形象，表现了19世纪末20世纪初俄国革命者和反动势力短兵相接的社会形势。在这一革命时代，马克思主义通过革命知识分子传播到工农群众中，无产阶级革命者在斗争中迅速成长。工人运动在党的领导下从自发走向自觉，普通工人群众的觉悟迅速提高，更多的人参加了斗争。与此同时，农村也开始觉醒。这一切都预示着一个新的革命高潮就要到来。

在世界文学史上，《母亲》的意义在于它开创了无产阶级文学新的历史时期。《母亲》与过去的文学作品不同，它第一次深刻地描写了在无产阶级政党领导下的工人阶级的革命斗争，描写了这一斗争发生、发展直至走向高潮的过程。《母亲》成功刻画了无产阶级先进分子的形象，描写了他们的成长过程、坚强意志和斗争艺术。高尔基站在社会主义思想的高度对巴威尔母子形象的塑造奠定了社会主义现实主义创作方法的基础。《母亲》被认为是这一创作方法的典范作品。

《母亲》具有鲜明的时代意义。列宁称《母亲》是"一本非常及时的书"。《母亲》曾培养了一代又一代俄国无产阶级革命者。对中国的革命者来说，《母亲》的影响也是巨大的。

第三节　肖洛霍夫

一、生平和创作

米哈依尔·肖洛霍夫（1905—1984）是苏联时代的俄罗斯著名作家。他的创作反映了俄国从十月革命胜利直至苏联接近解体的各个时期的历史状况和残酷斗争。他是20世纪俄国作家中在国外享有盛誉的作家之一。

肖洛霍夫于1905年5月24日生于顿河军屯州维奥申斯克乡克鲁日林村。父亲本是俄罗斯内地人，后移居顿河地区，贩过马，种过田，当过店员和磨坊经理。肖洛霍夫成长于顿河地区，对哥萨克的生活十分熟悉。十月革命时，他正在中学读书。肖洛霍夫16岁就参加了粮食征集队，不时参加草原上同匪帮的战斗。有一次，他被马赫诺匪帮俘虏，因年少被释放。17岁时，他来到莫斯科，当过小工和会计，同时发愤读书。1923年，他参加了共青团作家和诗人的文学团体"青年近卫军"，同时开始文学创作。1924年，他发表短篇小说《胎记》，写白匪头目柯舍沃伊率部下袭击一个村庄，双方激战中，柯舍沃伊将红军骑兵连连长砍死。后来柯舍沃伊根据死者脚上的胎记认出，死者竟然是他的儿子尼古拉。他悲痛之余，开枪自杀。

1924年年底，肖洛霍夫加入了俄罗斯无产阶级作家协会（"拉普"），从此成为专业作家。1926年年初，他的第一部短篇小说集《顿河故事》出版。年末又出版了第二部短篇小说集《蓝色的原野》。肖洛霍夫真实地描写了国内战争时期顿河地区革命与反革命之间极其残酷的斗争，不但村镇居民分裂成敌对的双方，甚至家庭成员之间也由于政见不同而分属于不同的阶级阵营。肖洛霍夫的不少小说都像《胎记》那样，描写了在残酷的斗争中父子之间、兄弟之间、夫妻之间发生的彼此残杀的情况。如《看瓜田的人》写一个哥萨克家庭，兄弟二人和母亲都同情红军，父亲却忠于哥萨克旧传统，是一个效忠白军的"死硬派"。小儿子将家中的马偷出，送给哥哥菲多尔投奔红军，被父亲发现后差点儿被踢死。他的母亲因送食物给红军俘虏，被父亲用手枪打死。哥哥在战斗中受了重伤，被看瓜田的弟弟藏了起来。父亲前来抓菲多尔，被小儿子用斧头砍死。在短篇小说《蛀孔》中，参加了共青团的小儿子揭发了父亲隐瞒耕地面积的事实，被父亲以丢失牛为借口活活打死。这些作品写的是残酷的阶级斗争。由于历史原因，哥萨克形成了自己较为独特的习俗，他们剽悍尚武，一向被认为是最勇敢的骑兵，但他们的习俗中还存在某些野蛮和落后的东西。

肖洛霍夫最著名的小说是《静静的顿河》。小说规模宏大，共分为四部八卷。前两部发表于1928年，引起了激烈的争论。绥拉菲莫维奇、卢那察尔斯基都给予了热情的赞美。高尔基也在一封信中肯定了小说的第一部。但是否定这部小说的也大有人在，而且批评的意见十分尖锐。作家普罗柯菲耶夫宣称肖洛霍夫袒护富农和反苏分子。"拉普"的评论家们则说肖洛霍夫根本"不是无产阶级艺术家"。一位历史学家认为《静静的顿河》是"仇视无产阶级"的作品，还说"肖洛霍夫本人是哥萨克富农和国外贵族的代理人"。

1930年年初，斯大林在党中央接见了肖洛霍夫，鼓励他"去实现新的创作构思"。于是他积极投入农业集体化运动，开始创作反映农业集体化的小说《被开垦的处女地》。

《被开垦的处女地》第一部于1932年发表，被读者和文学界看作苏联文学的优秀作品。小说第二部发表时已是50年代后期。苏联农业集体化触及了占人口大多数的农民的生活和利益。由于工作中出现过"左"的错误，加之有敌对分子的破坏，问题变得十分复杂。肖洛霍夫在小说第一部中描写了在建立集体化农庄的过程中所遇到的困难，以及敌我之间的尖锐斗争。他从历史的真实出发，以很大的勇气描写了当时工作中的"左"倾错误和过火行为，但是把更多的注意力给予了集体化过程中的阶级斗争，描写了敌对分子的反抗和破坏。小说最后描写敌人的破坏被粉碎，农业集体化的事业最后取得了胜利，集体农庄得到了巩固。

30年代后半期，肖洛霍夫的社会活动很多。《静静的顿河》第四部直至1940年年初才发表，这是他的代表作。1941年，苏联人民委员会决定授予《静静的顿河》斯大林奖金一等奖。早在1937年年末，肖洛霍夫就已被选为最高苏维埃代表，1939年1月，他又被选为苏联科学院院士。

第二次世界大战中，肖洛霍夫以军事记者的身份到了前线，写了很多特写和文章，还写了短篇小说《学会仇恨》。但他的长篇小说《他们为祖国而战》始终未能全部完成。

50年代肖洛霍夫在创作上的主要成就是短篇小说《一个人的命运》（1956年12月1日—1957年1月1日）。小说描写了一个普通劳动者一生的悲剧。主人公索科洛夫年轻时曾参加红军，父母在国内战争期间饿死。他当了工人，建立了美满的家庭。但德国法西斯的侵略又使他失去了一切。他上了前线，当过俘虏，受过残酷的折磨，后逃了回来。可是妻子和两个女儿都已被德国人炸死，儿子也在战争胜利的那一天在前线牺牲。战争使他失去了家庭。最后他收养了一个孤儿，二人过起相依为命的生活。

这篇小说通过一个人的命运，真实地表现了普通人民在战争中所遭受的苦难和牺牲，引起了人们对侵略战争的憎恨。主人公虽然遭遇了极其悲惨的命运，但他无论是在残酷的战争中还是在战后孤独的生活中，都经受住了严峻的考验。他的痛苦引起了读者的同情。这篇小说表现了苏联作家在开拓新主题方面特别是在探索人生意义上的努力。

1965年肖洛霍夫60岁诞辰时，苏联最高苏维埃主席团授予他列宁勋章，苏联国防部授予他元帅佩剑，各地作家协会和分会举行了盛大的庆祝会。同年10月，瑞典皇家学院宣布授予肖洛霍夫1965年度诺贝尔文学奖，"借以赞赏他在描写俄国人民生活各个历史阶段的顿河史诗中所表现的艺术力量和正直的品格"[1]。

1984年，肖洛霍夫病逝。

---

① 宋兆霖主编：《诺贝尔文学奖全集》（下），750页，北京，北京燕山出版社，2006。

二、《静静的顿河》

《静静的顿河》是一部卷帙浩繁的长篇小说，被认为是反映俄国十月革命后国内战争时期顿河地区残酷斗争的经典作品。小说是从第一次世界大战前的和平时期写起的，随后展现了第一次世界大战、二月革命、科尔尼洛夫叛乱、十月革命，最后是国内战争。小说主要描写的是顿河地区的哥萨克在这一历史过程中所发生的变化，其中描写国内战争时期的篇幅最多。小说的最后部分写顿河地区的白军残余力量被消灭和苏维埃政权取得胜利的情况。小说所覆盖的时间是 1912 年至 1922 年。

小说第一部通过对鞑靼村一些居民家庭的描写，展现了哥萨克的历史传统和生活特点。他们精于骑术，以在战争中表现勇敢、获得军功为荣。他们特别看重"哥萨克的荣誉"，而看不起俄罗斯的"庄稼佬"。虽然阶级分化已相当严重，但很多哥萨克由于思想中毒太深，仍然恪守哥萨克的传统。哥萨克地区的阶级分化在第一次世界大战期间进一步加剧。很多哥萨克子弟葬身异国。沙皇政府给人民带来的灾难促进了人民的觉醒，共产党员在前线和后方展开了宣传和组织工作，他们中的一些人在为建立苏维埃政权的斗争中献出了生命。在肖洛霍夫笔下，这些人在革命和战争中立场坚定，表现出了大无畏的革命精神。但同时作者也没有按照"左"的公式故意回避某些历史问题。他在小说中真实地描写了在历史上确实发生过的"左"的错误——对哥萨克的过火行为。波德捷尔柯夫和柯舍沃伊都执行了"左"倾政策。由于哥萨克旧思想的影响，加上红军和顿河地区苏维埃政权的"左"倾错误，以及干部的过火行为，有的村和乡的大多数哥萨克都参加了叛乱，小说主人公葛利高里·麦列霍夫也是其中的一员。

肖洛霍夫创作这部长篇小说的意图主要是表现革命战争年代的哥萨克，揭示顿河边区社会各阶层的居民由于战争和革命而在日常生活风习、社会生活和人的心理上所发生的巨大变化，以及揭示被卷进这一时期各个历史事件中的"个别人的悲剧命运"。作家在小说中加以集中描写的是哥萨克中农麦列霍夫一家的命运。小说的主人公是这家的次子葛利高里。这是一个非常复杂的人物，生活经历曲折艰难。肖洛霍夫在小说中加以突出描写的是这个人物的摇摆不定，以及由此所产生的一系列后果。作家曾说过，他写这种摇摆不定是描写了葛利高里的本来面目。[①] 葛利高里出身于一个中等水平的农民家庭，属小康人家。葛利高里最初出现在作品中时是 19 岁。他乐观，充满青春活力，热爱劳动，并且富有同情心。他在人民中间长大，和故乡的土地与人民有着密不可分的联系。他性格的另一特点是倔强和富有反抗精神。迫于父亲的压力，他和娜塔莉亚结了婚，但他所深爱的是婀克西尼娅。他和婀克西尼娅的关系引起父亲的愤怒。他没有屈服，并采取了反抗行动——同所爱的人私奔了。这表现了

----

① 参见中国社会科学院外国文学研究所外国文学研究资料丛刊编辑委员会编，孙美玲选编：《肖洛霍夫研究》，470 页，北京，外语教学与研究出版社，1982。

他追求自由和维护个性独立的精神。

和所有的哥萨克一样，葛利高里也受到了哥萨克传统偏见和落后意识的影响。他的父亲潘苔莱是维护哥萨克传统的坚定分子，有着强烈的愚忠观念。所以，从少年时代起，美好的天性和旧意识的影响就在葛利高里身上交织在一起。这个特点在他以后的人生道路上更突出地表现出来。第一次世界大战中，他应征入伍。当他在战斗中第一次杀了一个奥地利人时，他心中产生了强烈的厌恶情绪，但同时又去奋力作战，并领取奖章。住院养病期间，他从布尔什维克贾兰沙那里接受了一些革命道理，明白了"沙皇是个剥皮鬼……地主的钱越打越多"，并且敢于侮辱到医院"慰问"的皇亲贵戚。但是，当他回到家乡后，乡亲们因他得到十字奖章而把他视为英雄，给了他很高的荣誉，对此他感到莫大的快慰，于是他又回到了部队，干起那种违背人性的杀人勾当。

十月革命后，他因受到哥萨克中的革命分子波德捷尔柯夫的影响，"真理在他心中占了上风"，参加了红军，并任连长。他曾英勇地同白军作战。后来波德捷尔柯夫屠杀俘虏，使他异常愤怒，思想发生了严重的动摇。他因负伤回家一次，在与家人的谈话中，他声言自己拥护苏维埃政权，竟引起父亲的一阵恶骂，哥哥也坚决反对。葛利高里感觉到，眼前的一切太混乱，要找出一条正确的道路实在太难。这时顿河上游发生了反对苏维埃政权的暴动，他被卷了进去。他当上了叛军的连长、团长以至师长。然而就在这时，他心中仍有矛盾，士官生和军官根本看不起他这个土军官，把他看作愚昧的哥萨克。加之白军把外国武装引进国内，他认为这是引狼入室，对此感到十分愤怒。此时他又怀疑自己走错了路，有时也在思考红军战士为何如此英勇，以及他们所讲的革命道理。他甚至干了释放一名红军军官和狱中各种犯人的事。他曾想过与红军讲和，但这谈何容易？

顿河地区的白军被彻底打垮，残余分子乘船逃往土耳其。葛利高里留了下来。他又参加了红军，还当了副团长，但在思想上他并未接受革命。所以当他受到怀疑而被迫复员之后，他拒绝到乡肃反委员会登记，又偷偷地溜走，怀着绝望的心情参加了佛明匪帮，从而犯下了新的罪行。佛明匪帮被击溃，婀克西尼娅也在他们逃跑的过程中中弹身亡。此时的葛利高里已经是心力交瘁，万念俱灰，走投无路了。他将武器扔进顿河，回到了鞑靼村，见到了自己想念的儿子米沙特。小说中写道："这就是他暂时还能和大地，和整个这个巨大的、在冷冷的太阳下面闪闪发光的世界相联系着的东西。"[①]

葛利高里在国内战争年代走过了一条艰难曲折的道路。他两次参加红军，三次参加白军叛乱，经历可谓复杂。摇摆不定是他的主要特征。他之所以在敌对双方之间摆来摆去，是因为他想走一条中间道路，即第三条道路，一条符合"哥萨克真理"的道路。在他的想象中，在那样的政权和制度下，哥萨克可以像古时候的祖宗那样自由地生活。最初他想，革命对于实现他的理想是有利的。但是他参加红军后，发现情况并非他所想象的那样。特别是波德捷尔柯夫下令砍死俘虏事件发生后，他和红军从思想上分道扬镳了。后来他参加了白军的叛

---

① ［俄］肖洛霍夫：《静静的顿河》，金人译，第 4 卷，2060 页，北京，人民文学出版社，1980。

乱，但在那里更是找不到他要找的东西。虽然他有为死去的哥哥和哥萨克报仇的欲望，在战场上多次大砍大杀，但内心并不平静。他有时也对自己所走的道路进行反思："我率领着他们去反对什么人呢？是反对人民……谁是对的呢？"还有一次，他在砍死几个红军战士之后，竟然停了下来痛哭失声，呼喊道："我杀的是什么人啊！弟兄们，不能饶恕我！为了上帝，砍死我吧！"他有时还产生向人民认罪赎罪的念头。但是，在那革命之火烧得正旺的年代，他卷进了反革命的阵营，犯下了罪行，革命人民自然要惩办他。葛利高里的悲剧根源在于：作为一个有着独特个性气质的优秀人物，他对个人幸福和社会理想的追求与当时俄国历史发展的大趋势发生了矛盾，他的追求变成了对历史大趋势的对抗，因此他的失败是必然的。

小说中的哥萨克人的形象都十分生动、鲜明，个性特点突出，如潘苔莱以及他的诸多乡邻，婀克西尼娅和其他一系列哥萨克妇女，都刻画得栩栩如生，有血有肉，给读者留下了深刻的印象。

《静静的顿河》在艺术上的特点很突出。从体裁上看，它是一部史诗体的长篇小说。作品反映了大规模的关系到民族命运的战争和革命，这就决定了小说的史诗性。这里既有真实的历史人物，也有虚构的形象，各个阶级、各种职业、形形色色的人物，构成一个完整的社会。小说画面广阔，规模宏伟，气势雄浑，是20世纪文学史上一部少有的史诗。

第四节 萧伯纳

一、生平和创作

萧伯纳（乔治·伯纳·萧，1856—1950），是英国19世纪末20世纪上半叶著名戏剧家，英国现代戏剧的奠基人。

萧伯纳生于爱尔兰都柏林。父亲是法院公务员，后经商失败，无以养家。母亲有很好的音乐修养，1872年到伦敦以唱歌和教授音乐为生。萧伯纳在都柏林做了五年房地产公司职员，后到伦敦与母亲团聚。这一时期，他博览群书，刻苦写作。1879—1883年，他创作了《未成年时期》等五部现实主义长篇小说，但都不属上乘之作，未引起文学界的注意。与此同时，他开始对社会主义思想发生兴趣。1882年9月5日聆听美国经济学家乔治·亨利关于土地国有化的演讲对萧伯纳产生了重要影响。他研读马克思的《资本论》，看清了资本主义制度的罪恶。他还到街头等地进行了多场讲演，宣传社会主义思想。1884年，萧伯纳成为费边①社的重要成员，这是一个知识分子的政治组织，主张用渐进的社会改良方法实现社会主义。1885年起，萧伯纳发表了多篇文艺评论，他反对"为艺术而艺术"，主张现实主义，其中以高度评价易卜生社会问题剧的论著《易卜生主义的精华》最为著名。

---

① 费边，古罗马大将，善于以绥靖战略求得与敌人的妥协。

萧伯纳一生共创作了 51 个剧本，写于 20 世纪的作品主要有：《人与超人》（1903）、《英国佬的另一个岛》（1904）、《巴巴拉少校》（1905）、《皮格马利翁》（1913）、《伤心之家》（1913—1919）、《回到马休斯时代》（1912）、《圣女贞德》（1923）、《苹果车》（1929）、《意外岛上的傻子》（1936）、《波扬家的亿万财富》（1948）等。

《巴巴拉少校》是萧伯纳的代表作之一。作品以宗教慈善机构救世军为题材。主人公巴巴拉认为宗教能拯救人的灵魂，是社会安定的基础，她做了救世军的少校，从事救助穷人的慈善事业。她的父亲军火商安德谢夫是一个铁腕人物，认为消除贫困这一社会弊端，要靠更多的金钱。巴巴拉开始时企图用宗教拯救父亲，劝其放弃军火制造业，但后来发现自己热衷的救世军竟是父亲这类资本家出钱资助的。在救世军的收容所里，人们过着穷苦的生活，喝的是掺水的牛奶。而安德谢夫军火工厂的模范村建在美丽的小山上，有图书馆、教堂、俱乐部，工人们吃得好穿得好。巴巴拉最终放弃了原来的理想，和未婚夫希腊文教授柯森斯一起，加入了安德谢夫的事业。

剧本的主题是如何消除贫困。在这一问题上，表现了萧伯纳思想的矛盾性。在揭露资本家财富的血腥肮脏及金钱统治一切的资本主义社会本质方面，萧伯纳是十分尖锐深刻的。资本家安德谢夫是大型军火公司的老板，这个来自伦敦东区的穷小子一路发家靠的是"把理智、道德、别人的性命都忘得干干净净"，"宁教你饿死，不教我饿死"[1] 的信条。安德谢夫对自己的儿子说："我就是你祖国的政府！你以为你跟五六个像你这样儿的外行，跑到那个胡说专家俱乐部（原注：暗喻英国内阁和议会）里坐成一排就能够管得了安德谢夫—拉沙罗斯公司吗？不行的，朋友。怎么对我们有利，你们就得怎么干。战争对我们合适，你们就制造战争；和平对我们合适，你们就维持和平。——别人要想办法降低我们的红利，你们就调出警察和军队去弹压他们。为了报答你们的盛意，我开设的报馆就支援你们，表扬你们，让你们感到自己真是伟大的政治家。——我只要回到我的账房里去付一笔钱，你就可以买到控制一切的权利。"[2] 虽然作家对资本主义国家金钱统治一切的现象揭露得十分深刻，但在探讨如何解决贫困问题方面态度十分模糊。剧本的主要矛盾冲突是金钱救世还是宗教救世，其结果是前者战胜了后者。巴巴拉加入父亲事业的理由是那里工人的灵魂也需要拯救，这显然是缺乏说服力的。而且作品十分强调安德谢夫的力量，强调金钱的力量，给人以消除贫困确实需要资本家的金钱的感觉。《巴巴拉少校》在艺术上的主要特点是台词精妙，一针见血，具有讽刺力量。

《圣女贞德》是萧伯纳最重要的一部历史剧。这部作品的上演最终为萧伯纳赢得了 1925 年度的诺贝尔文学奖。作品以 15 世纪上半叶英法战争期间法国著名女英雄贞德的事迹为素材，赋予这个人物以新的意义。在剧中，贞德被还原为一个纯朴的具有坚强的意志和性格的

---

① ［爱尔兰］萧伯纳：《巴巴拉少校》，林浩庄译，见《萧伯纳戏剧集》，朱光潜等译，332 页，昆明，云南人民出版社，2011。

② ［爱尔兰］萧伯纳：《巴巴拉少校》，林浩庄译，见《萧伯纳戏剧集》，朱光潜等译，303 页，昆明，云南人民出版社，2011。

农村姑娘。她的"神性"被处理成因笃信宗教而获得的和圣徒的心理感应。作家还从历史哲学的角度解释了贞德的死：人类害怕圣贤和英雄，必欲置其于死地，而当时间流逝，情势发生变化后，又给他们戴上桂冠加以利用。这部历史剧有着复杂而丰富的内涵，剧中涉及了如宗教、政治、妇女问题等诸多问题。

《苹果车》是萧伯纳后期的重要作品，剧名来自英国俗语"弄翻苹果车"，意为"搅乱如意算盘"。故事发生在剧本发表 33 年后的 1962 年。主要情节是英国首相和英国国王的权力之争，当首相意识到自己逼国王就范的如意算盘已被搅乱时，就以妥协结束了这场纷争。这是萧伯纳后期的一部重要的政治讽刺剧，批判的矛头直指英国的议会制度。作品指出，国王和首相不管谁占上风，都是统治阶级内部争权夺利的斗争。其中的插曲——美国大使万顿宣布美国将和英国合为一国，预示了大英帝国降为美国附庸的前景。

萧伯纳是英国自莎士比亚以来最重要的戏剧家。他受到易卜生的影响，创作了大量的社会问题剧，深刻揭露了资本主义社会的种种弊端。作为"新戏剧"的提倡者，萧伯纳有自己的一套戏剧理论，其主要内容是：戏剧是宣传和教育的工具，反对"为艺术而艺术"；戏剧要有冲突，"没有冲突就没有戏剧"；人物的对话和人物之间不同观点的争论在戏剧中占有重要位置。善于制造"颠倒场面"，也是萧伯纳戏剧的重要特点。所谓颠倒场面，是指开始合理与不合理的双方在剧终时颠倒位置，合理的成为不合理的，不合理的成为合理的，例如《巴巴拉少校》。这种处理能使观众震惊，促使他们进行思考。萧伯纳戏剧在语言上的特点是充满幽默和辛辣的讽刺。

二、《伤心之家》

三幕剧《伤心之家》（写于 1913—1917 年，发表于 1919 年）是萧伯纳在第一次世界大战期间创作的风格独特的重要作品。故事发生在英国农村一所按照老式帆船样子建造的乡间住宅。时间是从早到晚的一天。登场人物有住在这里的老船长肖特菲，其长女赫什白夫人及其丈夫赫克托，来访者有赫什白夫人年轻的朋友爱丽及她的父亲玛志尼、未婚夫资本家曼根，老船长的另一个女儿厄特渥德夫人、她丈夫的弟弟伦德尔，此外还有一个窃贼。赫什白夫人发现爱丽不爱曼根而喜欢自己的丈夫赫克托，她非但不生气，反而极力怂恿，因为这样她就可以和曼根调情了。但赫克托并不中意爱丽，他和伦德尔同时喜欢上了厄特渥德夫人并彼此争风吃醋，尽管他们一个是她的姐夫，一个是她的小叔子。爱丽追求赫克托未果，想重投曼根的怀抱，却遭拒绝。追求赫什白夫人的玛志尼因贪图曼根的财产极力撮合他和女儿的婚事，虽然是曼根使他破了产。正当曼根回心转意表示愿意娶爱丽为妻时，爱丽却宣布她已和老船长结婚，因为她把他视为精神上的丈夫和父亲。就在剧中人的情感纠葛乱作一团时，敌机来空袭，炸死了曼根和窃贼。"伤心之家"余下的人们继续着他们的生活。

剧本通过英国中产阶级一家复杂的感情纠葛表现他们空虚无聊、醉生梦死的生活和这个阶级所面临的精神危机。44 岁的赫什白夫人是个社交界的明星，和男人谈情说爱以及物质享受是她生活的一切；她的丈夫赫克托原想当个社会改革家，但在妻子的影响下最终成为一个擅长吹牛撒谎、勾引女人的风流乡绅；花花公子伦德尔是一个 40 岁的独身男子，他竟把嫂子作为追求目标，得知她回了娘家就紧随而来，成为这个家庭的不速之客；厄特渥德夫人23 年前离家嫁给了英国殖民地的长官，她曾想做个体面的上流社会贵妇，但最终摆脱不了色情生活的引诱；曼根老板是个资本家的典型，为赚钱不惜用尽卑鄙手段。剧的结尾，这些活得腻烦的人们听到轰炸声竟然大为兴奋，他们甚至把灯开得更多更亮以吸引敌机。当轰炸结束后，他们觉得："世界又一下变得要人命地沉闷了！""希望明儿晚上再来一次才好。"

萧伯纳在剧本的序言中写到，《伤心之家》是"大战前夕文明而懒散的整个欧洲"的写照。剧本的创作始于第一次世界大战前夕的 1913 年。当时英国和欧洲表面上平静，实则酝酿着深刻的危机。剧本揭露了处在这样一个时代的有文化的英国中产阶级却对这种状况完全没有认识，他们对社会问题、政治问题、国家的前途漠不关心，毫无社会责任感，终日陷入无聊的情感纠葛，生活失去了意义。老船长在谈到船在海上遇到的最倒霉的事时说："那就是醉鬼船长的船在礁上撞破了，朽了的木头船身撞裂了，船上锈了的铁板撞散了，船上的水手像耗子笼儿里的耗子一样淹死了。"这种状况正如同按照帆船模样建造的"伤心之家"，风雨飘摇，前途未卜。这个英国中产阶级家庭的没落暗示着英国乃至欧洲资产阶级文明的衰败。

《伤心之家》在艺术风格上有其独特之处。剧本的副标题是《俄国风格、英国主题的狂想曲》，"俄国风格"指作品受到俄国作家契诃夫现实主义戏剧的影响。契诃夫在剧本《樱桃园》中，描写贵族家庭中一群善良而软弱无能的知识分子在俄国十月革命的历史巨变面前所感到的迷惘悲伤、空虚抑郁，全剧笼罩在忧伤和幻灭的氛围中。萧伯纳的《伤心之家》的风格与之相类似。萧伯纳借鉴音乐中"狂想曲"运用民族民间音乐素材、结构自由的形式，并把它运用在戏剧创作中。《伤心之家》的戏剧结构不求完整和集中，剧本不断地引进人物，展现他们之间的纠葛，结尾的敌机轰炸也不是剧情发展的必然结果，表现出戏剧结构的自由性和随想性，但这一切又在表现英国中产阶级家庭生活无聊糜烂的主题下高度集中统一。

第五节　罗曼·罗兰

一、生平和创作

罗曼·罗兰（1866—1944）是法国著名作家。他愤于西方资产阶级文化的日益腐朽和社会环境的令人窒息而大声呼唤新鲜空气。他的著名小说《约翰·克利斯朵夫》是他反对资产阶级腐朽文化并向整个资产阶级社会投去的宣战书。

罗曼·罗兰出身于中产阶级家庭。父亲是公证人。母亲是虔诚的让森派教徒，有严肃的道德观念，并喜爱音乐。罗兰从小就喜爱音乐，也是由于受到母亲的熏陶。成长中的罗曼·罗兰兴趣广泛，从哲学到历史，从音乐到文学，他全都喜爱。莎士比亚、雨果和托尔斯泰是他崇拜的作家。

1889年，罗曼·罗兰从巴黎高等师范学校毕业后，曾去意大利两年。回国后，他先后在巴黎高等师范学校和索尔邦纳大学担任声乐史教师。罗曼·罗兰在意大利时就已经开始文学创作，他最早发表的作品是90年代的创作。

19世纪末的法国是一个资本主义制度的腐朽性暴露得相当充分的国家。当时的政府十分腐败，政治丑闻迭连发生，社会风气腐化不堪，知识分子充满空虚之感，对祖国的前途没有信心，文坛上颓废没落的作品泛滥成灾。罗曼·罗兰对这一切感受很深，内心充满愤怒。他怀着用文学重新鼓舞起法兰西民族的信心和改造法国社会的坚定信念，开始了文学创作。他在1893—1898年间，创作了《信仰的悲剧》，包括《圣路易》、《艾尔特》和《理性的胜利》三个剧本。罗曼·罗兰的这些剧本，无论是宗教题材还是爱国主义题材，目的都是燃起人们的信仰，振奋法兰西的民族精神。

几乎在创作《信仰的悲剧》的同时，罗曼·罗兰还创作了他的《革命戏剧》。他最初为《革命戏剧》创作的三个剧本是《群狼》（1898）、《丹东》（1900）、《七月十四日》（1902）。《群狼》写的是1793年法国远征军在捍卫祖国、保卫革命的战争中的一个插曲。它被认作一部借古喻今的剧本，罗曼·罗兰巧妙地隐喻了德雷菲斯事件。罗曼·罗兰认为，不能以任何借口，包括以革命利益和民族利益为借口，做不公正的事。罗曼·罗兰在他的《革命戏剧》最初的几个剧本中，以赞美的调子描写了18世纪末大革命时代的革命斗争和人民群众，但有把人道主义同革命对立起来的倾向。

罗曼·罗兰的剧本内容太严肃，不会使一般资产阶级观众发生兴趣，但是他的理想更坚定了。他仔细地研究过去一些伟大艺术家的生活，得到了很多启发，决定为他们撰写传记，给他们建立无形的圣贤祠。他希望，这些伟大人物将在他建立的殿堂里显出他们光辉崇高的形象，受世人瞻拜景仰，他们伟大的思想和生活经历将教育和启迪人类。罗曼·罗兰在20世纪初创写出几部传记，它们是《贝多芬传》（1903）、《米开朗琪罗传》（1905）、《托尔斯泰传》（1911）等，后来还写了几部，统称为《名人传》。罗曼·罗兰对英雄有着自己的看法。他说："我称为英雄的，并非以思想或强力称雄的人，而仅仅指那些靠心灵而伟大的人。"[①]在他看来，贝多芬、米开朗琪罗、托尔斯泰，都是具有伟大心灵、伟大精神的人。

20世纪初的前十余年间，除了几部名人传记外，罗曼·罗兰还创作了他最好的作品——长篇小说《约翰·克利斯朵夫》（1904—1912）。

1913年，罗曼·罗兰创作了中篇小说《哥拉·布勒尼翁》。主人公是文艺复兴末期的一个老木刻工匠。这个民间的老工匠热爱生活，不求名利，性格爽朗，善于诙谐，永远保持着旺盛的生命力，创作活动使他感到莫大的快乐。他虽然有一个永远也填不满的肚子，但他那个肥头大耳、满面油光的形象和永远哈哈大笑的乐观性格，使人不能不喜爱他。他还敢于反

---

① ［法］莫里斯．朗贝尔：《罗曼·罗兰》，转引自《外国文学教学参考资料》选编组编：《外国文学教学参考资料》，第4册，439页，福州，福建人民出版社，1982。

抗贵族。高尔基非常赞赏这部小说，认为哥拉的形象体现了人民对生活的热爱。

第一次世界大战爆发后，罗曼·罗兰反对煽动沙文主义，反对各国盲目的仇恨和杀戮。他最担心的是这场大战会造成欧洲伟大文化的毁灭。他挺身而出，向各国著名作家呼吁，要他们忘掉怨恨，起来反对非正义的战争。

1917 年俄国爆发了十月革命。罗曼·罗兰对革命的俄国表示敬意。他觉得俄国革命可能成为欧洲复活的起点，因而同情这次革命，但不赞成无产阶级在革命中的暴力手段，担心"革命产生仇恨，加深仇恨"。

1919 年签订的"凡尔赛和约"，遭到罗曼·罗兰的坚决谴责。他产生了建立"精神国际"的想法，幻想在少数优秀知识分子周围建立起强有力的"精神国际"大军，以保卫"真理和权利"。基于这种想法，他在 1919 年 6 月发表了《精神独立宣言》。在这个宣言中，他呼吁全世界知识界破除种族、国家和党派的偏见，共谋人类幸福。各国知识界领袖签名者达数百人。

从 20 年代末起，资本主义世界陷入空前的经济危机。这时欧洲政治状况的特点是：一方面，法西斯势力迅速增长；另一方面，苏联不断取得新的成就，各国反法西斯斗争也相继展开。国际阶级斗争的形势给了他很大的教育，他终于同自己的非政治主义决裂。1931 年，他发表了《和过去告别》一文，对自己过去的思想作了一个总结，决定和个人主义道路决裂。

30 年代初期，罗曼·罗兰的政治活动十分活跃。他积极参加国际反法西斯和保卫和平的活动，这一时期他的政论和演说，对墨索里尼和希特勒的法西斯主义给予无情的揭露。

思想转变以后，罗曼·罗兰的创作也进入了一个新阶段。他迅速完成了已经写了十年的长篇小说《欣悦的灵魂》（1922—1933）。

在《欣悦的灵魂》中，罗曼·罗兰通过安耐特和马克的形象表现了西方优秀的知识分子在十月革命的影响下走上为进步、为新世界而斗争的道路。这个过程也正是罗曼·罗兰自己的思想变化过程的反映。

第二次世界大战中，法国被占领。罗曼·罗兰在敌人的严密监视下很少外出。他痛恨德国侵略者，坚信法西斯一定会被消灭。在那几年，他完成了几篇回忆录和传记。但是在法国光复后不久，这位年迈多病的作家就去世了。

高尔基说过："罗曼·罗兰勇敢地正视那些无穷无尽的折磨人的苦难，为的是给我们留下纯洁与美好的真理。"[1] 他还称罗曼·罗兰为"法国的列夫·托尔斯泰"[2]。

---

[1] ［俄］高尔基：《论罗曼·罗兰》，戈宝权译，转引自《外国文学教学参考资料》选编组编：《外国文学教学参考资料》，第 4 册，438 页，福州，福建人民出版社，1982。

[2] ［俄］高尔基：《论罗曼·罗兰》，戈宝权译，转引自《外国文学教学参考资料》选编组编：《外国文学教学参考资料》，第 4 册，437 页，福州，福建人民出版社，1982。

二、《约翰·克利斯朵夫》

在《约翰·克利斯朵夫》中，作家塑造了一个个人奋斗的知识分子约翰·克利斯朵夫的形象。这一形象表现了当时罗曼·罗兰对理想的英雄人物的看法。通过主人公克利斯朵夫一生的经历，作家还表达了他对帝国主义时代德、法的反动政治和腐败文化的抗议。

在描写德国时，罗曼·罗兰突出地批判了德国社会的市侩习气、军国主义，以及文艺上的虚伪、庸俗和守旧。进入帝国主义时期的法国社会，更是充满各种骇人听闻的罪恶，社会极度腐化，唯利是图之风盛行。资产阶级的文学艺术也染上了这种顽症。克利斯朵夫在法国文坛作了一次巡礼，他看见了千奇百怪的事情，报纸上充满淫乱的描写和报道，巴黎剧坛上有一股"死尸的气息和娼家的气息"①。

罗曼·罗兰无情地鞭挞法国资产阶级的假艺术，猛烈揭露那些靠艺术发财、拿艺术做生意的人。他不仅揭露那些出版家，也狠狠地揭露那些贴着作家标签的假文人、假艺术家，称他们为"舐食荣誉的无赖"。这些人厚颜无耻，追名逐利，打击正直的艺术家和革新者。雷维－葛可以说是体现上述全部特点的一个典型人物。

罗曼·罗兰的目光并不局限于文艺领域，他对第三共和国的反动政治和假民主也进行了揭露。他称第三共和国为"共和帝国"。他突出地揭露那些冒名代表人民的右翼社会党人。他写道："这些社会党或激进社会党的党员，代表饥寒阶级的使徒，居然对高级的享受自称为内行，使克利斯朵夫看了大不顺眼……最奇怪的是，这些人物在私人谈话中是怀疑主义者、肉欲主义者、虚无主义者、无政府主义者，而一朝有所行动的时候，立刻变成偏激狂。最风雅的人，才上了台就一变而成东方式的小魔王。"② 使克利斯朵夫大吃一惊的是，雷维－葛这样的人居然也是一个社会党党员。

在小说里，和资产阶级相对立的是普通人民的形象。他们正直、善良，靠自己坚忍不拔的劳动在生活线上挣扎。奥里维告诉克利斯朵夫，这些人代表着真正的法国。

小说的中心人物克利斯朵夫具有疾恶如仇的性格。他出身于地位低下的平民乐师的家庭，从小就饱尝了贫困和出身低微的屈辱，这使他很早就萌发了反抗意识。克利斯朵夫从小就表现出出众的音乐才能。他一生多灾多难，痛苦和不幸远多于快乐和幸福。他主要的生活经历大致是：11岁开始挣钱养家；自尊心遭参议官夫人伤害，同德国音乐界资产阶级市侩集团发生冲突；因捍卫个人独立和自尊同大公爵正面冲突；打死害民的大兵，流亡法国；为糊口而打工；认识法国文艺界的丑恶和左翼政党的腐败，身受打击和压制；同法国资产阶级艺术界发生严重冲突，生活艰辛；同法国青年奥里维建立友谊，创作上取得成功；五一游行中打死警察，逃亡瑞士；衰老与死亡。

---

① ［法］罗曼·罗兰：《约翰·克利斯朵夫（二）》，傅雷译，360页，北京，人民文学出版社，1980。
② ［法］罗曼·罗兰：《约翰·克利斯朵夫（二）》，傅雷译，414～415页，北京，人民文学出版社，1980。

克利斯朵夫的人生经历，反映了西方进入帝国主义时期后资产阶级民主派知识分子对黑暗腐朽社会的反抗，以及他们个人奋斗道路的艰难。

克利斯朵夫是一个有才能、有志气的音乐家。他刚直不阿，疾恶如仇，从小养成仇视专制暴政和市侩习气的意识。长大以后，面对强大的黑暗势力，无论是德国的军国主义、公爵的权威以及市侩们保守主义的铜墙铁壁，也无论是麇集在法国文坛的腐败文人的强大集团，他都敢于向他们挑战。不管环境怎样恶劣，他都不屈不挠地坚持抗争，始终不渝。他的这种大无畏的精神，在那样一个腐败萎靡的社会里，在很多知识分子苟且偷安、随波逐流或颓废潦倒的情况下，是难能可贵的。但克利斯朵夫把艺术作为一种斗争的手段，他想通过健康和伟大的艺术来安慰和振奋那些受苦受难的灵魂，以求实现人类友爱和团结统一，这种理想虽然崇高，但以此为改造社会的手段，终归是软弱无力的。

在小说结尾，作家描写克利斯朵夫似乎取得了胜利，他得到了内心和谐，达到了自我完成的境界。但这只是他个人主观的错觉。实际上他取得所谓"内心和谐"意味着他退出了社会斗争。他最终是失败了。

长篇小说《约翰·克利斯朵夫》在艺术上颇具特色。从基本方面看，它是一部现实主义小说，但是也有不少浪漫主义特点。在小说的一些部分，作者着重描写主人公的内心感受，有时作者的感情和主人公的感受混在一起。作者并不特别注重对事物进行客观而具体的描写，而专注于描写主人公紧张的内心感情世界。这种描写往往变成一种激动的长篇独白，从而具有浪漫主义色彩。

《约翰·克利斯朵夫》的新颖之处还在于，作家仿佛把主人公的一生写成了一曲交响乐，有着高低轻重的各种音调，人物性格的发展有如一股旋律的洪流。

第六节　海明威

一、生平和创作

厄内斯特·海明威（1899—1961）是 20 世纪美国最重要的作家之一。海明威出生在美国芝加哥郊外橡树园镇一个医生的家庭。中学毕业后，海明威在堪萨斯市《星报》当过六个月的见习记者。这家报馆要求新闻报道的文字简洁明快，这使海明威获益匪浅，并直接影响了他日后的文风。第一次世界大战爆发后，海明威投身于意大利战场。在那里，他被授予中尉军衔并获得三枚奖章。但同时，残酷的战争也给他留下了两百多处伤痕和赶不走的梦魇般的记忆。康复后的海明威作为加拿大多伦多《星报》的记者常驻巴黎。他采访了战后欧洲许多国家的人，目睹了不少战争惨剧，深刻感受到欧美资本主义世界日益加深的社会危机、思想危机，以及笼罩于知识界的悲观情绪。侨居巴黎期间，海明威在文学创作方面得到小说家司各特·菲兹杰拉德和"意象派"作家格特鲁德·斯坦因、依兹拉·庞德的鼓励和指点。在

20年代，他出版了不少作品，主要有短篇小说集《在我们的时代里》（1925）、《没有女人的男人》（1927），长篇小说《太阳照样升起》（1926）和《永别了，武器》（1929）。

《在我们的时代里》包括13个短篇小说和16个小品。其中一半以上的作品和以后出版的短篇小说集《没有女人的男人》及《胜者无所获》中的部分作品的主人公都是尼克·亚当斯。此外，在这三个集子中，还有若干虽没有用尼克的名字但显然与尼克有关的篇目。上述作品组成了尼克的成长史，表现了他初涉人生就必须面对的问题，诸如死亡、暴力、女友的背弃、战争等。尼克的形象是20世纪初美国青年的典型，他的成长过程揭示了美国青年失望、迷惘乃至颓废的社会原因。尼克所走过的路在很大程度上是海明威所走过的路。

《太阳照样升起》是海明威第一部重要的长篇小说。主人公美国青年杰克·巴恩斯在战争中负过重伤，战后在法国做新闻记者。女主人公勃特莱·艾施利是个英国人，在大战中当过护士，战争不但夺走了她的未婚夫，也改变了她的自我价值观，她外表装束得像个男人，与一帮女同性恋者混在一起。勃特莱与杰克心心相印，但后者因负伤而失去性爱能力，这使他们的爱情不可能有完满的结果。他们及其朋友组成了病态的一群，人人形迹恶劣，生活完全失去了目的和意义。小说真实地表现了战争对一代人的身心造成的严重创伤。小说卷首引用了美国作家斯坦因的一句话"你们都是迷惘的一代"作为题词。从此，"迷惘的一代"作为有着共同特征的一类文学，有了自己特定的名称，海明威是其主要代表。

长篇小说《永别了，武器》是一部以反战为主题的作品，是海明威长篇小说的代表作。

海明威于1928年离开巴黎，先后在美国的佛罗里达州和古巴居住。他经常去各地狩猎、捕鱼、看斗牛。30年代，海明威主要的作品有描写西班牙斗牛的专著《午后之死》（1932）、短篇小说集《胜者无所获》（1933）、长篇小说《有的和没有的》（1937）、剧本《第五纵队》（1938）。短篇小说《乞力马扎罗的雪》也写于这一时期，它描写一个在打猎中受重伤、行将就木的作家对自己一生的回忆和思考。小说使用了意识流手法。作者自认为这篇小说是他在艺术技巧上最成功的作品之一。

1937—1938年，海明威以战地记者的身份奔波于西班牙内战前线。在第二次世界大战期间，他作为记者随军行动，并参加了解放巴黎的战斗。他还驾驶自己的游艇侦察德国潜艇的行动，为消灭敌人提供情报。1940年，海明威发表了以西班牙内战为背景的反法西斯主义的长篇小说《丧钟为谁而鸣》。

《丧钟为谁而鸣》的主人公乔顿是个美国青年，志愿参加西班牙人民的反法西斯斗争。他奉命在　支山区游击队的配合下在规定时间内炸毁一座具有战略意义的桥梁。小说集中描写乔顿在炸桥前与游击队一起度过的三天内发生的事情以及炸桥的过程，其中包括游击队内部的分歧，胆小的游击队长和他勇敢的妻子之间的矛盾，乔顿和西班牙姑娘玛丽娅的恋爱，等等。最后，乔顿在未能与上级取得联系的情况下炸毁了桥梁，他在身负重伤的情况下独自阻击敌人，等待着他的是死亡。在这部小说中，海明威分清了战争的正义性和非正义性，看到了人民的力量。乔顿和杰克、亨利不同，他有高度的正义感和责任心，他为自己能为反法西斯斗争捐躯而感到光荣和自豪。

50 年代初，海明威发表了长篇小说《过河入林》（1950）和中篇小说《老人与海》（1952），前者是一部令人失望的作品，而后者却是脍炙人口的不朽杰作。

《老人与海》是在海明威早年一篇名为《蓝色的海上》（1936）的通讯的基础上写成的。小说的故事十分简单。老渔夫桑提亚哥连续 84 天没有捕到鱼。起初跟他在一起的还有一个男孩，可是过了很久还没有捕到鱼，父母就把男孩安排到别的船上去了。第 85 天，桑提亚哥出乎意料地捕到一条比船还大的马林鱼，但受伤的鱼在海上留下一缕腥踪，引来无数鲨鱼的争抢。老人奋力与鲨鱼拼搏，等回到渔港时，马林鱼只剩下一副巨大的骨架。孩子来看老人，他认为老人并没有被打败。《老人与海》是一部很有特色的作品，它把现实主义的细节描写和通篇作品的象征寓意性融为一体，表达了深邃的内涵。桑提亚哥不仅是个普通劳动者的形象，还是个富有寓意的形象。他是海明威所崇尚的完美的人的象征：坚强，宽厚，仁慈，充满爱心，即使在人生的角斗场上失败了，面对着不可逆转的厄运，他仍然是精神上的强者，是"硬汉子"。"硬汉子"精神是海明威作品（特别是短篇作品）经常表现的主题，如《打不败的人》（1925）中的曼纽尔、《五万元》（1927）中的杰克、《世界之人》（1957）中的布莱基、《丧钟为谁而鸣》中的乔顿等。这些人物的共同特征是，在面对外界巨大的压力和厄运打击时仍然坚强不屈，勇往直前，甚至视死如归。他们尽管失败了，却保持了人的尊严和勇气，有着胜利者的风度。桑提亚哥的形象是这一精神的最高体现。

海明威晚年患有多种疾病，精神抑郁，于 1961 年 7 月 2 日用猎枪自杀。海明威去世后，他的妻子发表了他的遗作：回忆录《不散的筵席》（1964）和长篇小说《海流中的岛屿》（1970）。1954 年，海明威因其"精通现代叙事艺术"而获得诺贝尔文学奖。

海明威生活于 20 世纪上半叶，两次世界大战的灾难给一代人的身心造成了无法估量的伤害。传统的价值观、生活观已被打得粉碎，人们在精神上陷入了迷惘。海明威在不少作品（如尼克系列小说中的一些篇章，《永别了，武器》、《太阳照样升起》）中深刻表现了这一内容。与此同时，他通过笔下的主人公也在探索并建立一套新的生存法则和价值观念。他的无论是牵涉社会问题的作品还是纯粹表现个人生活体验的作品，都在探索人在厄运面前应持何种态度的问题。他探索的结果集中体现在"硬汉子"精神上。在他晚年发表的中篇小说《老人与海》中，"硬汉子"精神得到了最充分的表现。这部作品似乎表现了海明威对生活的最终认识：人生是一场孤独的、永远也不可能获胜的斗争，但人应该而且完全能够驾驭自己，在不可测度的人生厄运中保持住自己的理性和风度，这正是人的伟大之所在，也是人应该追求的精神境界。

海明威在 1932 年发表的《死在午后》中总结自己的创作原则时，提出了著名的"冰山原则"："一座冰山的仪态之所以庄严，是因为它只有八分之一露出水面。"意为作家要有深厚宽广的生活和感情基础，以构成冰山藏在水下的八分之七，但在表达时不要面面俱到、把话说尽，而要含蓄凝练，如果做到了这一点，读者"还是会对那些东西有强烈的感觉的，仿佛作者已经点明了一样"①。为了达到含蓄凝练，作者常常使用象征的手法。"冰山原则"在海明威的许多作品中都有体现，而在《老人与海》中表现得最鲜明。

二、《永别了，武器》

《永别了，武器》以第一次世界大战为背景。小说的名字具有双重含义。在英文里"武器"（arms）又作"怀抱"解，因而它暗示着战争和爱情两个主题。小说正是在这两个主题的基础上展开情节线索的。

小说的主人公弗雷德里克·亨利是个美国青年，他自愿来到意大利战场作战。在负伤期间，他与英籍女护士凯瑟琳产生了爱情。亨利工作努力，但在一次撤退中竟被误认为是德国奸细而险些被枪毙。后来他跳河逃跑，并决定脱离战争。为了摆脱宪兵的追捕，亨利和凯瑟琳逃到中立国瑞士。在那里，他们过了一段幸福安宁的生活。但不久，凯瑟琳死于难产，婴儿也窒息而亡。亨利孤独地留在世界上，悲痛欲绝。

亨利属于在20世纪初美国物质文明迅速发展中成长起来的一代青年，他们天真、单纯，对帝国主义瓜分势力范围的第一次世界大战的性质没有认清。亨利自愿参战，因为他相信了政府的蛊惑，以为是在"拯救民主"，但是战争的实际情况彻底改变了他的思想："我观察了很久，可没看到什么神圣。所谓光荣的事情，并没有什么光荣。所谓牺牲，那就像芝加哥的屠宰场，只不过屠宰好的肉不是装进罐头，而是掩埋掉罢了。""卡波雷托大撤退"最终导致亨利逃离了战争。意军在卡波雷托遭到惨败后，在阴雨泥泞的天气里狼狈溃逃，敌方飞机不时前来轰炸，公路上乱成一团。德军近在咫尺，意军被吓得草木皆兵，往往没有弄清对方是敌是友就胡乱开枪。在撤退的队伍中，士兵们的厌战情绪达到高峰，他们高喊反战口号，有人逃跑，还有不少人扔掉了步枪。在塔利亚门托河大桥上，亨利因有外国口音被认作德国奸细，等待他的是枪毙。在绝望中，他跳河逃跑，告别战争，投入了爱情的怀抱。亨利和凯瑟琳的爱情是与"永别了，武器"齐头并进的另一条线索。他们的关系从逢场作戏发展为真正的爱情。逃跑以后，爱情已成为亨利唯一的精神支柱，而这唯一的精神支柱也随着凯瑟琳的去世而彻底垮掉了。按照通常的逻辑，脱离战争正好可以实现个人的幸福，但小说令人信服地说明，在一个周围充满战乱的世界里，企图超然于战争之外，实现个人的幸福，是不可能的。在这场战争中，亨利失去了一切，留给他的只有深深的孤独感和幻灭感。亨利的形象回答了在《太阳照样升起》中所描写的一代人精神上为什么会迷惘的问题。

凯瑟琳是个深受战争之害、温柔多情的女性。她的未婚夫死于战争，这给她留下了难忘的记忆，但她并未对爱情丧失信心，她对爱情始终是严肃的。早在她和亨利的交往处在逢场作戏的阶段，她就明确表示她不喜欢普通护士下班调情那一套，但当真正坠入爱河时，她就毫无保留地献身于爱情。她是亨利精神上的避难所，是他抵抗世界的同盟军，是他告别战争

---

① ［美］海明威：《死在午后》，金绍禹译，193页，上海，上海译文出版社，2004。

后得以和世界维系的唯一的纽带。在那场阴冷多雨的战争中，她是一片柔和明亮的阳光。她既是一个真实的女人，又是爱情、和平、幸福的象征，她的死说明战争最终是要毁灭爱情以及美好的一切的。

《永别了，武器》是一部以反战为主题的作品。它揭露了第一次帝国主义世界大战的残酷和毫无意义，揭示了战争对一代青年人理想与幸福、人生观与价值观的毁灭，小说具有认识价值和进步意义。但是，作家还认识不到战争的根源在哪里，仿佛这对于人类来说是命中注定、在劫难逃的。他把处于战争中的人比喻为在一根燃烧着的木头上四处奔突而最终都要葬身于火海的蚂蚁，因而小说的基调是悲观的。

在艺术上，《永别了，武器》善于渲染气氛，烘托环境，如对于阴雨和晴天的描写。小说自始至终贯穿着阴雨：意军在阴雨中溃逃，亨利和凯瑟琳在阴雨中告别，他们在阴雨中逃亡瑞士，凯瑟琳也在阴雨中去世。阴雨总是伴随着一系列灾难和不幸，而晴天则总是伴随着美好的事情。亨利在医院期间，作者以短暂的晴天烘托出他们爱情的幸福。

海明威简洁、干净的文体风格和出色的现代叙事艺术，在《永别了，武器》中得到了很好的体现。他尽量让事实说话，采用直截了当的叙述和鲜明、生动的对话，句子短小，语言准确，避免用形容词和华丽的辞藻，却有很强的感染力。例如对战友死前痛苦之状的描写："……原来是巴西尼，我一碰他，他便死命叫痛。他的两腿朝着我，我在暗中和光中看出他两条腿的膝盖以上全给炸烂了。有一条腿全没了，另一条腿还由腱和裤子的一部分勉强连着，炸剩的残肢在抖着扭着，仿佛已经脱节似的，他咬咬胳臂，哼叫道：'噢，我的妈，我的妈啊。'接着是：'天主保佑您，马利亚。保佑您，马利亚。噢耶稣开枪打死我吧基督打死我吧我的妈我的妈噢最纯洁可爱的马利亚打死我吧。停住痛。停住痛。停住痛。噢耶稣可爱的马利亚停住痛。噢噢噢噢。'过后他静了下来，咬着胳臂，腿的残端在颤抖着。"[①] 在这段描写中，作家没有用任何形容词和修饰语。他只是如实地写事实，因为事实本身就已经把这件事的残酷、悲惨表现得淋漓尽致了。

第七节　卡夫卡

德语作家**弗朗茨·卡夫卡**（1883—1924）是 20 世纪最重要的作家之一。他的那些风格独特的小说，在强大的传统文学之林中独辟蹊径，开创了新的文学思潮。在他去世之后，他竟然成为许多新潮流派争相奉祀的一代文宗。

卡夫卡生于奥匈帝国波希米亚的首邑布拉格市。他父亲是一个犹太百货批发商人，对子女十分专制。哈布斯堡家族统治下的奥匈帝国此时正是风雨飘摇，社会矛盾和民族矛盾都十分尖锐。帝国治下有很多民族，犹太人是最受歧视的民族。家族小环境和社会大环境在聪明

---

① ［美］海明威：《永别了，武器》，林疑今译，63 页，上海，上海译文出版社，2004。

敏感的卡夫卡心上投下了过多的阴影。

1901年，他进入布拉格大学德语部，开始学习日耳曼文学。后遵父命改学法律，但他仍继续研读文学，并开始文学创作。他结识了同学马克斯·勃罗德，二人成为知己。1906年卡夫卡大学毕业，获法学博士学位，在法院实习一年后到保险公司任职。1909年及以后的几年间，他曾数次同勃罗德一起出国旅游。因身体状况不佳，曾独自在几个地方疗养。

1912年年末，卡夫卡的18篇寓言式小说出版，其中有8篇在1908年发表过。这一年他还创作了著名的小说《判决》、《变形记》，并完成了长篇小说《失踪的人》（后被勃罗德改名为《美国》）的大部分。

卡夫卡的健康状况一直存在问题，1917年开始咳血，属结核病性质。他一生四次与女性恋爱，但因自己有病或害怕婚姻的心理而主动与其中的二人三次解除婚约。他敏锐善感，性格孤僻内向，不善交际，甚至有些胆怯害羞，加上父亲少爱和自己的病痛，以及爱情上的失败，这一切都增加了他的孤独感、陌生感、失落感，形成了他独特的精神世界。他称自己是"不幸的人"和失败者，自卑、自馁和自责的情绪奇怪地混杂在一起。

对于卡夫卡来说，最重要的事是他丰富的内心生活和写作。1914年8月6日他在日记中写道："以文学为出发点来看我的命运，则我的命运十分简单——表达自己梦幻一般的内心生活，这一意义又使其他的一切都变得次要了。"

卡夫卡在创作上的严肃认真达到了呕心沥血的程度。卡夫卡的病情不断加重，虽然换过几个地方疗养和治疗，最后还是走上了"不治"之路，英年早逝。他最后告别人间的地方是维也纳附近的基尔林，终年仅41岁。

在他病重的时刻，他让女友朵拉·狄亚曼特烧掉了一部分手稿，后又写下留言委托他的好友勃罗德把遗留文字全部烧掉。但是勃罗德认为有理由违背朋友的嘱托，没有将他的手稿付之一炬，而把它们加以整理、出版。

卡夫卡的小说和传统的现实主义小说明显不同，小说的情节带有荒诞色彩，既不明确交代故事的背景和人物的来历，似乎也不受时空限制。小说的气氛虚虚实实，扑朔迷离，有时如梦魇一般。往往是一种无妄之灾，突然降临到主人公的头上。他被一些莫名其妙的麻烦所缠住，无论如何努力也摆脱不掉。他孤独无助，没有出路，陷入绝望的境地，最后往往以悲惨的结局告终。从艺术上看，小说情节谈不上引人入胜，人物性格的描写也缺乏发展变化，环境描写缺乏准确性和具体性，更难有绘声绘色的景物描写，荒诞的事体不时出现，还带有不少神秘色彩。

卡夫卡的小说主要是一种寓言式小说。为了更好地显示寓言式小说的哲理内涵，更深刻地表现这个不可理喻的世界，卡夫卡采取了一些独特的艺术手法和表现手段，如荒诞、象征、梦幻、佯谬、苦涩的幽默等。

卡夫卡常使用象征的或隐喻的形象来表达他对现实社会关系的理解。如《审判》中K的被捕和为申诉而奔走的过程，始终笼罩在谜一样的迷雾之中。他被捕了，但又并非真正的逮捕。对于这一案件的起因与内幕，作者始终没有交代。K一直想进行申辩的法庭也仿佛是在云雾中，带有神秘色彩，但它能决定人们的生死，无疑象征着一种与人类为敌的异己力量。

佯谬也是卡夫卡常用的一种手法，有的人译为逆说或反论。佯谬作为艺术特点之一，主要意思是：作品中所叙述的事情初看起来是荒诞不经和自相矛盾的，但实际上包含着某种真实性，即表面上是"非"的东西，实际上却是"是"，达到"似非而是"的效果。卡夫卡的许多作品都有这种艺术特点。

为了表现世界的非理性和存在的痛苦无望，卡夫卡把荒诞作为他的最基本的艺术方法。其他的一些手法大多来源于它或是它的变种。荒诞主要是指那些照一般看法是极不合情理、不合常规的事体，如意外的无妄之灾、飞来横祸，或人突然变成了动物、动物变成了人，或人死了以后还能说话、乘船到处航行，等等。至于人们不合情理的遭遇和行为则多不胜举，都属于这个范畴。

由于卡夫卡的小说内容具有朦胧性，长期以来一直存在各种各样的阐释。勃罗德认为卡夫卡的作品具有宗教的内容和意义，说他所写的是有罪的世人在寻求"与上帝的结合"，完全抹去了它们的社会内容和批判意义。然而文学界多数人对勃罗德的解释未能认同。还有人从卡夫卡的家族、个性和心理特点出发，认为卡夫卡作品的基本内容和主线是卡夫卡父子之间的矛盾冲突。小说《判决》中父亲对儿子的指责毫无道理，判处儿子投河更是荒谬之至，而儿子竟然执行了这荒诞的判决。这篇小说中的人物，即一个严厉、性情乖戾的家长和一个软弱、胆小的儿子，虽然有卡夫卡父子关系的影子，但它的意义绝不仅限于此。

卡夫卡的小说有的内容比较晦涩，有的则社会含义明显，尽管它们笼罩在荒诞的外衣之下。短篇小说《在流放地》中，叙述了一个外国旅行家被一个司令官邀请到山坳里参观执行死刑的故事。将被处死的是一个士兵，他在值勤时睡觉，上尉拿着皮鞭抽他的脸，他威胁了上尉，结果被判死刑。他将在一架新式死刑机上受刑，那台机器的奥妙是在犯人身上用钢针写字，行刑 12 小时，其残忍程度令人发指。但那个小兵对此完全不知。在军官向旅行家讲解机器的奥妙时，他只是呆呆地站在一旁，完全听不懂。这个小兵被按照"耙子机"规定的程序残忍地处死了。新来的司令官反对这种行刑方法，那个酷爱这种行刑方法的军官自己自愿上了刑台，死在"耙子机"上。专制统治的残酷和灭绝人性跃然纸上，也揭露了旧制度行将灭亡时它的卫道士们的顽固不化。

卡夫卡小说的另一重要内容是它们揭示了现代人已经异化、人变成了非人的情况。在现代资本主义社会中，由于沉重的肉体和精神上的压迫，人失去了自己的本质，异化为非人。卡夫卡的著名小说《变形记》借用荒诞的情节表现了这种异化现象。小说叙述了一个奇异的故事。一家公司的旅行推销员格里高尔·萨姆沙一天早上醒来，"发现自己躺在床上变成了一只巨大的甲虫"。他丧失人的特性，异化为动物，从现实生活的角度看，这是不可能的，但从艺术的角度看，是合理的。作家这种通过想象和夸张创造的奇特变异形象，更具有震撼人心的力量。作家通过格里高尔变形后的内心活动和各种遭遇，深刻地暴露了资本主义社会人与人之间冰冷而残酷的利害关系。

短篇小说《饥饿艺术家》也是一部有异化内容的作品。经理将饥饿艺术家即绝食大师关在笼子里进行绝食表演，时间长达40天。后来绝食大师被一个马戏团招聘了去。人们把关他的笼子安放在离兽畜场很近的道口，可是人们忘记更换记日牌，绝食大师无限期地绝食下去，终于饿死。在这篇小说里，饥饿艺术家表面上没有变形，但实际上已经异化为动物了。

在卡夫卡的小说中，揭示人在现实世界中的困境和不安全感的作品，占有重要的地位。这一类作品描写的主要是中小资产阶级和一般知识分子的生活和精神状态。在这类题材的小说中，短篇小说《地洞》最有代表性。小说叙述一只作者未说明属性的动物。它为了自己的安全营造了一个精心设计的地洞，但仍然整日里提心吊胆，担心它的洞被敌人掘开。一想到"敌人多得不可胜数"，它就心绪不宁。它不停地搬运食物，设计防御，由于惶惶不可终日，弄得心力交瘁。

短篇小说《乡村医生》是卡夫卡内容最为荒诞的小说之一。医生要到16千米外的村子去看一个重病的少年。医生发现孩子确实有病，靠近胯骨外有个手掌那么大的溃烂伤口，小手指般大小的红色蛆虫想爬向亮处。医生心想，孩子是救不了啦。但这时病人的全家都很高兴，认为医生无所不能，"只要一动手术就会妙手回春"。人们脱光了医生的衣服，包住他的头，拖住他的脚，把他按倒在床上，靠近孩子的伤口，然后走了出去，把门也关上了。病人对医生说："你不但没有帮助我，还缩小我死亡时睡床的面积。我恨不得把你的眼睛挖出来。"医生设法平息了病人的愤怒，使他睡去，自己匆忙地收拾东西，来不及穿衣，跳上马车逃走了。

在这篇小说里，现实的和非现实的因素紧密地交织在一起。明明是很平常的一次出诊，却突然出现了一些荒诞的事情：猪圈里走出马来，马还能将头伸进窗口，还有那神秘的马夫，病人奇异的伤口……整个出诊都被一种神秘和荒诞的气氛所笼罩。透过这些荒诞的细节和神秘的迷雾，读者仍可体味到小说隐含的寓意：人类患了重病，那些蠕动着的蛆虫不但令人作呕，还使人的机体变得无可救药。人们盲目地相信医生医术即理性万能，能治愈一切病患，但事实并非如此。医生的出诊，也充满非理性因素。到最后，连医生本人也成了需要寻找家园的流浪者。《乡村医生》是卡夫卡运用艺术荒诞表现存在荒诞的著名小说。

有些学者认为，《审判》和《城堡》是造就卡夫卡巨大名声的主要作品。这两部小说都是他的代表作，虽然都包着一层荒诞的外衣，但蕴涵的社会内容和现实意义是明显的。《审判》的主人公某银行襄理约·K在一个晴朗的早晨，准备迎接自己的30岁生日。不期两名看守突然闯了进来，宣布他已被捕，但不告之犯了何罪。后来他又被告知仍可以照样上班，像过去一样生活。约·K自知无罪，对这种逮捕方式十分愤慨。他精神上备受摧残，奋力争取公道的审判，但一切都是枉然，竟被莫名地执行了死刑。这种残暴的事情之所以发生，关键在于制度。那个制度下的法律系统完全是与普通人为敌的。

卡夫卡的《审判》通过一个普通公民被无端逮捕、申诉无门、最后被荒谬处死的故事，深刻地揭露了专制国家司法制度以及整个统治机构的残酷和腐败。小说《审判》中有不少荒诞和抽象的描写，但在荒诞与抽象之中蕴涵着巨大的社会真实。

《城堡》是卡夫卡特色最鲜明也是他最为难解的作品之一。

　　小说主人公 K 在一个深夜踏着雪地走进一个村子。村子近处山冈上是一个城堡。K 据说被城堡聘为土地测量员，计划在村内旅店住一夜，第二天再前往城堡报到就职。令他大惑不解的是，城堡就在不远的地方，但他走了一天，仍然没有走到。后来他又用了许多办法想和城堡联系，都没有成功。在这期间，荒诞的事情接连不断。派给 K 的两个助手根本不懂测量。他虽被伯爵聘用，却宣布他的上司是个村长。而这位村长又荒谬地将他安排做学校的看门人。更荒唐的是在 K 的地位始终模糊不清而且在根本不曾开始土地测量工作的情况下，信使却带来了克拉姆部长对 K 和助手们的表扬信。在这封信之后，K 的地位仍旧没有确定。城堡对于他仍旧可望而不可即。为了见到克拉姆部长，他费了九牛二虎之力，始终未能如愿，他一直斗争，直至精疲力竭而死。村民们"围集在死者的床边，这时城堡当局传谕：虽然 K 提出在村中居住的要求缺乏合法的根据，但是考虑到其他某些情况，准许他在村中居住和工作"。在这里，荒谬和不义权力成了孪生子。城堡成了专制统治的象征。卡夫卡笔下的城堡内，封建专制统治的特色一应俱全：庞大的统治机构，高高在上、毫无效能的官员，森严的等级制度和严重的官僚主义，对百姓进行威慑式的统治以及由此造成百姓虚假的驯服。种种现象表明，这是一个专制主义的、闭关自守的、与现代气息完全隔绝的世界。官员们位高权重，整日里无所事事，荒淫腐化，对治下百姓滥施淫威，为所欲为，造成人民深重的苦难。阿玛丽亚拒绝官员索尔蒂尼的所谓"求婚"，给自己造成了倾家荡产的后果。城堡官员把赫伦霍夫旅馆变成了专供他们淫乐的场所。专制统治给人民带来了致命的威胁，人民想求见官员和提出某种要求，几乎是不可能的。在《城堡》中，卡夫卡通过象征的形象和荒诞离奇的情节，深刻地揭露了奥匈帝国以及一切专制国家的腐朽的官僚制度。这是一部新颖而富有特色的作品。

　　卡夫卡的艺术经验已经被许多作家所汲取。人们发现他作品的艺术特征同许多现代主义流派都有关系。一些评论家硬把他和众多新潮流派如表现主义、超现实主义、象征主义、存在主义、荒诞派、新小说、黑色幽默等结亲，把他说成某某流派的开创人或重要代表。这一事实从另一个侧面说明了卡夫卡创作的巨大价值。

第八节　乔伊斯

一、生平和创作

　　詹姆斯·乔伊斯（1882—1941），现代派文学巨擘，意识流小说大师，在 20 世纪欧美文学史中占有重要地位。

　　乔伊斯出身于爱尔兰都柏林的一个税务员家庭，家中天主教气氛浓厚。父亲民族主义思想突出，受其影响，小詹姆斯也对统治爱尔兰的英国抱有反感。乔伊斯受天主教教育时间很长，但没有顺从家庭所望担任神职，最终竟放弃了天主教信仰。

乔伊斯少年时代即喜爱文学，入大学后更是注意努力学习文学，写过《戏剧与生活》、《易卜生的新戏剧》等论文。1902年大学毕业后，乔伊斯曾短期学医。1903年年初他去巴黎，不到三个月，母亲病危，便匆忙赶回家中。母亲在弥留之际，希望他重新皈依天主教，但乔伊斯没有听从。1904年夏，乔伊斯与旅馆女招待诺拉·巴纳克尔结识，将她选为终身伴侣。同年11月，他们前往欧洲大陆。乔伊斯靠写作和教授英语为生。他和恋人在的里亚斯特住了10年，在巴黎住了15年，在另三个城市各住了两三年。乔伊斯长期贫困，作品出版遇到许多困难，常被退稿。他的主要作品《尤利西斯》最初被认为内容淫秽而遭禁，1922年才在巴黎全文发表，而在美国出版已是1933年，在英国出版还要再晚两年。

时乖运蹇的乔伊斯后来受到美国诗人庞德的提携，他的作品因此得以出版。他多年贫困的处境也因两位女士的资助得到改善。读书写作的生活使他的眼疾日益严重，眼疾折磨了他一生。1941年乔伊斯因十二指肠穿孔而逝世，终年不满59岁。

乔伊斯著有诗集《室内音乐》（1907）、剧本《流亡者》（1918），但主要成就在小说。短篇小说集《都柏林人》（1914）包括15个短篇，虽然各篇相对独立，但由同一主题联系起来，所以有整体性。关于这部小说，作者曾在一封信中说："我的目标是要为祖国写一章精神史。我选择都柏林作为背景，因为在我看来，这城市乃是麻痹的中心。"乔伊斯笔下的都柏林人大多数过着没有生气的生活，循规蹈矩，抱残守缺，精神麻木。如在小说《伊美琳》中，19岁的伊美琳个人生活极不遂心。脾气很坏的父亲和商店的女总管都令她难以忍受。她渴望美好自由的生活。她认识了回国度假的水手弗朗克。弗朗克心地善良，性格开朗，有男子气概。二人相爱了。弗朗克答应带伊美琳到布宜诺斯艾利斯去开拓新生活。看来一切都顺理成章。但是就在登船的一刻，伊美琳退缩了，自己关上了走向新生活的大门。在关键时刻，陈规旧俗的力量战胜了她。

在另一篇小说《一朵浮云》中，32岁的小钱德勒在一个学会干着令人厌烦的文书工作。他想，要想发迹，必须远走高飞，在都柏林，你什么也干不成。同窗好友——现在已经是伦敦报界红人的加拉赫劝他出去闯荡，到伦敦和巴黎见见世面。他被说动了。可是当他回到家里看到妻子的烦恼，听到孩子的哭声，他的心思又改变了。在乔伊斯所描写的普通人中间，也不乏淳朴善良的品德，但卑微琐屑、闭塞停滞的生活已经使人变得麻木不仁。

《一个青年艺术家的肖像》（1914）是一部现代心理小说，有自传成分。小说写主人公斯蒂芬·代达勒斯的成长过程，特别是精神成长的历程，包括童稚时期对周围事物的感受，家庭圣诞聚餐会上对政治和宗教问题的谈话，等等。在学校遭受的处罚使他体验了教会学校存在的不公正和专制。书中还写了少年主人公性意识的萌发、苦恼，以及从妓女那里得到的满足，听牧师关于地狱惩罚的布道，产生恐惧感，忏悔，得到宽恕和精神安宁的恢复。可是，是否接受圣职又使他陷入内心矛盾。他在海滩上徘徊时看见一位天真少女在水中嬉戏，由此得到感悟：人世间的凡人世界是美的。他欣喜不已，毅然拒绝了让他为神献身的安排，而决心走一条自由的艺术创造之路。这时的斯蒂芬精神上已完全解放，下定决心与家庭、宗教和国家完全决裂，离开祖国，到国外去开拓自己的事业。

乔伊斯在《一个青年艺术家的肖像》中进行了多种文体风格的实验，既有现实主义、自然主义风格，也有意识流因素。作家在这里进行了意识流手法的大胆实验，用这种方法表现主人公精神世界的发展，也展示了客观世界的状态。主人公的姓氏取自古希腊神话中一个多才多艺的工艺巧匠的姓名，具有象征含义。

1939 年出版的《为芬尼根守灵》是继《尤利西斯》之后的又一部意识流作品。小说写酒店老板伊尔威格一夜之间的梦呓，其中包括他对两个少女性骚扰的丑事，以及家庭内部的一些情况。他与妻子之间的关系，两个儿子之间的矛盾纷争，这些是人类繁衍和战争的隐喻，带有象征性意义。人类在神的统治、宗教济世和英雄时代结束之后，已经进入个人主义泛滥的混乱时代。历史按循环规律运行，新一轮的循环即将开始。英语中"wake"既有通夜守灵之意，也有苏醒的含义。但是，小说写的是一个酒店老板睡梦中的漫游，不但情节不清，而且语言也极艰涩，18 种语言杂陈其中，还有很多意义难辨的生僻新字，加上大量的典故，更增加了小说阅读的难度。大多数读者对它望而却步。乔伊斯在这部小说中所进行的语言和文学的试验，不能说是成功的。

虽然人们对《为芬尼根守灵》反应冷淡，但是乔伊斯的主要成就依然是巨大的，甚至是划时代的。他在《尤利西斯》中突破了传统小说的多种规范，丰富了小说的创作方法，给世界文学提供了宝贵的经验。因而，他被誉为 20 世纪最重要的作家之一。

二、《尤利西斯》

长篇小说《尤利西斯》被认为是 20 世纪英语世界最伟大的文学著作、一部"旷世奇书"和资本主义社会的史诗。但也有人认为，这些只是"声闻过情"。在结构形式上，《尤利西斯》套用了古希腊史诗《奥德修纪》（奥德修斯的罗马名字为尤利西斯），书中的人物和章节与《奥德修纪》相对应。《尤利西斯》在内容上也与《一个青年艺术家的肖像》有联系，斯蒂芬在《尤利西斯》中再度出现，他也是这部小说的主要人物之一。他出国寻求发展，但由于母亲病危而返回都柏林。母亲临终前要求他跪下向上帝祈祷，但他由于对宗教的反感而未遂母愿，以致在母亲死后，每忆及此事便有内疚之感。他在事业上尚未定型，只是在一所小学当历史教员。他有学问，有思想，此时正像大海中漂浮不定的一叶扁舟，尚未找到可以停靠的港口。特别是精神上，他无所依托，渴望找到一个精神上的父亲。他在精神上和肉体上都处于孤独和流浪的阶段。

1904 年 6 月 16 日上午 8 时，都柏林市的犹太裔市民布鲁姆起床后，开始了一天的忙碌生活。他是个报纸的广告生意人。他的妻子莫莉是个小有名气的歌唱家。布鲁姆精力衰竭，性欲极强的莫莉另寻新欢。她的经纪人、歌唱家博伊兰是她的新任情人。布鲁姆备好早点端到妻子床前。当他得知博伊兰下午将来他家时，心中很不是滋味。他忠厚、善良、乐于助人，但他消极忍受、委曲求全、生活平庸。一个时期以来，他同一个从来未谋过面的女子互通情书，以排解性的苦闷。布鲁姆忙完家务，一个人来到大街上，开始了他一天的"漫游"。

他要到邮局取信，洗澡，参加葬礼，去图书馆……他曾数次看见斯蒂芬和博伊兰，后者正忙着为莫莉买水果，这引起了他对博伊兰和自己妻子寻欢作乐的许多想象。他还看见斯蒂芬的妹妹们极度穷困的情况。葬礼结束后，他参加为死者遗孤的募捐活动，数次进饭馆和酒吧吃饭或小酌。在酒吧，他被反犹的酒鬼市民欺侮，发生严重冲突，最后逃走。傍晚，他到海滨岩石上乘凉，欣赏美丽少女的身体，淫心泛起。他到医院看望一位难产的妇人，这是一个与他相熟的友人。后来他看见斯蒂芬参加一群医学生的狂饮，于是暗中加以保护。斯蒂芬跟随同伴去了妓院，他也随行，却因饮酒太多产生幻觉，想象博伊兰去他家时的情形。斯蒂芬与妓女狂舞并打碎吊灯，离开时被一个下士打倒。布鲁姆帮助他醒酒。恍惚之中，两个人都有了新感悟，布鲁姆觉得斯蒂芬就是自己夭折的儿子，于是把父爱倾注到他身上。他把斯蒂芬带回自己家，两人谈得投机，感觉亲切。由于心灵相通，斯蒂芬在布鲁姆身上找到了自己精神上的父亲，而布鲁姆则找到了儿子。

斯蒂芬走后，布鲁姆来到卧室。妻子已入睡。他知道有人在妻子身旁躺过……他想了很多办法报复，但最后都排除了。半睡半醒的莫莉，脑海中各种意识交替出现，形成一股洪流，有过去，有现在，有丈夫，也有情人。

乔伊斯在小说中写了布鲁姆和斯蒂芬从早上 8 时到深夜 2 时许共 18 个小时的活动，并通过古今的对照让人们了解今日的社会和今日的人，颇能引人思考。

小说中几个主要人物都是普普通通的人。他们有缺点，也不乏好的品质，但时代和社会，以及现代的西方文化，把他们造就成今天的这个样子：布鲁姆意志薄弱，苟且偷生；斯蒂芬精神空虚，虚掷光阴；莫莉沉迷于肉欲。他们的际遇和性格特点很不相同，但有一个共同的特点把他们联系起来，那就是：精神空虚。

乔伊斯笔下的现代西方人大多陷入各种各样的烦恼和沮丧之中。布鲁姆终日奔波，命塞时乖。妻子的淫荡使他羞愧不已，虽有家室，难言幸福。他虽生活在现代，但精神上是个流亡者，与他古代祖先的流浪生涯甚为相似。一种异乡作客的陌生感时刻伴随着他。

斯蒂芬是个天分很高的知识分子。他对母亲临终时要求的拒绝，一直噬啮着他的灵魂。他对历史、哲学、国家和社会作了很深的思考，但是现在，他像一个流浪者，生活很不安定，在精神上，他更是一个漂泊者。

莫莉具有现代西方社会享乐型女人的特点。她耽于肉欲，淫荡成性。不过，她只是现代西方社会精神空虚、道德沉沦的小小缩影而已。她是那个社会中一个普普通通的人。

《尤利西斯》的思想意义离不开小说的名字和情节结构。乔伊斯确信，让现代小说与古代希腊史诗在人物与结构上相对应，能够更好地表现他对现代社会的认识。也就是说，这种古今对应会更深刻地体现小说的主题。通过这种古今对比，读者就会更加清楚地认识自己处境的可怕。读者没有必要追究古今两部作品各三个部分所包含的章数是否全部一样，是否全部对应——事实上三个部分的章数是不同的——主要问题是我们是否能够发现古今那些人物和情节彼此对应，如果发现了，那么就找到了了解《尤利西斯》主题和思想意义的钥匙。

从表面上看，作家只是描写了西方一个城市的几个人一整天的平凡生活，但是通过与古代英雄的对比，他们的渺小和平庸就深刻地显现出来。古代的奥德修斯——尤利西斯是那样的智慧超群，他妙计破敌，不畏艰险，即使是身处九死一生的险境也从不畏缩，是一个真正的力挽狂澜的大英雄。而现代的尤利西斯——布鲁姆，他的漂泊业绩与历险，只是在城内游荡了一个白天和半个夜晚。他连个人尊严也不能保卫，为求安宁甘愿忍羞受辱。古代的帖勒马科是一个目标明确、敢于向仇人复仇的刚烈勇士，而与之相对应的斯蒂芬却是一个精神空虚、彷徨迷惘、目标不定的知识分子。而古代的那位在求婚者巨大压力下仍坚如磐石的忠贞王后珀涅罗珀却变成了肉欲至上、情夫成批的荡妇莫莉。通过古今人物的对应与比照，读者不难看出西方现代社会的真实面貌。同古代英雄相比，现代的奥德修斯们、帖勒马科们、珀涅罗珀们是多么的渺小和空虚。布鲁姆的庸人主义、斯蒂芬的虚无主义和莫莉的肉欲主义，都明白无误地反映了现代西方社会精神文明和世风道德的下降与没落。小说清楚地反映了西方社会的精神与文化的危机。

《尤利西斯》是意识流小说的典范作品。主人公游荡时在与外部世界的接触中自动产生的大量内心活动——主要是内心独白和自由联想——是一种意识之流，包括对事件的直接反应，对过去事物的回忆，对未来情况的预估，随意性和跳跃性都很大。这种意识之流不但时间久，而且层次多变，有时是人物清醒状态的理性思考，有时是不甚清醒的梦幻状态，有时是潜意识活动，飘忽不定，忽隐忽现，无条理可言。在《尤利西斯》这样的意识流小说中，读者能看到人物内心最隐秘的地方，亦即最真实的地方。乔伊斯在小说中用意识流手法写成的精彩篇章有：第六章写布鲁姆参加葬礼，死者下葬后他在坟丛中徜徉，想到儿子的夭折和父亲的自杀，由此引起他对死亡的久久的沉思；第十三章写布鲁姆到海滩岩石上休息，对休闲少女格蒂的身体之美欣赏不已，产生了大量的心理活动；特别是第十五章描写他追赶斯蒂芬去妓院的途中因饮酒过多所产生的幻境中的意识活动等。书中写意识流最突出的例子是莫莉在深夜半眠状态的意识活动。斯蒂芬走后，布鲁姆来到卧室，半睡状态下的莫莉想到自己的那些"相好"，想到初恋的马尔维中尉，也想到布鲁姆同她的初恋，还想到博伊兰和她的性行为的粗暴。接着她又想到丈夫上床时对她提到的青年学者斯蒂芬，脑中出现了幻象，开始想象同这位未来的教授谈情说爱，又想到十年来自己同丈夫性关系的不和谐，想到恢复和谐关系的可能性……乔伊斯的意识流手法，突破了早期心理描写那种由作家提示人物如何"想道"那种简单的写法，而成了构建作品庞大而复杂结构体系的主要手段。

第九节　奥尼尔

一、生平和创作

尤金·奥尼尔（1888—1953）是美国戏剧的奠基人和美国现代戏剧的主要代表。奥尼尔出身于演员家庭，他的父亲在19世纪80年代的美国因扮演基督山伯爵而著名。童年时期的奥尼尔跟随父亲到美国各地巡回演出，因而他十分熟悉舞台和戏剧艺术。1897—1906年，奥尼尔曾先后就读于几所寄宿学校，后进入普林斯顿大学学习，一年后辍学。奥尼尔青年时期曾做过多种工作，如淘金者、报社记者和诗歌专栏作家。他还做过水手并到过国外许多地方。1912年，奥尼尔因患肺结核住院治疗，在此期间，他决定从事戏剧创作。1914—1915年，为提高自己的创作技巧，他曾在哈佛大学贝克尔教授开办的戏剧写作班学习。奥尼尔一生创作了五十多个剧本，大多数是悲剧。他获得了四次普利策奖和1936年的诺贝尔文学奖。奥尼尔晚年患有帕金森综合征而难以从事写作。1953年，他逝世于波士顿。

奥尼尔一生的创作大致可以分为三个阶段。1913—1920年，被称为学习阶段。在此期间，他主要创作现实主义风格的独幕剧，题材多取自他早年所熟悉的海上生活。其中《东航卡迪夫》（1916）具有代表性。这部作品写一个受重伤的水手临终前对自己一生的回顾，表现了人生的悲剧性。

20世纪20年代至30年代初期是奥尼尔创作的第二个时期。在此阶段，奥尼尔用不同的创作方法写出多部多幕剧，主要有：现实主义风格的作品《天边外》（1920）、《安娜·克里斯蒂》（1922）、《榆树下的欲望》（1924）；表现主义风格的作品《琼斯皇》（1920）、《毛猿》（1921），以及带有精神分析色彩的《奇异的插曲》（1925）和《悲悼》（1931）等。

《天边外》是奠定奥尼尔美国重要戏剧家地位的作品。剧本写两个乡下青年的故事。罗伯特富于幻想，准备随舅父去远航。他暗恋着哥哥的意中人露斯，临行与她告别时却得知露斯爱的是自己，于是罗伯特决定和露斯结婚，留在农庄。原本喜欢务农的哥哥一气之下随舅父出海去了。罗伯特不懂农业，农庄负债累累，女儿的夭折又使原本不睦的夫妻反目成仇。罗伯特重病缠身，临终前他爬上一座小山眺望大海，渴望着"天边外"的世界。这是一部富有哲理意味的作品，想要的得不到，得到的是不想要的，人生的追求和结果总是相悖。

类似的主题也表现在《安娜·克里斯蒂》里，作品写一个老水手希望女儿在陆地上过安定的生活，成为一个淑女，不料女儿却沦为妓女并最终受大海的诱惑嫁给了一名水手的故事。

《榆树下的欲望》是一部充满戏剧性的作品。年过七旬的老农场主凯伯特娶了年轻貌美的爱碧为妻。爱碧和凯伯特前妻之子伊本一面为争夺家产而争斗，一面又陷入难以自拔的爱欲并生下一个私生子。当伊本得知父亲曾对爱碧承诺如果生下儿子就可获得农庄继承权时，认为自己受骗上当，因为父亲并不知道他们的关系而认为孩子是自己的。爱碧为证明自己的感情杀死了孩子。最终她和伊本都放弃了财产继承权，两人自愿接受法律的制裁。作品通过爱碧和伊本关系的变化否定了对物质的贪欲。

《琼斯皇》的主人公琼斯原是火车上的搬运工，因犯杀人罪被捕入狱。他杀死守卫逃到西印度群岛当上了一个小岛的皇帝。他声称自己刀枪不入，只有银弹才能使他毙命。当地土著人奋起反抗琼斯皇的残酷统治。琼斯逃到了迷宫般的丛林中，最后被土著人用银元熔化后制成的银弹击毙。这部八场话剧有六场写琼斯的奔逃。丛林中的景象和琼斯脑海中的种种幻象结合在一起。作者还巧妙地利用了土著人敲响的非洲鼓。鼓声随琼斯的心理变化时舒时急，时大时小，有很强的表现力。

《毛猿》是奥尼尔表现主义作品的代表作。主人公扬克是一艘豪华邮轮上的司炉。他体格魁梧，浑身煤黑，状似"毛猿"。起初扬克对自己的工作充满自豪感，但一次他从底舱走上甲板，遇到百万富翁的漂亮千金米尔德里德，对方一句"肮脏的畜生"把扬克的自我评价击得粉碎。船靠岸后，扬克企图找米尔德里德"算账"，然而满街绅士小姐对他既彬彬有礼又冷漠超然的态度使他明白他不会被这个文明社会接纳。扬克在愤怒之中因滋事被抓进警察局。获释后他来到世界产业工人联合会，以为找到了属于工人的归宿，却被当作奸细赶了出去。最后扬克来到动物园，他误把大猩猩的沉默当作在倾听自己的诉说，于是打开笼子，想以猩猩为知音。不料大猩猩猛力的拥抱挤压断了他的骨头，扬克最终死在了猩猩的怀抱里。《毛猿》通过一个在工业文明发达的社会里找不到自我归属的底层劳动者的遭遇，象征性地表达了人类在世界中找不到自己位置的主题。《毛猿》所体现的表现主义戏剧的艺术特征主要是将心理活动外化，即使难于感知的人物心理活动成为能诉诸观众听觉和视觉的直接效果。

《奇异的插曲》是一部受弗洛伊德心理学影响的作品，写一个女人所扮演的女儿、妻子、情人、母亲的角色，以及她和几个男人之间的关系。作品采用意识流方法，用大量内心独白表达人物的潜意识。

《悲悼》是一部规模宏伟的作品，包括《归家》、《猎》、《案》三部曲，写住在新英格兰的曼农家族的复仇故事。作品情节来自古希腊悲剧《俄瑞斯特斯》（母杀父，子女杀母为父报仇），形式亦借鉴古希腊悲剧（如"三联剧"、合唱队），同时融入现代主义因素（如对变态心理的挖掘、人物脸上面具式的表情等）。

1939—1943 年是奥尼尔创作的后期，也是他创作的巅峰时期。之前他有十年未发表作品，当人们几乎把他遗忘的时候，奥尼尔却奉献了最后几部思想和艺术都更加精湛的作品：《送冰的人来了》（1939）、《进入黑夜的漫长旅程》（1941）、《休伊》（1940）、《月照不幸人》（1943）等。

《送冰的人来了》是奥尼尔后期的重要作品。故事发生在 1912 年纽约一家带客房的下等酒馆里。主要人物是推销员希基、酒店老板霍普和十几个房客。他们都是生活的失败者，靠喝酒、回忆过去和做白日梦打发日子，逃避现实。也有想改变现状、正视现实的人：希基这天一反常态劝大家不要喝酒。原来常年在外奔波的工作使希基养成了酗酒嫖妓的恶习，与他感情甚笃的妻子非但不责怪他，反而坚信他能改过，这使他更加自惭形秽。在无奈与痛苦中，他杀死了妻子，声称是为了让她不再痛苦，实际上是为了解脱自己。希基在倾诉完这一切后被警察带走了。这一令人震惊的事件唤醒了房客拉里，他想正视现实。但当他看清了自己毫无意义的生活后，感觉比死更痛苦。作者表现了现代社会中人的精神无所依托的状况，无论逃避还是清醒结果都是悲剧。在艺术上，作品采用了主要通过对话表现人物及其心理而淡化情节的方法。

二、《进入黑夜的漫长旅程》

《进入黑夜的漫长旅程》被认为是奥尼尔的创作及美国现代戏剧的最高成就。此剧具有自传性。作品中的四个人以奥尼尔本人、他的父母、哥哥为原型，用奥尼尔的话说是"用血泪写下的旧日心酸"。

剧本表现了演员蒂隆一家一天的生活。清晨，母亲玛丽刚从疗养院戒毒归来，全家为她身体好转而高兴，但母亲这一次是否能戒毒成功又使全家人产生疑问。随着剧情的展开，玛丽复吸得到了证实，小儿子埃德蒙又被确诊患了在当时被视为不治之症的肺结核，全家人陷入痛苦之中，他们在互相指责和自我忏悔中逐渐道出了这个家庭的历史，以及相互间又爱又恨的复杂感情，在无法解脱的悲剧境况中，随时间一同进入漫漫长夜。

玛丽是剧中的女主角，她出身于中产阶级家庭，少女时期深受父亲宠爱并受过良好教育，后来她迷恋上了当红男演员蒂隆并嫁给了他。婚后她不得不随蒂隆在美国各地巡演，在漂泊不定的生活中，她的第二个孩子夭折，生第三个孩子时她又因庸医的诊治而染上毒瘾。舞台上的玛丽一会儿回忆少女时期迷恋蒂隆的幸福感受，一会儿又对现实中蒂隆的吝啬充满怨恨，她沉溺于毒品中时像一个美丽纯情的少女，一旦回到现实又突然变成一个丑陋的老妇。作者充分展示了玛丽内心的矛盾痛苦，以及对于婚姻生活的失意和无奈。

长子杰米是一个生活的失败者，母亲吸毒这件丑事在他心中打上了深刻的烙印，他心灰意冷，酗酒嫖妓，完全失去了进取的勇气。在剧中，他总是神情沮丧，对所有人都充满怨恨，他称父亲是"老抠鬼"，母亲是"吸毒的"，他对弟弟怀有爱恨交加的感情，他嫉妒弟弟的才华，有意教他不良嗜好，但当他得知埃德蒙患有重病时，又满怀真情地劝他不要喝酒，并坦诚地忏悔"我一直不愿意让你成功，唯恐自己相形见绌"。

次子埃德蒙身上有奥尼尔的影子。他有诗人的浪漫气质，在写作上已初露才华。但母亲吸毒，父亲吝啬，自己又身患重病，这一切都使他陷入难以自拔的痛苦中。

父亲蒂隆似乎是家庭不幸的根源。由于他不肯花钱请好医生而使玛丽染上毒瘾，而母亲吸毒又是造成两个儿子生活失意的主要原因。但随着剧情的发展，人们对这一人物逐渐加深了了解。蒂隆出身于爱尔兰移民家庭，童年时期他和母亲就被父亲遗弃，贫苦的生活使他养成了吝啬的习惯。后来，他成为剧团老板和知名演员。为了赚钱，他长年累月只演一出叫座的戏，艺术才能逐渐丧失殆尽，为此他痛悔不已。他曾因不肯送埃德蒙去好医院而与儿子们爆发了激烈的冲突，但他最终改变了自己的决定，他对早年生活的回忆赢得了儿子们的原谅，也使读者对这一人物充满同情和理解。

《进入黑夜的漫长旅程》是现实主义作品。作品只写了蒂隆一家一天的生活，用"追溯法"回顾这一家庭的历史，没有大起大落的事件，而是着重开掘人物的内心。全剧结构有序，充满内在戏剧张力。第一幕、第二幕紧紧围绕玛丽是否成功戒毒、埃德蒙到底得了什么病这两个悬念展开；第三幕、第四幕随着玛丽复吸得到证实和埃德蒙患肺结核被确诊，家庭的历史逐渐展现在读者面前，剧终时，父子之间虽然达到了谅解，但大家不知埃德蒙是否还有治愈的希望，玛丽吸毒后神情恍惚地出现在客厅，全家人再次认清了这无法摆脱的痛苦现状还将持续下去。

奥尼尔用自己的创作成就了真正的美国现代悲剧，他的作品主要表现在物质文明高度发展的社会中，人的精神无可归属、缺乏价值感，以及人生的悲剧性。奥尼尔戏剧在艺术上的特点是方法的多变。他早期运用现实主义方法，中期尝试表现主义、意识流、精神分析方法，晚期虽回归现实主义，但已不是传统的现实主义，而是吸收各种戏剧表现手法的优点，尤其注重开掘人物心理，被认为是"富有表现力的现实主义"。奥尼尔是美国少数能在创作晚期迎来第二次辉煌的作家，而这第二次辉煌被认为甚至超过了第一次。

第十章　20 世纪后期的欧美文学

学习要求

1. 了解：20 世纪后期欧美文学的发展概况和主要成就。

2. 掌握：后现代主义思潮的产生和特点；后现代主义文学各主要流派的特征；苏联的"解冻文学"；贝克特、海勒、索尔·贝娄、加西亚·马尔克斯生平与创作中的主要内容；萨特的主要作品。

3. 重点掌握：贝克特的《等待戈多》；海勒的《第二十二条军规》；索尔·贝娄的《赫索格》；加西亚·马尔克斯的《百年孤独》。

第一节　概　　述

第二次世界大战造成了巨大的破坏和伤亡。大战结束后，美丽的欧洲变得满目疮痍。疯狂残杀的噩梦挥之不去，人类心灵的创伤难以愈合。人们千百年来构建起来的人道主义和理性主义道德观、社会观遭到了致命的打击。

大战后出现美苏两个敌对阵营互相争霸的形势，东西欧的一些国家被分别拴在苏美的战车上。核战争就像一把达摩克利斯剑悬在世人头上。加之民族矛盾、宗教冲突和两个阵营对立引发的局部战争从未间断，世界局势一直处于动荡之中，人们失去安全感。

第二次世界大战以后，西方世界最大的变化之一就是资本主义强国走过了垄断资本主义阶段而进入后工业化时期。这个新时期的特点是高科技突飞猛进，新成就日新月异。不断更新的电子和信息产品，大众传媒的普及，使整个社会走向信息化、程式化、电脑化。再加上交通通信的发展进步，使人们开阔了眼界，增加了对世界的了解，同时也唤醒了人们对人类生存环境的关心。

从 20 世纪后半期的哲学和社会思想理论看，思想家们对世界的前途很不乐观。在一些人的头脑中，世界正处于危机之中。世界的混乱造成怀疑主义的加深，从前的精神支柱发生动摇甚至坍塌。在后工业化的社会条件下，出现了或继承了与之相适应的哲学和社会思潮，即后现代主义。它也是一种思想与文化思潮。它是以萨特的存在主义哲学为基础，并吸收了语言哲学和艺术哲学的一些理论加以综合后形成的一种带有虚无主义特点的思想文化学说。

后现代主义自 20 世纪 60 年代崛起以来，逐渐形成自己的一些特点：全新的叛逆姿态，强烈的怀疑与否定精神，对一切秩序、权威、中心、整体性都不接受。一切的中心、系统、标准、范式、同一性、价值观念，都要接受后现代主义和它的价值模式的衡量和检验。它毫无顾忌地张扬非理性，标新立异，提倡多元，化整为零，拒绝艺术的价值标准，随之文学艺术被变成了商品的一个地盘……由于这些特点，后现代主义被一些学者看作反文化思潮，是信仰危机和文化危机的反映。

后现代主义自形成以来，不断发展壮大，到 20 世纪七八十年代，已经成为西方一个影响很大的思潮，在文艺领域的影响更是突出，文学中有数个流派都属于这个思潮。后现代主义者认为，世界已变得荒诞，人异化成非人，社会发展已无方向可循，在这种情况下，追求终极价值是没有意义的。世界将按何种轨迹发展，以及与这个问题有关的社会、政治、道德等许多问题，他们都不予关切，他们不愿给这个世界以意义。如果说 20 世纪初期流行的现代主义者在否定文学传统时还是企图再说明道理，作出意义深远的解释，并且在创作上试图建立自己的艺术风格，那么后现代主义对之一概持否定的态度。他们认为，创作并不是按照某种目的进行的创造性活动，内容根本没有意义，写作只是随心所欲的普通演示而已。

存在主义文学是 20 世纪 30 年代后期在法国兴起的一个文学流派。它的思想基础是萨特的存在主义哲学。这种哲学也以存在主义文学为自己的重要表现形式。存在主义文学在三四十年代得到很大发展，但也有部分重要作品产生于第二次世界大战以后。存在主义文学在世界范围广泛流行并产生巨大影响，却是第二次世界大战以后的事。

存在主义文学对存在主义哲学有着明显的思想倾向性，因为存在主义文学与存在主义哲学有着相倚为强的关系。存在主义哲学认为"存在先于本质"，首先是人存在着，然后才能给自己定性。存在是一种"主观存在"、"自我意识"，客观存在只有通过人的主观意识（自为存在）才成其为真实的存在。所以萨特说，人"按照自己的意志而造成他自身"。第二，"自由选择"，即人在决定自己的行动时是绝对自由的。没有什么其他的因素，如各种决定论之类的东西，可以成为影响人进行选择时的力量。人是绝对自由的。第三，"世界是荒谬的，人生是痛苦的"。世界充满丑恶和无数罪行。在荒诞的世界中，人感到孤独、恐惧和痛苦，生活在无奈和绝望之中。但萨特对于这种状况并不气馁，他又用"自由选择"的学说鼓励人们去行动，去创造自己的自由。

存在主义文学是一种关心人的存在的文学，故被称为人生文学。萨特认为哲学的对象是人，他的作品都渗透着一种对人的存在和人的命运的关怀。他的著作一直以探讨人生和论证人的自由与选择为特色。

由于存在主义的哲学与文学的密切关系，造成存在主义文学带有明显哲理性的特点。存在主义哲学认为，现实世界是荒诞的，人被痛苦和恐惧所包围，人与人的关系是冷漠和疏离的，存在主义文学作品客观、冷漠的叙述风格与此也不无关系。他们的作品哲理性强，而形象性比较欠缺。

存在主义的理论，不单影响存在主义文学，也影响了后现代其他流派，这从作家、作品的指导思想，直至他们的创作方法与风格，皆可看出。存在主义作家自己的作品，特别是萨特本人的作品，就是存在主义哲学的最充分的体现。

与萨特齐名的存在主义作家是**阿尔贝·加缪**（1913—1960）。他出生于法国殖民地阿尔及利亚的阿尔及尔，并在那里长大，童年曾饱尝贫困的痛苦，成年后积极参加进步的社会活动，做过报纸编辑工作。他对法西斯深恶痛绝，曾积极参加抵抗运动。他的著名小说《局外人》非常鲜明地体现了"世界荒谬"的存在主义思想。主人公莫尔索遭遇了一系列不幸：母亲去世，糊里糊涂地杀人，被判死刑，对这些人生灾难他都平淡处之。不论什么事，包括女人的爱情，他都抱之以"无所谓"的态度，成了一个真正的"局外人"。加缪的代表作长篇小说《鼠疫》（1946）是一部突出地反映"自由选择"思想的作品。一个城市突然暴发鼠疫，人民不断死去，不少人在大难面前绝望待毙或及时行乐。唯有里厄医生积极地投入了抗疫斗争，实现了个人的价值，作出了一个英雄的选择。鼠疫是恶的象征，也有人认为是隐喻德国法西斯。

法国另一位重要的存在主义作家是西蒙娜·波伏瓦。

荒诞派戏剧是一种否定过去戏剧一切规范而采用荒诞表现形式的全新戏剧，亦称"反戏剧"、"先锋派戏剧"，最初于第二次世界大战后不久出现于法国，后传播到欧美各国。最初它不为人们所理解遭到冷遇，后来逐渐被观众接受，曾在一个时期内声势不小，成为颇有影响的戏剧流派。该派最主要的代表有法国的尤奈斯库、阿达莫夫、让·热内，爱尔兰的贝克特，英国的品特和美国的阿尔比等人。

荒诞派戏剧深受存在主义哲学的影响。其主要内容是表现人的处境和生存状态的荒诞、痛苦和无意义。从作品的结构、情节、人物对话等各方面也都表现了荒诞的色彩。荒诞派戏剧往往没有具体的故事情节，没有完整的戏剧结构和合理的戏剧冲突，甚至不时出现人物语言不合逻辑、时空界限混乱的情况。人物大都行为古怪，或毫无意义，或荒唐可笑，似乎是某种品格的抽象代表。荒诞派戏剧作品往往在表面无意义和人物可笑表现的背后，隐藏着意义重大的人生问题，表现了作家所感受到的困惑、愤懑、痛苦和幻灭。荒诞派戏剧家尤奈斯库曾把自己的戏剧称为"悲剧性的闹剧"和"喜剧性正剧"，颇耐人寻味。

贝克特和尤奈斯库都有开创荒诞派戏剧的功绩。**贝克特**不单是戏剧家，也是小说家和诗人。他的著名剧作《等待戈多》已被公认为荒诞派戏剧的经典作品之一。**尤奈斯库**在作品中竭力表现人生的痛苦、荒谬以及对失去的自我的寻找，并以标新立异的手段表现主题。尤奈斯库的主要作品有《秃头歌女》（1949）、《椅子》（1950）、《阿麦迪或脱身术》（1953）、《新房客》（1957）、《犀牛》（1959）、《渴与饥》（1966）、《屠杀游戏机》（1969）等。《椅子》（1950）是尤奈斯库的代表作。剧本描写某孤岛上一对行将就木的老夫妇突发奇想，要向人们宣讲他们找到的人生秘密，他们雇用演说家向包括皇帝在内的各色人等（没有人，只有一堆椅子）进行宣讲。老人把宣讲的任务委托给演说家后，便双双跳海自杀。然而老夫妇请来的演说家是个哑巴。尤奈斯库解释作品的主题是："主题确实就是椅子，也就是说人的不存在……上帝的不存在，物质的不存在，世界的不真实性，抽象的空虚，生活的主题就是虚无。"

新小说在 50 年代兴起于法国，开始时不被重视，后逐渐流行开来。重要作家有**阿兰·罗伯－格里耶**（1922—2008）、**娜塔丽·萨洛特**（1902—1999）、米歇尔·布托尔（1926—　　　　）和**克洛德·西蒙**（1913—2005）等。新小说派作家反对以巴尔扎克为代表的现实主义小说家的写作方法，认为那种方法已经过时，不适于表达 20 世纪人们极其复杂的思想感情和生活环境，因此必须和这种传统决裂，创造"新小说"。在新小说家看来，文学作品事先预定下某种意义是不对的。新小说派的领袖罗伯－格里耶说："世界既不是有意义的，也不是荒谬的，它存在着，如此而已。"作家不能凭个人主观感情赋予它任何意义。小说的使命仅在于写出"一个更实在的、更直观的世界"。新小说家还反对传统小说以人物为中心的写法，认为那就把客观事物变成了人的附庸，忽视了物的作用，影响了对客观世界的正确认识。现代人处于物质的包围之中，因此必须以写物为主。新小说家不可能不写人，但把人看成物，人是物化了的人。他们的人物往往没有性格，没有特征，有时连名字也没有。他们还反对传统小说精心构思的情节结构，认为那都是臆造的东西。他们主张非情节化，也不必受空间和时间的限制。但实际上有的新小说家还是注意结构的，作品表面上内容零碎，但作品各部分仍相互关联、呼应，形成一个统一的整体。

新小说家们在各自的创作中都各有侧重，彼此很不相同。有的侧重于写物，描写外部世界；有的着意于日常琐细事物的描写并力图在其中找到内心的奥秘；也有的作家则直接描写内心深处的心理活动，特别是混乱的意识。布托尔在小说结构（如"迷宫式结构"）上很下功夫；而克洛德·西蒙则把绘画艺术运用到小说创作之中，这使他的小说很像一幅用文字画成的巨幅油画。罗伯－格里耶的《橡皮》（1953）、《窥视者》（1955），萨洛特的《陌生人肖像》（1947），布托尔的《变》（1957），克洛德·西蒙的《弗兰德公路》（1960），是他们有代表性的作品。

进入 80 年代后，新小说似乎快要销声匿迹了。但由于克洛德·西蒙获得 1985 年的诺贝尔文学奖，新小说又开始热了起来。西蒙的地位也迅速提高。

黑色幽默是 20 世纪 60 年代出现于美国文坛的一个文学流派。幽默是美国文学的传统，但黑色幽默与传统幽默迥然有别。它不再描写那些活泼、风趣的内容，而是以一种无奈的嘲讽和绝望的苦笑来表现人生的荒谬、痛苦和残酷，因此被有的评论家称为"绞刑架下的幽默"或"大难临头时的幽默"。黑色幽默的笑是苦涩的笑，一种绝望的笑。"黑色幽默"作家"对于自己所描述的世界怀着深度的厌恶以至绝望，他们用强烈的、夸张到荒诞程度的幽默、嘲讽的手法，甚至不惜用'歪曲'现象……的惊世骇俗之笔……从反面来揭示他们所处的现实世界的本质；以荒诞隐喻真理。他们把精神、道德、真理、文明等的价值标准一股脑儿颠倒过来……对丑的、恶的、畸形的、非理性的东西，对使人尴尬、窘困的处境，一概报之以幽默、嘲讽，甚至'赞赏'的大笑，以寄托他们阴沉的心情和深渊般的绝望。"① "黑色幽默"的主要作品有海勒的《第二十二条军规》、小库尔特·冯尼格特（1922—2007）的《第五号屠场》（1969）、《猫的摇篮》（1963），约翰·巴思（1930—　　）的《烟草经纪人》（1960），托马斯·品钦（1937—　　）的代表作《万有引力之虹》（1973）以及唐纳德·巴塞尔姆等人的作品。海勒的《第二十二条军规》被认为最有代表性。

魔幻现实主义文学产生于20世纪三四十年代的拉美国家，而于50—70年代取得繁荣发展。该流派的一些作家虽然受过现代主义（如超现实主义）的影响，但它的腾飞主要得益于拉美丰富的民间传说和神话的滋养。可以说，魔幻现实主义是幻想与现实相融合的一种文学。所谓幻想，是指作品中那些非现实成分，主要是指那些神灵传说、鬼怪故事、奇谈轶事中的神奇事物、魔幻形象、超自然现象，以及其他种种神秘和怪诞的事体。作家将这些形象和事体同人世现实融合在一起，形成一种奇妙的、光怪陆离的新现实。那些非现实的因素似乎变成了现实的组成部分。读者阅读时觉得它们既像幻境，又像现实。为了创造魔幻的现实，作家往往使用象征、寓意、夸大，甚至变形、怪诞、时空颠倒和蒙太奇等手法，使作品的画面更加丰富多彩。由于作家们大量描写荒诞离奇的情节，将现实蒙上一层神秘色彩，所以他们的创作与现实主义是不同的。但他们和现代主义、后现代主义也不同，他们并不否定传统。而是坚持植根于本土和发扬民族文化传统。魔幻现实主义作家都关心国家和人民的命运，有很强的社会责任感，对民族过去的苦难有明晰的感觉。他们不是怀疑论者，他们有目标、有信心，在作品中大胆揭露大庄园主、大资本家、专制独裁者和帝国主义掠夺者。这种态度与那些认为追求终极价值没有意义，不愿给世界以意义，对一切社会、政治和道德问题都不予关切的文化虚无主义者是不同的。没有必要一定把它拉入现实主义或现代主义，它就是它自己。它是一种努力改进传统创作方法并力图革新的派别。该派重要的作品有危地马拉作家**阿斯图里亚斯**（1899—1974）的小说《危地马拉传说》（1930）、《总统先生》（1946）、《玉米人》（1949），墨西哥作家**胡安·鲁尔弗**的中篇小说《佩德罗·帕拉莫》（1955），哥伦比亚作家**加西亚·马尔克斯**的长篇小说《百年孤独》（1967），古巴作家阿莱霍·卡彭铁尔的中篇小说《人间王国》（1949）等。

在欧洲大陆的东侧，情况大为不同。斯大林的去世和赫鲁晓夫的上台，引起了苏联社会和苏联文学的不小变化。不少人抱着改善现状的希望。但随着保守的勃列日涅夫上台和长时期执政，使苏联文学改变局面的愿望遭到挫折，苏联文学中一直存在两种势力的矛盾和斗争。无休无止的理论之争就是这种矛盾的反映。

社会上存在给文学以较大自由的要求，人们对文学走上正常道路的期望很大。斯大林逝世后，很快出现了一批"暴露性"作品。爱伦堡的中篇小说《解冻》（1954）是其中之一。1956年赫鲁晓夫在苏共二十大上作了反斯大林个人崇拜的秘密报告后，在文学界产生了巨

---

① 转引自汤永宽：《〈第二十二条军规〉译本序》，见［美］约瑟夫·海勒：《第二十二条军规》，南文、赵守垠、王德明译，2页，上海，上海译文出版社，1981。

大的反应。1956 年，爱伦堡又发表了《解冻》的第二部《春天》。这部揭露官僚主义严重危害的小说，表达了作家对未来抱有的信心。这部小说被人们当成社会将"解冻"的信号。随着对个人崇拜的揭露，苏联社会一直被掩盖着的矛盾开始暴露出来。文学中揭露官僚主义危害的作品作为"解冻文学"的主要部分逐渐显露出来。其中最有名的是杜金采夫的长篇小说《不单是靠面包》（1956）。这部小说揭露了官僚主义势力与人民群众之间的严重对立，涉及了体制，因此引起了一场争论。著名小说《一个人的命运》（1956）的发表，反响很大。肖洛霍夫这部人道主义主题小说，也被认为是"解冻"大潮中的一份成果。在以后的发展中，"解冻文学"实际上和反官僚主义小说、农村题材小说结合起来了。

在 20 世纪后期的俄苏文学中，农村题材的作品占有重要地位，成就突出。这个题材的作品，早在五六十年代就已有可观的成就。当时农村题材文学的发展是以奥维奇金的特写集《区里的日常生活》（1952 年开始发表）为标志的，这是苏联最早的描写农村阴暗面的作品。后来一批优秀作品接踵而来，有名的是特罗耶波尔斯基的《一个农艺师的札记》（1953）、沃罗宁的《不需要的荣誉》（1955）、田德里亚科夫的《死结》（1956）。《死结》中揭露的官僚主义问题已经触及体制，是体制造成了"死结"。60 年代后期，还出现了一批对农村问题进行哲理探索，表现人民精神力量和道德品质的作品，如舒克申的《在那遥远的地方》、《柳巴文一家》（1968）和拉斯普廷的《为玛利亚借钱》（1967）等作品。

60 年代还出现了几部揭露斯大林个人崇拜严重后果和非斯大林主题的作品，如诗人特瓦尔多夫斯基的长诗《山外青山天外天》（1960）、《焦尔金游地府》（1963）。索尔仁尼琴的小说《伊凡·杰尼索维奇的一天》（1962）是著名的揭露集中营黑暗的小说。还出现了一批人道主义主题的作品。一部分遭处决和遭迫害、受批判的作家（巴别尔、梅耶荷尔德、皮里尼亚克、布尔加科夫、阿赫玛托娃）被恢复了名誉。

苏联的"解冻"思潮遭到保守派作家的反对，文学界出现了保守派和改革派的长期对峙。赫鲁晓夫在 1953 年曾要求"尽量尖锐地发掘我们工作中的缺点，暴露缺陷"。1954 年，他要求对"官僚主义"进行"无情的斗争"。1957 年，他又要求作家把"反对修正主义倾向"、反对写阴暗面列为文艺方针的重要方面。1959 年，他在作协三大上强调表现"正面的现象"，反对揭露阴暗面。勃列日涅夫上台后，保守派因为有"上面"的支持，变得强硬起来。勃列日涅夫上台的第一年，就通过《真理报》要求作家"贯彻党的文艺方针"，"歌颂今天的现实"，后来于 1968 年先后在莫斯科市第十九次党代表会议、苏共中央四中全会上讲话，要求在意识形态方面发起"进攻"，反对"表现阴暗面"。而事实上"进攻"早已开始，出现了将作家判刑，开除出作协，驱逐出国的情况。

20 世纪后半期苏联文学最大的事件之一，是 1958 年对作家帕斯捷尔纳克的大规模声讨和批判。他因将小说《日瓦戈医生》在意大利出版，被定性为叛徒，反对革命和反对苏联的敌人。事实上小说写的是一个人道主义知识分子站在个人主义立场来观察革命后国内战争中的残酷和经济困难情况。这种立场的作品当然不可能符合社会主义现实主义的原则。帕斯捷尔纳克被迫放弃了诺贝尔奖，请求最高当局不要驱逐他出国。此后过了一年半，帕斯捷尔纳克在莫斯科郊外的一个小村庄里孤独地离开了人世。

反法西斯战争的题材是苏联作家取之不尽的创作源泉。这是因为这场战争中有无数可歌可泣的悲壮故事，还因为对法西斯恶魔的斗争对全世界人民都意义重大。在这个题材范围内，战后最早奋笔的是一批"战壕真实派"作家，着力写前线残酷厮杀的真实场面，著名作品有涅克拉索夫的《在斯大林格勒的战壕里》、邦达列夫的《营队请求火力支援》《最后的炮轰》、《热的雪》，巴克拉诺夫的《一寸土》等。后来又有一批作家开始写大空间的"全景文学"，从前线基层连队的战斗直至最高统帅部的决策会议，都包括在作家的视野之内。这些作品的特点是史诗性和大场面。重要作品有恰科夫斯基的《围困》、西蒙诺夫的《生者与死者》三部曲、斯塔德纽克的《战争》等小说。和这些流派完全不同，瓦西里耶夫的小说《这里的黎明静悄悄》写一群华年少女加入军队，现身于与凶恶敌军面对面战斗的残酷环境里，五名女兵最后全部牺牲，付出了宝贵的生命。作者从一个独特角度探讨了人的生命价值的问题。

随着时代的前进，突破有限的主题范围、开辟更广阔的创作原野，成了作家的追求。70年代，一些作家将目光转向道德题材的开拓上，写出了一批有分量的作品。作家感兴趣的是，为什么在一个已经进行革命半个多世纪的国家里，还有那么多丑恶的人。这里既有贪得无厌，欺上瞒下，玩弄计谋，醉心于官位和权力，对人民漠不关心的官僚，也有自私自利、虚伪鄙俗的"普通人"。作者有时写的是具体的社会人际关系，有时写的是抽象善恶的角逐，但都有深刻的道德与哲理内涵。这方面的有名作品有上面提到过的拉斯普廷的小说《为玛利娅借钱》、《活着，可是要记住》（1974），特里丰诺夫的中篇小说《交换》、《滨河街公寓》（1976）。利帕托夫写特权阶层的后代寄生退化的小说《伊戈尔·萨沃维奇》（1977）也属于这一类。此外，还有特罗耶波尔斯基描写人对动物和大自然极度残忍的小说《白比姆黑耳朵》（1971）和阿斯塔菲耶夫的长篇《鱼王》（1973—1975），都是写善与恶的主题，是道德题材小说的优秀作品。

20 世纪后期，苏俄在诗歌方面也有相当的成就。这时期新崛起的有叶甫图申科、罗日杰斯特文斯基、索科洛夫、鲁布佐夫等诗人。戏剧方面的著名作家有阿尔布佐夫（1908—1986）、万比洛夫（1937—1972）、罗佐夫（1913—2004）、沙特罗夫（1932—　　）等人。

1985 年，戈尔巴乔夫上台，大刀阔斧地进行改革。1986 年作协八大召开，提倡"民主化"和"公开性"。大会召开前，出版了被枪决的诗人古米廖夫的诗。从 1986 年开始，苏联国内作家和流亡国外作家的被禁作品开始陆续在各大刊物上发表。1987 年发表的解禁作品最多，其中有布尔加科夫的中篇小说《狗心》（布尔加科夫最主要的小说《大师和玛格丽特》于 1966 年年底被删节后在苏联出版），普拉东诺夫的《地槽》，雷巴科夫的《阿尔巴特街的儿女们》，特瓦尔多夫斯基的《有权回忆》，阿赫玛托娃的长诗《安魂曲》。这一年还为一些被驱逐出国或受批判的作家艺术家平反，恢复了名誉。1988 年出版了帕斯捷尔纳克的小说《日瓦戈医生》、普拉东诺夫的小说《切文古尔》、格罗斯曼的小说《生活与命运》、扎米亚金的小说《我们》、被镇压的作家皮里尼亚克的小说《红木》。

1989 年苏联作协撤销了开除索尔仁尼琴的决定，出版了他的作品《古拉格群岛》，一时出现了"索尔仁尼琴热"。

1991 年苏联解体。

第二节　萨　　特

让－保尔·萨特（1905—1980）是法国存在主义哲学家、文学家和社会活动家。萨特生于巴黎，父亲是海军军官，在萨特一岁多时去世。萨特跟随做德语教师的外祖父长大。萨特 19 岁进入巴黎高等师范学校攻读哲学。1929 年，他以第一名的成绩通过哲学教师资格考试，并结识在这次考试中获第二名的西蒙娜·德·波伏瓦。后来，两人成为战友和终身伴侣。萨特曾在巴黎等地的中学任哲学教师多年，1933—1934 年在德国留学，研究德国哲学家胡塞尔和海德格尔等人的哲学，在此基础上形成了自己的存在主义哲学思想体系。第二次世界大战爆发后，萨特应征入伍，1940 年被德军俘虏，于次年获释。之后他继续教书和写作，还曾参加法国地下抵抗运动。40 年代，萨特有大量著作问世。1945 年创办《现代》杂志，评论当时国内外的重大事件。1964 年，萨特主要因费时十年精心著就的自传《词语》获诺贝尔文学奖，但他拒绝领奖，声明"一向谢绝来自官方的荣誉"，保持了一位思想家的精神独立。1980 年，萨特逝世，数万群众为他送葬，以悼念这位战后一代人的精神领袖。

萨特的主要著作包括哲学和文学两方面。哲学著作主要有：《想象》（1936）、《存在与虚无》（1943）、《存在主义是一种人道主义》（1946）、《辩证理性批判》（1960）、《方法论若干问题》（1957）等。

萨特主要的文学著作既有文学创作又有文学理论。《什么是文学》是萨特主要的文学理论著作。在这本书中，萨特提出了"介入文学"的主张。他认为，写作是"介入"，"艺术品，就是召唤"，而"介入"和"召唤"的内容应是揭露"一切非正义的行为"和"应被取缔的弊端"。只有正义的召唤才能产生"好的小说"，而非正义的作品，如反犹太主义、法西斯主义，只能断送作者的艺术生命。他甚至进一步阐释"介入"："有朝一日，笔杆子被搁置，那时候，作家就有必要拿起武器。"萨特的文艺主张被认为是"资产阶级美学理论中的优秀传统在 20 世纪的一次复兴"，有着非常进步的意义。

萨特的文学作品包括小说和戏剧两部分。小说主要有长篇小说《恶心》（1938）、短篇小说集《墙》（1939，包括《墙》、《房间》、《艾罗斯特拉特》、《密友》、《一个工厂主的童年》五篇作品）、长篇小说三部曲《自由之路》（1945，包括《懂事的年龄》、《延缓》、《心灵之死》）。

日记体长篇小说《恶心》是表达一个存在主义者对现实世界的荒诞体验的作品。主人公洛根丁是一个青年史学家，他住在法国一个小城的旅馆里准备为 18 世纪的一个侯爵写传记。但小说的主要内容并不是他写传记的过程，而是写他对外界事物的独特感受，如人的躯体、一条皮面的长凳、一棵栗树盘根错节的根、咖啡店老板裤子的吊带等，这种感受概括起来就是恶心、厌恶。洛根丁的这种感受来源于对自己浑浑噩噩、毫无意义的生存状态的认识，是觉醒的表现，而这种生存状态正是一般人生存的常态，只是人们不自知。从这个意义上讲，小说具有警醒世人的积极作用。

短篇小说《墙》以30年代西班牙民族革命战争为背景，写被逮捕的三个革命者临刑前夜的表现。两个青年都害怕死亡，一个显出惧怕，一个强作镇静，第二天他们都遭到处决。共产党员伊比塔宁死不屈，却因谎称敌人要逮捕的领导人格里藏在墓地而意外被免刑，因为敌人竟阴差阳错地在墓地抓住了恰巧转移到那里的格里。小说试图说明，世界颠倒混乱，人的生死纯属偶然。

长篇小说三部曲《自由之路》以第二次世界大战为背景。主人公玛第厄是哲学教师，他使情妇怀孕又不想与她结婚，因为他追求个人的自由，而自由在他看来就是不介入生活。战争的爆发使玛第厄放弃了不介入的生活态度，跳出了个人的狭隘天地投入了抗敌战斗。在一次战斗中，战友们都牺牲了，他独自一人坚守在一座钟楼上，在最后的15分钟里，他向敌人疯狂射击，这也是向不介入思想的告别："这是一种巨大的报复，每一声枪响都是对他往日的顾虑的报复。"最终玛第厄成为一个英雄，他死后，他的朋友共产党人吕布内继续了他的事业。这部小说通过玛第厄所走过的道路再次对"自由选择"进行形象化的阐释，正确的选择造就了英雄。

与小说相比，萨特在戏剧方面取得了更大的成就。他主要的戏剧作品有：《苍蝇》(1943)、《禁闭》(1944又译《间隔》、《密室》)，描写五个游击队员被捕后不同表现的《死无葬身之地》(1946)、揭露美国种族歧视的《恭顺的妓女》(1948)、表现无产阶级政党内部路线斗争及政治谋杀的《肮脏的手》，以及探讨人与上帝、善与恶等问题的《魔鬼与上帝》(1951)，此外，还有《基恩》(1953)、《涅克拉索夫》(1955)、《阿尔托纳的隐居者》(1958)。

三幕剧《苍蝇》是萨特的代表作之一，根据古希腊埃斯库罗斯的悲剧《俄瑞斯特斯》改编而成。在异乡长大的俄瑞斯特斯回到故乡阿耳戈斯，昔日繁荣的小城如今破败不堪。15年前俄瑞斯特斯的母亲伙同奸夫杀害了他的父亲国王阿伽门农，登上了王位，从此城里一直弥漫着腐尸的气味，成千上万的苍蝇盘旋在人们头上——它们是复仇女神厄里倪厄斯。俄瑞斯特斯见到了如女奴般屈辱生活着的姐姐厄勒科特拉。姐弟俩决定杀死母亲和国王，为父报仇。国王得到了处决，厄勒科特拉却在即将处死母亲时发生了动摇。俄瑞斯特斯独自前往，完成了使命。厄勒科特拉良心不安，向死亡之神朱庇特忏悔，并与弟弟决裂。俄瑞斯特斯虽杀死了弑君篡位者，但百姓并不感激他，反而称其为"凶手"、"屠夫"、"亵渎神明的人"。俄瑞斯特斯毅然离开阿耳戈斯，群蝇也随之而去。

《苍蝇》是一部体现存在主义"自由选择"思想的悲剧。俄瑞斯特斯回国后，在面临是否复仇的问题上遇到重重阻力：朱庇特前来阻挠，因为现任国王是他在人间的代表，多年前那场弑君篡位的暴行正是受朱庇特的驱使；与俄瑞斯特斯同行的老师对他宣扬得过且过的懦夫哲学；与母亲的血缘关系也使他心存顾忌。但俄瑞斯特斯最终选择了复仇。而复仇之后的局面使他面临又一次选择，当人们谩骂殴打他的时候，如果他继续留下来，则意味着小城将继续受苍蝇的烦扰，人们将继续生活在地狱般的境况中，因而俄瑞斯特斯毅然选择了离去。姐弟俩的选择各不相同，厄勒科特拉选择妥协而摆脱了苍蝇的围攻，俄瑞斯特斯选择伸张正义，承担后果，宁愿忍受苍蝇的叮咬和追逐。俄瑞斯特斯勇于挑战命运，通过"自由选择"最终确立了自己英雄的本质。

《苍蝇》具有古希腊悲剧的特点。全剧从"危机"写起，回溯过去发生的事情，戏剧冲突紧张尖锐，台词浓墨重彩，主人公充满英雄气概，他们虽完成了正义的事业，个人命运却是悲剧。《苍蝇》演出时恰逢第二次世界大战中纳粹占领法国，剧本所表现出的对妥协思想的批判和义无反顾复仇的主题极大地鼓舞了法国人民反法西斯的斗志，也奠定了萨特在法国戏剧界的地位。

如果说《苍蝇》表现善的选择可以造就英雄，那么《禁闭》则表现恶的选择会显露人的卑劣性。《禁闭》的故事发生在地狱中呈现法国第二帝国时期风格的一个客厅。人物是一男两女三个鬼魂。加尔森生前是报社记者，他虐待妻子，还公然带其他女人留宿。在战争中他因临阵逃脱背叛祖国而被处决。伊奈斯是个热衷同性恋的女人，她想尽办法把表弟的妻子弗洛朗斯勾引到手，表弟在悲痛之中死于车祸，伊奈斯对此无动于衷，弗洛朗斯却十分悔恨，打开煤气与伊奈斯同归于尽。另一个女人埃斯泰勒为养家糊口而嫁给了一个有钱的老头，婚后又背叛丈夫与情人生下一个私生女。她讨厌孩子，就把婴儿从阳台上扔进了湖里，情夫因绝望而自杀。埃斯泰勒病死后被投入了地狱。这样三个劣迹昭昭的人被禁闭在地狱中，形成了一个丑恶的三角关系。加尔森追逐伊奈斯，伊奈斯迷恋埃斯泰勒而排斥加尔森，埃斯泰勒厌恶伊奈斯而勾引加尔森，加尔森却反感埃斯泰勒的淫荡。三人为满足自己的欲望都成为了他人的障碍并以给他人制造痛苦为乐，他们互相纠缠，互相折磨，又必须同处一室，谁也摆脱不了谁。最后，加尔森悟到："原来这就是地狱，我万万没有想到——你们的印象中，地狱里该有硫黄，有熊熊的火堆，有用来烙人的铁条——啊！真是天大的笑话！用不着铁条，地狱，就是他人。"萨特在解释"他人即地狱"这句名言时说：它并不泛指一般的人际关系，而是指"如果与他人的关系被扭曲了，被败坏了，那么他人只能是地狱"。《禁闭》也从另一角度阐释了"自由选择"的内涵，即虽为自由选择，但有善恶之分，恶的选择只能导致人显露其丑恶本质，使生存环境更加孤独痛苦。

萨特的戏剧被称为"境遇剧"。因为他笔下的人物总是处在特定的有时甚至是极端的境遇下而进行自由选择，因为他认为只有在某种"境遇"下，人的生命本质才能彰显。作品还善于表现人物在进行选择时的进退维谷。就戏剧的要素而言，境遇也对构成戏剧冲突至关重要。

萨特的文学作品是表达存在主义哲学思想的场所，也是"介入文学"主张的体现。"存在先于本质"，"世界荒诞，人生痛苦"，"自由选择"，这些存在主义哲学的主要观点是他在文学作品中经常表达的主题。在艺术上，富有哲理性是萨特作品的主要特点。

第三节　贝克特

一、生平和创作

萨缪尔·贝克特（1906—1989），爱尔兰剧作家、小说家，荒诞派戏剧的主要代表人物。贝克特出生在爱尔兰都柏林一个犹太家庭，1927 年毕业于都柏林三一学院，1928—1930 年在法国巴黎高等师范学校任英文教师。贝克特在法国期间结识爱尔兰小说家詹姆斯·乔伊斯，在乔伊斯患眼疾时，曾录下他口述的《为芬尼根守灵》的一些章节，还与人合作把乔伊斯的作品译成法文。1931 年，贝克特回国，在三一学院教授法文，同时研究笛卡儿的哲学思想，获硕士学位。1938 年到法国居住，第二次世界大战期间曾参加过法国抵抗运动，因受追捕隐居乡间。战争结束后，回爱尔兰为红十字会工作过一段时间。1945 年回法国定居，从事专业创作。他的作品用英、法两种文字写成。

贝克特从 20 年代末开始写作诗歌、小说和评论，在创作上受到乔伊斯和普鲁斯特的影响。他主要的诗歌作品有《婊子镜》（1930），主要评论著作有《论普鲁斯特》（1931），小说主要有长篇小说《莫非》（1938）、三部曲《马洛伊》（1951）、《马洛纳之死》（1951）、《无名的人》（1953），《如此情况》（1961）等。

让贝克特赢得广泛世界声誉的是他的戏剧创作。他主要的剧作有《等待戈多》（1953）、《结局》（1957）、《最后一盘磁带》（1958）、《啊，美好的日子》（1961）、《喜剧》（1964）等。

《等待戈多》是贝克特也是荒诞派戏剧最具有代表性的作品。荒诞派戏剧风格也表现在贝克特其他的戏剧作品中。两幕剧《啊，美好的日子》的第一幕，五十来岁的女主人公维妮已被土埋到腰间，清晨醒来，她照镜子，涂脂抹粉，和土堆边上的丈夫说笑闲聊，语言絮絮叨叨，意思含混不清。第二幕和第一幕基本相同，不同的是土已埋到维妮的颈部，而女主人公仍然照镜子，涂脂抹粉，并感叹道："啊，多么美好的一天！"《结局》中的四个人物都残缺不全：盲人哈姆是瘫痪病人；仆人克洛夫患有一种能站能走不能坐的怪病；哈姆的父母生活在垃圾桶里，靠哈姆给他们一点吃的过活。四个人在痛苦中等待结局的到来。

贝克特的戏剧作品是对存在主义世界荒诞、人生痛苦的哲学思想的形象化阐释。他的戏剧艺术特点十分鲜明：象征是其主要手段；舞台上布景道具一般十分简单；人物大多猥琐丑陋，甚至是残废；他们生活在想象中的荒诞情境中，如只有枯树的路边、土坑、垃圾桶中等；人物对话总是语无伦次，而这一切之和却能表达深刻的哲理。1969 年贝克特因"他的具有新奇形式的小说和戏剧作品使现代人从精神困乏中得到振奋"而获得诺贝尔文学奖。[①]

---

① 宋兆霖主编：《诺贝尔文学奖全集（下）》，812 页，北京，北京燕山出版社，2006。

二、《等待戈多》

《等待戈多》是两幕剧。第一幕的时间是黄昏，两个流浪汉——符拉吉米尔（又名戈戈）和艾斯特拉冈（又名狄狄）在路旁枯树下等待他们不认识的戈多，他们闲极无聊，说一些颠三倒四的话，还想试着上吊。波卓老爷带着仆人幸运儿路过此地，流浪汉错把他当作戈多。晚上，一个男孩来报告说戈多今天不来了，可明天准来。两个流浪汉一个问"咱们走不走？"另一个答"咱们走吧"，可他们不动。第二幕时间、地点及流浪汉的行为举止与第一幕基本相同，不同的是枯树长出了四五片叶子，波卓和幸运儿路过此地，前者变成了瞎子，后者变成了哑巴。男孩上场，两个流浪汉已料到戈多今天不来，明天准来。他们想上吊，但没有绳子，其中一个解下裤带，可它一拉就断。两个流浪汉一个问"咱们走不走？"另一个答"好吧，咱们走吧"，可他们不动。

《等待戈多》的核心内容是等待。戈多作为等待的对象，他的具体含义一直是评论此剧的焦点。有人说"戈多"是从英语"God"借用而来，象征着上帝；有人说他象征着"死亡的结局"；还有人说波卓即戈多；等等。当问及贝克特本人时，他答道："要是我知道，我就会在戏中说出来了。"[1] 无论戈多代表什么，从剧中我们可以看出，戈多的到来似乎可以改变流浪汉的处境。然而，"戈多总是不来，苦死了等候的人"。作者在剧中所表现的正是这一漫长的等待，在这一过程中，生活是机械单调的重复，人们焦虑地等待某种事情发生以改变现状，但希望屡屡落空终至变为无望。而人们又不得不怀有希望，因为依靠它才能生存下去。这种状况构成了人的一生。作者用象征的手法写出了在第二次世界大战以后，在人们相信"上帝死了"的时代，失去传统信仰和价值观，又未找到新的精神支柱的现代西方人的生存状态，它来自于这一时代特有的幻灭感和不确定感。

荒诞派戏剧又被称为"反戏剧"，这主要指它与传统戏剧大相径庭。传统戏剧要求，一出戏要有强烈的戏剧冲突，情节要有发生、发展、高潮和结局，戏剧语言要富有动作性，能推动剧情向前发展。荒诞派戏剧却拒绝遵守上述原则。《等待戈多》充分表现了这一戏剧流派在形式上的特点。

《等待戈多》全剧几乎没有戏剧冲突，也谈不上情节，有的只是无聊的闲谈，无止境的等待，想上吊没有绳子，说走又不动。与此相适应的是如同荒原一样的布景和戏剧结构的雷同。作者认为，表现等待一幕太少，三幕太多，因而设计了布景、人物及其行为举止几乎一样的两幕。但虽然"舞台提示"说第二幕是"第二天黄昏"，枯树却在一夜之间长出了四五片叶子。男孩来了，他不认识第一天刚见过面的流浪汉，而且断定下次来了仍将不认识他们。流浪汉的记忆也已模糊，他们甚至不知道自己在干什么。这些荒诞的事情似乎暗示着时间已过了若干年，而若干年的生活竟是惊人的相似。《等待戈多》因情节结构的这一特点又

---

① ［英］马丁·艾斯林：《荒诞派戏剧》，华明译，44 页，石家庄，河北教育出版社，2003。

被称为"静止剧"，这恰好表现了作品的内容：生活如一潭死水，单调乏味，机械重复，毫无希望。

《等待戈多》中的人物形象也是荒诞的。两个流浪汉衣衫破旧，举止猥琐，浑身发臭。一个喜欢反复脱下靴子，朝里看一看，闻一闻，再穿上；另一个喜欢反复摘下帽子，朝里看一看，掸一掸，再戴上。对于波卓老爷啃剩的鸡骨头，"戈戈一个健步窜上去，捡起骨头马上啃起来"，之后还反复提及，回味无穷。狄狄则每晚都被神秘的陌生人暴打一顿。幸运儿是个六十多岁的老仆人，正被主人拴着到市场上去卖，脖子上长着被绳子勒破的脓疮。他总是如牲畜一般遭主人鞭打，却俯首帖耳，不但像狗一样从未拒绝过一块骨头，而且诚惶诚恐地抱着抽打自己的鞭子。剧中人物被称或自称为"猪"、"窝囊废"、"阴沟里耗子"、"丑八怪"，他们的生活如同"在泥地里爬"，是"谈了一晚上的空话"，"做了一场噩梦"。《等待戈多》中的人物与其说是人物不如说是人类的象征。作者用这样的具有象征性的荒诞描写，极言人生的痛苦无望，现代人类不再是"宇宙的精华，万物的灵长"，而是渺小而龌龊的。

《等待戈多》在语言上也充分显示了荒诞的特色。剧中人的对话大多颠三倒四，答非所问，混乱无逻辑，有时断断续续，喃喃自语，唠叨重复。作品还以人物身份和他的语言之间形成的巨大反差表现荒诞。如表面看来肮脏低贱的幸运儿，特长竟是会"思想"，他突然之间从地上爬起来慷慨陈词，如哲学家般激愤地大声讲演，而他所说的话是一篇没有标点、不知所云的废话。

上述种种在戏剧形式上的荒诞特色都恰如其分地表现了作品的内容：世界颠倒混乱，人生痛苦绝望，充满不可知性和非理性。

第四节　海　　勒

一、生平和创作

在 20 世纪六七十年代的美国文坛上，黑色幽默小说脱颖而出，成为当时一个重要的文学流派。海勒就是该流派最有代表性的作家之一。

约瑟夫·海勒（1923—1999）出生于纽约市一个犹太移民家庭。他五岁丧父，早年生活困窘。第二次世界大战期间，他曾任空军轰炸机手，有一个时期驻扎在意大利。战后，海勒进大学进一步深造，毕业后曾任英国文学讲师、杂志广告作家和编辑，1961 年发表长篇小说《第二十二条军规》，一举成名。

海勒的第二部长篇小说是《出了毛病》（1974）。主人公鲍勃·斯洛克姆是一家公司的高级职员，他经常忧心忡忡，惶惶不可终日，总觉得哪里"出了毛病"。他害怕被解雇，但自己又解雇了手下一个使他感到害怕的人。他的家庭生活也同样荒诞。亲人之间充满了猜忌、敌意，并伴随着永无休止的争吵。丈夫喜欢目睹妻子在噩梦中受折磨，女儿则以制造家庭纠纷为乐事。在社会上，也总有一些可怕的事发生，公园里不断有人被枪杀，连孩子也不能幸免；更可怕的是世风日下，酗酒、吸毒、卖淫的不仅有成年人，在青少年中也泛滥成灾。海勒通过一个公司职员在家庭和在公司的日常生活，反映了新时期美国社会日益加深的精神危机。小说用第一人称叙事，人物不多，也没有曲折离奇的故事情节。作者只是描写主人公的家庭琐事和日常工作，却深刻反映了弱肉强食、残酷竞争、以邻为壑的美国社会，以及精神空虚、身不由己堕落的美国人。

长篇小说《像高尔德一样好》（1979）是一部政治讽刺小说。主人公布鲁斯·高尔德是犹太裔教授和小品文作家，也是一个个人利益至上的实用主义者。他因为追捧总统的一部自我吹嘘的著作而进入白宫当上高级官员，结果，陷入了可怕的政治旋涡，几乎搭上性命。在经受种种难堪与侮辱之后，他决心脱离官场。小说对美国的政治中枢和上层人物进行了有力的讽刺。那些大员们高官厚禄，只图享乐，决不效力，却对贿赂收买、徇私枉法、腐化堕落个个在行。小说在艺术上同样使用了黑色幽默的手法。

在这之后，海勒还写有《上帝知道》（1984）、《画这个》（1988）、《结局》（1994）等小说。此外，他还创作了几部戏剧作品，著名的有：《我们轰炸了纽黑文》（1968）、根据作家同名小说改编的剧本《第二十二条军规》、《克莱文杰的审判》（1973—1974）等。

在海勒的全部创作中，长篇小说《第二十二条军规》被认为是黑色幽默最有代表性的作品，也是他的最佳作品。

二、《第二十二条军规》

小说的背景是第二次世界大战，写的是活动于地中海战区的美国空军一个飞行大队的故事。这个大队驻扎在一个名为皮亚诺扎的小岛上。在这个空军大队中，发生了许多反常悖理的荒诞事体，很多事情都令人惊讶。读者也许难以理解，为何声名赫赫的美国军队竟然如此不堪。如果是幽默故事，这幽默也太奇特、太残酷，人们的笑是苦涩的。

在飞行大队，从上到下，人们各有各的打算，各有各的"本事"。身居高位的指挥官们全是些作威作福、专横暴虐的官僚。如大队长官卡思卡特上校，他很自负，因为他在 36 岁就当上了上校。但他又由于未能爬得更高而沮丧。他一心想当将军，为了这个目标而不择手段。按照上级规定，飞行员执行飞行任务到一定次数就可以休整，往往是回国休息。但卡思卡特不讲信义，为了个人向上爬，不顾部下死活，任意增加飞行次数，从最初的 40 次，提高到 50 次，55 次，60 次，70 次，80 次……没完没了。在卡思卡特上面有着权势更大的佩克姆将军和德里德尔将军。"佩克姆将军是个感觉敏锐、斯文大方、稳重老练的人。他对任何人的缺点都十分敏感，对他自己的缺点却视而不见；他觉得所有人都愚蠢透顶，只有他自己是个例外。"他说，"我唯一的缺点""就是我没有缺点"。^① 德里德尔将军则是另一个样子，他态度生硬，作风专横。两位将军之间钩心斗角，互相倾轧。

谢司科普夫中尉的爱好是搞机械性的操练和检阅。他想过很多使士兵队列整齐的办法，甚至想到用一根长长的栎木桁把每列的十二人直线钉在上面，好让他们在行进时步调一致。他还想请人把镍合金做的钉子敲进每个士兵的股骨，用铜丝把钉子和手腕连接起来。^② 他由于这个"发明"得到提升，后来竟然当上了将军。

在荒诞程度上完全可以同此媲美的是布莱克上尉搞的"忠诚宣誓运动"。布莱克是中队的情报官，"心地狭窄，生性乖戾"。他对梅杰少校心怀怨恨，就说梅杰是共产党。他大搞"忠诚宣誓运动"，所有作战官兵到情报室领取图囊时都得签一个"忠诚誓约"，甚至领饷、到军中小卖部去买东西、让意大利理发师理发，都要签约宣誓，连军官们到食堂就餐，也得签名宣誓。

军官迈洛更是本领高强。他大搞投机活动，由一个空军中队的伙食管理员变成了控制市场物价的大亨，居然办起了国际性的卡特尔。他的联营机构拥有巨大的空中机队，满天飞行，他和德军、美军双方都订有合同，让双方互相轰炸和射击，而他从中收费。如击落一架美军飞机，德军就再给他一千元奖金。

迈洛的影响越来越大，很多地区都被他的公司所征服，既有西方，也有东方。他成了巴勒莫市长、马耳他的副总督、少校爵士、奥兰王储、巴格达的哈里发、大马士革的教长、阿拉伯的酋长，甚至成了非洲丛林中的神灵，所到之处，成为人们欢迎和崇拜的偶像。

尤索林怀着一片热情来到战争前线，作为轰炸机的轰炸手参加了战斗。最初他恪尽职守，已多次完成上级规定的飞行任务，但是时间一长，经过自己对周围情况的观察，他发现现实同人们的宣传完全不同，很多人来到军队的动机非但不高尚，而且简直丑恶。尤索林发现这一切之后，对战争的看法变了，生活态度也变了，再也不顾虑风度和尊严，有时还干出一些庸俗无聊的事来。他看到自己的结局是丢掉性命，他觉得每个人都想杀害他。他看清了，这是一个疯狂的世界。所以他下决心，一定要摆脱掉这个环境。他最关心的是完成飞行定额之后，赶快回国。他去找丹尼卡医生，要求停止他飞行，因为他疯了。他们之间进行了一次谈话：

"难道你就不能让一个疯子停飞？"

"哦，当然可以。再说，我必须那么做。有一条军规明文规定，我必须禁止任何一个疯子执行飞行任务。"

"那你为什么不让我停飞？我真是疯了。不信，你去问问克莱文杰。"

"克莱文杰？克莱文杰在哪儿？你把克莱文杰找来，我来问他。"

"那你去问问其他什么人。他们会告诉你，我究竟疯到了什么程度。"

① ［美］约瑟夫·海勒：《第二十二条军规》，2版，杨恝等译，360～361页，南京，译林出版社，2006。
② 参见［美］约瑟夫·海勒：《第二十二条军规》，2版，杨恝等译，79页，南京，译林出版社，2006。

"他们一个个都是疯子。"

"那你干吗不让他们停飞？"

"他们干吗不来向我提出这个要求？"

"因为他们都是疯子，原因就在这里。"

"他们当然都是疯子。"丹尼卡医生回答。

"我刚跟你说过，他们一个个都是疯子，是不是？你总不至于让疯子来判定，你究竟是不是疯子，对不？"

……

"奥尔是不是疯子？"

"他当然是疯子，"丹尼卡医生说。

"你能让他停飞吗？"

"当然可以。不过，先得由他自己来向我提这个要求。规定中有这一条。"

"那他干吗不来找你？"

"因为他是疯子，"丹尼卡医生说，"他好多次死里逃生，可还是一个劲地上天执行作战任务，他要不是疯子，那才怪呢。当然，我可以让奥尔停飞，但，他首先得自己来找我提这个要求。"

"难道他只要跟你提出要求，就可以停飞？"

"没错。让他来找我。"

"这样你就能让他停飞吗？"

"不行。这样我就不能让他停飞。"

"你是说这其中有个圈套？"

"那当然，"丹尼卡医生答道，"这就是第二十二条军规。凡是想逃脱作战任务的人，绝对不会是真正的疯子。"[①]

被这个圈套套住的人不止尤索林一个，大家都被它套住了。有一次，上级找尤索林谈话，要同他做一笔交易。交易的内容大致是：尤索林与他们和好，说他们好话，加入他们一伙。上级则将尤索林作为前线的英雄送回国，他将过上富裕生活……这样做的目的，是避免尤索林这个"烂苹果"弄坏一筐好苹果。他离开以后，其他飞行员将会接受更多的战斗任务。如果尤索林不接受这笔交易，就将他送上军事法庭，因为他犯有拒绝执行任务、擅离职守、公然违抗上级命令等多项罪行。尤索林同意接受这笔交易。由于被"奈特雷妓女"砍了一刀，他住进了医院。尤索林最后还是没有接受那笔卑鄙的交易。他得知失踪的同伴奥尔原来是逃往瑞典了。在这个消息启发下，他也"跑掉了"。

就这样，海勒通过一系列令人啼笑皆非的"故事"，揭露了大战期间美军中严重腐败和官僚主义横行的情况，但这并不是作家创作意图的全部。关于这部小说的创作意图，海勒曾

---

① ［美］约瑟夫·海勒：《第二十二条军规》，2 版，杨恝等译，47～48 页，南京，译林出版社，2006。

说过："尤索林的情感并非我在战时的情感，这种情感我是在战后才体会到的。"他明确指出，这本书"在更大程度上是对50年代的反映，对麦卡锡时期的反映"。他还谈道，他在小说中"写下了自己对一个处于混乱中的国家的感受，我们至今仍在忍受这种混乱"。最后他指出，"二次大战时暂时的举国一致分崩离析了"①。这种分崩离析在第二次世界大战的最后几个月就已经开始了。他的小说正是以这个时期为背景的。

从战争结束到50年代末，美国是大大地改变了。资本主义制度根深蒂固的矛盾和弊端根本无法克服，贫富两极分化严重，种族矛盾难以解决。对革命和共产主义的恐惧，官僚机关的滥用权力，以"忠诚调查"为内容的政治迫害，使得人心惶惶，普通人最终成为牺牲品……这种种美国社会的要害问题，都在《第二十二条军规》中得到相应的表现。所以，海勒说，他的小说在更大程度上是对50年代的反映，写下了他对一个处在混乱中的国家的感受。这种说法是言之不虚的。

《第二十二条军规》中，作家力图使小说在形式上与主题相适应，以表达美国和世界的混乱。因此他绘制了一幅纷乱繁杂、是非颠倒的荒诞图画。这里的人不按理性行事，半疯半癫，忧心忡忡，因沮丧和无奈而生活于绝望之中。小说没有中心人物，中心形象是第二十二条军规，人们由于无法摆脱它的控制而变得歇斯底里。

小说的一大特点是作家利用多种手法制造幽默，恣意夸大（人物与事体），加以变形，使之不协调、漫画化、怪诞化、滑稽化，行为古怪荒唐，令人哭笑不得。但许多事体包藏着痛苦和残忍，因而它造成的笑是一种苦涩的笑，这种幽默是黑色的。

第五节　索尔·贝娄

一、生平和创作

索尔·贝娄（1915—2005）是20世纪下半期美国最有成就的作家之一。他的许多作品都获得了美国的重要奖项。他是1976年诺贝尔文学奖的得主。

贝娄的父母本是俄国犹太人，1913年移民加拿大，贝娄的童年在蒙特利尔度过。1924年，他全家迁居美国芝加哥，当时他九岁。贝娄受过良好的教育，曾就读于芝加哥大学，后以优异成绩毕业于西北大学。他倾心于人类学和社会学的研究。1948年起他先后在多所著名大学任教，同时从事文学创作。贝娄在文学的土地上辛勤耕耘六十余年，硕果累累。他最突出的成就在长篇小说方面。

在创作思想上，贝娄受到过西欧和俄国现实主义传统的熏陶和影响，但也受到了现代主

---

① 转引自钱满素：《海勒的神话——评〈第二十二条军规〉》，见《美国当代小说家论》，143页，北京，中国社会科学出版社，1987。

义思潮特别是存在主义的冲击。他并不墨守成规，既遵循现实主义真实反映生活的原则，也乐于吸收现代派的创作技巧。

贝娄的第一部长篇小说《晃来晃去的人》（1944）写一个有大学文化的犹太青年，虽已被征召入伍，但尚未收到正式入伍通知，在等候期间，他无所事事，晃来晃去，时而和周围的人发生龃龉，时而试图写作，时而又思考社会人生包括自己究竟是何人等形而上的问题。小说主人公对外部世界的隔离感，以及他寻求自我和脱离社会的自由心态，都反映出存在主义思想对作家的影响。中篇小说《受害者》（1947）写一个被解雇者和一个小报编辑之间互为受害者和加害者的故事，虽内容新颖，但思想深度尚欠火候。

长篇小说《奥吉·马奇历险记》（1953）是贝娄的成名作。这是一部喜剧风格的小说，内容有幽默滑稽成分。犹太少年奥吉家贫，外出闯荡，幻想成功，他从事过多种职业，干过低等帮佣工作，也有过一些发迹的机会：做过富翁的助理；进过学校深造；有钱的女主人要培养他成为上流社会的人，还想收他为义子。他也有过很好的婚姻机会，都因自己行为失当而失去，或者是他干脆拒绝。因为他从小就养成独立自主、不听别人指挥的性格，那些想改造他的人都未能成功。另外，他的"历险"中还包括一些不光彩或非常奇特的事情：他偷书；协助别人走私偷渡；为一个女孩子做人工流产；帮助工厂组织罢工；还曾和阔女子鬼混，一起出国打猎驯鹰……他不时陷于逆境，尴尬不堪，成为笑料。奥吉的"历险"在很大程度上反映了下层群众的艰难，折射了经济大萧条前后至50年代美国社会贫富变化的状况和"美国梦"的虚妄。小说的成功和它的喜剧风格有很大关系。

中篇小说《抓住这一天》（1956，又译《只争朝夕》、《勿失良辰》）通过一个遭到无数失败的人最后的700美元也被骗走的故事，反映了美国人与人之间不能理解、除了金钱关系之外别无其他的现实。这篇小说得到很高的评价。

长篇小说《雨王汉德森》（1959）是贝娄的优秀作品之一。主人公汉德森继承了300万美元的家产，事业兴旺，子女满堂。他虽然性格粗鲁，却心地善良，愿意助人。他养猪成癖，作为一个富翁显得古怪。他发现周围生活混乱、无聊。已近老年的他不由自主地产生了一种向往有意义生活的意向，他决定到非洲去冒险，寻求人生真谛。他在历险中，确实经历了危险，闯过祸，也完成了业绩。他为一个部落治理青蛙为患的圣水池，结果造成了破坏。他在另一个部落靠自己无比的力量举起了云神姆玛像，给当地居民带来一场大雨，因而被尊奉为"雨王"。他还经历了与狮玩耍、学狮吼、捕狮的冒险，后来还是逃离了这个野蛮的部落。回国以后，他还立志学医，希望成为一个对别人有益的人。这个有些粗鲁、野性和可笑的老人，从为他人服务中找到了人生的意义。在当时很多人处于困惑、迷惘并为精神空虚所苦的时候，这个形象发出的声音的确不同寻常。

长篇小说《塞姆勒先生的行星》（1970）是贝娄的另一部优秀作品。一个年老的波兰犹太知识分子在纳粹实行集体屠杀时侥幸地活了下来，后来到了美国，以一个旁观者的姿态参与了美国社会生活。目光犀利的他看到的是动荡、混乱和疯狂。年轻一代生活没有目的，精神空虚，缺乏社会责任心，轻视传统美德，思想偏激，有时连尊严、廉耻也弃之不顾。人们的腐化堕落和道德沦丧，使塞姆勒的精神受到巨大震撼。这也是一部探讨美国社会危机的作品。

1975 年，贝娄又发表了一部重要小说《洪堡的礼物》。30 年代的著名诗人洪堡，有着金子般的心和人道主义理想，幻想改造实用主义的美国。晚辈作家西特林早年曾拜在他门下，受洪堡多方教诲。但后来由于时代的变化，洪堡逐渐被人遗忘，穷困潦倒，而西特林却获得成功。西特林忘恩负义，他后来也遭到失败，是恩师遗赠的两个剧本提纲挽救了他。愧疚不已的他，在重葬了恩师之后，决心开始一种新的生活。这部小说提出了抗拒金钱腐蚀，维护良知和人道主义传统的问题。

80 年代，贝娄又发表了数部长篇小说和中篇小说，表现了他充沛的创作力。贝娄说自己要做一个"社会的历史学家"，他认为他作为一个作家的责任就是要真实地反映出时代的特点和风貌。他的作品内容充实，思想深刻，抓住了时代的本质问题。他重视现实主义的文学传统，但也不故步自封，他对现代主义一些手法也都乐于运用。他的主人公有一些是古怪和行为有些可笑的人物。

贝娄在小说语言和艺术风格上具有鲜明的特点，被称为"贝娄式风格"——一种具有自我嘲讽的喜剧性风格。"它的特点是既富于同情，又带有嘲讽，喜剧性的嘲笑和严肃的思考相结合，滑稽中流露悲怆，诚恳中蕴含玩世不恭。文体既口语化，又高雅精致，能随着人物的性格与环境的不同而变化。"[①]

二、《赫索格》

长篇小说《赫索格》发表于 20 世纪 60 年代，是贝娄的代表作之一。继美国繁荣的 50 年代过去之后，多事的 60 年代到来。军备竞赛、青少年犯罪、性解放、家庭解体、吸毒与暴力，再加上出兵越南，造成了学生和群众大规模的抗议斗争。尤其是所谓性解放和嬉皮士的招摇，显示了社会道德水平的下降。知识分子的精神危机加深了。《赫索格》即反映 60 年代美国精神文化危机的重要作品。

赫索格是一位四十多岁的大学教授，犹太人。他关心社会进步与正义，对一切问题都进行思考，有些书呆子气。他有过两次婚姻，第二个妻子玛德琳并不贤淑。教授和怀孕的妻子迁居乡下，那里的环境好，还能和住在近处的挚友格斯贝奇往来。在乡下住了一年，妻子又逼教授迁回芝加哥，还让丈夫为格斯贝奇找到一份工作。事实上她和教授的这位"朋友"早已私通，迁居是玛德琳精心策划的。到芝加哥一年之后，妻子要求离婚。失去妻子和女儿的教授精神上受到沉重打击。他要把自己的苦恼和悲愤发泄出来，便不断地给人写信。收信人有的活着，有的已经死去。其实，他的信多数与他的私生活挫折

---

① 宋兆霖：《贝娄和他的〈赫索格〉》，见 [美]索尔·贝娄：《赫索格》，宋兆霖译，8 页，桂林，漓江出版社，1985。

无关：他给霍伊尔教授的信谈的是宇宙行星生成的问题；给印度宗教领袖巴夫博士写信，赞同他救济贫苦农民的主张；给总统写信，提醒他不可过于乐观；给《纽约时报》写信，指出掌权者能毁灭人类，最为危险；给前总统艾森豪威尔的信中，谈到社会越是富于政治性，人的个性就越近消失，国家的目的已经和制造商品纠缠在一起；写给《大西洋文化》主编的信，谈到工业技术改变了价值观，文明和道德竟然和技术改革联系起来，人类现实成了一出堕落颓废的喜剧。

教授得到消息，他的小女儿琼妮被格斯贝奇关在汽车里哭，他愤怒异常，出现了杀死奸夫淫妇的念头。他带了手枪前往，但看到格斯贝奇在给女儿洗澡又改变了主意。第二天，他请朋友代他把琼妮接来玩了一天，在回家的路上，他的车被小卡车从后面撞了，孩子未受伤，他的头碰破了。在警察局，从后边撞别人车的司机却把责任推到教授身上，而且教授还因携带手枪受到怀疑。

接二连三遭到挫折的赫索格回到了乡下的住宅。只有在这里，他才体味到宁静和安详的快乐，他产生了一种精神解放的感觉，他终于从玛德琳的精神奴役下解放了出来。

赫索格有善良的愿望，他设想把自己的财产、房屋献给穷人，他还关心所有的人，关心全社会全人类的发展和进步。他自己却遭遇了不幸和挫折。他想为自己的痛苦遭遇找到一个合理的解释。书中没有具体指出是什么政治、经济、社会和文化方面的原因，但是从他的一些信和沉思中已经给出了答案。他在沉思中想到霍金教授在他的新著中谈到正义，便立刻激动起来："正义！看看什么人需要正义——完全没有正义。多少世纪以来，亿万的人被欺骗，被奴役，受气受压，流血流汗，一直到死，被埋葬掉，也没有比牲畜多得到一点正义。"[①]过去"精神上"的荣誉和尊敬，是有正义、勇气、节制、仁慈的人才能获得，而现在被一些"怪诞的人物"赢得。时代变了，现在是金钱至上、私利至上的时代，婚姻在一些人手中成了谋取利益的手段。赫索格的悲剧是现代社会一个人道主义知识分子的悲剧，具有时代特色。

1976 年，贝娄获得了诺贝尔文学奖，颁奖词指出"当索尔·贝娄的第一部作品问世的时候，美国的叙事艺术发生了倾向性和换代性的变化"[②]。这种变化着重体现在他对现代主义艺术方法的借鉴上。《赫索格》的心理描写很突出，它以主人公的沉思、断想、回忆，以及频繁写信、内心独白为主要内容，可以看出意识流小说表现技巧的影响。

《赫索格》的主人公是高级知识分子，而行为却显得十分愚蠢。他不断地写信，给活人写，也给死人写。他在给艾森豪威尔的信中，大谈一些不相干的人和事，如托尔斯泰、黑格尔、赫鲁晓夫等，人物的身份和他的行为形成强烈反差，具有喜剧性。贝娄不少小说的主人公都具有这种特点。

---

① ［美］索尔·贝娄：《赫索格》，宋兆霖译，264 页，上海，上海译文出版社，2006。
② 宋兆霖主编：《诺贝尔文学奖全集（下）》，917 页，北京，北京燕山出版社，2006。

第六节　加西亚·马尔克斯

一、生平和创作

加西亚·马尔克斯（1927—2014）是哥伦比亚著名作家，拉美魔幻现实主义文学的主要代表人物之一。

马尔克斯出生在哥伦比亚马格达莱纳省的小镇阿拉卡塔卡。父亲学过医，后来成为电报报务员。马尔克斯童年时期一直生活在外祖父家。外祖父是受人尊敬的退休上校。外祖母很会讲神话传说和鬼怪故事，这对马尔克斯日后的创作产生了很大影响。马尔克斯18岁进波哥达大学学法律，后辍学从事新闻工作和文学创作。马尔克斯一向关心国家命运，站在民主运动和社会主义运动一边，反对军事独裁者的反动统治。1973年，智利发生政变，军事独裁者上台。他发表抗议声明，并实行文学罢工五年。因受到反动政府迫害，他不得不流亡国外。1982年，哥伦比亚新政府成立后，他才回到祖国。

马尔克斯第一次发表作品是在1947年，在创作上受到海明威、福克纳和卡夫卡等人的影响。1955年发表短篇小说《伊莎白尔在马孔多的观雨独白》、《周末的一天》（获波哥达文学艺术家联合会文学奖），中篇小说《枯枝败叶》，这些作品构思新颖，以奇特的想象表现了拉丁美洲的现实，初步显示了他的创作风格。之后，马尔克斯陆续发表了大量小说，主要有：《没有人给他写信的上校》（中篇，1961）、《恶时辰》（长篇，1962，获埃索奖）、《格兰德大妈的葬礼》（短篇集，1962）、《百年孤独》（长篇，1967）、《家长的没落》（长篇，1978）、《一件事先张扬的凶杀案》（中篇，1981）、《霍乱时期的爱情》（长篇，1985）等。

《没有人给他写信的上校》被作家本人认为是写得最好的一部小说。作品写一个曾经在战场上建立过功勋的退役上校每逢周五都到码头上去等政府寄来津贴，一直等了15年也没等到。上校几乎变卖了所有家产，儿子被乱枪打死，老妻卧病在床，上校还要维持自己的体面。小说充满了愤懑的情绪，具有社会批判力量。

《百年孤独》是马尔克斯的代表作，被誉为"塞万提斯的《堂吉诃德》之后最伟大的西班牙语作品"，获1982年诺贝尔文学奖。

《家长的没落》是马尔克斯的又一部巨著，被美国《时代周刊》推荐为1976年"年度十大优秀作品"之一。小说用漫画手法塑造了专制暴君尼卡诺尔的形象，这一人物身上集中了拉丁美洲所有暴君的特征，如独裁、残酷、横征暴敛、生活糜烂等。

《霍乱时期的爱情》基本采用现实主义创作方法，写一对情侣从青年到老年的漫长爱情。小说以细腻的笔触、缓慢的节奏描写了主人公的爱情和生活波折，展示了老年人心态上的变化。

马尔克斯是拉丁美洲最具世界影响的作家之一。他以《百年孤独》和其他丰厚的作品让人们重新认识了拉丁美洲这片土地，也把魔幻现实主义推向了世界文学的高峰。

二、《百年孤独》

《百年孤独》写加勒比沿岸某个小镇马孔多从荒凉的沼泽地中兴起，最后被飓风卷走而消失得无影无踪的百年变迁，其中贯穿着布恩蒂亚家族七代人的兴衰。

布恩蒂亚家族的第一代何塞·阿尔卡蒂奥[①]和他的妻子乌尔苏拉是表兄妹。乌尔苏拉因害怕近亲结婚会生出长猪尾巴的孩子，婚后一直保持处女之身。阿尔卡蒂奥杀死了一个因此事羞辱他的人，为逃避此人鬼魂的追逐，夫妇俩决定迁往他乡。一批村民随之前往，他们在被大海包围的一片沼泽地中定居下来并建立了村镇"马孔多"。第一代阿尔卡蒂奥和乌尔苏拉生了两子一女。阿尔卡蒂奥后来精神失常，被人们捆在大树下死去。乌尔苏拉活了120岁，能预见未来。家族第二代碰上了长期的党争和内战。次子奥雷里亚诺当过起义军上校，后来他厌倦了打仗，回到家做小金鱼。上校的妹妹与侄儿发生了乱伦关系。当她得知自己的死期，就躲进房间织寿衣。第三代长子、独揽马孔多大权的阿尔卡蒂奥被保守党所杀。次子奥雷里亚诺是私生子，爱上了姑妈，后来被军警打死。第四代是一个女儿和一对双胞胎儿子。女儿蕾梅黛丝奇美，某天突然飞上天空消失了。双胞胎儿子都与村里一个寡妇有染。后来弟弟领导香蕉工人罢工，罢工被镇压后他成了疯子。第五代为一子二女。儿子在神学院学习，为继承母亲遗产回到家乡。他发现了几袋金币，结果被抢金币的人害死。长女梅梅与学徒工偷情生下一个私生子。次女在国外留过学，死于产后风。第六代是梅梅的私生子小奥雷里亚诺。他与姑妈发生乱伦关系，生下第七代——长猪尾巴的女孩，这女孩后来被蚂蚁吞噬。小奥雷里亚诺突然看懂了吉卜赛老人梅尔吉亚德斯留下的羊皮书。书上预言，羊皮书被破译之时即马孔多被飓风一扫而光之日。

马尔克斯在谈到《百年孤独》的主题时说它是"描写孤独"的书。小说的重要内容之一是表现了布恩蒂亚家族特有的孤独的精神气质，并由此象征性地表现了民族、国家乃至整个拉丁美洲的孤独——封闭落后，与世界文明隔绝，以及由此带来的国家衰落、人民备受欺凌压迫，这种状况与拉丁美洲的百年历史紧密相连。

马孔多的地理位置就是孤独无靠、与世隔绝的。布恩蒂亚家族的每个人的眼睛里也都流露着冷漠孤独的神色，这正是一个民族、一个社会、一个国家远离文明的孤独状态的形象化写照，造成这一状况的原因是封闭和落后。在小说中，作家描写的第一代布恩蒂亚家族的代表人物何塞·阿尔卡蒂奥·布恩蒂亚认识磁铁、望远镜和放大镜的过程很有代表性。吉卜赛人带来了磁铁，声称这是"马其顿的炼金术士们创造的第八奇迹"，阿尔卡迪奥认定这种发

---

① 本节所涉《百年孤独》人名均依据［哥伦比亚］加西亚·马尔克斯：《百年孤独》，范晔译，海口，南海出版公司，2011。

明可以帮他找到地下的黄金，他用一头骡子和一群山羊换了两块磁铁，结果只从地下找到了一副 15 世纪的破烂盔甲。第二年，他又从再次来到马孔多的吉卜赛人手里用金币换来了一个放大镜，因为吉卜赛人用放大镜聚焦太阳光点燃干草的表演使他产生了用放大镜制造武器的想法。结果不但他自己因置身于太阳光焦点之下而被严重灼伤，还差一点烧掉了房子。后来他经过艰苦的研究，"被长期熬夜和苦思冥想折磨得形销骨立，因激动而颤抖着"向家人透露了自己的发现："地球是圆的，就像一个橙子。"① 虽然第一代阿尔卡迪奥的这些"研究"、"发现"，有的以失败告终，有的只不过证明了早已被文明世界认知的真理，但他毕竟还算是乐于接受新鲜事物者，而他的妻子和其他村民对新鲜事物完全采取排斥态度，他们认为阿尔卡迪奥是"胡思乱想"，"丧失了理智"。这些描写除了反映了远离文明的马孔多的落后愚昧、认知水平的低下以外，也反映了处于封闭状态下的人们在接受新鲜事物时所受到的旧观念的重重束缚。此外，布恩蒂亚家族中多人有乱伦行为，这是原始风俗残存、尚未进入文明社会的表征。这种封闭愚昧落后的状况使一个民族、一个国家在面临外来者入侵时必然处于被动挨打的境地。在这方面，马孔多小镇的兴衰浓缩了哥伦比亚 19 世纪初至 20 世纪上半叶的历史变迁。

　　哥伦比亚的原住民是印第安人，16 世纪沦为西班牙殖民地后进入了多灾多难的历史时期。19 世纪初哥伦比亚独立后，国家政权被土生白人大地主、大商人所把持，他们中的保守党和自由党两派之间斗争非常激烈，导致党争和内战不断，小说形象地反映了这种状况。第二代次子奥雷里亚诺是马孔多镇长的女婿，他目睹了政界官员的种种恶德败行，奋起反抗保守党政府。他曾发动 32 次武装起义，打了 20 年内战，自己当上了革命军的上校。但起义也屡遭失败，他有 16 个儿子被杀。最后，他终于认识到党争和内战毫无意义。不仅如此，政府还是外来入侵势力的帮凶，当香蕉工人举行大罢工时，政府派军队镇压屠杀工人，3 000 名工人的尸体被火车拉走，像香蕉皮一样扔进了大海。20 世纪初期，内乱停止，经济开始复苏，但很快受到了新殖民主义的入侵。小说中的"香蕉热"写的是美国联合果品公司对拉丁美洲人民的经济掠夺，在拉丁美洲历史上确有其事。当国际市场上香蕉价格高涨时，美国人在这里大搞香蕉种植园，在残酷剥削农业工人的基础上在当地作威作福。当香蕉价格暴跌时，他们便一走了事，给马孔多留下了一个满目疮痍的烂摊子。马孔多兴衰史中的种种磨难不仅是哥伦比亚，也是整个拉丁美洲历史变迁的真实写照。马尔克斯在他的诺贝尔文学奖受奖仪式上的演说《拉丁美洲的孤独》中曾表述过类似的内容。

　　在小说中，孤独意味着闭关自守、与文明隔绝、愚昧落后，其后果是连年内乱、民不聊生，以及外国势力的疯狂入侵和掠夺。从这个意义上讲，《百年孤独》也是一切殖民地半殖民地悲惨历史的写照。马尔克斯说："孤独的反面是团结，这是个政治概念，而且是个很重要的政治概念。"团结意味着对孤独的反抗，对毁灭的反抗。马孔多最终的消失起到的政治警示作用是振聋发聩的，它说明一个民族、一个国家如果不能走出孤独，将永远无法自立于

---

　　① ［哥伦比亚］加西亚·马尔克斯：《百年孤独》，范晔译，4 页，海口，南海出版公司，2011。

世界民族之林。而作者则满怀希望坚定地说："面对压迫、掠夺和孤单，我们的回答是生活。无论是洪水还是瘟疫，无论是饥饿还是社会动荡，甚至还有多少个世纪以来的永恒的战争，都没有能够削弱生命战胜死亡的牢固优势"，"命中注定处于一百年孤独的世家终将并永远享有存在于世的第二次机会"。①

作为拉美魔幻现实主义的代表作品，《百年孤独》鲜明地体现了这一流派在艺术上的特点，其核心是把神奇的事物当作确有其事的现实的一部分来表现，因为魔幻是拉丁美洲人认识、表达事物以及审美的固有思维方式。在具体描写时，常常借助象征、夸张等手段，这些手段进一步渲染了现实的魔幻色彩。如《百年孤独》中所描写的死人阴魂不散，梅尔吉亚德斯几度复活，俏姑娘突然飞升，人血像长了脚一样穿过客厅，在街上左拐右拐，直到它要去的地方。神话化是拉美魔幻现实主义，也是《百年孤独》的又一个艺术特点。《百年孤独》模仿了《圣经》中《创世纪》、《伊甸园》等故事的核心内容。《百年孤独》的叙事时间也很有特点，特别是令人称道的开头："多年以后，面对行刑队，奥雷里亚诺·布恩迪亚上校将会回想起父亲带他去见识冰块的那个遥远的下午。"② 这句话把现在、过去和未来三个时间交叉连接在了一起。

---

① ［哥伦比亚］加西亚·马尔克斯：《拉丁美洲的孤独》，选自《两百年的孤独》，朱景冬译，211页，昆明，云南人民出版社，1997。

② ［哥伦比亚］加西亚·马尔克斯：《百年孤独》，范晔译，4页，海口，南海出版公司，2011。

参考文献

[1] 李赋宁. 欧洲文学史. 北京：商务印书馆，2001.

[2] 朱维之，赵澧，黄晋凯. 外国文学简编：欧美部分. 7 版. 北京：中国人民大学出版社，2015.

[3] 陈惇. 西方文学史. 成都：四川人民出版社，2003.

[4] 朱维之，赵澧，崔宝衡，王立新. 外国文学史：欧美卷. 4 版. 天津：南开大学出版社，2004.

[5] 郑克鲁. 外国文学史. 修订版. 北京：高等教育出版社，2006.

[6] 外国文学史编写组. 外国文学史. 北京：高等教育出版社，2015.

[7] 何仲生，项晓敏. 欧美现代文学史. 上海：复旦大学出版社，2002.

[8] 吴元迈. 20 世纪外国文学史. 南京：译林出版社，凤凰出版社，2004.

[9] 匡兴，陈惇. 20 世纪欧美文学. 2 版. 北京：中央广播电视大学出版社，2015.

[10] 伍蠡甫. 西方文论选. 上海：上海译文出版社，1988.

[11] 伍蠡甫，等. 现代西方文论选. 上海：上海译文出版社，1983.

[12] ［英］安德鲁·桑德斯. 牛津简明英国文学史. 谷启楠，韩加明，高万隆，译. 北京：人民文学出版社，2000.

[13] 郑克鲁. 法国文学史. 上海：上海外语教育出版社，2003.

[14] 刘海平，王守仁. 新编美国文学史. 上海：上海外语教育出版社，2002.

[15] 余匡复. 德国文学史. 修订增补版. 上海：上海外语教育出版社，2013.

[16] ［俄］德·斯·米尔斯基. 俄国文学史. 刘文飞，译. 北京：人民出版社，2013.

后　记

　　《欧美文学简史》是国家开放大学（中央广播电视大学）汉语言文学专业（专科）必修课"外国文学"的文字主教材。本书是一本简明的欧美文学史教材，对古代至 20 世纪欧美文学的发展脉络、主要文学思潮流派、代表作家作品进行了扼要的介绍；对列专节讲授的重点作家的生平和创作概况，以及重点作品，做了较为详细的介绍和分析。本书在各章前配有"学习要求"，便于学生学习和掌握教材的主要内容。本书既可作为开放大学汉语言文学专业的教材，也适用于普通高校和各类成人高校教育。本次修订吸收了学科最新研究成果。

　　《欧美文学简史（第二版）》在如下方面做了变更和修订：

　　第一，因原主编匡兴教授于 2010 年 4 月去世，国家开放大学聘请北京师范大学陈惇教授担任本书主编，负责第二版的修订工作。

　　第二，本书第一版对列专节讲授的作家的生平介绍与重点作品分析两部分是否分列标题未作统一要求，因而在编写体例上不够一致。本次修订将大部分作家的重点作品分析都单独列出了标题，并补充了相应的文字，使专节更加完整，也更方便学生在学习时掌握重点。其中，莫泊桑、契诃夫、萨特、卡夫卡四位作家，由于原稿的特殊性，生平介绍与重点作品分析未分列，仍然沿用原来的体例。

　　第三，因考虑到第五章"18 世纪欧洲文学"的重要性，且本书第一版只将"歌德"一个作家列专节，略显单薄，本次修订增加了"卢梭"专节。

　　第四，对各章"学习要求"进行了修改和完善，使之更加符合国家开放大学的教学要求。

　　第五，补充了注释、作家卒年、作品发表时间，增加了参考文献和后记，使全书的内容和体例更加完整。

　　本书作者及分工如下：北京师范大学陈惇教授编写第一章至第五章；北京师范大学匡兴教授编写第六章至第八章，第九章第一节、第三节、第五节、第七节、第八节，第十章第一节、第四节、第五节；国家开放大学程陵副教授编写第九章第二节、第四节、第六节、第九节，第十章第二节、第三节、第六节。

　　感谢中央广播电视大学出版社宋莹编辑对本书修订付出的劳动。因编写时间和水平所限，本书难免存在一些不足，望广大师生和读者提出宝贵意见，以利今后修正。

外国文学课程组

2016 年 2 月

外国文学课程组

组　　长：程　陵

主　　编：匡　兴　陈　惇

编 写 者：匡　兴　陈　惇　程　陵

主持教师：徐笑笑